तुम्हारे नाम
तथा अन्य कहानियाँ

हिमांशु जोशी

प्रभाकर
प्रकाशन

ISBN: 978-93-56822-25-2
eISBN: 978-93-56822-27-6
HB: 978-93-56822-26-9

प्रकाशक: प्रभाकर प्रकाशन
प्लॉट नं.-55, मेन मदर डेयरी रोड
पांडव नगर, ईस्ट दिल्ली-110092
फोन: 011-40395855
व्हाट्स ऐप: +91 9319228272
ई-मेल: sales@pharosbooks.in
वेबसाइट: www.prabhakarprakashan.com

प्रथम संस्करण: 2023

मुद्रक: सुषमा बुक बाइंडिंग हाउस ओखला इंडस्ट्रियल
एरिया फेस-II, नई दिल्ली-110020

तुम्हारे नाम तथा अन्य कहानियाँ
हिमांशु जोशी

कथा-शिल्पी
बंधुवर बीरेन्द्रकुमार भट्टाचार्य को

सफ़र शेष है!

कहानियों में किंचित् वैविध्य हो तो एकरसता का ख़तरा नहीं रहता। प्रस्तुत संग्रह की कहानियाँ बिखरे हुए समय में लिखी गई हैं, अलग-अलग मनःस्थितियों में, अलग-अलग वातावरण में, अलग-अलग समस्याओं पर आधारित है। इसलिए कथ्य तथा तथ्य दोनों दृष्टियों से विविधता का होना स्वाभाविक है।

कुछ कहानियाँ विशुद्ध मानवीय सम्बन्धों पर आधारित हैं—पारस्परिक राग-विराग और उनसे उपजी समस्याओं पर, जहाँ कभी-कभी सुख ही दुख का कारण बन जाता है और मुक्ति ही बंधन का। कुछ सूक्ष्म, सहज संवेदनाएँ भी अनेक रूपों, रंगों में, यत्र-तत्र अपने अस्तित्व का अहसास जताती-सी लग सकती हैं। मनुष्य स्वयं में तब एक रहस्य-सा प्रतीत होने लगता है, जब लगने लगता है, आदमी का आदमी से बढ़कर अहितकर और आदमी का आदमी से बड़ा हितकर और कोई नहीं होता। अनेक विसंगतियाँ साथ-साथ झेलना ही संभवतः उसकी नियति बन गई है।

वास्तव में मानव-प्रवृत्ति के मूल में कहाँ संस्कारजन्य अवधारणाएँ होती हैं, जो हर तरह से उसे नियंत्रित करती है। और उसके अनियंत्रण का श्रेय भी उसी को जाता है। 'स्मृतियाँ', 'अथाह', 'रेत की रेखाएँ', 'सिंदूरी सच' आदि कहानियों में यह संदर्भ सहज ही सहेजा जा सकता है। विपरीत परिस्थितियों में जीना और जी-जी के मरना जहाँ एक प्रकार की विवशता बन जाती है। सारे पूर्व संचित तर्क, सारी पूर्व मान्यताएँ जहाँ अर्थहीन-सी लगने लगती हैं। आदमी आदमी होकर भी अन्ततः आदमी नहीं रह पाता। उसकी मनःस्थितियों की तरह, उसका आंतरिक आकार भी बदलने लगता है। एक ही व्यक्ति, एक ही स्थिति में जहाँ पाशविकता की पराकाष्ठा पर पहुँच जाता है, वहाँ दूसरी स्थिति में देवत्व की सीमाएँ भी उसके लिए कहीं सीमित हो जाती हैं।

'काला दरिया', 'लकीर-सी परछाई', 'नंगे पाँवों के निशान' की अपनी विडम्बनाएँ हैं, जहाँ मनुष्य जीकर भी मरने के लिए और मर-मरकर जीने के लिए विवश है।

'एक परिमिता', 'जीना-मरना', 'खिलौने', 'उसका तारा', और 'साए' का सच भी इन्हीं का कहीं अपना ही सच है। 'इति' में इति और सज्जन का निश्छल, निर्मल, सरल स्नेह और आज का निष्ठुर यथार्थ दोनों शीशे और पत्थर के पर्याय बनकर उभरने लगते हैं तो कहीं इस

अहसास से मुक्त होना कठिन हो जाता है कि चूर-चूर होकर सपने कैसे बिखर जाते होंगे? आख़िर क्यों, क्यों होते हैं, वे टूटने के लिए ही!

'सज़ा' की सज़ा का स्वरूप स्वयं मेरे लिए कम त्रासद नहीं। यह भी निकट से देखा सच है, जो कहीं जीवन का एक बहुत बड़ा झूठ स्वयं में समाए हुए जैसा लगता है। आदमी घृणा, उपेक्षा, तिरस्कार सब सहज भाव से सह लेता है, लेकिन अतिशय उदारता, अतिशय करुणा, अतिशय दया का दंश उसे सालने-सा लगता है। इससे बड़ी सज़ा किसी के लिए और क्या हो सकती है कि हमारे अपकारों को अपकार न मानकर कोई उपकारों के पहाड़ के तले दबकर मर जाने के लिए हमें विवश कर दे!

'सफ़ेद सपने' का मेमना-जैसा भोला-भाला किशोर नायक हँसी का पात्र होते हुए भी कहीं एक दर्द की दास्तान बनने के लिए परिस्थितिवश मज़बूर हो जाता है। 'सँपेरे' का नन्हा पात्र बीन बजाता, गली-गली घूमता मैंने कई बार देखा है। हो सकता है, आपमें से किसी ने भी कहीं देखा हो। उसकी टूटी हुई अँगुली, गले पर सर्प-देश का काला चिह्न कई प्रश्न-चिह्नों को अनायास ही जन्म देने लगता है।

'बदला' की फिरंगी वृद्धा के साथ यात्रा का दुखद प्रसंग अब भी याद आने पर दिल दहल उठता है। तीस-चालीस साल पुरानी यह घटना/दुर्घटना आज भी सच होते हुए सच नहीं लगती। क्यों?

'वह कल', 'सुनन्दा', 'वापसी', 'हंसा', 'कुत्ता' आदि कथाओं की अपनी-अपनी व्यथाएँ हैं। 'गंधर्व-गाथा' के स्मृति-चित्र महानगरों के लिए अपरिचित नहीं।

इससे पहले प्रकाशित कहानी-संग्रहों 'अंततः', 'रथचक्र', 'मनुष्य-चिह्न', 'जलते हुए डैने' आदि की श्रृंखला में प्रस्तुत कहानी-संग्रह एक और कड़ी है। कहानी से कहानी तक की यात्रा का एक पड़ाव मंजिल के लिए बहुत-सा सफ़र तय करना है अभी।

हिमांशु जोशी

7/सी-2, हिन्दुस्तान टाइम्स अपार्टमेंट्स
मयूर विहार, फेज-**I**
दिल्ली-110091

क्रम

सज़ा

वह फिर आई थी आज।

कल ही तो तार मिला था। क्षण-भर वह हतप्रभ-सी खड़ी रह गई थी। अपनी आँखों पर विश्वास ही न हुआ—जो कुछ लिखा गया है, क्या वह सच है?

गुलाबी रंग का काग़ज़ मरते हुए पक्षी के डैने की तरह उसकी काँपती अँगुलियों में थरथरा रहा था। होंठ खुले थे। आँखें पत्थर की तरह ठोस—निश्चल!

"क्या हुआ दीदी?" इति भागती हुई आई, पर भावना जैसे शून्य में कहीं खो गई थी।

धम्म से पलंग की पाटी पर बैठ गई-निचला होंठ दाँतों के बीच दबकर नीला हो आया था।

स्थिति की भयावहता देखकर इति को साहस न हुआ कि आगे बढ़कर कुछ और पूछे। वह जड़वत् खड़ी रही—क्षण-भर।

भावना न जाने कब तक यों ही पाषाण-शिला-सी पलंग पर बैठी रही।

"क्या हुआ दीदी?"

"कुछ नहीं....।"

"किसका तार है?"

कोई उत्तर नहीं दिया भावना ने।

"मामा जी का?"

"नहीं।"

"फिर...?"

भावना ने इस 'फिर' का उत्तर देने की भी आवश्यकता न समझी। वह वैसी ही लेटी रही।

देर तक कमरे में असह्य सन्नाटा रहा। अन्त में चारों ओर जमी बर्फ़ की विशाल चट्टान को तोड़ती किसी तरह भावना बोली, "इतु, मेरी अटैची में कपड़े रख दे। आज ही शाम की गाड़ी से चली जाऊँगी....।"

"कहाँ दीदी?"

"अरे, अभी बतलाया नहीं–दिल्ली जा रही हूँ।....हमारी हैड मिस्ट्रेस को इन्फॉर्म कर देना।"

भावना की दृष्टि अब बार-बार घड़ी के डायल की ओर जा रही थी। सवा नौ बजे गाड़ी जाएगी इस समय आठ पच्चीस हैं।

"रात को अकेली न रहना इतु! ज़माना बुरा है। सुक्को मौसी को ज़रूर बुला लेना।"

"खाना खा लेना। मुझे भूख नहीं....।"

"तू अपने एक्जाम की तैयारी क्यों नहीं करती! फाइनल ईयर है। अरी, खड़ी-खड़ी मुँह क्या देख रही है?" इस बार तनिक तुनककर भावना ने कहा तो इति सहम-सी गई। डरती-डरती बोली, "बिना खाना खाए ही चली जाओगी दीदी।"

"हाँ–कह तो दिया!"

"कुछ बाँध दूँ....?"

"नहीं!!!"

यों ही हड़बड़ी में भावना चली गई तो इति को सब अज़ीब-अज़ीब-सा लगा–एक विचित्र-सी पहेली।

दीदी ने यह भी नहीं बतलाया कि तार किसका था? क्या लिखा था...?

सुक्को मौसी बड़े कमरे में खर्राटे भरती हुई सो गई, पर इति भावना के कमरे में बैठी देर तक पढ़ती रही।

तभी पन्ने पलटते-पलटते पता नहीं किस तरह पेन ज़मीन पर गिर पड़ा। उसे उठाने के लिए इति झुकी ही थी कि नीचे वही गुलाबी रंग का काग़ज़, मुड़ा-तुड़ा पड़ा था।

बड़ी सावधानी से फटे काग़ज़ की सलवटें ठीक करके पढ़ने का प्रयास किया। लिखा था–'रतन एक्सपायर्ड!' नीचे दस्तख़्तों की जगह किन्हीं 'विनोद' नामक सज्जन का नाम अंकित था!

–तो जीजा जी चल बसे!

इति बुदबुदाई।

फिर लाख कोशिश करने के बाद भी पढ़ने में मन न लगा। दीदी की आन्तरिक व्यथा साकार होकर आँखों के आगे घूमती रही।

सारी रात पड़ी-पड़ी सोचती रही–जीवन-भर दीदी को क्या मिला? जीजा जी द्वारा अपमानित होकर, घर से निकाली जाने के पश्चात् उन्होंने कितना कुछ नहीं सहा!

उसे याद आया–वह बालकनी में बैठी, जाड़ों की पीली, पथराई धूप में गीले बाल सुखा रही थी, तभी किसी ने बतलाया, "सुनो बिटिया, रतन ने दूसरी शादी कर ली है।"

दीदी ने सुने का अनसुना कर दिया, जैसे पहले से सब जानती ही। उन्हें तनिक भी अचरज न हुआ...।

दीदा चाहतीं तो क्या-क्या नहीं कर सकती थीं। क़ानून साथ था। बड़े मौसा जी जाने-माने वकील। किन्तु न जाने क्या सोचकर वह होंठ सिए चुप बैठी रहीं।

–मेरे प्रारब्ध में इत्ता ही सुख था तो अधिक कहाँ से आता! दीदी उड़ी-उड़ी-सी कभी दुहरा दिया करती थीं।

बड़े चाचा जी, मामा जी बुआ जी–सबने कहा–दूसरी शादी करने के लिए, पर यहाँ भी भावना दीदी पहेली बनी चुप बैठी रहीं।

कितना सहा दीदी ने! कितना! कितना–इति बिछौने में मुँह छिपाकर सिसकने लगी।

"कौन, भावना....बहू! कब आई?" ससुराल के रिश्ते की किन्हीं वृद्धा ने आँगन में पाँव धरते ही पूछा।

"अभी माँ जी...!"

"तार दिया था–बिन्दू ने?"

"जी–हाँ।"

अटैची थामे भावना क्षण-भर वैसी ही खड़ी रही–दरवाज़े के पल्लू के सहारे...। फिर चुपचाप भीतर चली गई।

घर में कुहराम मचा था, परन्तु भावना गूँगी, बहरी-सी चुप बैठी रही। न रोई, न चिल्लाई। मूक दर्शक की तरह यंत्रवत सब देखती रही–

वह औरत रो रही थी–जिसे अब रतन की पत्नी कहते हैं, रतन जिसे ब्याहकर लाया था, जिसकी सूनी माँग में अब सूखे घाव की दरार-सी पड़ गई है।

भावना देखती रही–

दुबला-पतला सूखा शरीर!

पीली देह!

इसी के प्यार में पागल होकर रतन ने उसे कितनी यंत्रणाएँ दी थीं! क्या-क्या नहीं कहा था! क्या-क्या नहीं किया था! जब सब असह्य हो गया तो एक दिन घर से भी निकाल बाहर किया था।

पापा नहीं रहे, तो फिर किसी का भी भय न रहा...!

दो बच्चे बाहर खड़े थे। एक नन्हा-सा, किसी की गोदी में ख़रगोश की तरह दुबका बैठा था। अपनी माँ को रोती देखता तो स्वयं भी मुँह फाड़कर रोने लगता...।

यह वही घर था, जहाँ भावना एक दिन दुल्हन बनकर आई थी। पापा कहते थे—अपनी भावना को हमने चन्दा और करुणा से भी अच्छा घर दिया है। ख़ूब सुख से रहेगी...राज रचेगी....

कैसा राज रचाया! कितने सुख से बिताए चार साल—भावना का हृदय यह सोचने मात्र से सिहर उठा।

ढेर सारे गन्दे कपड़े, जिन्हें यहाँ बिस्तर की संज्ञा दी जा रही है एक ओर पड़े हैं। पलंग टूटा हुआ है। मज़ के एक पाँव के नीचे ईंट का आधा टुकड़ा पड़ा है।

—"रतन की बीमारी ने हमें कहीं का न रख छोड़ा। बर्तन-भाण्डे तक बिक गए।" वृद्धा सास माँ कपाल पर हाथ रखे, अपने टूटे करम को रो रही थीं। किसी से कह रही थीं, "अन्त में भाई तक मुँह बिरा गए मौसी! मरते समय मेरे रत्तू के घर कफ़न तक के लिए पैसे नहीं थे...।"

भावना सुनती रही।

एक-दो दिन तक चुप देखती रही।

तीसरे दिन अपने घर लौटते समय जब रहा न गया तो बूढ़ी सास को एकान्त में ले जाकर बोली, "ये कुछ रुपये हैं माँ जी! क्रिया-कर्म में लगा देना। बच्चों को दुख न देना। विनोद कह रहे थे—बच्चों का स्कूल जाना छुड़वा दिया है। उन्हें फिर स्कूल भिजवा देना। जो कुछ बन सकेगा, मैं करूँगी....।"

"बहू, यह तू क्या कह रही है? तेरे साथ उसने जो कुछ किया, उसके बाद तो..."

"जो कुछ उन्होंने किया, उनके साथ ही चला गया माँ जी! पर इन अबोध बच्चों का क्या दोष?"

साथ लाई दो-तीन साड़ियाँ भावना छोड़ गई। बच्चों के लिए कुछ रुपये भी।

रिक्शे पर बैठती-बैठती बोली, "माँ जी, कभी उधर चली आना। मन बहल जाएगा। हमें भी ख़ुशी होगी। माँ तो बचपन में ही हमें छोड़कर चल बसी थीं। जब से होश सँभाला आपको ही माँ की ठौर पर पाया।"

"बहू, अब तू इत्ता दुख न दे! हमारे किए की इत्ती बड़ी सज़ा नहीं!" बूढ़ी सास का अब तक थमा बाँध टूट बहा, "उसके ऐसे धन्न भाग कहाँ थे!....अपने किए पापों की सारी सज़ा भुगत गया बहू....!"

रिक्शे पर टूटी टहनी की तरह निढाल पड़ी भावना बैठी रही। माँग का सिन्दूर न जाने कब, कैसे पुँछ गया था। उसका अब कोई निशान न था, पर हाँ, नौ साल लम्बी थकान उसके मुरझाए मुखड़े पर आज अवश्य उभर आई थी।

स्मृतियाँ

"तो इत्ती-सी बात थी?"

"और क्या?"

मैं हँस पड़ा और वह भी।

एक बहुत ऊँचे वृक्ष पर कहीं चील का घोंसला था, उसके ऊपर नीला आसमान और इधर-उधर बिखरे कहीं-कहीं सफ़ेद मटमैले बादल!

आज भी कभी सोचता हूँ तो सब सपना-सा लगता है। लगता है—वह सब घटित नहीं हुआ था। कभी-कभी बहुत कुछ हम यों ही सोच लेते हैं न! और चाहे या अनचाहे, जाने या अनजाने, इतनी बार दुहराते हैं कि सब यथार्थ-सा लगने लगता है।

मेरे हाथ में अभी भी वह नीला काग़ज़ है, और उसके साथ रंग-बिरंगा पारदर्शी पतला लिफ़ाफ़ा—

—जो चीज़ें छूट गयीं जिनसे अब कोई वास्ता नहीं, वे ही बार-बार घेरकर क्यों खड़ी हो जाती है? बार-बार मैं क्यों परेशान हो उठती हूँ और....

पत्र बंद करके मैं कुछ और सोचने लगता हूँ। मेरी आँखों के आगे तब एक दूसरा ही चित्र घूमने लगता है—

चंदन-सा चेहरा, गहरे पाँगर के रंग के बाल, दूर तक फैली बड़ी-बड़ी दो कज़रारी आँखें! इतनी बड़ी आँखें भी क्या किसी की हो सकती हैं?

मेरा ध्यान सहसा उस ओर गया तो चौंक पड़ा। वे दो बड़ी-बड़ी आँखें अपलक मेरी ही ओर देख रही थीं। मुझे उनका इस तरह से देखना बड़ा अटपटा-सा लग रहा था। इतने बड़े समारोह में, लोग क्या कहेंगे? 'लोग क्या कहेंगे?' मेरी ज़िंदगी की सबसे बड़ी कमज़ोरी रही है, जो अब तक है।....मैंने उड़ती निगाहों से उसकी ओर फिर देखा, वह अब तक भी उसी तरह देखे जा रही थी....।

समारोह के बाद घर आया तो बड़ी देर तक वे दोनों आँखें मेरा पीछा करती रहीं। लग रहा था जैसे मेरी पीठ पर धधकते अंगारे की तरह चिपक गयी हैं।

उस दिन बड़ी सर्दी थी। ओले गिरने से शाम तक ठंड कुछ और बढ़ गयी थी। उस ढलवाँ सड़क पर, लंबा ऊनी कोट पहने अकेला चल रहा था। तभी गरम कपड़ों से ढकी, वह अपने पति के साथ, नन्ही बच्ची का हाथ थामे? लंबे-लंबे डग भरती दिखाई दी। बच्ची के छोटे-से हाथ में पतली ज़ंजीर थी, जिससे बँधा एक बौना झबरैला कुत्ता उछल-उछलकर दौड़ता हुआ, उनका साथ देने का असफ़ल प्रयास कर रहा था।

वे चुपचाप चल रहे थे। पास ही झील पर से उठती हल्की-हल्की हरी लहरों की ओर वह उड़ती नज़रों से देख रही थी।

ज्यों ही उसने सामने देखा, उसका चेहरा सहसा चमक उठा। अपने प्रति वह सचेत हो आयी। दूर से ही उसके दुबले-पतले सफ़ेद हाथ यंत्रवत जुड़ गये।

"उस दिन आप चले कहाँ गये थे?" उसने इस तरह पूछा जैसे बहुत पहले से जानती हो।

"अपने डेरे में...." मैंने मुस्कराने की चेष्टा की।

"आप शायद हमें पहचान नहीं पा रहे हैं, पर हम आपको अच्छी तरह जानते हैं। अक्सर हम लोग आपके विषय में बातें करते रहते हैं।....हाँ, ये मेरे पति हैं," तनिक घूमकर उसने कहा, "और यह हमारी बिटिया! इसे हम 'बेबी' कहते हैं!"

प्रत्युत्तर में मेरे कुछ कहने से पहले ही वह फिर बोल उठी, "इत्ती सर्दी में आप जा कहाँ रहे हैं?"

"यों ही टहलने..."

"आज काफ़ी घना कुहरा है," उसने बड़ी परेशानी से कहा, "लगता है, इस साल बहुत बर्फ़ गिरेगी!"

सचमुच घना कुहरा चारों ओर घिरने लगा था। झील की सतह से ठंडा धुआँ जैसा ऊपर उठ रहा था। घास पर गिरी ओस की बूँदें जम चुकी थीं। वातावरण में अज़ीब-सी मनहूसियत छाई हुई थी। लगता था, सारा शहर वीरान हो गया है। बड़ी मुश्किल से कहीं-कहीं कोई आदमी दीखता था। अधिकतर मकान, होटल बंद हो चुके थे। इक्की-दुक्की कारें बसस्टैंड पर दीखतीं या फिर रोडवेज की बसें!

"आपको जल्दी न हो तो....मेरा मतलब...एक प्याला कॉफ़ी पीकर जाते! हम यहीं पास ही तो रहते हैं–उस सामने वाले मकान में, जहाँ कत्थई छत दीख रही है...."

मैंने कलाई पर बँधी घड़ी की ओर देखा।

"अभी तो सेनिटोरियम जाना है....।"

"तो शाम को आइये, छह-सात तक कॉफ़ी हमारे साथ पीजिए। आप हमारे घर आ सके तो हमें बड़ी ख़ुशी होगी, सच!" वह इतनी बड़ी होकर भी अबोध बच्ची की तरह कह रही थी।

अपना पता देकर वह चली गयी। मुझे आश्चर्य हुआ, न मैं उसके पति से कोई बात कर सका, न बेबी से ही। दरअसल इतना कुछ बोल गयी कि दूसरों को समय ही न मिला।

शाम को सेनिटोरियम से लौटा तो काफ़ी थका हुआ था। मन नहीं था कहीं जाने को। आरामकुर्सी पर आँखें बन्द किये निढाल पड़ा रहा।

बाहर सनसनाती हुई हवा चल रही थी। सूरज के ढलते ही पहाड़ों में कैसा घुप्प अंधकार छा जाता है! घाटियाँ अंधे कुओं जैसी लगती है। तब हाथ को हाथ नहीं सूझता।

बालकनी पर झुका मैं झील के चारों ओर झिलमिलाती ठंडी रोशनी की ओर देख रहा था। मरकरी बच्चों की नीली-नीली, हरी रोशनी एकदम सर्द लग रही थी। पेड़ों से लदे पहाड़ के ढलानों पर कहीं-कहीं पीले बीमार बल्ब अपने अस्तित्व का बोध जता रहे थे।

मेरी निगाहें अँधेरे में कुछ खोजने का असफ़ल प्रयास कर रही थीं कि तभी नीचे से किसी ने आवाज़ दी।

सींक जैसा दुबला-पतला काला लड़का ठंड में ठिठुरता हुआ सीढ़ियों पर खड़ा था। कह रहा था, "जी...आपको बुलाया है...."

मुझे समझने में समय न लगा कि किसने बुलाया है। क्षण-भर असमंजस में डूबा कुछ सोचता रहा, "कितनी दूर होगा यहाँ से?"

"बस, यहीं पास ही...." अँगुली उठाकर उसने अँधेरे में इस तरह इशारा किया, जैसे पास ही छूकर बतला रहा हो।

ओवरकोट पहनकर मैं उसके पीछे-पीछे चल पड़ा। लड़के के पाँवों पर मात्र फटी हुई चप्पलें थीं। वह बजरी से ढकी ढलवाँ सड़क पर बड़े जतन से सम्हल-सम्हलकर चल रहा था। पर मेरे अनभ्यस्त पाँव बार-बार रपट पड़ते। कई बार तो मैं गिरते-गिरते बचा।

मुझे बड़ा अटपटा-सा, अज़ीब-सा लग रहा था। जिन लोगों को मैं भली-भाँति जानता-पहचानता नहीं उनके घर जाना मेरे लिए कम असमंजस का कारण नहीं था। फिर भी मेरे पाँव बढ़ रहे थे और मैं चल रहा था।

जब आँगन पर पहुँचा तो देखा—वह दरवाज़े पर खड़ी है।

"आपने इत्ती देर कर दी!" वह उलाहने से बोली, "सब आपकी प्रतीक्षा में बैठे हैं...।"

'सब' शब्द से मेरे मन की परेशानी कुछ और बढ़ गयी।

उसने गहरे नीले रंग की साड़ी पहनी थी। उसी रंग के अन्य परिधान थे। इस समय उसका चेहरा सुबह की तरह जर्द नहीं, ताज़े फूल की तरह खिला था।

"आज बेबी का जन्मदिन है न!" मुस्कराती हुई वह बोली, "आप नहीं आते तो हमें बहुत बुरा लगता।

एक सजे-सँवरे कमरे में वह ले गयी। सबसे उसने परिचय कराया। मेरी सुविधाओं का वह इतना ख़याल रख रही थी कि कभी-कभी मुझे असुविधा-सी अनुभव होने लगती।

भोजन के बाद सारे मेहमान एक-एक कर खिसकने लगे पर वह पास की कुर्सी पर बैठी बातें करती रही।

उसके पति कई बार कमरे से गुज़रे। काफ़ी मेहमान भी अब तक जा चुके थे, लेकिन उसकी बातों का सिलसिला समाप्त होता लगता न था।

कई बार वह बोलती-बोलती सहसा चुप हो जाती। मैं बाहर कहीं दूर अँधेरे में टिमटिमाते पीले उदास बच्चों की ओर देखने लगता तो वह भी उसी ओर देखने लगती।

"आप पुनर्जन्म में विश्वास करते हैं?" उसने न जाने क्या सोचकर कहा तो मैंने सहसा चौंककर उसकी ओर देखा। उसकी गहरी नीली आँखों में एक अज़ीब-सी वेदना थी।

वक्त काफ़ी बीत चुका था।

"अच्छा, अब चलूँ?" मैंने उसकी ओर देखा।

उसे जैसे समय का भान हुआ। उसने घड़ी की ओर देखा और फिर भागती हुई भीतर गयी।

"इन्हें गेट तक छोड़ आयें!" बड़ी मासूमियत से उसने अपने पति से कहा, "थक तो आप भी बहुत गये हैं आज!"

वह अपने पति के कोट का मुड़ा हुआ कॉलर ठीक कर रही थी, "अरे, आपके हाथ बहुत गरम क्यों है?" उसने चौंककर कहा।

सचमुच उसके पति की तबीयत ठीक नहीं लग रही थी।

"ख़ैर, चलिए, इन्हें छोड़ आयें। फिर आपको दवा दूँगी। अभी तो काफ़ी काम समेटना है।"

वह सफ़ेद शॉल ओढ़े हुए थी। हाथ में टॉर्च लिए आगे-आगे चलकर, पीछे मुड़ रही थी ताकि सबको रास्ता साफ़ दिखायी दे।

हम गेट तक पहुँचे तो वह बोली, "आपको बहुत कष्ट दिया आज, लेकिन आपके आने से हमें कितनी ख़ुशी हुई आप सोच भी नहीं सकते।"

मैं चलने लगा, तब भी वह अपने पति का हाथ थामे, बुत की तरह खड़ी उस अंधकार में न जाने क्या टटोल रही थी।

मैंने चेखव की जीवनी में ऐसा ही एक प्रसंग पढ़ा था कभी। मैं उस सारी रात सोचता रहा, जैसा एक के जीवन में घटित हुआ वैसा ही ठीक उसी तरह क्या किसी और की ज़िन्दगी में भी घटित हो सकता है?

जिस दिन चलने लगा, वह लेकब्रिज पर खड़ी थी–बच्ची का हाथ थामे। उसके पति भी छोड़ने आये थे। बस चलने लगी तो उसकी आँखों में कुछ अज़ीब-सा भाव तैरने लगा था।

आये दिन की यात्राओं से इधर बहुत थक गया था। तपेदिक के साथ-साथ और भी बहुत-सी परेशानियाँ बढ़ गयी थीं। इतने लंबे अंतराल में उसे केवल एक बार और देखा था। वे ही हरे-भरे पहाड़, वैसी ही सड़कें थीं, लेकिन लगता था, कहीं बहुत कुछ बदल गया है....।

एक दिन वर्षों बाद अकस्मात् एक पत्र मिला। उसी की लिखावट में था–सत्रह तारीख़ को पचमढ़ी जा रही हूँ। रेलवे स्टेशन पर मिल सकेंगे?

निश्चित समय पर मैं स्टेशन पहुँचा तो वह वेटिंगरूम के आगे खड़ी थी। उसका चेहरा कितना बदल गया था! छोटी-सी बच्ची साथ थी जो मुझे देखते ही चहक उठी।

"यह तो उतनी ही छोटी है, जितनी मैंने इसे तब देखा था!"

मैं अभी कह ही रहा था कि वह ज़ोर से हँस पड़ी, "यह वह नहीं, उसकी छोटी बहन है।"

"हू-ब-हू वैसी ही है। हाँ, क्या नाम रखा इसका?" मैंने यों ही पूछने के लिए पूछा।

वह हँस पड़ी। उसकी हँसी वैसी ही थी–निश्छल, निर्मल।

"कुछ भी तो नहीं!" उसने मेरी ओर देखा।

"कुछ तो..."

"बस, बेबी कहते हैं। आप कुछ सुझाइये, वह रख लेंगे। क्यों बेबी?" उसने बेबी को समेटते हुए चूम लिया।

पास ही काउंटर से मैंने टॉफियों का रंग-बिरंगा डब्बा खरीदा तो बेबी खिल उठी। उसी में से टॉफियाँ निकाल-निकालकर मुझे और अपनी मम्मी को देने लगी।

लगभग तीन घंटे उसे स्टेशन पर रुकना था। इतने थोड़े समय में जैसे वह सारी बातें समाप्त कर लेना चाहती थी। मुझे आश्चर्य हुआ यह देखकर कि वह अपने साथ कुछ खाना भी बनाकर लाई थी।

"आपको यह पसंद है न।" उसने मेरी ओर देखते हुए कहा, "जब भी खाने के लिए बैठती, पता नहीं क्या-क्या याद आने लगता। अनायास हाथ रुक जाते।....हमारे आँगन में अब भी वे ही फूल खिलते हैं। आपको कितने अच्छे लगते थे! एक भी फूल मैं उनमें से तोड़ती न थी....आप कितनी दूर रहते हैं यहाँ से? बहुत घूमना-फिरना पड़ता है न! ट्रेनों का सफ़र कितना ख़तरनाक है! आए दिन दुर्घटनाएँ होती रहती हैं....। 'वे' स्टेशन तक छोड़ने आये थे। आपको जो पत्र भेजा था, वह उन्हीं को लेटर बॉक्स में डालने को दिया था। मैंने उसे स्वयं बंद तक नहीं किया। अपने जीवन में मैंने कुछ भी तो नहीं रखा, छिपाने के लिए। मैंने कभी कोई गुनाह नहीं किया, ईश्वर साक्षी है...." खाते-खाते उसका हाथ अनायास ठिठक पड़ा।

मैं तटस्थ भाव से उसे देखता रहा—उसके सिर पर कहीं-कहीं सफ़ेद बाल चमक रहे थे।

पहले वह हँसती रहती थी। साधारण-सी छोटी-छोटी बातों पर भी देर तक हँसती चली जाती। लगता था, हँसी का अदृश्य फव्वारा कहीं से फूट रहा है। हँसती अभी भी वह उसी तरह थी, लेकिन अब वह बात न थी। हँसते-हँसते उसका चेहरा कोरे काग़ज़ की तरह सफ़ेद हो आता।

पिछले सात-आठ महीने वह बहुत बीमार रही थी। पर उसकी रुग्णता ने उसकी कंचन-सी काया को और भी तपा दिया था। उसकी आँखों की चमक पहले की अपेक्षा बढ़ आयी थी।

"देखिए न! खाने की जो-जो चीज़ें मुझे पसंद थीं, डॉक्टर ने सब मना कर दी हैं।" वह सामने बिखरा सामान समेटने लगी। उसके कहने में कहीं कोई शिकायत न थी। बड़े सहज ढंग से वह जैसे यों ही कह रही हो।

मुझे पहले से पता था कि बेबी उसके साथ होगी। अत: उसके लिए कुछ खिलौने लाया था। पास ही बेंच पर वह अकेली बैठी, निर्द्वन्द्व भाव से खेल रही थी।

बार-बार उसकी निगाहें अपनी दुबली-पतली कलाई पर बँधी घड़ी की सुई पर अटक आतीं। एक-एक क्षण गुज़रने का उसे अहसास था। ज्यों-ज्यों समय बीत रहा था, उसकी अधीरता बढ़ती चली जा रही थी। जैसे भागते समय को बाँध लेना चाहती हो।

"तब मर जाती तो आज आपको कैसे देखती?"

कंडिया में वह सामान समेटने लगी।

रेल की यात्रा और अनिद्रा से वह बहुत थकी-थकी-सी लग रही थी। सामान उठाते समय उसकी अंगुलियाँ काँप रही थीं।

"अभी तो लंबा सफ़र तय करना है। आज यहीं आराम कर लेती!" मैंने कहा तो वह बिना मेरी ओर देखे, उसी तरह सामान समेटती रही। फिर कुछ सोचती हुई बोली, "तीन घंटे यहाँ ठहरने की बात 'उन' से कही थी। यों रुक भी सकती हूँ, वे कुछ कहेंगे नहीं, लेकिन..."

इस 'लेकिन' के साथ उसने एक बहुत बड़ा प्रश्नचिह्न खींच दिया था। तभी बेबी का एक खिलौना नीचे गिर पड़ा। मैं उठाने ही वाला था कि उसने लपककर उठा लिया। समय हो गया था, लेकिन अब तक ट्रेन आई न थी। इसलिए हम प्लेटफॉर्म पर टहलने लगे। स्टेशन की चहल-पहल देखकर बेबी बहुत ख़ुश थी। बार-बार तरह-तरह के प्रश्न पूछ रही थी पर वह उनका संतुलित—संयत उत्तर न दे पा रही थी।

"बड़े शहरों से डर-सा लगता है...." वह कुछ सोचती हुई बोली, "याद है, उस साल कितनी बर्फ़ पड़ी थी! आप रोज़ सुबह टहलने जाते थे। वह सड़क अब पक्की हो गयी

है। आप कभी उधर फिर आये नहीं न! क्यों नहीं आये?....मैं रोज़ सुबह आँगन पर खड़ी, उस सूनी सड़क पर न जाने क्या-क्या ख़ोजा करती थी! आप सच नहीं मानेंगे...." वह कहती-कहती अटक आई थी।

सामने के प्लेटफॉर्म पर खड़ी कोई मालगाड़ी अजगर की तरह धीरे-धीरे सरक रही थी। इंजन की तेज़ सीटी से सहसा बेबी चौंकी। उसने अपनी मम्मी की अँगुली और कसकर पकड़ ली।

"पहले बहुत सपने आते थे। मैं खिड़की पर खड़ी देखती—आप हौले-हौले बर्फ़ पर चल रहे हैं। बर्फ़ की फुहारों से आपके कपड़े ढक गये हैं, चिट्टे सफ़ेद हो आए हैं, लेकिन आपका चलना थमता नहीं....।"

बातों की दिशा बदलने के लिए मैंने कहा, "अब कब आओगी इधर?"

"बस, यह अंतिम यात्रा है...." उसका स्वर लड़खड़ा आया था। होंठ काँप रहे थे।

मुझे लगा, वह बहुत भावुक हो आयी है। इस तरह की बहकी-बहकी उखड़ी-उखड़ी बातें उसने पहले कभी नहीं की थीं। शायद इस लंबी, भयंकर बीमारी ने उसे हिला दिया हो। यों भावुक वह पहले भी कम न थी, लेकिन कभी भी उसने कुछ व्यक्त न होने दिया था।

उसके मना करने के बावजूद उसके लिए कुछ फल ख़रीदता हूँ। लिफ़ाफ़ा थामते हुए उसके हाथ काँपने लगते हैं।

तभी ट्रेन प्लेटफॉर्म पर लगती है।

वह खिड़की के साथ वाली सीट पर बैठती है। उस शोरगुल में, उस भीड़भाड़ में न जाने शून्य की ओर ताक़ती क्या खोजने लगती है! उसके होंठ कुछ कहने के लिए फड़कते हैं, लेकिन कुछ बोल नहीं पाती। जब ट्रेन चलने लगी तो खिड़की पर झुका अपना पीला हाथ हिलाती रही। खिड़की से बाहर मुँह निकालकर तब तक बाहर देखती रही, जब तक प्लेटफॉर्म ओझल न हो गया।

काला दरिया

अभी वह काला साँप आएगा। दैत्य–जैसा। चेहरे पर जैसे तारकोल चुपड़ रखा हो! अपनी लाल शराबी आँखों से घूरकर देखेगा। फटे बाँस की–सी भर्रायी, कर्कश आवाज़ में कहेगा–"बा–ई–ई, कित्ते की आमद हुई?–च्च, हरामज़ादी, बदज़ात! ख़ुदा का शुकर समझ।"

अभी आज फिर हरु'का आएगा। घिघियाता हुआ, खोपड़ी खुजाता हुआ कहेगा–"द वे, ओ उदुली, तेरे सिर पर राख पड़े। कुछ नोन–तेल के लिए धेला–टका देती है या बाल–बच्चों को ज़हर खिला दूँ! इस काली मन–मन माल–भाभर से घर कैसे लौटूँ? सब पहाड़ चले गए हैं, गाय–डंगर, कच्चा–काकड़ तक। लेकिन मैं टूटी कपालि का मरने के लिए यहाँ रह गया हूँ। जाड़ों–भर धेले की आमद नहीं हुई तेरी क़सम!"

रोएगा। गिड़गिड़ाएगा। बेशरम। पाँवों पर हाथ धरके कपाल टिका देगा। कहेगा–"अपने उस्ताद से माँग ले। रोज़ कमाई कर रही है, मुझे ही कुछ करजा दे दे। अगले साल बनवसा–चकरपुर जाऊँगा तो पाई–पाई चुका दूँगा। तेरी बलै हो ओ उदी!" कहकर मन की पूरी कर लेगा। पैसे भी झाड़कर ठग ले जाएगा, सो अलग।

उदुली का मन भीज–भीज आया। आँखों पर न मालूम किस रेतीले ज़हर का धुआँ घुट गया है। रोकर भी एक बूँद पानी नहीं टपकता।

सस्ते पाउडर की राख से पुता झुर्रियों–झाँइयों से ढका चेहरा एक बार वह फिर बुझे शीशे में देखती है–जिसका पारा भीतर से उखड़ गया है। किनारों पर पानी के भीगने के छींटे–से उभर आए हैं–दही के जैसे छींटे।

न जाने क्या सोचकर उसने फिर मुँह फेर लिया।

हाँ तो....! उसने एक गहरी साँस भरी–तो फिर आज–हरु'का...!

हरु'का, शराब के नशे में झूमता, लड़खड़ाता, बड़बड़ाता हरु'का, जिसने कल कमरे में पाँव धरते ही कुत्ते की तरह के कर डाली थी।

उदुली ने रोष में भड़ककर तब ख़ूब डाँटा, फटकारा, यहाँ तक कि उसके कपड़े नोच-नोचकर फाड़ डाले थे। दाँत पीसते हुए गाल पर चाँटा जड़ दिया था–"अब फिर मुँह दिखलाने चला आया है ओ हरु'का, अपनी दीदी के पास! इजा (अम्मा) के पास! कका कहती थी न तुझ कलमुँहे राकस को! लेकिन तूने सरेआम, भरी बाज़ार में मुझे नंगी कर टके-टके के मोल बेच डाला। कहीं की भी नहीं रख छोड़ा। तेरे दुख के मारे, तेरे गाँव-गिराम वालों के वचन-बाणों से बिंधकर अपने टूटे करम को रोने के लिए इत्ती दूर, इस नरक में चली आई। लेकिन, तू यहाँ भी खोज-ख़बर लेकर चला आया मुझे फिर लूटने!"

उसने तब एक-एक कर अपने कपड़ों को उतारकर, उसे एक-एक घाव गिनाए।

"देख, देख राँड का, यह सब तेरी बदौलत हुआ। उस्ताद डंडे से पीटता है–जिस दिन कम मजूरी होती है। तूने ज़िन्दा ही मुझे इस घोर पीब के कुण्ड में धकेल दिया। कसाई, तुझ पर कीड़े पड़ेंगे, कीड़े!" वह फूट-फूटकर रो पड़ी थी।

और, तब पता नहीं कैसे आवेश में उबलकर उसने हरु'का के मुँह पर थूक दिया था। लेकिन वह था बेशरम, चाट गया।

उदुली का बेडौल गात अंधी-पानी में डोलता पीले मालू के पात की तरह काँप आया। वह ईंटों से पटे, तार की पत्तियों वाले बरामदे में निकल आयी। जैसे अन्दर-ही-अन्दर उसका दम घुट रहा हो।

उसने अचरज-भरी उदास बुझी आँखों से चारों ओर इस तरह देखा, जैसे यह सब जीवन में पहली बार देख रही हो। बड़ी अजीब-सी, भुरजी के भाड़ की तरह अँचती धरती, गरम लू के सनसनाते थपेड़े, चहचहाकर दूर कहीं उड़ती चिड़िया, सामने के बंजर मैदान में चरते एक-आध मरियल गधे, रेत का आसमान की ओर उठता हुआ धुँधला गुबार!

वह फिर कमरे में लौट आई।

लगता है, आज कोई भी आएगा नहीं। उसने सोचा–इस गरम में अच्छा-चंगा आदमी भला आने भी क्यों लगा? कहते हैं, नकटे रज्जन म्याँ की अकल में पाथर पड़ गया। लकड़ी का ठेका अधूरा छोड़कर पीलीभीत भाग गया। शराब-भट्ठी का मालिक वह धुलधुलिया थोकदार ज्यू भी सुना पहाड़ चला गया। वह टेसनिया मास्टर पीनक के नशे में कभी चट्-चट् सीढ़ियाँ चढ़ लेता था। वह कलमुँहा भी पता नहीं कहीं चला गया। दरवाज़े से ही हाँक लगाता था। सारी रात सोने नहीं देता था। रेल की ही कलमुँही बातें दुहराता था। और बाक़ी तो सब ऐसे ही बन के बनाड़ हैं, कुकुर-काकड़ों की तरह छाती लूछते ही रहते हैं। ईंटों के भट्टों में काम करने वाला चमार-सा काला, झक्क-सफ़ेद दाढ़ी वाला, लँगड़ा

बूढ़ा मुनसी। कत्था बनाने वाला पुरबिया चाई। उदोर-उदोरकर बोलने वाला चौकीदार—मुँह से सड़ी बास आती है। हाँ, आज फिर...!

एक तसवीर घिनौनी-सी फिर खिंच गई।

लू का तभी एक जलता झोंका आया। उसने किवाड़ फटाक् से बन्द किए। मुँह का पसीना चल से पोंछा। कटे केले के तने की तरह बिछौने पर लुढ़क पड़ी।

धोती एक ओर बिखरकर सिमट गई लेकिन उसने ध्यान नहीं दिया। जब से यहाँ आई है, नारी-जन्म की सारी लाज-शरम समेटकर उसने छत पर टाँग दी है। अब उसे कुछ भी करने, कुछ भी कहने में हिचक मालूम नहीं होती। शायद वह अब औरत रही ही नहीं। औरत की केवल एक लाश है, मरी हुई, सड़ी हुई, गली हुई लाश—जिसे गली-मुहल्ले के सियार-कुत्ते वक्त-बेवक्त नोचते रहते हैं। जिसे खाते भी हैं—जिस पर थूकते भी हैं।

उसकी आँखों में धुआँ-सा घिर आया।

उसे अपना नन्हा-सा वह पहाड़ी गाँव याद आया, जिसकी बग़ल से कलकलाती छोटी-सी खोली (नदी) बहती थी। संखमरुड़ की एक सफ़ेद लकीर-सी खिंच जाती थीं—दूर तक। सामने देवदार के पेड़ों की ओट में बड़ा-सा गंगनाथ ज्यू का थान, जहाँ वह कभी अपनी बूड़ि आमा के साथ तीज-त्योहारों को गंगा-जल चढ़ाने जाती थी। हज़ारी के लाल-पीले फूल, ताँबे के पंच-पात्र में वही समेटकर ले जाती थी। उसके ठीक सामने, परली पार बनतोली का इसकूल। टिकाराम पण्डत ज्यू! ककराली के एक खुटिया बुड़ पण्डत ज्यू!

"द वे ओ उदुली, तेरी खोरी में कोरे अकास से बजर बरसे! तेरी झोगली झोड़ झुके। अरि, इसकूल नहीं चलती। सुकिया, खिलिया, जई सब चले गये हैं। टिकाराम पण्डत न्यू की टन-टन घोंट खनखना रही है, गंगनाथ के मन्दिर की तरह। गोरू-बछिया सब बन-बेत चले गये है। घँसारियाँ घास को चली गई है। द, तेरी कपाली में आग लगे....!"

दूसरी ओर से देर तक आवाज़ नहीं लौटती।

हरु'का बिज़ोरे की तरह तमतमाया मुँह बनाता है। जैसे झिमौड़े (बर्र) ने काट खाया हो।

उदुली तब भी नहीं आती तो झन्नाकर पाटी-बस्ता धूप से बचने के लिए सिर पर रख लेता है। धमाधम बनतोली के इसकूल की बेत-भर चौड़ी बटिया पार करता है—"न आ— न आ तिथाडीजानी न आ..." अपने-आप बुदबुदाता है—"न आ।"

वह मन-ही-मन कुढ़ता है। झुँझलाता है। और तो कोई उसे साथ नहीं ले जाते। चेली (लड़की) है, करके वह रुकता है तो हज़ार नख़रे दिखाती है।

वह चलता चला जाता है।

"हरु'का। हँ, हो हरु'का! तुमरी पौ (पाँव) की बलै। रुकौ हों।" पीछे से बेतहाशा भागती उदुली चिल्लाती है। पर, हरु'का सुनी-अनसुनी कर डालता है। वह जानता है,

उदुली की बच्ची ज़रूर आएगी। आगे अँधियारा, मिसाला जंगल है। लमजुगिया भूत और उलटे पैतानेवाली अंधी आँचरी के हज़ार किस्सों से उसके रोंगटे वैसे ही खड़े हो जाते हैं। उस पर छन-छन मन-मन करता गधेरा आएगा तो रोने लगेगी, चुड़ैल! वह रुकने के बदले और तेज़ चाल से, शिकारी की दुनाली की नोक में भागने वाले घुरुण की तरह चौकड़ी भरने लगा।

उदुली दौड़ती-भागती, हाँफती उस तक पहुँचती है, तब तक वन का ख़राब रास्ता कट जाता है।

हरु'का वन-खण्डी के राजा शेर की तरह रोब से उसकी ओर देखता है। कहता है—"ले, ओ उदुली मरजानी, उठा यह मेरा बस्ता!" अपनी तख़्ती भी वह उसके सिर पर लाद देना है। "तेरे लिए रुक जो गया, नहीं तो लमजुगिया तेरी आँतें गाज्यो की रस्सी की तरह निकालकर वहीं पर ढेर कर डालता।"

चुपचाप बछिया की नाईं उदुली चलती है।

"मेरे लिए ककड़ी नहीं लाई?"

"घौल (गरम राख) में सिंके आलू-पिनालू भी नहीं?"

"अपने ठुल बौज्यू के आँगन से दाड़म भी चोरकर नहीं लाई?"

"अरी, खसमखानी, राँड, देखती क्या है? मेरे पाँव की मालिश कर, यों कर, यों। .... अच्छा, अब मैं करूँ तेरी मालिश!"

वह लजाकर लाल हो जाती है।

एक दिन उदुली के पाँव पर पत्थर से चोट लग पड़ी थी। हरु'का घुटने पर बहता ख़ून देखकर उसकी ओर लपका। पहले तो हथेली से देर तक दबाए रहा। ख़ून का बहना रुका नहीं तो घाव पर मुँह लगाकर चूसने लगा।

"द, वे हो हरु'का, तुमने मेरा ख़ून पी लिया! अब तुम मनस-खात, आदमखोर हो गए!"

हरु'का अट्टहास कर उठता है। उसके होंठों पर लगा ख़ून देखकर उदुली डरती है। लेकिन वह और ज़ोर से खिलखिलाता हैं—"डरती क्या है, मैं जोगी-बाघ हो गया। एक दिन तुझे ही नोच-नोचकर खाऊँगा, समझ-ई-ई!"

वह भी हँस पड़ती है उसके साथ।

फिर एक दिन स्कूल से लौटते वक़्त पहले तो उसे मूँगफली खिलाता है। फिर छेड़खानी करता है।

उदुली की समझ में कुछ नहीं आता। फिर भी उसका अबोध मन जानता है, यह बात भली नहीं।

"मैं सबसे कह दूँगी, घर जाकर—हाँ-आँ-आँ!" और थू-थू वह मूँगफली थूक देती है।

हरु'का मारने दौड़ता है। उसकी चोटी पकड़कर एक धौल जमाता है। वह लुढ़क पड़ती है। अँगूठे में गहरी चोट लग जाती है तो वह खुद भी रोने लगता है और क़सम खाता है–अब ऐसी-वैसी बात नहीं करेगा।

उदुली के पिता हरबल्लभ पधान जब मरे तो वह सवा तीन साल की थी। विधवा माँ ने पाला-पोसा। न जाने कहाँ-कहाँ किस-किसके खेतों पर चाकरी करके। घ्यौंताली का जैसा एक नन्हा-सा घोंसला बनाया–दाँतों से तिनका बटोर-बटोरकर। किसी तरह उसके हाथों कन्यादान हो जाए। चारों धाम के सारे तीरथ-बरत आँगन पर बैठे ही हो जाएँ। कोख-जायी कन्या के दान से महादान इस जग में और ठहरा भी क्या? अपनी हथेली का मांस खाकर पता नहीं किस तरह से, बत्तीस दाँतों के बीच अकेली जीभ की तरह डरते हुए रहकर उसने अपने कुल-पितरों की आन रखी। कोई कह तो दे कि किसी की तरफ़ कभी बुरी आँख से देखा तक हो। औरतें हज़ार राँड होकर भी क्या-क्या कर्म-कुकर्म नहीं करतीं! लेकिन वह....।

पर एक दिन खुले आकाश में धूल-भरी आँधी उमड़ आई। देखते-देखते वन में आग लग गई। उदुली का स्कूल जाना बन्द हो गया। आधी रात को, खूँटे पर हाथ बाँधकर, मुँह में कपड़ा ठूँसकर ख़ूब मारा था। कलमुँही, तुझे उस चांडाल के साथ अब देखा तो जलते मलखुए से मुँह झुलस दूँगी। गधेरे में बहा दूँगी। मल्लेघर खिमुली की काकी कहती है कि उसने अपनी आँखों देखा है। कितने दिन देखा है। भरी दोपहरी में वह....।"

कई दिनों तक उदुली बाहर न निकली। अन्दर-ही-अन्दर रोती रही। वह जानती है हरु'का बुरा है। उसके मना करने पर भी ज़ोर-ज़बरदस्ती करता है। लेकिन उसकी लाख बुराई के बावजूद भी वह कौन-सी अच्छाई है जो उसे भली लगती है!

जब माँ खेत गई होती तो वह चुपके से आता। बाहर से ही झाँककर रुआँसा-सा चला जाता।

ग्यारह ख़तम और बारह शुरू होते-होते उदुली का ब्याह हो गया था।

तब हरु'का ख़ूब रोया था। उसने ख़ूब भोग पी थी। जब वह घर आई तो पनघट पर टकरा पड़ा था। उसकी आँखों पर से इत्ती-इत्ती बड़ी खारे पानी की बूँदें झरती उसने खुद देखी थीं।

उसी साल हेमन्त में बर्फ़ से दबकर माँ मरी। और, सवा बरस बाद पलटन से ख़बर आई कि पति आनदेव भी कूच कर गया।

उदुली सबको रो-रोकर सुनाती रही कि उसने एक बार भी पति का मुख नहीं देखा।

चौदह की उमर से, वैधव्य के दस साल उसने देवर-जेठ के जूठे बर्तन माँजने में, चौका-चाकरी करने में लगा दिए। रूखा-सूखा, फटा-पुराना जो मिल गया उसी को बहुत मानकर सन्तोष किया। लेकिन धीरे-धीरे जेठ-देवर की वंश-बेल बढ़ने लगी तो कलह

शुरू हुआ। मार-पीट शुरू हुई। जेठ-देवर ने निर्लज्ज होकर बहू पर हाथ उठाना शुरू किया और एक दिन मार-पीटकर, 'कुलच्छनी' कहकर घर की देहरी से बाहर निकाल दिया। तब मज़बूर होकर, हारकर, कातर होकर उसने फिर मैके के टूटे घर की ओर देखा।

हरु'का ने तब भरपूर सहानुभूति जतलाई। अपनी छिपकली-सी पतली चिड़चिड़ी पत्नी और दो-तीन बाल-बच्चों के साथ-साथ गुम-सुम तौर पर उसकी भी परवरिश करने लगा।

उदुली खेत से देर से लौटती। हरु'का चुपचाप अन्दर बैठा बीड़ी की लम्बी कशें लेता रहता—"उदुली, कहाँ मर गई थी? तेरी राह देखते-देखते रात हो गई। इत्ती रात क्या कर रही थी?"

वह रूखा-सूखा खा भी न पाती कि हरु'का उससे जोंक की तरह जा लगता। मन की पूरी कर चुपचाप निकल भागता।

वह रोती। लड़ती-झगड़ती। कोसती—"तुम्हारी नाक घौल (गरम राख) में चली जाए—हो हरु'का वक्त-बेवक्त परमेसुर के लिए कुछ तो देखो। तुमने मेरा धर्म भ्रष्ट कर डाला। किसी दिन कुछ हो गया तो!"

पर, दूसरी ओर हरु'का सुनी-अनसुनी कर देता। कटुता—"हँ, ओ उदुली, तू तो जनम की ऐसी है। पिनालू के पात में भी क्या कभी पानी ठहरता है? अरे, ठहर भी गया तो क्या हुआ! मैं रख लूँगा। तेरे मुख पर कोइला नहीं पुतने दूँगा।"

"ना, ना! नाता-रिश्ता पास का होकर भी दूर का है। ब्याह भी इस कलजुग में चल सकता है। लेकिन नौ मुखों की बात कौन सुनेगा?"

"अरी कह तो रहा हूँ, मरद के हज़ार ब्याह होते हैं। फिर।"

"लेकिन, हरु'का, रहने दो हो। छोड़ो, बदनामी होगी। नाक कट जाएगी।"

हरु'का अपने को रोक नहीं पाता। तिलमिला पड़ता—"तेरी खोरी में पाथर पड़े। राँड, तेरी ही बदनामी होगी या मेरी भी! तुझे कौन पूछता है! तू किस गिनती में है! मुझे अपनी फ़िकर नहीं, फिर तुझे....।" वह फिर मिसरी घोल देता, "उदि...."

उदुली को सूझता क्या!

उसे लगता, वह भँवर में डूब रही है। डूबती चली जा रही है। दूर कहीं रस्सी तैर रही है, नहीं-नहीं, साँप है। चाहकर भी उसके हाथ बढ़ नहीं पाते।

"लेकिन हरु'का!" वह कुछ क्षण बाद न जाने क्या सोचकर कहती—"तुम आते हो तो कभी मंगल, छनिच्चर को आओ। पर इन लौंडों का भीड़-भड़क्का क्यों हाँक लाते हो! मेरा तन कच्चे किले की तरह दुखता है, टूट-टूट जाता है। अगले दिन फिर खेत पर काम नहीं हो पाता। काम नहीं करूँगी तो खाऊँगी क्या?"

हरु'का चुप-चाप अठन्नी-चवन्नी जेब से निकालकर उसकी गरम हथेली में थमा देता–"अरी बदज़ात, जैसा एक, वैसे दो। वैसे तीन। फ़रक क्या पड़ता है? भाई लोग तेरे गुन गाते हैं। तुझसे छीन क्या लेते हैं।"

एक दिन उससे रहा नहीं जाता।

"तुम्हारे पाँव पड़ूँ हो हरु'का! तुम इधर न आओ। गौ-गिराम में घाँट बजा-बजाकर बदनामी हो रही है। मुझे फाँसी लगाने को....।"

"धत्त तेरी की! अच्छा, आज सही....।"

लेकिन एक दिन पूरे गौ-गिराम में हो-हल्ला। हरु'का नदारद।

"अरे अन्धेर हो गया, अन्धेर। बिधौरी उदुली राँड के....।"

"पहले तो नकटी आनसिंह, प्रताप, गोबिन्दिया का भी नाम लेती थी। अब कहती है, हरु'का का ही है।"

उदुली को कुछ सूझा नहीं तो बच्चे को लेकर नामकरण के लिए हरु'का की देहरी पर बैठ गई। लेकिन हरु'का की बूढ़ी माँ ने उस पर थूक-थूककर उसका और उसके पुरखों का श्राद्ध करना शुरू कर दिया।

वह सोचकर आई थी कि या तो हरु'का नामकरण करेगा या बच्चे की परवरस करेगा या वह वहीं पर जीभ ठूँगकर आत्मघात कर लेगी, पर पंचाइत ने कुछ भी सुलझाया नहीं। तिनके को तिनाड़ तक नहीं कहा।

भरी आधी रात को हरु'का ने उसका झोंटा पकड़ा। उसकी औरत सुबली ने मार-मारकर मरी लाश की तरह बाहर घसीट दिया।

कहते हैं, बूढ़े किसनबल्लभ ने भी पीटा। केशव के लड़के लछमन ने भी। लँगड़ा निलुआ भी सुना हाथ उठाने पर उतर आया।

रो-रोकर दूसरे दिन उदुली लोहाघाट की कचहरी में चली गई।

"हजूर, माई-बाप, मेरा 'न्या' करो हो।" बच्चे को सा'ब के सामने रखकर वह फूट पड़ी।

सवा बरस केस चला।

"कोई सबूत?"

"हजूर इसकी सूरत उससे मिलती है या नहीं?"

हरु'का की नाक नीची।

"सरकार, यह मेरी बदनामी पर उतरी है। मेरे दुश्मनों ने इसे पट्टी पढ़ा रखी है। अगर मैं झूठ बोलूँ तो मेरा सत्यानाश हो जाए। मेरी आन-औलाद मेरे लिए न रहे। बच्चा मेरा कैसे हो सकता है? मैं नाते-रिश्ते में इसका कका लगता हूँ। मैंने कुछ किया हो तो अपनी बहन से किया हो। माँ से किया हो।"

हलफ-नामा उठाकर, जीतकर वह निकल भागा।

लेकिन अब कहाँ निकल भागे उदुली उसका काला मुख खुला का खुला रह गया।

"रण्डी ने किसी को ख़राब करने से नहीं छोड़ा। इलाके का नाम डुबा दिया।"

"अच्छा हुआ रण्डी भाग गई कहीं दूर परदेस। बच्चा सुना मर गया। अरे, डाइन ने मार दिया होगा।"

"अरे, भाभर चली गई है। पहले किसी कुँजड़े ने रखी। बाद में नाई भगा ले गया।"

"कहाँ! लोग कहते हैं, चकरपुर चली गई। कोठे पर है राँड! अब सरेआम बैठती है मसुल्टिए के घर।"

दूर कहीं से 'कहाँ-कहाँ' बच्चे के रोने की आवाज़ आई। उदुली को लगा, उसकी कोख का बच्चा अभी मरा नहीं ज़िन्दा है।

उसने कानों पर हाथ रख दिया।

तभी टक्-टक् आहट हुई।

किवाड़ खोलकर कोई अन्दर आया।

"उदि, तू रो रही है!....कल नशे में जाने क्या-क्या कह गया!"

उदुली ने देखा नहीं।

"कल घर जाने की सोच रहा हूँ। एक भी टका पास नहीं।" खों-खों कर उसने खाँसा और फ़र्श के एक कोने में थूका तो उदुली ने देखा—कफ़ में ख़ून के लाल-लाल चकत्ते-से हैं।

एक गहरी साँस भरकर उसने कहा—"दो बच्चे पिछले साल हैजे में चल बसे। औरत को मरे तीन साल से ऊपर हो गया। डाक्टर कहते हैं कि टनकपुर मण्डी से ऊपर पहुँचता हूँ....कि नहीं!"

उदुली के मुँह से अब भी कोई शब्द न फूटा।

"टिकट का किराया माल-असबाब बेचकर निकल आया। पर हाँ, मर गया तो कफ़न!"

उदुली को लगा, दुनिया घूम रही है। अपने को किसी तरह सम्हालकर वह उठी। पूरे दिन की कमाई एक-एक के दो-तीन गन्दे नोट, कुछ फुटकर रेज़गारी कुछ पैसे उसने सामने रख दिए।

वह मुड़ा। दरवाज़े से बाहर पहुँचा भी नहीं कि तभी उस्ताद की लाल-लाल माथे पर चढ़ी आँखों ने ग़ुस्से से उसे देखा—"हरामज़ादी ला सब! आज कित्ता कमाया? ख़ुदा की क़सम, तेरी बोटी-बोटी नोच लूँगा। बताती क्यों नहीं, अभी जाने वाला किते रुपये दे गया?"

अथाह

करीब पाँच बजे होंगे शाम के। कुसुम ऑफिस से घर लौटी, पसीने से भीगी। उमस ज़्यादा है आज। आसमान ढका है। हवा बहती नहीं, इसीलिए घुटन-सी पैदा हो रही है।

पसीने से भीगे गीले कपड़े बदलकर, पंखा हाथ में झलती हुई वह 'धम्म' से चारपाई पर बैठ गई। तभी सामने निगाह पड़ी—किताबों के ऊपर एक लिफ़ाफ़ा पड़ा दीखा औंधे मुँह।

क्षणभर के लिए उसे उलट-पुलटकर देखती रही—एक्सप्रेस लिफ़ाफ़ा है। 'ज़रूरी' ऊपर लिखा है। अक्षरों की बनावट संतुलित नहीं। लगता है, जल्दी में लिखा गया है या जानबूझकर लापरवाही से।

लिफ़ाफ़ा जल्दी-जल्दी खोला उसने। पढ़ा। एक बार। दो बार। दस बार। बीस बार। न जाने कितनी बार वह पढ़ती चली गई। अंत में परेशान होकर उसने पत्र नोचकर फाड़ डाला और कूड़े के ढेर में फेंक दिया।

'हुँ!' मन-ही-मन वह बुदबुदाई, 'दो, गिने-चुने दो अक्षर लिखे हैं लाट साहब ने.... जनता एक्सप्रेस से जा रहा हूँ। दिल्ली मेन पर मिलना।' पाँच-सात साल से अधिक ही अर्सा हुआ होगा, न अब। पर कभी ख़बर भी ली कि हम दुनिया में अभी ज़िन्दा भी हैं या मर गए! कटे पर नमक छिड़कने के लिए अब....

अरे, तुम पैसे वाले हो, अमीर हो तो होते रहो। हमें इससे क्या? अपनी ग़रीबी ही प्यारी है हमें तो। और फिर किसी की पैसों की शेख़ी किसी का कर भी क्या लेगी! जब ठुकराना था, तब ठुकरा दिया बेरहमी से। अब क्या ज़रूरत है मिलने की! पूछने की!

लेकिन नहीं, नहीं, यहाँ भी हमें चैन से नहीं जीने दोगे। सूखे घावों को फिर कुरेदकर नमक-मिर्च छिड़कते रहोगे। दूसरों को यों सताने में किसी को क्या सुख मिलता होगा! सेडिस्टिक कहीं के!

....जनता एक्सप्रेस से जा रहा हूँ....रोज़ ही तो जनता एक्सप्रेस जाती होगी। हज़ारों-लाखों लोग आते-जाते होंगे। कोई कहीं आए, कहीं जाए-हमें क्या?

झुँझलाकर कुसुम ने माथे पर उभरी पसीने की बूँदें पोंछीं। पंखा कुछ तेज़ किया। इतने में नीली चाय का प्याला लेकर आ पहुँची।

किसकी चिट्ठी थी दीदी?

-शाम को घूमने चलोगी न?

-तेरी सहेली चंद्रा आई थी। जानती हो, क्या कहती थी?

दीदी के मुँह की ओर नीली ताक रही थी। पर, दीदी कहीं और। चुप! जैसे उसने कुछ भी सुना नहीं। जैसे किसी ने कुछ भी कहा नहीं। सिप्, सिप् कर बिना चीनी की सारी चाय एक ही साँस में पी गई। फिर एकाएक उठी और बरामदे में चली गई।

सूरज अंगारे की तरह धधकता जलता डूबने को है। आसमान ताँबे की-सी ललाई लिए तप रहा है-कुसुम बरामदे में खड़ी देखती रही-सामने आँगन में नटखट बच्चे शोरगुल मचा रहे हैं। सड़क पर चहल-पहल शुरू हो गई है। मोटर-स्कूटरों की लकीर-सी बँधी है। लोग आ-जा रहे हैं। मार्केटिंग के लिए बन-ठनकर जाने वालों की संख्या अधिक है।

कुसुम वहाँ भी खड़ी देर तक न रह पाई। अंदर आई। पढ़ने के लिए कोई पत्रिका उठाई। उसे पटककर फिर किताब खोली। दो-चार पन्ने से अधिक उसके भी पलट न पाई। सिलाई की मशीन कुछ देर खड़खड़ाती रही। जी लगा नहीं तो बाथरूम में चली गई नहाने।

नहाने के बाद कुछ हलकापन, कुछ ताजगी उसने अनुभव की। गीले रेशमी बालों को कंधे पर बिखेरे, हलके-फुलके कपड़े पहने छत पर अकेली टहलती रही।

....जनता एक्सप्रेस से जा रहा हूँ....न चाहने पर भी बार-बार उसके अधर यही वाक्य दुहराते रहे। अनायास दुहराते चले गए।

कल लगभग इसी समय, ठीक इसी समय साढ़े छह बजे एक्सप्रेस दिल्ली के प्लेटफॉर्म पर कुछ क्षणों के लिए रुकी होगी। खूब भीड़-भड़क्का होगा। आने-जाने वालों की भरमार होगी। उस जन-सागर में किसी की दो आँखें खिड़की की राह बाहर झाँक रही होंगी। कुछ ढूँढ़ने-खोजने को आतुर होंगी।

पर नहीं-नहीं, किसी की भी आँखें नहीं होंगी। आख़िर हों भी क्यों? विवशता की ओर कौन झाँकता है? लाचारी की ओर कौन देखता है? अपने से ऊँचाई की तरफ़ ही तो हर इनसान की निगाहें होती हैं न! दुनिया का ही यह दस्तूर है तो फिर किसी का क्या क़सूर!

फिर वह जाए भी क्यों? यही जतलाने के लिए न कि अब वह यूनिवर्सिटी की छात्रा नहीं, किसी अर्द्धसरकारी ऑफिस में एक साधारण-सी टाइपिस्ट है। अपने सुनहरे सपने कुचलकर किसी तरह दिन बिता रही है। बूढ़ी माँ है। बहन है। किसी प्रकार अपने इस छोटे-से परिवार की नाव बिना पतवार के ही खे रही है।

नहीं, नहीं, वह इस तरह दयनीय-दीन बनकर उसके सामने नहीं जाएगी। मरकर भी नहीं जाएगी। बाहर भीख माँगना मंजूर है, लेकिन उसके सामने नहीं। कभी भी नहीं...

वह परेशान-सी तेज़ी से चक्कर काटने लगी।

आख़िर वह होता ही कौन है, जो उसके सामने अपना दुखड़ा रोए गिड़गिड़ाए वह सोचती रही। बचपन का साधारण-सा परिचय ही तो था न! अंधी भावुकता थी या महज़ बचपना था, जो अपना सब-कुछ समझकर, सब-कुछ मानकर उसे पूजती रही।

जो कुछ भी उसने कहा, सिर झुकाकर सब मान लिया। धानी रंग से बचपन से नफ़रत थी, लेकिन जब एक दिन उसने कहा कि इस रंग की साड़ी उसे बेहद पसंद है, तो उस दिन से हमेशा वैसी ही साड़ी पहनती रही....'तुम्हें बॉब कट बड़े सुन्दर लगेंगे, क्योंकि तुम्हारे चेहरे की बनावट ही कुछ ऐसी है।' यह सुनते ही अपने नागिन-से लहलहाते रेशमी बाल, जिन पर उसे नाज़ था कटवा दिए। न चाहते हुए भी ऊँची एड़ी की सैंडिल पहनती रही। जब उसे पसंद था तो फिर क्यों न पहनती!

लेकिन...वह था कि....

इससे आगे वह कुछ सोच न पाई। सिर चकराने-सा लगा।

तभी नीचे से आवाज़ पड़ी-"रोटियाँ ठंडी हो गई है कुसुम!"

वैसी ही खोई-खोई कुसुम खाने बैठी तो दो टुकड़े तोड़कर उठ खड़ी हुई। सिर-दर्द का बहाना बनाकर छत पर चारपाई डाले पड़ी रही। करवट पर करवट बदलती रही पर न जाने नींद कहाँ खो गई थी!

-जनता एक्सप्रेस से जा रहा हूँ...अभी तक भी आँखों के आगे वे ही अक्षर काले-काले, जल्दी में या जानबूझकर लापरवाही से लिखे टेढ़े, सफ़ेद काग़ज़ पर कीड़ों की तरह रेंगते घूम रहे थे।

वह एकाएक झटके से उठी। नीचे कमरे में पहुँचकर काग़ज़ के उन बिखरे टुकड़ों को जोड़-तोड़कर मिलाने लगी।

बहुत-से टुकड़े हवा में उड़ गए थे, इसीलिए वह अधूरा पत्र अधूरा ही रह गया। बिखरी चिंदियों को हाथ में थामे वह बार-बार देखती। खोई-खोई-सी देखती चली गई न जाने कब तक!

उसने चुपके से फिर अपने कपड़ों का बक्स बाहर खींचा। एक-एक करके सारे कपड़े टटोलने लगी, पर धानी रंग की कोई साड़ी कहीं भी मिल न पाई।

दूसरा बक्स, फिर पुराने कपड़ों का तीसरा बक्स टटोला। एक पाँच-छह साल पुरानी साड़ी निकल ही आई। तह खोल-खोलकर उसने झाँका। जगह-जगह कीड़ों ने काटकर छेद कर दिए हैं। एक दिन भी क्या यह काम नहीं दे सकेगी? कुसुम खड़ी-खड़ी देखती रही।

माँ सो गई है। नीली सो गई है। लेकिन, कुसुम हाथ में बारीक़ सुई और बारीक़ हरा डोरा लिए आधी रात के समय अभी तक भी बैठी है।

—सुना है, वह बड़ा अफ़सर हो गया है अब। बड़ा आदमी। एयरकंडीशण्ड डिब्बे में बैठा होगा। कुसुम सोचती रही—शायद उसके साथ उसी ओहदे के और भी बड़े आदमी हों! उनके सामने ऐसे कपड़ों में वह किस तरह खड़ी होगी! उसकी बीवी भी साथ हुई तो उसे कितनी झेंप होगी! उसका परिचय वह उसे किस तरह देगा! क्या कहके!

कुसुम के हाथ काँपने लगे। साड़ी वैसी ही मेज़ पर पटककर, खीझकर छत पर चली गई और सो गई।

कुम्मी, ऑफिस नहीं जाना है आज? आठ तो कब के बज गए!" माँ ने सुबह जगाया।

कुसुम ने आँखें मलते हुए अचकचाकर देखा—सूरज छत पर चढ़ आया है और खुली छत पर अभी तक भी वह लापरवाही से सो रही है। सिमटकर वह एकाएक उठ बैठी और वैसी ही अनमनी-सी नीचे उतरकर कमरे में फिर निढाल लेट गई।

"तबीयत ठीक नहीं है माँ! आज छुट्टी ले लूँगी।" कहकर फिर सो गई।

चाय नहीं पी। कुछ देर बाद माँ ने फिर जगाया तो उठते ही सामने वही धानी साड़ी, सुई और उसमें उलझा वही हरा डोरा दिखलाई दिया।

माथे पर हाथ रखे देर तक बैठी रही। वैसी ही उठकर फिर रसोईघर की ओर बढ़ी। माँ की नाराज़गी का ख़याल रखकर दो-चार टुकड़े सब्जी के खाए और बाहर आई तो फिर वही साड़ी सामने दीखी।

वह झुँझला उठी।

चारपाई पर औंधे मुँह लेटी-लेटी सोचती रही। ऐसे पड़ी-पड़ी भी क्या करेगी दिन-भर! ऑफिस चली जाए तो शायद काम में जी बहल जाएगा। समय आसानी से कट जाएगा। भूले रहने से कुछ राहत ही मिलेगी न!

रूखे बालों पर हाथ फेरती हुई वह उठ खड़ी हुई। झटपट कपड़े बदलकर वह ऑफिस की तैयारी करने लगी।

ऑफिस में भी आज जी लगा नहीं। लाल स्लिप लगी 'ज़रूरी' टाइप की पहली ही कॉपी गलत कर दी। बॉस ने दो झिड़कियाँ दीं तो उसका नन्हा-सा मुँह निकल आया। सूरत रोनी हो आई। तबीयत ख़राब होने का बहाना बनाकर फाइलें उसने वैसी ही पटक दीं और दोपहर को ही घर लौट आई। पर, बेचैनी ने किसी तरह साथ छोड़ा नहीं।

कमरे में घुसते ही चारपाई पर उलझी उसी साड़ी ने फिर स्वागत किया तो वह बुरी तरह परेशान हो उठी।

पत्थर की तरह देर तक पड़ी रही। विचार घूमते रहे तेज़ी से चारों ओर—जाए, न जाए? क्यों जाए, क्यों न जाए?

"दीदी, चाय।" नीली ने जगाया।

अचकचाती हुई जागी, जैसे सपना टूटा हो, "क्या समय है नीलू?" पसीने से भीगे मुँह को चल से पोंछती हुई बोली।

"पौने छह।"

"क्या कहा, पौने छह!" वह उठ खड़ी हुई। "पौने छह बज गए! अभी तक मुझे जगाया क्यों नहीं?" परेशान-सी वह ज़ोर से चिल्लाई।

"सो जो रही थी। हमें क्या सपना था?" नीली ने मुँह बिचकाते हुए कहा और चाय रखकर चलने लगी।

"अरी, सुन तो!"

"क्या?" दरवाज़े पर ठिठकती हुई बोली।

"देख, बाहर स्कूटर तो नहीं है?"

"क्या कहा, स्कूटर! कहीं सपना तो नहीं देख रही हो?"

"शटअप! कलमुँही! सुनती है, मैं क्या कह रही हूँ?" वह इतनी तीखी आवाज़ में चीख़ी कि नीली पीली पड़ गई।

"खड़ी क्यों है? जा!"

वैसे ही बालों में कंघा फेरती हुई कुसुम जल्दी-जल्दी तैयार होने लगी, बिना चाय पिए। नीली खिसियाती हुई न जाने कहाँ अंतर्धान हो चली!

थोड़ी देर में घरघराहट की आवाज़ आँगन में सुनाई दी। फट्-फट् कुसुम सीढ़ियों पर उतर पड़ी। सिलवट पड़ी साड़ी, वैसा ही ब्लाउज। रूखे बाल। टूटी सैंडिल। उसे कुछ भी ख़याल न रहा कपड़ों का।

"मेन स्टेशन। ज़रा जल्दी!" स्कूटर वाले से कहने के बाद एकाएक ख़याल आया। चलते-चलते स्कूटर से मुड़कर झाँकती हुई बोली, "सहेली के घर जा रही हूँ। ज़रा देर से लौटूँगी सुना!"

उसे कुछ भी पता न चला कब चार-पाँच मील की दूरी तय हुई। स्कूटर वाले को पैसे चुकाए या नहीं? या कितने चुकाए? समय क्या हुआ?

प्लेटफॉर्म पर हाँफती हुई ठिठककर बोली, कुली को रोककर, "जनता एक्सप्रेस इसी प्लेटफॉर्म से जाती है?"

"हाँ।"

"अभी आई नहीं क्या?"

"वह तो गाज़ियाबाद से भी आगे निकल गई होगी अब।" कुली चलता-चलता इतना कहकर, भीड़ में न जाने कहाँ निकल गया।

कुसुम खड़ी-की-खड़ी सन्न रह गई। जैसे काठ मार गया हो।

तभी किसी रेलगाड़ी की चिंघाड़ती सीटी से वह अचकचाती हुई होश में आई। खोई-खोई सूनी निगाहों से चारों ओर कुछ देखने लगी, पर दिखलाई कुछ भी न दे रहा था। क्या करे? किधर जाए? कहीं भी जाने के लिए पाँव न बढ़ पा रहे थे। एकान्त में ख़ूब फूट-फूटकर रोने को जी हो रहा था, लेकिन रोए भी कैसे? कहाँ?

बाहर लालकिले के बस-स्टॉप पर आकर वह ठिठकी।

पटेलनगर वाली एक बस ख़ाली दिखी, उसी में लपककर बैठ गई। किसी भी कीमत पर घर जाने को मन न हो रहा था।

रात को सवा दस बजे हारी-थकी घर लौटी तो नीली बरस पड़ी, "कहाँ चली गई थी दीदी? तुम्हें खोजने तुम्हारी सहेली के यहाँ फोन किया। वह कहती थी कि यहाँ तो आई ही नहीं।"

"ऐसा क्या हो गया? क्यों चीख़ रही है?" कुसुम ग़ुस्से से उफनती हुई बोली, "पटेलनगर वाली मौसी के घर चली गई थी....हुआ क्या है?"

"हुआ क्या है कहती है?" नीली ने मुँह बनाया, "तुमसे मिलने तुम्हारा क्लासफैलो दिवाकर आया था। कहता था, तुमसे मिलने की ख़ातिर गाड़ी मिस कर दी। 'जनता एक्सप्रेस' से कहीं जा रहा था। पूरे तीन घण्टे इन्तज़ार कर, अभी-अभी गया है। ग्यारह बजे वाली 'तूफान एक्सप्रेस' से निकल जाएगा...।"

कुसुम माथा पकड़कर धम्म से बैठ गई।

"लो तुम्हारे लिए यह प्रेजेण्ट छोड़ गया है....।" नीली ख़ाकी लिफ़ाफ़ा खोलती है।

धानी रंग की एक चमचमाती साड़ी!

साड़ी की तह में एक छोटा-सा काग़ज़ का टुकड़ा धरा है। लिखा है—उन हरे-भरे दिनों की याद में!

नंगे पाँवों के निशान

पूरा मन-भर सामान लादे ले जा रहा था वह। चिट्ठी पहले ही भेज दी थी कि वह छुट्टियों में घर आ रहा है। दस गते को रवाना होगा। तेरह को टनकपुर और चौदह को खेतीखान-मोटर से। मुँहनियाँ या सोहन को खेतीखान भेज देना। हो सके तो घोड़े का बन्दोबस्त कर लेना...।

लेकिन कोई भी तो उसे लेने नहीं आया। दो साल बाद परदेश से घर लौटने पर...। उसका जी उदास हो आया। ऐसा पहले तो कभी नहीं हुआ!

दिन-भर वह सारा बाज़ार टटोलता रहा, पर घर की तरफ़ का कोई भी दीखा नहीं।

दिन ढलते-ढलते घाटियों में साँझ के साए उतरने लगे। तब झुँझलाकर मिलिट्री का लम्बा गोल थैला कन्धे पर उठाया और भारी-भरकम बूटों से ऊबड़-खाबड़ धरती को रौंदता हुआ वह निकल पड़ा।

कभी-कभी ख़याल आने पर इधर-उधर देखना न भूलता। शायद उस तरफ़ का कोई टकरा ही पड़े। 'हौल्दार सैप कैसे हो? कब आए पलटन से....?' उसे यों सामान उठाए चलते हुए कोई कहेगा तो कितनी फ़ज़ीहत होगी! तब वह कुमाऊँ रेजिमेंट का हौल्दार डिकरदेव नहीं मात्र डिकरुवा रह जाएगा, जो कभी बेंत-भर लम्बी धोती पड़ने भेड़-बकरियाँ चराता था। हल जोतता था। सड़क की रोड़ी तोड़ता या सौकार पधान ज्यु का हुक्का भरता था।

एक अज़ीब-सी, बिना बात की उधेड़बुन में वह उलझता चला जा रहा था। लपालप तेज़ी से पाँव फेंक रहा था-खिंचा हुआ-सा।

अठारह गते को मुँहनियाँ का साग-भात। उन्नीस को ब्या। कुछ दिन घर पर, कुछ दिन ससुराल, गोपुलि के साथ। दो-चार दिन चम्पावत, लोहाघाट की हवाख़ोरी। छक के ठरुवा पीएगा। नरदेव और हरकसिंह के साथ ख़ूब जमकर ताश खेलेगा। लधिया से मछली पकड़कर लाएगा। हो सका तो नैनुवाँ से कहकर बकरी कटवाएगा और ऐश करेगा...।

अम्मा, बाबू के लिए ही नहीं, गोपुलि के लिए भी ढेर सारे कपड़े लाया है। गोपुलि देखेगी तो कितना ख़ुश होगी!

गोपुलि का नाम लेते ही उसके सारे शरीर में झुरझुरी-सी होने लगी। पहले भी वह अच्छे कद की थी, अब कुछ और लम्बी हो गई होगी-सल्ल के पेड़-सी। भरे-पूरे बदन की।

सच, कितनी अच्छी है वह, बिना सींग की गाय जैसी। आज के जमाने में क्या औरतें इतनी भली इतनी भोली भी कहीं होती हैं! जब जो कहा, कभी भी उसने कोई प्रतिरोध नहीं किया।

उसकी बातों से ही उसका रोम-रोम भीग आया।

पथरीली पगडंडी पर तभी एकाएक पाँव लचक आया। ठोकर लगी तो मुँह के बल गिरता-गिरता बचा।

अँधियारा अब सच में काफ़ी घिर आया था। आसमान पर तने पुराने कम्बल पर छलनी की तरह अनगिनत छेद उभर आए थे। उमर-भर का जाना-पहचाना रास्ता टटोलना ही उसे भारी लग रहा था। तीन-चार दिन का लम्बा सफ़र! अनिद्रा, उस पर मन-सवा-मन का भारी बोझ।

पहाड़ के डाँडे तक पहुँचते-पहुँचते वह उस सर्दी में भी पसीने से नहा आया था। पल-भर सुस्ताने के लिए वह थैले के ऊपर ही बैठ गया।

डाँडे के उस पार अँधियारे में डूबा एक गाँव। कहीं-कहीं घरों में टिमटिमाते दीये या आग की रोशनी। उस ओर नई आबाद ज़मीन। आलू के खेत। देवदार का वन, जो चारों ओर से कट-छँटकर मात्र एक गुच्छे की तरह रह गया है। नीचे कमलेकियों की पनचक्की। दूर एक हल्की-सी नदी की धारा।

पनचक्की के पास आग जलती-सी नज़र आई उसे। उसे याद आया-बड़े पत्थरों के पिछवाड़े यहाँ का मसान था कभी। क्या अब भी होगा? हो सकता है, आग वहीं जल रही हो! उसका दिल अनायास, अकारण धड़कने-सा लगा।...तभी याद आया, आजकल आलू का मौसम है। हो सकता है, जंगली जानवरों से रखवाली के लिए खेतों में आग जला रखी हो!

उसने मिट्टी-पाथर के घरों में टिमटिमाते दीयों की ओर फिर देखा। उस सघन अंधकार में कुछ न दीखने पर भी उसे बहुत कुछ दीख रहा था...

सबसे नीचे का घर। मिट्टी का, पत्थर का, पयाल से छहा...

उसकी आँखों के आगे घूमने-सा लगा कुछ।

पिता आँगन के चौड़े पागर पर बैठे चिलम गुड़गुड़ा रहे होंगे। अम्मा गाय-भैंसों के गोठ में घास-पात डाल रही होगी। आज सारे दिन उसी की चर्चा हो रही होगी। गाँव-गिराम के आदमी उसी की बातें करते होंगे-डिकरदेव पलटन से छुट्टी में घर आ रहा है आज...

गोपुलि के लिए सारी दीवार कान बन गई होगी। बार-बार उसकी निगाहें राह देख रही होंगी। कहीं सामने की पहाड़ी पगडंडी पर कोई आ तो नहीं रहा है! दो साल पूरे दो साल का अर्सा इस दो दिन की ज़िंदगी में कुछ कम तो नहीं होता! फिर इस उमर में तो एक-एक दिन, एक-एक युग बन जाता है!

कई मीठी स्मृतियाँ सहलाती, छूती हुई-सी कहीं निकल गई—एक सिहरन-सी छोड़ती हुई।

कहीं सियारों के हुई-हुई के उदास स्वर से उस अंधकार में उसकी तन्द्रा-सी टूटी। समय का एहसास हुआ। थैला कंधे पर धरकर, बुझी बीड़ी की ठण्ठी सुलगाकर वह फिर तेज़-तेज़ क़दमों से उतार उतरने लगा। वैसे 'पासिंग-सो' के चार-छह डिब्बे वह टनकपुर मण्डी से खरीदकर लाया है, जिन्हें वह गाँव पहुँचकर ही सबके सामने खोलेगा। यहाँ इस अँधेरे में कौन देख रहा है उसे!

नीचे गहरी घाटी में भयावना, भिसाला जंगल आया। नदी के साथ-साथ डरावना गधेरा। छन्-छन्, मन्-मन् करता पानी, सूखे पत्तों के नीचे से बहता। 'चं चं चं' करते बरसाती कीड़े। घुप्प अंधकार में हाथ को भी हाथ सूझता न था।

गुनमुन की-सी आवाज़ आई तभी। यहाँ के भूत-प्रेतों की रोंगटे खड़े कर देने वाली कहानियाँ सुनी थीं उसने बचपन में। एक क्षण भय-सा लगा। फिर झट से 'हनुमान चालीसा' याद कर झटके से आगे बढ़ा। पलटन की तरह धमाधम लैफ्ट-रैट।

मोड़ के उस पार तभी आवाज़ कुछ और ज़ोर से टकराई। जैसे कोई हवा में खाँसा। हवा में बोला। हौले से हवा में रुदन का कँपकँपाता स्वर व्यापा।

उसके प्राण सूखने लगे।

"कौ-न?" सशंकित भाव से इधर-उधर ताक़ता हुआ वह चिल्लाया।

"?"

"कौन-न?"

"अरे, हम हैं हम! कौन, पोस्टमैन सैप! गस्त में जा रहे हैं क्या? इत्ती रात!"

"न्नाँ, मैं हूँ मैं।"

"मैं कौन-?"

"मैं—डिकरदेव...।"

"अरे, हमारा डिकरू।...तू आ गया रे! तेरी ही इन्तज़ारी में इत्ती रात हो गई।" आहत होकर, भरे कण्ठ से कहा किसी ने, "हरे राम! यह है परमेसर की लीला! थोड़ी देर पहले आता तो....।"

"कौन, ठुल काका! किसका जिक्र कर रहे हैं....?" अंधकार में ही आवाज़ पहचानने की कोशिश की डिकरदेव ने। वैसे ही नमस्कार किया, "कका, इतने जने कहीं से आ रहे हो? नाज पीसने या खेतीखान की बज़ार से....या...।"

"अरे यार...।"

तभी कोई पीछे से, अपने घुटे हुए सिर पर हाथ फेरता हुआ, गहरी साँस भरकर बोला, "क्या कहें? दाज्यू फौत हो गए हो डिकरू!"

डिकरदेव के कंधों पर से थैला गिर पड़ा। अपने कानों पर उसे विश्वास नहीं हुआ, "क्या कहा कका–?"

"यही यार...।"

"बौज्यू (पिताजी) ख़तम हो गए? कब? कैसे...?"

"आज सुबह....। करनी की रेख भी क्या कोई टाल सकता है! परसों आँगन में बैठे कह रहे थे–हमारा डिकर आने वाला है। पिछले महीने से सुना हौल्दार हो गया है....उन्नीस को हमारे मुँहनियाँ का ब्या है। बस, फिर सिर से सारा बोझ टल जाएगा। लड़के कमाएँगे, खाएँगे। हमारा क्या! जो दिन जैसे बीत जाए...।"

डिकरदेव की कमर टूट गई। कवायदी पाँव काँपने लगे।

"कका, क्या हुआ...?" उसकी जीभ तालू पर चिपक गई।

"क्या कहें यार! बुढ़ापे में न जाने क्या मती हरी गई। बिना बात गले पर रस्सी बाँध कर दाड़िम के पेड़ पर लटक गए...।"

डिकरदेव को अब तक कुछ विश्वास नहीं हो पा रहा था।

बटिया पर ही बैठ गया वह–माथे पर दुहती मारकर। कपाल थामकर।

उसे याद नहीं, कब, कैसे लोगों ने घर के आँगन पर खड़ा किया।

घर में घटाटोप अँधियारा था। सुबह से रो-रोकर सब थक गए थे। केवल बरामदे में किसी की सिसकियों सुनाई दे रही थीं। वह समझ गया–माँ होगी।

उसे देखते ही घर के सारे लोग फकर-फकर कर रोने लगे। बूढ़ी अम्मा उसे सीने से लगाकर फूट पड़ी। नन्हे बच्चे बिलख पड़े–ज़ोर से।

डिकरदेव को अब तक होश न थे। वह आँखें मीचे पत्थर की तरह बैठा था। एक भी आँसू आँखों से हुलकता न था, केवल अन्तर में आग उमड़ रही थी। धुआँ घुट रहा था।

–अरे, बौरा गए क्या? रोते क्यों हो? कका भागवान हुए। इत्ती लम्बी उमर खा कर कौन जाता है? अपने पीछे इत्ता फलता-फूलता परिवार छोड़ गए। खाने-कमाने वाले चार ज्वान-जवान लड़के हों जिसके...

–ठुल बबा जैसे पुन्नवान सदेह स्वरग जाते हैं। कितनी पूजा-पाठ करते थे रोज़। ऐसा नेम-नियमवाला आज की दुनिया में क्या कोई हो सकता है!...ठुल आमा, तू भी नदान हो गई है क्या? तू ही रोने लगेगी तो बच्चों का क्या होगा...?

–हँ ओ मुँहनियाँ, जा बेटा, आग बाल। डिकर के बाल उतार। बामनों की जुगत जुटा। बाती जलाकर करम पर बैठ...

–अरे, डिकरू, जा भीतर। इतना दाना-सयाना होकर तू ही ऐसा करेगा तो हौरों का क्या होगा यार? डिकरदेव की बाँह पकड़कर कोई भीतर ले जाता है–अरे, कुछ देर पहले आ जाता तो पितर का मुँह देख लेता। चिता पर अपने हाथ से काठ डाल देता। सन्तान के हाथ की काठ किसी पुन्नवान को ही मिल पाता है....

डिकरदेव ने जैसे सुना नहीं। वह सबका मुँह ताक़ने लगा।

धीरे-धीरे गाँव के लोग छँट गए।

ज्यों-ज्यों रात ढलने लगी, श्मशान की सी असह्य उदासी चारों ओर छाने लगी। डिकरदेव बाहर आँगन में उतरकर, दाड़िम के पेड़ के सहारे खड़ा होकर ताक़ने लगा। दूर मसान में अंगारे अब तक धधक रहे थे।

सच, पिता जी चले गए! उसका मन मानता न था।

रात अब तक काफ़ी ढल चुकी थी। 'खर्क्वाल तारा' डाँडे के उस पार छिपने ही वाला था। तीन त्याड़ियाँ उतार पर उतर रही थीं। घर के सारे लोग सो गए थे, केवल भीतर से निरन्तर सिसकने की आवाज़ आ रही थी।

पास ही रखे, कींसे के लोटे से उसने जल पिया। कुछ साँस आई।

अपने घुटे सिर पर हाथ रखे, वह वैसा ही बैठ गया। अम्मा के हाथों की चूड़ियाँ... रोते-बिलखते लोग...पिता का बिना किसी कारण यों फाँसी खा लेना...उसे कुछ भी समझ में न आ पा रहा था।

सहसा उसे याद आया इस भीड़ में ही गोपुलि तो कहीं दीखी नहीं।....शायद मैके गई हो! मैके कैसे जा सकती है, इसी उन्नीस को लगन ठहरा है। फिर वह आने वाला है चिट्ठी-पतरी एक महीने पहले से भेज रखी थी।....फिर कहीं बीमार तो नहीं...? फिर! फिर–उसका माथा घूमने लगा। पूछे भी किससे? कैसे....?

फिर कहीं से उसे सिसकने की जैसी आवाज़ आई।

करवट बदलते हुए उसने आँखें खोलीं। देखा, लेकिन दीखा कुछ नहीं।

पलकें मीचकर वह फिर लेट गया। एक झपकी-सी अभी लगी ही थी कि किसी के चहककर चीखने का जैसा स्वर टकराया। वह हड़बड़ाकर बिस्तर से उठा। पलटन का ख़ाकी कम्बल छिटककर दूर फेंका। भीतर घुसा, हड़बड़ाता हुआ, परन्तु वहाँ कुछ नहीं, सब जहाँ-तहाँ फर्श पर बिखरे सोए हैं।

कानों का भ्रम होगा शायद! अपने पर झल्लाया वह और फिर कम्बल तान कर लेट गया।

कुछ क्षण पश्चात् फिर वैसा ही रोने-कराहने का स्वर फूटा।

उसने इस बार ध्यान से आवाज़ पकड़ने की कोशिश की। ज़मीन पर कान लगाकर सुना। सिसकने की आवाज़ जैसे नीचे से आ रही थी—जानवरों के गोठ से।

बरामदे की तीन-चार सीढ़ियाँ एक साथ लाँघकर वह गोली की तरह भागता नीचे पहुँचा। भीतर से बन्द दरवाज़ा। अन्दर धीमा-धीमा शोरगुल। खुसर-कुसर। रह-रहकर किसी का रोना-सिसकना...

डिकरदेव ने दरवाज़ा खटखटाया।

भीतर सब चुप। चनक बंद।

साँकल पकड़कर फिर खट्-खट्!

"....।"

फिर—

"....।"

वह आपे से बाहर हो उठा। बंदूक थामने वाले हाथों ने इतनी ज़ोर से किवाड़ झकझोरे कि चौखट हिलने लगी। तमाम मिट्टी भर-भर नीचे गिरने लगी। भीतर बँधे जानवर बिदकने लगे।

तभी खट्-से किवाड़ खुले।

ढिबरी के धुँधलके में देखा—सब सन्न खड़े हैं, खम्भे की तरह। एक ओर जानवर भयभीत-से देख रहे हैं। दूसरी ओर मुँहनियाँ आस्तीन चढ़ाए, हाथ में बज का भारी-सा लक्कड़ लिए यमदूत की तरह खड़ा है। उसके बाल बिखरे है। लाल-लाल आँखें माथे पर चढ़ी है! कुमनियाँ के हाथ में रस्सी है। अम्मा काल-भैरवी का विकराल रूप बनी....

दो-तीन क़दम आगे बढ़कर देखा....सूखी घास के ढेर के पास कच्ची ज़मीन पर एक गठरी-सी पड़ी है। तन के कपड़े जगह-जगह फटे। चिथड़े से। सिर से लहू बह रहा है। घुटने बुरी तरह छिले हैं। पाँव पर सिर छिपाए वह सिसक-सिसककर, रह-रहकर रो रही है....।

"यह क्या अम्मा...! क्यों रे मुँहनिचाँ, कुमनियाँ....!"

कुमनियाँ कुछ कहने के लिए आगे बढ़ा, पर शब्द फूटकर बाहर न आ पाया। मुँहनियाँ के होंठ भी जैसे सिल गए। उसकी आँखें अभी तक माथे पर चढ़ी थीं।

अम्मा अपने को रोक न पाई, फूट-फूटकर रोने लगीं, अपने कपाल पर दोनों हाथ पटकते हुए, "क्या करें इजु, करम ही फूट गए हमारे तो।....जब से यह डाइन घर आई है, इसने सब-कुछ भता भंग कर दिया है। इसी रंडी के दुख के कारण तेरे पिता जी ने फाँसी लगाई है। शरम के मारे कपाल तक ऊपर उठा न सके।....बेटा परदेश...पलटन में।

इस पर जोबन चढ़ा है। इस पातर ने हमारी नाक कटा दी है। रोज़-रोज़ अब इसी का रोना है।" माथा पकड़कर वह ज़ोर-ज़ोर से रोने लगीं।

मुँहनियाँ ने समझाया, "इस तरह ज़ोर-ज़ोर से न रो अम्मा! देखती नहीं, मेहमान, बामन आए हुए हैं। कहीं जाग गए तो उलटी अपनी ही फ़ज़ीहत होगी....इस राँड का क्या है? हम सबको गाँव छोड़कर भागना पड़ेगा।"

"क्या हुआ? क्या हुआ?" डिकरदेव ने हड़बड़ाकर दो-तीन बार पूछा।

"क्या हुआ पूछता!" अम्मा तुनकीं, "अरे, देखता नहीं, यह बदज़ात तीन महीने का पाप लिए बैठी है। पता नहीं किसका है?"

डिकरदेव के पाँवों तले की ज़मीन धँस गई।

तभी मुँहनियाँ दाँत पीसकर गरजा, "राँड अब रोती है। उस समय नहीं रोती थी, अपने कुकर्मों के लिए....!" उसने लात से ठोकर मारकर भावज का झौंटा घसीटा—"बदज़ात। बदफेल तूने हमारे खानदान की ही नाक घौल में डाल दी है....।"

मुँहनियाँ अपनी भावज के लिए ऐसे अपशब्द कहे, डिकरदेव को अच्छा नहीं लगा। वह हतप्रभ-सा सामने देखता रहा—गोपुलि की तार-तार फटी घाघरी के चाल से नंगे घुटने, नंगी छाती साफ़ दीख रही है। उसमें स्याह डोरे साफ़ झलक रहे हैं। कपड़े तमाम रक्त में सने। कपाल पर भी एक-दो गहरे घाव। पास ही टूटी चूड़ियाँ। टूटा चरेऊ।

वह काठ-सा खड़ा रहा, होंठ भींचे। फिर एक गहरी साँस भरता हुआ बोला, बड़ी मुश्किल से, "तो...अब क्या कर रहे हो...?"

"क्या करना है?" माँ धधकती हुई बोलीं, "इसका पथरी पर घिस-घिसकर चंदन बनाना है। देवाल में धरकर इस राकसनी की पूजा करनी है। ....अरे, जवान-जवान लड़का होकर कहता है क्या करना है! हाथों में रस्सी बाँधकर किसी चट्टान से लुढ़का दे....नदी में बहा दे या जंगल में गट्टा खोदकर पत्थर से दबा दे....काट-काटकर, टुकड़े-टुकड़े करके भिए लगा दे....बदज़ात कहीं की...!"

डिकरदेव क्या करे? क्या न करे? इतने अर्से बाद इतनी लम्बी प्रतीक्षा के पश्चात् घर आया और यहाँ यह महाभारत!

अभी बाप को जलाए घण्टे भी नहीं बीते अब एक नई लाश!

"तो क्या मार देते हो इसे? हत्या कर देते हो?" डिकरदेव काँप उठा, "परमेसर के लिए ऐसा न करो माँ! यह पाप...।"

"पाप की बात करता है, इसके लिए तू!" माँ के सिर में चण्डी चढ़ी थी, "क्या इस पातर को घर में रखने को कहता है तू? बना इसे रानी! पटरानी! हमें नहीं चाहिए यह डाइन....। यह यहाँ रहेगी तो हम गाँव छोड़कर चले जाएँगे! यह मुलक ही छोड़ देंगे!"

अम्मा ने अपना अन्तिम अमोघ अस्त्र छोड़ा। दोनों हाथों से माथा पीट-पीटकर बिलखने लगीं, "उनके गए का दुख इतना नहीं, जितना इस राँड का! इस नागन का क्या करें! कल से ही लोग मुँह पर थूकना शुरू कर देंगे। हाय राम, मुझे उनके साथ ही चिता पर क्यों नहीं जला दिया। कल सुबह तक मैंने भी रस्सी लगाकर फाँसी न खाई तो...!"

डिकरदेव का दिल दहल उठा। वह काँपते हुए स्वर में बोला, "तू रो न माँ। जो तू कहेगी, वही करेंगे। लेकिन, ज़रा समय तो देख...!"

"ज़रा समय तो देख कहता है कपूत! अरे, जब नाक में गोबर पुत जाएगा, फिर देखेगा! लोग हमारे मुँह पर थू-थू चूकेंगे परदेस में रहकर तेरी भी मति मारी गई है! अरे, इस कुलच्छना को घर में रखने की कहता है! छि:-छि:! हे राम!"

'हे राम' के साथ ही माँ का सप्तम स्वर में रुदन फिर शुरू हो गया।

"अम्मा, ऐसे ज़ोर से न रो।" मुँहनियाँ ने झिड़का, "लोग जाग जाएँगे...।"

डिकरदेव की आँखों में ढेर सारा धुंध समा गया। उसे लगा, धरती घूम रही है। उसका सिर बुरी तरह चकरा रहा है।

"मुँहनियाँ, ज़रा सुन–!" डिकरदेव उसे कोठरी से बाहर ले गया।

थोड़ी देर बाद दोनों लौटे।

"माँ, दद्दा ठीक कहते हैं। तू जानती नहीं।"

"दद्दा ठीक कहते हैं, कहता है! तू जानती नहीं, कहता है....! तू भी पगला गया है मुँहनियाँ...!" ढीं-ढीं वह फिर से रोने लगीं।

"ज़रा सुन भी तो अम्मा!" मुँहनियाँ ने किंचित् झिड़का, "अभी, इसी समय क्या करने को कहती है!" मुँहनियाँ झल्लाकर बोला, "देखती नहीं, सुबह से गाँव में पटवारी-पुलस घूम रही है। पिता जी ने फाँसी लगाई क्यों लगाई अभी तो उसी की छानबीन है, उस पर इस हत्या की...हम सब हथोड़ी लगाकर लोहाघाट हौलात में दिखलाई देंगे!"

पर, वह अभी तक भी उसी तरह रोए चली जा रही थीं!

मुँहनियाँ ने सबको बाहर धकेलकर, बाहर से कुण्डा लगा दिया।

जहाँ आज 'फाग' गाए जाने थे वहाँ 'गरुड़-पुराण' का पाठ हो रहा था। आज तीसरा दिन है। करम पर अन्त में सुहनियाँ को बिठलाया गया। वैसे बैठना तो डिकरदेव को चाहिए था, वह सबसे सयाना था। किन्तु बामनों के कहने पर कि वह गरम खौलते पतीले से निकलकर इस ठण्डे मुल्क में आया है। दिन में दो बार गधेरे के बर्फ़ीले ठण्डे पानी में बाहर नहाना होगा, केवल एक बख़त खुद बनाकर खाना। चौबीस घण्टे दीये के पास घास-पयाल की चटाई पर सोना होगा–इतना सब उससे न हो पाएगा....। कहीं जर-बुखार आ पड़ा तो और परेशानी!

'गरुण-पुराण' की कथा सुनने सारा इलाका उलट आया था। पटवारी-पेशकार तक चले आए। लगे हाथ पुन्न लूटने।

पर, डिकरदेव सबसे दूर, सबसे अकेला बैठा ऊँघता रहता। करम की रेख इसी को कहते हैं! क्या सोचकर आया था, क्या हो रहा है!

वह सोचता था, घर जाने पर सबको कितनी ख़ुशी होगी! पिता सत्यनारायण की कथा कराएँगे! सारे गाँव में गुड़ बाँटेंगे!

गोपुलि के लिए रेशम की जामुनी रंग की साड़ी लाया था। माथे पर लगाने के लिए नये फैशन की बिंदिया। लाल, पीले फुन्दे। उभरी हुई रेशमी चोली। उसके पके, रसभरे लाल-लाल सेब जैसे गालों पर काला तिल कितना अच्छा लगता है। उसके लिए पौडर का डब्बा लाया था। सच, 'पौडर' लगाकर, रानीखेत के गोरे सैप की मीम से कम न लगेगी....

क्या-क्या तमन्नाएँ नहीं थीं उसकी!

किन्तु यह सब होगा, कब सोचा था! वह तो सीधी-सादी थी दुधमुँही बछिया की तरह। रोज़ बरत रखती। मंदिर जाती। लड़ाई के दिनों में जब वह लाम पर था, रोज़ हरनाथ के मंदिर में जल चढ़ाती थी....देवाल की सीढ़ियाँ लीपती....किन्तु माँ जो कहती हैं....छि:-छि: पशु जात!

इन तीन दिनों में शायद ही किसी ने गोठ की ओर झाँका हो।

साँझ के समय अम्मा दूर से आए रिश्तेदारों के साथ रोने में व्यस्त थीं। मुँहनियाँ अनाज पिसाने पनचक्की घर गया था। कुमनियाँ क्रिया-करम का सामान खरीदने लोहाघाट बाज़ार।

डिकरदेव से रहा न गया। उसने चुपके से गोठ का कुण्डा खोला, पर कोई आवाज़ न सुनाई दी उसे।

वह घबराया, कहीं मर तो नहीं पड़ी।

हौले से पुकारा, किन्तु फिर भी कोई शब्द नहीं।

हाथ-पाँवों के सहारे अँधियारे में ज़मीन टटोलता-टटोलता वह एक सिरे पर पहुँचा तो कहीं भी वह दीखी नहीं।

उसका कलेजा धक् से रह गया। दियासलाई जलाकर आसपास टटोलने लगा। वह दूर दीवार के सहारे, वैसी ही बँधी गठरी की तरह हुलकी पड़ी थी। सारा शरीर सुन्न। साँस भी हौले-हौले चलती।

डिकरदेव ने झकझोरा, पुकारा, लेकिन वह हिली-डुली नहीं, वैसी ही निश्चेष्ट पड़ी रही।

वह निकलकर बाहर आया।

लोटा थामे मिसरी की कुंजी मुट्ठी में दबाए, फिर दबे पाँव भीतर घुसा।

पानी के छींटे देने पर वह कराही।

मिसरी के मीठे पानी की दो बूँदें गले से उतरीं तो डिकरदेव को कुछ आशा बँधी। उसके परानों में परान आए।

किवाड़ भीतर से भेड़कर वह बैठ गया। उसके ठण्डे हाथों को, पाँवों को सहलाने लगा। कहीं यह मर पड़ी तो सबको उमर कैद हो जाएगी। पटवारी-पुलिस कब किसे छोड़ती है! धीरे-धीरे वह उसके सारे शरीर पर हाथ फेरने लगा। हाथ-पाँव सूखे हुए। पेट थोड़ा उभरा-उभरा। छातियाँ भी लटकी हुई। शरीर ठण्डा।

कुछ देर बाद वह बाहर निकला और बासी दाल-भात एक थाली में डालकर उसके मुँह के सामने रख आया। बाहर से फिर कुण्डा लगा दिया।

बाहर पाँव धरा ही था कि दो-तीन पुराने यार-दोस्त टकरा पड़े।

हौल्दार दद्दा, तेरे तो दरसनों के लिए तरस गए यार! क्या भौजी बाहर निकलने ही नहीं देती तुझे!

—अच्छा हुआ, किरिया-करम के वक्त ही आ गया! माँ-बाप बड़े पुन्न से मिलते हैं यार!

—हाँ देस-परदेस की तो तूने कुछ सुनाई ही नहीं। पलटन में हमें भी ले चल यार! यहाँ तो घोड़े लादते-लादते हाथों की खाल निकल गई है!

भौजी से हम रोज़ पूछते थे—दाज्यू की चिट्ठी-पतरी तो नहीं आई? कब तक लौटने वाले हैं? पर यार, लौटते-लौटते भी तुमने इतना समय लगा दिया। भौजी बेचारी बरत रखती-रखती बुढ़िया हो गई। नौकरी तो फिर भी मिल जाएगी यार, पर यह उमर थोड़े ही फिर लौटकर आएगी साली!

डिकरदेव के सीने पर खौलता लावा लोट रहा था। किसी काम के लिए वह भीतर घुसा तो फिर लौटा ही नहीं।

आधी रात को जब सब सो गए तो डिकरदेव छिपकर बाहर निकला। गोठ में जा कर लोटा भर पानी और चार-छह टुकड़े रोटी के फेंक आया।

दस दिन बीत गए! फिर एकादस! फिर पीपल!

किरिया-करम का झंझट छूटा, तो फिर वही टंटा!

इन चन्द दिनों में ही डिकरदेव बूढ़ा हो गया था। किसी ने कुछ पूछा तो उसके मुँह से आवाज़ ही न निकल पाती। लोगों से घबराता। कटता। एकान्त में छिपा रहता आँखें मूँदे।

सपने की तरह उसे दिखलाई देती बाढ़ आई नदी-सी उमड़ती-उछलती गोपुलि! गोरी-गोरी संगमरमर जैसी बाँहें, बुरौज के झक लाल फूल! चिड़िया की तरह कुहकती...चहकती....

कौन-कौन रिश्तेदार इस बीच आए, उसे पता नहीं। उसे पता नहीं मेहमानों को खिलाने-पिलाने का काम कौन देखता रहा। पिताजी के क्रिया-कर्म में क्या-क्या लगाया। उसकी आँखों की नींद पेट की भूख न जाने कहाँ बिरा गई थी?

आँखों-हीं-आँखों में रात बीत जाती। दिन बीत जाता। बीड़ी में गाँजा भरकर पीता और कम्बल ताने लेटा रहता।

एक दिन अम्मा ने कम्बल परे पटककर झकझोरा, "इस कलमुँही राँड का क्या करें? तू तो अज़गर की तरह लेटा रहता है! न जाने क्या हो गया है तुझे!"

डिकरदेव अचकचाकर देखता।

"....।"

"...मैं क्या कहूँ! जो जी में आए करो!" झुँझलाकर बोला।

"मैं क्या करूँ कहता है! जो जी में आए करो कहता है!" अम्मा अंगारे की तरह धधकीं, "तू कुछ नहीं करेगा? तू कुछ नहीं कहेगा?"

डिकरदेव बौखला उठा, "जो मैं कहूँगा करेगी?"

"हाँ, हाँ!"

"तो जा, उठा वह कुल्हाड़ी! उसके माथे पर दे मार! कर दे चार टुकड़े और मुझसे क्या चाहती है? हत्या पर तुली है तो कर दे हत्या! यह रोज़-रोज़ का झंझट तो छूटे! जो होगा, देखा जाएगा! फाँसी होगी तो मैं चला जाऊँगा! कह दूँगा, हत्या मैंने की थी....बोल, और क्या चाहती है मुझसे...?"

अम्मा को काटो तो ख़ून नहीं।

डिकरदेव ऐसा टका-सा उत्तर देगा, उसने कभी सोचा न था। जब कुछ न सूझा तो फिर वही रुदन, "मेरे रामऽअँ। मेरे करम ही फूट गए। ऐसी सन्तान निकली! उस कुलच्छनी का साथ देने पर तुला है....मेरे भगवान! उठा क्यों नहीं लेता मुझे...'उन्हीं' की चिता के साथ बाँध कर क्यों नहीं जला दिया था मुझे...!"

डिकरदेव उठकर बाहर चला गया।

कुछ देर बाद लौटा, तब भी वैसा ही वातावरण।

"अम्मा, इस तरह तू रोती क्यों है?" डिकरदेव माँ का यों बार-बार रोना देख न पाया, "जो तू कहेगी, वही होगा। बस!"

लेकिन माँ के रुदन में अब भी कमी नहीं थी।

डिकरदेव मुँहनियाँ को साथ लेकर ठुल कका के घर गया। कका सयाने हैं। उन से क्या छिपाना! जो भी वे सलाह देंगे सबके भले के लिए ही।

रात को देर तक बातें चलती रहीं। किसी भी निर्णय पर पहुँचना उनके लिए आसान न था। अन्त में कुछ तय करके जब वे घर लौटे तो किवाड़ पर खड़े होने से पहले ही सोहनियों ने पलटन से आई ज़रूरी चिट्ठी उसे पकड़ा दी। "पोस्टमैन सैप लाए थे...।"

डिकरदेव ने चिट्ठी खोली और चुपचाप रख दी।

"क्या लिखा है दद्दा क्या?" सब उत्सुकता से घेरकर खड़े हो गए।

"कुछ नहीं यार!" गहरी साँस भरकर डिकरदेव बैठ गया।

"ऐसा ज़रूरी काम क्या आ पड़ा...." सबने फिर दुहराया तो डिकरदेव ने मुँह निचोड़ते हुए तिक्तता के साथ कहा, "अरे यार, साला पलटन का मामला ठैरा। सारी ज़िन्दगी 'लैफ्ट-रैट' में ही बीत जाती है! घर आया कि कुछ दिन आराम करूँगा, पर यहाँ भी वही 'लैफ्ट-रैट' हो रही है।"

"लिखा क्या है पलटन से?" ठुल कका ने पूछा।

इस बार डिकरदेव टाल न सका। कुछ सोचता हुआ बोला, "यही कि चिट्ठी मिलते ही बटालियन में हाजिर हो जाओ...!"

"क्यों? क्यों?"

"लड़ाई की जैसी कुछ ख़बर तो थी, पर इत्ती जल्दी कुछ होगा, ऐसी उम्मीद नहीं थी! फौज में होता ही ऐसा है....!" डिकरदेव ने काग़ज़ परे पटक दिया।

रात को सब सो गए, पर डिकरदेव की आँखों में नींद कहीं कका की बातें, अपनी बातें गोपुलि की बातें, पलटन की बातें–उसका दिमाग ठिकाने न था। फिर नींद कहीं से आने लगी?

उसने कम्बल परे फेंका और उठकर झटपट अपना सारा सामान टटोलने लगा। कप्तान की बीवी की जैसी साड़ी थैले से निकाली। सुनहरी लाल, पीली चूड़ियाँ। लाल रोली। उभरी चोलियाँ नये फैशन की। सारा सामान यों ही कफ़न की तरह लपेटकर धीरे से गोठ में घुसा। गोपुलि के मुँह पर उन्हें फेंकता हुआ बोला, "ले तेरे लिए लाया था, तू पहनेगी करके....अब ये तेरे कफ़न के काम आएँगे....।" इससे अधिक डिकरदेव कुछ कह न पाया।

गोपुलि ने एक बार मुड़कर, रुलाईभरी जिन आँखों से झाँका, डिकरदेव उसे सह न सका।

गोपुलि, गोपुलि नहीं, सचमुच अधेड़ बुढ़िया-सी लग रही थी। काली-काली झाँइयाँ। झुर्रियाँ। बाल सेवार की तरह उलझे। हाथ-पाँव बज की छाल जैसे।

गोपुलि ज़मीन पर सरक-सरककर आगे बड़ी। उसके बूटों पर माथा टिकाकर फूट पड़ी, "मेरा क़सूर नहीं....मेरा नहीं....परमेसर की सौ खा कर कहती हूँ....भगपती माई की...."

पाँव पीछे हटाकर वह झटके के साथ बाहर निकल गया।

रात का तीसरा पहर बीत रहा था। गोपुलि अधीर होकर सिसक रही थी जैसे उसके प्राण निकले जा रहे हों। पीट-पीटकर, ज़बरदस्ती नई साड़ी पहनाई जा रही थी। माथे पर कुमकुम। गले पर सुहाग का चरेऊ। हाथों में ढेर सारी चूड़ियाँ।

चौथी घड़ी रात अब शुरू हो रही थी।

सारा संसार सोया था, पर कुछ जने जागे थे। मुँहनियों कपड़े तैयार कर रहा था। हाथ में लाठी। पीठ पर सामान की पोटली। कन्धे पर कम्बल-बरखा, घाम, जाड़े से बचाव के लिए।

कुमनियाँ, सुहनियाँ, डिकरदेव-तीनों अम्मा के सामने अँधियारे में प्रेतों की तरह खड़े थे।

अम्मा मुँहनियाँ के कान के पास मुँह ले जाकर कह रही थी-"इस रंडी को रास्ते में कूटना-पीटना नहीं, नहीं तो अड़ जाएगी। आगे नहीं चलेगी। दिन-दिन बैठे रहना, रात को चलना। देखना, किसी को पता न चले।....कालि गंगा पार, डोटि-नेपाल के इलाके में इस पातर-राँड को ले जाकर कहीं छोड़ आना और तुम चुपके से लौट आना....हाँ, कहीं किसी को भनक तक नहीं पड़नी चाहिए....।"

ज्यों-ज्यों समय बीत रहा था, गोपुलि की सिसकियाँ भी बढ़ती चली जा रही थीं। डिकरदेव से देखा न गया तो वह पीछे हट गया।

पर, अम्मा उसे खींचकर पास लाई। उसके और समीप जाकर बोलीं, "सुन रहा है? तू भी रात को ही घर से निकल जा। गाँव वालों से कह देंगे, बहू बेटे के साथ देस चली गई है। वहाँ से दो-तीन महीने बाद चिट्ठी गेरना। लिख देना, वह रंडी बीमार हो गई और मर गई! हम उसका क्रिया-करम करवा देंगे। गाँव वालों को शक-संदेह नहीं होगा।"

डिकरदेव ने कानों पर हाथ धर लिया। वह भीतर चला गया, पर उस अंधकार में दरवाज़ा बंद होने के बावजूद भीतर की आवाज़ें उसे साफ़ सुनाई दे रही थीं। अम्मा मौसी से कह रही थीं, "दीदी किससे क्या कहें? खुद तो मर चुके और हमें इस जंजाल में डाल गए! बुढ़ापे में पता नहीं क्या मति हरी गई थी इस डायन के फेर में पड़ गए....इसी बदनामी के डर से तो...."

डिकरदेव जैसे चीख पड़ा।

पौ फटने वाली थी अब।

डिकरदेव का सामान बँध चुका था। मुँहनियाँ कब के चला गया है।

पर, अभी तक भी कही दूर से चीखने-चिल्लाने की जैसी आवाज़ रह-रहकर उसके कानों से टकरा रही थी। वह देखता इधर-उधर, पर कुछ दीखता न था।

अपना ज़रूरी सामान समेटकर वह निकल पड़ा। न उसने अम्मा को प्रणाम किया, न किसी से कुछ बोला। चुपचाप पीठ पर पिट्ठू बाँधे भारी-भारी क़दमों से वह आगे बढ़ता रहा। रात बारिश हुई थी और अभी तक भी हल्की-हल्की बूँदाबाँदी हो रही थी। घना कुहरा सफ़ेद चादर की तरह चारों ओर फैला था। कच्ची बटिया पर तमाम कीचड़। उसने देखा-बटिया पर चार पाँवों के ताज़े-ताज़े निशान अभी तक भी उभरे हुए हैं। दो पर फटे जूतों के जैसे, और दो नंगे।

इन्हीं निशानों के सहारे थोड़ी दूर तक गरदन लटकाए वह हारे हुए जुआरी की तरह बढ़ता रहा। उसका सिर भारी था। आँखें बोझिल। जैसे कितने लम्बे अर्से से वह सोया न हो।

चढ़ाई के बाद, फिर तिराहा आया तो उसने रास्ता बदल दिया।

यहाँ भी कीचड़ था, पर उसमें धँसे उसे एक नहीं, अनेक नंगे पाँवों के निशान एक साथ उभरे दीख रहे थे। कहीं दूर से सिसकने-रोने की जैसी कई आवाज़ें सुनाई दे रही थीं। कराहने के जैसे कई करुण स्वर!

एक पारमिता

बाबू जी आँखों पर चश्मा चढ़ाए चुपचाप कमरे में आते हैं और मेज़ पर टाइमपीस के नीचे काग़ज़ का एक छोटा-सा टुकड़ा दबाकर लौट जाते हैं।

पारमिता की निगाहें किताब से उठकर काग़ज़ पर जा अटकती है। वह हौले से उठकर काग़ज़ खोलती है और फिर उसी तरह मोड़कर रख देती है।

"हूँ!" अज़ीब-सा मुँह बनाकर वह खिड़की में बैठ जाती है।

अम्मा ने आज सारे घर की उथल-पुथल शुरू कर डाली है। आँगन में मेहतरानी कब के बुहारी लगाकर लौट गई है। फर्श को तीन बार धोया गया है। बाबू जी का बाफ्ते का कुरता, अण्डी की जवाहरकट के साथ बक्स में से निकाल दिया है। टेबल पर धुला मेज़पोश और सोफे पर नई गद्दियाँ बिछा डाली हैं। तारो, कनिका, बच्चन और बड़ी बुआ ने भी कपड़े बदलने शुरू कर दिए हैं।

अम्मा सुबह से परेशान हैं। बार-बार कमरे में आकर झिड़क जाती हैं—"पारो नहाती-धोती क्यों नहीं? बाल काढ़ लो और वो पीली वाली डेकान की साड़ी पहन लो..."

पारमिता को कुछ सुनाई नहीं देता। मेज़ पर धरा काग़ज़ एक बार और पड़ती है। फिर किताब के काले पन्ने एक के बाद एक उलटती रहती है—यों ही-चार-बार।

उसे लगता है, पारमिता वह नहीं, बल्कि दूसरी ही लड़की है—जिसे उसने देखा है जिसे वह जानती है।

गुड़ी-मुड़ी-सी वह बैठक में बैठी है। उसका दिल धक्-धक् कर रहा है। लजाकर वह और सिकुड़ जाती है।

अम्मा, बाबू जी सब एक-एक कर काम के बहाने उठकर बाहर चले जाते हैं और कमरे में एक असह्य सन्नाटा छा जाता है।

"तुमने बी०ए०, पास किया है?"

"जी।"

"एम०ए० क्यों नहीं कर लिया?"

वह चुप रहती है।

"लिटरेचर में इन्ट्रस्टेड हो?"

"जी।"

"गाना भी गा लेती हो?"

"जी।"

"कोई गाना सुना सकती हो अभी?"

वह चुप रहती है।

"तुम्हारा फोटो तो बड़ा सुन्दर था....ज़रा देखो इधर..."

वह और सिकुड़ जाती है। उसका शरीर काँपने लगता है। रंग लाल पड़ जाता है। फिर भी वह आँचल हटाती है।

क्षण-भर सन्नाटा रहता।

"हँ। तो तुम ख़ूबसूरत तो बहुत हो...अच्छा, एक बात बतलाओ...."

वह जिज्ञासा से देखती है।

"किसी से लव-अफेयर्स भी चले थे कभी?"

वह अवाक् देखती है।

"उमर के साथ-साथ कुछ तो चलता रहता है न। कॉलेज में पढ़ते समय....या....फिर. ...इतनी ख़ूबसूरत होकर न चले असम्भव है।"

पारमिता क्या कहे।

"बोलतीं क्यों नहीं?"

वह केवल चुपचाप रो देती है और कमरे से उठकर चली जाती है।

तीन महीने तक बाबू जी ख़त की राह देखते रहते हैं। अन्त में छोटा-सा पत्र आता है सबके चेहरों पर हमेशा की तरह राख फैल जाती।

और एक दिन कहीं से फिर पत्र आता है। घर की नये सिरे से सफ़ाई होती है। बाबू जी बक्स में से फिर बाले का कुरता और अण्डी की जवाहरकट निकालते हैं। तारी, कनिका सब एक-एक कर कपड़े बदलने शुरू कर देते हैं।

"ज्वाइण्ट फैमिली है। रह सकोगी?"

"जी।"

"पहली वाइफ गुज़र गई। उससे केवल एक बच्चा है। प्यार कर सकोगी?"

"जी।"

"आमदनी थोड़ी-सी है। बिसाते की दुकान है छोटी-सी। गुज़ारा चला सकोगी?"

"जी।"

बस, इसी 'जी' के साथ बात समाप्त हो जाती है। इस बार सब खुश है। अम्मा-बाबू जी डाकिया की राह देखते हैं। सवा महीने के भीतर सूचना आती है—इतनी पढ़ी-लिखी बहू से काम नहीं चल सकेगा। और सब फिर चुप हो जाते हैं।

इसी तरह हर दूसरे-तीसरे महीने एक नुमाइश लगती है और ख़त्म हो जाती है। अब उसे सारे प्रश्नों के उत्तर देने आते हैं। अम्मा-बाबू जी को सिखलाने की आवश्यकता नहीं रहती। अब उसका मुँह लज्जा से लाल भी नहीं होता। अब वह अधिक सिमटती भी नहीं। मशीन की तरह प्रश्न का उत्तर देती जाती है।

ले....कि....न....

"पारो तू क्या कर रही है? यह पढ़ने का समय है! सवा आठ बज गए।"

पारो किताब बन्द करती है। नहाती-धोती है और धुली साड़ी पहनकर हमेशा की तरह ड्राइंग-रूम में जाती है।

सबके हट जाने पर फिर मौन व्याप जाता है।

इस बार पहल उसी की ओर से है, "देखिए, आप मुझे देखने आए है न! है न?" अजनबी उसकी ओर देखता है।

"तो देखिए। लोगों की निगाह में मैं सुन्दर हूँ, शायद आपकी निगाह में भी सुन्दर होऊँ! इसीलिए हो सकता है, कभी मेरे लव अफेयर्स भी चले हों शायद—वास्तव में चले नहीं। लोग मुझे कुछ पढ़ी-लिखी भी मानते हैं और बहुतों का कहना है कि साधारण घराने में मेरा गुज़ारा चल नहीं सकता। वैसे मैं आपको बताती हूँ....यह क़ीमती साड़ी मेरी नहीं, मेरी जीजी की है....जो इसी काम के लिए हमने उधार माँग रखी है....तो बतलाइए, आप अब भी मुझसे शादी करना चाहते हैं?"

अजनबी को अपने कानों पर विश्वास नहीं होता, पर वह कहती जाती है, "अच्छा बतलाइए, आपने अब तक कितनी लड़कियाँ देखी है?"

"आप पढ़े-लिखे है। होनहार हैं। शरीफ़ घराने के हैं। फिर घर-घर जा नुमाइश लगवाना आपको अच्छा लगता है? सुनिए, मुझे भी किसी के साथ अपनी ज़िन्दगी बसर करनी है। और फिर मेरी अपनी पसन्द है....और सुनिए, आप मुझे कतई पसन्द नहीं हैं...."

उठकर वह बाहर चली जाती है।

घर में सब विस्मित रह जाते हैं।

बाबू जी की बूढ़ी आँखों पर बेबसी का जल छलक आता है। अम्मा माथा पीटने लगती हैं, "तुझे क्या हो गया है पारो! तूने क्या कर दिया? तेरे लिए यह रोज़-रोज़ का नाटक कब तक रचते रहें? तुझे अब तीस साल पूरे होने को हैं...." माँ ज़ोर से रो पड़ती हैं।

गूँगी-सी पारमिता सब सुनती रहती है। अपने कमरे में जाकर किवाड़ मूँद लेती है, काग़ज़ टटोलती है, फिर कैलेण्डर की ओर देखती है।

क्या उसे अभी बी०एड० में प्रवेश नहीं मिल सकता? क्या उसे कोई नौकरी नहीं मिल सकती? क्या वह अपना भार इस उमर में भी ख़ुद नहीं उठा सकती....क्यों नहीं उठा सकती....क्यों?

उसकी आँखें 'क्यों' के साथ शून्य में निराधार अटक जाती हैं, जिनसे बूँद-बूँद कर जल टपकता रहता है।

रेत की धाराएँ

मैं कॉरीडोर पर खड़ा हो जाता हूँ। बाहर अभी तक लगातार पानी बरस रहा है। देवदार की नुकीली पत्तियों का रंग पानी में भीगकर कुछ और हरा हो गया है। आसमान में गँदले बादल। चारों ओर कुहासा ही कुहासा....

मुझे लगता है, विपिन आज आएगा नहीं, यद्यपि वह आने की बात कह गया था। इरा का भी मत ऐसा ही लगता है, भले ही उसने यह बात स्वयं से व्यक्त नहीं होने दी। सुबह मैंने पूछा, तो उसने इतना ही कहा कि वन-विभाग का काम है। समय कुछ लग ही जाता है। किन्तु आयेंगे इतना निश्चित है....

इरा के व्यवहार में इधर मुझे कुछ परिवर्तन-सा लगता है। पता नहीं क्यों, नारी का अधिक मुखर होना मुझे स्वभाव से ही अच्छा नहीं लगता। जब से यहाँ आया हूँ, मेरा मन कुछ अज़ीब-सा हो गया है। कभी-कभी अहसास होता है मुझे नहीं आना चाहिए था।

जब से विपिन की बदली यहाँ हुई वह लगातार लिखता रहा है कि पिछली बीमारी के बाद, सुना था, तुम्हारा स्वास्थ्य ठीक नहीं। कभी इधर आओ तो अच्छा रहेगा। इरा भी कहती है....

मुझे याद आता है, विपिन की अब शादी हो गई है....किसी काम करने वाली स्मार्ट लड़की से। सुना था, ऐसी योग्य पत्नी पाकर वह धन्य हो गया है।

विपिन का 'धन्य' होना मुझे अच्छा लगा। चलो ज़िन्दगी में एक ठहराव तो आया।

और एक दिन–

"यह तुम्हारी भाभी....।" इन तीन शब्दों में विपिन ने अपने साथ आई तरुणी से परिचय कराया, तो मैं सकपका-सा आया। क्षण-भर देखता रहा। मुझे ऐसा लगा, जैसे मैंने किसी जगह इसे देखा है। तनिक देर चुप रहकर मैंने झटके से गरदन हिलाई, मैं व्यर्थ की बातें क्यों सोचा करता हूँ। स्वयं पर मुझे झुँझलाहट हुई....एक छोटे-से घर में विपिन ने एक

छोटा-सा परिवार बसा लिया है। मैं देखता हूँ, शाम को खाने की मेज़ पर विपिन इरा की ही बातें किया करता है "बड़ी सोशल हैं। हर एक्टिविटी में भाग लेती हैं। जहाँ भी रहीं, इन्होंने सबको प्रभावित किया। लोग अब तक इन्हें याद करते हैं। कुछ वर्ष दिल्ली में भी रहीं। इनके पिता जी अपने कस्बे के अच्छे बिजनेसमैन थे। इतनी कम उम्र में, इतनी तरक्की कम ही लोगों को मिलती है इसलिए इनके कलीग जलते हैं...."

मैं दूसरी ओर खड़ा हो जाता हूँ। कैक्टस वाले गमले में लबालब पानी भरा है। मुझे याद आता है, जिस दिन मैं यहाँ आया था, उस दिन भी ऐसी ही वर्षा थी। कुहरे से मुझे पता नहीं क्यों इतनी चिढ़ है। चारों ओर धुँधला-धुँधला-सा लगता है, जैसे मैं किसी खाई में भटक गया हूँ।

"यहाँ खड़े-खड़े क्या कर रहे हैं? आपकी चाय ठण्डी हो गई।" इरा का सजीव स्वर है।

मैं चौंककर मुड़ता हूँ, "विपिन अब आने ही वाला होगा।"

वह हँस पड़ती है, यहाँ कोई प्लेन्स जैसा थोड़ा ही है कि रेल का समय हो गया। पहाड़ों का ढंग कुछ और ही होता है। ....वे अभी भी आ सकते हैं और हो सकता है, काम बहुत अधिक हो और वे रात को भी न आ सकें। चलिए, चाय फिर बना दूँ।"

मैं चुपचाप चलता हूँ। इरा चाय गरम करती है। साथ में दस पैसे के आकार के छोटे-छोटे नमकीन बिस्कुट।

"आप अकेले बोर तो नहीं हो रहे?"

"नहीं तोड़।"

"पहाड़ों में बरसात का मौसम अच्छा नहीं रहता।"

प्रत्युत्तर में मुझे कुछ कहना चाहिए था, पर मैं कुछ कह नहीं पाता हूँ। प्याला होंठों पर लगाता हूँ। चाय ज़रूरत से ज़्यादा गरम लगती है।

"आज भी छुट्टी है?" मैं कुछ कहने भर के लिए कहता हूँ।

"जी हाँ। शायद कल भी रहे।"

"दिल्ली में आप कब से हैं?"

"यही कोई तीन-एक साल से।"

"उससे पहले सुना था, आप विदेश में थे। विपिन कहते थे।"

"जी हाँ। ऐसे ही कुछ दिन।"

इरा अपने प्याले में कत्थई गरम पानी थोड़ा-सा और उड़ेलती है। भाप की एक लकीर-सी उठती है। अपलक वह धार को तौलती-सी रहती है, जैसे कुछ टटोल रही हो गम्भीरता से, "विपिन कहते थे, आपका नज़रिया कुछ और है। शायद आप...."

मैं समझ नहीं पाता।

"आई मीन....मेरा मतलब था, आपने भीष्म पितामह बनने का इरादा कर लिया है...."

इस बार भी मेरी आकृति से बात समझ पाने का भाव नहीं झलक पाता है, तो वह इस पर अनायास खिलखिलाकर हँस पड़ती है, "मैं बेचलर रहने की बात कर रही थी...."

उत्तर में क्या कहूँ? किसी निर्णय पर पहुँचे बिना मैं केवल हलके से हँस देता हूँ, "ऐसी बात तो नहीं।"

"तो फि....र" वह मुस्कराती हुई देखती है।

मैं चुप रहता हूँ।

"मुझे लगता है, इसमें दोष आपका नहीं, आपकी सोसाइटी की उन महिलाओं आई मीन...लड़कियों का है, जिन्होंने आपको अब तक कुँवारा रहने दिया।" वह बड़े सस्ते ढंग से हँसती है, जो मुझे अच्छा नहीं लगता।

"विपिन के अलबम में आपका एक चित्र देखा था। बिलकुल किसी एक्टर का जैसा। इतनी सुन्दर आँखें मैंने आज तक किसी पुरुष की नहीं देखीं। पुरुष की भी आँखें सुन्दर हुआ करती है, आप कल्पना नहीं कर सकते।" वह कहती-कहती चुप हो जाती है।

थोड़ी देर सन्नाटा रहता है।

मैंने प्याला रीता कर दिया है। मैं अब सिगरेट निकालता हूँ।

"कभी-कभी पता नहीं क्यों मेरा भी मन सिगरेट पीने को होता है।" वह कहती है, "मैंने कभी पी नहीं। औरतों को सिगरेट पीते देखना मुझे विचित्र-सा लगता है।"

एक चुप्पी।

"ताश खेलेंगे?" इरा का प्रश्न है।

मैं चुप रहता हूँ।

"सुना था, आप कैरम के चैम्पियन हैं। मुझे भी कुछ शौक है। अच्छे खिलाड़ी से हारने में भी अच्छा लगता है।" वह यों ही हँसती है, "हमें भी सिखला दीजिए न! आपको उम्र-भर याद किया करेंगे।"

मैं कुछ भी कहने की स्थिति में नहीं रहता। वह भी मौन भाव से मेरी ओर देखती रहती है। मैं ही कुछ सोचता हुआ मौन तोड़ता हूँ, "आज कुछ घूमने का प्रोग्राम है। सोचता हूँ....चौबटिया तक हो आऊँ। सुना है, वहाँ फलों के बहुत सुन्दर बगीचे हैं।" मैं कुछ रुककर पूछता हूँ, "आपने देखे हैं?"

वह इस तरह से गरदन हिलाती है कि उसने देखे हैं।

"इस बारिश में कहाँ जाएँगे....!" इरा को जैसे कुछ याद आता है।

मैं खिड़की से बाहर झाँकता हूँ, "अब तो कुछ कम है। रेनकोट ले जाऊँगा।"

वह अब मना नहीं कर पाती।

मैं विपिन के गम-बूट पहनता हूँ। बरसाती ओढ़े बाहर निकलता हूँ, तो कुछ राहत-सी मिलती है। मुझे अहसास होता है कि कहीं पर दबाव कुछ कम हो गया है। इसलिए एक तरह की घुटन-सी भी नहीं।

गीले रास्ते पर बहुत-से निशान हैं। सड़क के फुटपाथ पर चलता-चलता मैं दूर निकल जाता हूँ। मुझे सब विचित्र-सा लगता है। इरा का पत्नी के रूप में विपिन ने जब परिचय कराया, तो मुझे कुछ अटपटा-सा लगा था। लगा था, इस रूप में इसे नहीं होना चाहिए था।

अब से लगभग कुछ वर्ष पूर्व....

....मैं तब नयी दिल्ली में केन्द्रीय सरकार के कार्यालय में था। मुझे याद आता है, मेरी नई-नई नियुक्ति हुई थी। उन्हीं दिनों गृह मन्त्रालय से एक सर्क्यूलर आया कि जिन कर्मचारियों की कार्य-कुशलता अच्छी है, जो शारीरिक एवं मानसिक दृष्टि से इस योग्य हैं कि आगे कार्य कर सकें उन्हें पचपन के पश्चात् भी लगभग तीन वर्ष के लिए और रखा जा सकता है।

इसी के पाँचवें दिन शाम के समय देखता हूँ, एक बूढ़ा असिस्टेण्ट (नाम शायद कालरा था) मेरे कमरे में आता है। बिना किसी पूर्व भूमिका के वह अपने दोनों हाथ जोड़ता है, "कल रविवार की छुट्टी है। आप घर ही रहेंगे न?"

"कहिए!" मैं जिज्ञासा से देखता हूँ।

"जी, ऐसे ही। आपको समय हो, तो मैं दर्शनों के लिए आ जाऊँ...!" वह चुप हो जाता है।

"यहीं बतला दीजिए। व्यर्थ में वहाँ तक आने का कष्ट...."

वह अपने खोखले दाँत दिखलाता है, "ऑफिस में तो आपको समय मिल नहीं पाता। अपना दुखड़ा आपके सामने नहीं कहेंगे तो फिर किससे..."

फाइलों के ऊपर रखा हाथ वैसा ही रखा रह जाता है। उसकी स्थिति देखकर मैं मना नहीं कर पाता। दिन में मुझे दिलशाद गार्डन किसी पार्टी में जाना होता है। अतः शाम का समय देता हूँ।

शाम को जब मैं पार्टी से लौटता हूँ, तो देखता हूँ, वह कब से वहाँ बैठा है। उसके बग़ल में एक पोटली है, जो उसने चुपके से भीतर रख दी है।

कुछ देर वह ऑफिस से घर तक की सारी बातें टेप-रिकॉर्डर की तरह दुहराता रहता है। अपने आवारा जवान लड़के के किस्से भद्दी गालियों के साथ सुनाता है। अपनी पत्नी को भी, जिसे गुज़रे दो वर्ष ही बीते हैं, नहीं बख्शता।....कहता है, इतने बच्चे उसी ने पैदा किए हैं।

वह यकायक इस तरह से उठता है, जैसे कुछ याद आ पड़ा हो। अभी आने की बात कहकर, बिना उत्तर की प्रतीक्षा किए बाहर चला जाता है।

मुझे यह आदमी अपने में एक कैरेक्टर लगता है। बीस–पच्चीस मिनट तक वह अपनी ही बातें दुहराता रहता है। मुझसे एक बात भी सुनने का कष्ट उसने नहीं किया। मैं उठकर भीतर जाऊँ, तभी साड़ी में लिपटी एक लड़की-सी आती है और दरवाज़े पर खड़ी हो जाती है।

"कहिए?"

वह कुछ नहीं कहती।

"कुछ काम था?"

"जी, पिताजी ने भेजा है।...."

मैं दुविधा से देखता हूँ, 'कौन?'

"जी, जो अभी यहाँ से गए थे।...."

"किसलिए?"

इस बार भी वह वैसी ही खड़ी रहती है। केवल एक बार पलकें ऊपर उठाती है और हलके से मुस्करा देती है।

लड़की बड़ी नहीं। शायद पढ़ती होगी। मुझे कुछ कहते नहीं बनता। मैं कुछ कहे बिना भीतर जाता हूँ। थोड़ी देर पश्चात् लौटने पर देखता हूँ, वह वैसी ही खड़ी है।

"अरे, तुम अभी गई नहीं। यहाँ खड़ी-खड़ी क्या कर रही हो?"

वह मौन भाव से मेरी ओर देखती है।

"सुनो, मुझे इस तरह की बात अच्छी नहीं लगती।....तुम्हारे पिता जी का काम तो मैं पहले ही कर चुका हूँ।"

वह छल्ले की तरह अपनी चोटी अंगुलियों में लपेटती रहती है।

"जाओ, अब चली जाओ।"

"जी, पिताजी नाराज़ होंगे। उन्होंने रात-भर यहीं रहने को कहा है....।"

"पहले भी कभी कहीं रहीं?"

"जी एक बार बड़े भैया ले गए थे एक एम०पी० के पास, जिन्होंने उन्हें सर्विस में लगवा दिया था।...."

"तुम पढ़ती हो?"

"जी हाँ।"

"अच्छा, अब चली जाओ..."

"जी, पिताजी ग़ुस्सा होंगे....।" वह रोने को हो आती है।

अज़ीब मुसीबत है!

मैं कुछ सोच नहीं पाता। उसका रूप-रंग, उसकी चाल-ढाल उसके घरेलू होने का अहसास नहीं जगा रहे हैं। ग़रीबी क्या-क्या नहीं कराती। मैं सहानुभूति से उसकी ओर देखता हूँ, "जाओ, घर जाओ। अच्छे घरों के लोगों को....।"

मैं कह ही रहा होता हूँ कि वह ग़ुस्से से पलटकर, रुलाई-भरी आँखों से देखती है, "वह मेरा बाप नहीं....।"

"कौन है फिर?"

"मुझे पैसे देकर लाया है....अब आज मुझे पैसे नहीं देगा...।"

मेरा मन भीग आता है। कुछ रुपये उसे देकर विदा करता हूँ। इसलिए नहीं कि मैं सच्चरित्र हूँ...सदाचारी, बल्कि इसलिए कि ऐसा क्यों होता है?

लगभग दो महीने भी इस घटना के नहीं बीते होंगे। मैं एक दिन 'सिन्धिया हाउस' के आगे खड़ा था। विदेश से आए मुझे तीन महीने बीत चुके थे, किन्तु अभी तक मैं अपने ही देश में अजनबी-सा बना था।....मुझे सूझता नहीं था कि यह शाम कैसे व्यतीत करूँ?

तभी देखता हूँ, जनपथ के क्रासिंग से एक लड़की आ रही है। मेरे सामने वाले बस-स्टैण्ड पर खड़ी तीन-चार बार उड़ती निगाहों से मेरी ओर देखती है।

मैं देखता हूँ, वह मुस्कराती हुई मेरे पास खड़ी हो गई है।

मैं भी मुस्कराने का प्रयास करता हूँ, जो स्वाभाविक है। मेरे भीतर का कहानीकार तभी सहसा कहीं बाहर झाँकने लगता है। देखें, फिर क्या होता है? इस जिज्ञासा ने कई बार अतीत में मुझे कठिनाइयों में डाला है। आज फिर वह मुझे चैन नहीं लेने दे रहा है।

"हलो!" वह बड़ी अदा से 'विश' करती है। मैं भी उत्तर देता हूँ।

हम साथ-साथ चलें, कोई बात करें, इससे पहले वह सामने, मशीन का ठण्डा पानी बेचने वाले से दो अंगुलियाँ खड़ी कर दो गिलास पानी का ऑर्डर देती है। पैसे ज़िद करके स्वयं ही चुकाती है।

"चलिए।" वह मेरे साथ यानी कि मैं उसके साथ-साथ पूरे क़दमों से चलने लगता हूँ।

सामने के चौराहे के समीप हम ठिठकते हैं। मेरी राय की परवाह किए बिना वह एक स्कूटर रुकवाती है और मेरे साथ-साथ स्वयं भी उसमें धँस जाती है।

मुझे यह सब अस्वाभाविक नहीं लगता। जर्मनी में लोग अपनी शामें कभी-कभी इस तरह बिता लिया करते हैं। मुझे लगता है, दिल्ली इन कुछ ही वर्षों में बहुत आगे निकल गई है।

स्कूटर जनपथ का दायरा पार कर इण्डिया गेट के बाद पृथ्वीराज रोड वाली चौड़ी सड़क पर मुड़ता है। यद्यपि मैं एक-दो बार पहले भी आ चुका हूँ इस रास्ते से, फिर भी मुझे सब अपरिचित-सा लगता है।

स्कूटर सफदरजंग हवाई अड्डे के बाद डिफेन्स कॉलोनी की ओर मुड़ता है। महिला मुझमें अधिक रुचि लेने लगती है। उसे यह जानकर बहुत प्रसन्नता होती है कि मैं जर्मनी से अभी-अभी लौटा हूँ।

"यहाँ आप अकेले है?" वह पूछती है।

"हाँ ऐसा ही है अभी....।"

"यदि कोई आपको अकेला न रहने दे तो?"

वह हँस पड़ती है और मैं भी।

स्कूटर अब कुछ और आगे निकल जाता है। नई-नई दूकानों की इमारतें बन रही है। पुलिया के पार वह स्कूटर रुकवाती है। नीचे उतरती हुई कहती है, "कुछ खरीद लें यहाँ से। आपके पास...?"

मैं पैण्ट की पिछली जेब में हाथ डालता हूँ, "हाउ मच?"

"ओनली टू।"

मैं सौ-सौ रुपये के दो नोट आगे करता हूँ। कुछ देर बाद वह लपकती हुई लौटती है। काग़ज़ का थैला गले-गले तक भरा है। वह स्कूटर में अब इस तरह से बैठती है कि दूरी अधिक न रहे।

खुले-खुले-से नये मकान! खुली-खुली-सी नई गलियाँ। स्कूटर पता नहीं कहाँ खो जाता है।

अब हम एक फ्लैट के आगे खड़े होते हैं। साथ आई लड़की-सी औरत आगे रुकती है। मैं स्कूटर के पैसे चुकाता हूँ।

एक अत्याधुनिक ड्राइंगरूम में वह मुझे ले जाती है। मेरा कोट वह बड़े जतन से उतारकर खूँटी पर टाँगती है।

सोफे पर पाँव पसारे मैं बैठ जाता हूँ। पंखे की गति तीव्रतम है। मेज़ पर दबे काग़ज़ पत्थर से दबी तितली की तरह फड़फड़ा रहे हैं।

तभी द्वार खुलता है। एक लड़की प्लेट पर शर्बत का गिलास थामे आती है। दरवाज़े पहले की तरह बन्द हो जाते हैं....

मुस्कराती हुई वह और पास आती है। मद्धिम रोशनी में उसका शरीर चमक रहा है। संगमरमर-सी प्रतिमा-मात्र रेशमी नॉयलोनी आवरण....

मेरे आश्चर्य की सीमा नहीं रहती। यह आकृति मुझे पहले कहीं देखी हुई जैसी लगती है। यही लड़की सहमी हुई-सी एक दिन शाम के समय मेरे दरवाज़े पर खड़ी थी....

"तुमने पहले भी मुझे देखा है?" मैं पूछता हूँ।

वह बड़ी निरीहता से कहती है, "नहीं तो!"

मैं देर तक कुछ सोचता रहता हूँ।

"बड़ा अज़ीब समय आ गया है।" मैं असमंजस में कहता हूँ।

मैं समझी नहीं, इस भाव से वह मुझे देखती है। फिर सहसा ज़ोर से हँस पड़ती है, "इसमें परेशानी की बात क्या है। कहीं कोई कठिनाई हो तो मैं सहायता कर सकती हूँ...."

उसकी आवाज़ में आत्मीयता-सी लगती है। लगता है, हँसकर वह हलकी हो गई है।. ...रीता गिलास एक ओर रखकर वह मुझे टटोलने लगती है। ऐसे क्षणों में इस तरह की महिलाएँ प्रायः ऐसा ही व्यवहार किया करती है....

मेरे कोट से पार्कर निकालकर वह अपनी गरम हथेलियों के बीच दबाती है। मेरे बहुत निकट आकर उसे और अधिक आत्मीयता से सहलाती है।

"इसे मेरे ब्लाउज में लगा दीजिए, प्लीज।"

मेरी निगाहें जब ब्लाउज वाली जगह की ओर मुड़ती हैं, तो आश्चर्य होता है....वहाँ उसने कुछ भी नहीं पहन रखा है। केवल कुछ ओढ़ा है....

मेरी जेबों को टटोलते-टटोलते उसकी पलकों में एक विलक्षण विस्मय का भाव है।

वह दौड़ती भीतर जाती है।

थोड़े समय पश्चात् देखता हूँ, वह लड़की-सी महिला मेरे सामने खड़ी है, जो मुझे अपने साथ स्कूटर में लाई थी।

"हैव यू नो मनी?"

मैं सिर हिलाता हूँ–"ना!"

वह अपने कपाल पर हाथ रखती है "यू ब्लफ्ड मी....!" वह ग़ुस्से से उफनती है।

मैं धर्मसंकट की स्थिति में हूँ। अब क्या करूँ? सूझता नहीं। वस्तुतः आज मेरे पास इससे अधिक पैसे नहीं थे....

"तुमने चलने से पहले क्यों नहीं बतला दिया था कि तुम नंगे हो! तुम्हारे पास कुछ भी नहीं है! हे भगवान, इस रात अब मैं किसे पकड़कर लाऊँ! तुमने हमें कहीं का भी नहीं रख छोड़ा।"

मैं सकपकाकर उठता हूँ। अपनी नासमझी पर मुझे झुँझलाहट होती है। ऐसा भी हो सकता है, इसकी मैंने कल्पना नहीं की थी।

मैं कोट पहनता हूँ....

"कृपया मेरा पेन दे दीजिए।"

"कौन-सा पेन?" वह आश्चर्य से कहती है।

"वह लड़की ले गई है अभी।"

वह केवल हिकारत से मेरी ओर देखती है और चली जाती है!

किसी तरह वह पेन लौटाने को तैयार नहीं। वह कीमती है, इसलिए नहीं, बल्कि मेरे उस मित्र की याद है, जिसे गुज़रे अब दो वर्ष बीत गए...

मैं हारकर बाहर निकलता हूँ। धुँधली सीढ़ियों पर उतरता-उतरता ठिठक जाता हूँ।

मुझे दरियागंज जाना है, पर मेरे पास एक भी पैसा नहीं। किसी तरह घर पहुँचता हूँ।

उस रात मैं सो नहीं पाया। सारी रात सोचता रहा, यह सब क्यों हुआ? ऐसा क्यों होता है?

....कार का हॉर्न बजता है। मेरे बग़ल से कुछ पहिये छींटे छोड़ते हुए दूर निकल जाते हैं।

घर लौटने का मन नहीं होता। आगे पाँव नहीं बढ़ते। मौसम अब बहुत ख़राब है। अतः मैं हारकर चौबटिया की ओर न बढ़कर शहर की ओर मुड़ता हूँ। सोचता हूँ, विपिन शायद अब आ गया होगा।

इधर-उधर व्यर्थ में भटकते रहने के पश्चात् लौटता हूँ तो चारों ओर अँधेरा-अँधेरा दीखता है....

लगता है, सब सो गये हैं।

किवाड़ खटखटाता हूँ।

हमेशा की तरह छोटा नौकर कुण्डी खोलता है।

"साहब नहीं आए?"

मैं गीले कपड़े उतारूँ, उससे पहले ही वह मेरा खाना ले आता है। तिपाई के ऊपर रोज़ की तरह अख़बार बिछाता है और दूकान की तरह थाली, कटोरी, गिलास सजा देता है।

"बीबी जी कहाँ है?"

"अपने कमरे में।"

"खाना सबने खा लिया?"

"बीबी जी को आज बुखार है....साहब के लिए खाना रखा है। पर अब वे क्या आएँगे....।"

मैं खाना खा चुकता हूँ। वह रोज़ के नियमानुसार चाय लाता है और चला जाता है–

थोड़ी देर पश्चात् देखता हूँ, वह दवा की शीशी लिए खड़ा है, "बाबू जी, दवा कितनी दूँ बीबी जी को?"

अन्दाज से चम्मच में उड़ेलता हूँ।

मैं सोने लगता हूँ कि वह थर्मामीटर थामे आता है, "बीबी जी कहती हैं, बुखार नाप दो...।"

कपड़े पहनता हूँ। झिझकता हुआ कमरे में जाता हूँ।

चारों ओर सन्नाटा है। केवल जीरो वॉट का बल्ब टिमटिमा रहा है।

"....क्या बुखार आ गया?"

"जी थोड़ा-सा।"....वह होंठों को जीभ से भिगोती हुई अपना तकिये में धँसा सिर ऊपर उठाती है।

बाहर इस समय जोरों से पानी बरस रहा है। सपेटे भीतर आ रहे हैं। वह कहती है "किवाड़ बन्द कर दीजिए।"

मैं किवाड़ बन्द कर देता हूँ।

"चौबटिया हो आए?" वह रुककर पूछती है।

"जी हाँ। कुछ दूर तक गया था। बरसात की वजह से कुछ साफ़ दीखता न था।...."

"मैं तो पहले ही कहती थी...."

थर्मामीटर मुँह से बाहर निकालकर देखता हूँ, "कुछ बुखार लगता तो है। नॉर्मल से थोड़ा अधिक।"

"कितना–?"

"कोई अधिक नहीं।"

"आप कहते हैं अधिक नहीं। देखिए न, मेरा शरीर तप रहा है।"

उसके माथे पर हाथ लगाता हूँ। लगता है, वह सचमुच बुरी तरह तप रहा है।

वह अपनी कलाई आगे बढ़ाती है। मैं वैद्यों की तरह नाड़ी थामता हूँ, "कुछ हरारत-सी लगती तो है।" इस तरह से कहता हूँ, जैसे बहुत बड़ा अनुभवी रहा हूँ।

"हरारत-सी नहीं, जी मुझे सचमुच बहुत बुखार है...." वह बिस्तरे पर ही कुछ आगे सरकती है, "मेरा शरीर भट्ठी की तरह जल रहा है...."

वह एक ओर नीचे गिरा लिहाफ़ झटके से ऊपर उठाती है, तो दीखता है, उसने कुछ भी नहीं पहन रखा है....

"लगता है, विपिन आज नहीं आएँगे।"....वह गरम-गरम साँसें छोड़ती है। "अकेले रहने में मुझे घबराहट-सी होती है...."

मैं चुप हूँ।

उसके होंठ अकारण फड़क रहे हैं, "....आप बरसात में क्यों निकले...? आपको भी कहीं बुखार आ पड़ा, तो क्या करेंगे!...आप बहुत लापरवाह हैं।....आराम से बैठिए न।.... मेरा बुखार फिर नाप दीजिए।....मैं कहीं मर पड़ी तो क्या होगा?....मुझे मरने से डर लगता है....मरने से आपको भी डर लगता है न....? हम सबको डर लगता है।"

वह मेरे हाथों को सहलाती-सहलाती कसकर जकड़ लेती है। उसके हाथों की जलन मैं सह नहीं पाता....

मैं हाथ छुड़ाता हूँ।

वह क्रोध और याचना से एक साथ देखती है, "आप आराम से बैठिए न!....कोई आप मेहमान तो नहीं।.... आप तो घर के ही अपने आदमी हैं...."

वह मेरे समीप कुछ और सरकती है।

"देखिए, यह अच्छा नहीं!" बड़ी मुश्किल से मैं कह पाता हूँ।

"अच्छा-वच्छा क्या?" वह झुँझलाती है, "देखिए न, मेरा शरीर जल रहा है। इतना बुखार मुझे पहले कभी भी नहीं आया। मैं मर जाऊँगी तो क्या होगा?"

वह मर जाने की बात कहकर दूरी और कम कर देती है।

"ऐसा नहीं–।"

"इसमें ऐसा क्या है? क्या किसी से बातें करना, किसी के पास बैठना पाप है?....आप यह क्यों भूल जाते हैं कि मेरी तबीयत ठीक नहीं। मुझे बुखार है। ऐसी हालत में क्या मैं अकेली रहूँगी?"

"किसी के विश्वास के साथ...."

"इसमें विश्वास की कौन-सी बात है?"

"तुम नहीं समझ सकतीं। कैसे समझाऊँ....!" मैं कुछ परे हट जाता हूँ।

मैं उठता हूँ....

उठकर चला जाता हूँ....

किवाड़ बंद करते समय मुड़कर देखता हूँ, वह अपने घुटनों में मुँह छिपाए रो रही है....

चारों ओर सन्नाटा है। सब सो गये हैं।

उस रात भी मुझे नींद नहीं आती, इसलिए नहीं कि मैं सच्चरित्र हूँ। सदाचारी हूँ। मैंने अपने जीवन में गुनाह नहीं किया। बल्कि इसलिए कि सब-कुछ होते हुए भी ऐसा क्यों होता है?

उसका तारा

टुन....टुन....

बछिया के गले की घण्टी कभी रात्रि के अंधकार में यों ही खनक पड़ती है। सोए सागर के बिखरे आँचल में नन्ही-नन्ही किंकणियाँ, नन्हे-नन्हे घेरे बनाकर, जैसे सागर की किन्हीं अतल गहराइयों में डूब गई हों....

"हरकू की माँ, तेरा हरकू इस घरौंदे का दीया निकला। तारा बन गया है। धरम-सासत्तरों में कहते हैं, जो छत्री लड़ाई में काम आता है, वह तारा बन जाता है....।"

हरकू की माँ सुनती है बस, यों ही सुनती है। हरकू की माँ देखती है, बस, यों ही देखती है....भोर का उजला तारा! धुँधली आँखें....ज्यों-ज्यों सवेरा, उजला तारा और उजला!

"....अम्मा, देख, यह कौन आया है!"

अम्मा देखती है। लोहे के काले बटन-सी टँगी दो आँखें...

"अरि, ऐसे कपुआ की तरह क्या देख रही है! हरक बहादुर है, हरक बहादुर.... कुमाऊँ रेजीमेंट का जवान। किट उठाकर 'लैफ्ट-रैट' करता है तो धरती धँस जाती है"....हो-हो-हो! फिर अट्टहास कर हँसने का स्वर।

यह बेवक्त की हँसी!

बूढ़ा कलेजा काँप-काँप आता है।

वह सहसा सहम जाता है। उसे न जाने क्या सूझता है। माँ के घुटनों के पास मिट्टी में यों ही बैठ जाता है, "बता न अम्मा, यह बरदी कैसी लगती है?"

चाहकर भी कुछ कह नहीं पाती अम्मा। आकृति में अजब-सा वीतराग है।

"अरि, यह क्या? अम्मा, तू रोती है....हरक बहादुर की अम्मा रोती है? लोग क्या कहेंगे....?"

भीगा आँचल....बुझी आकृति....काँपता शरीर....

"अम्मा, च्च-अ....! क्यों मेरे लिए?" वह अचरज से कहता है, "मैं मर भी गया तो क्या तू निपूती हो जाएगी....अम्मा, च्च-अ....!"

धुँधलाई आँखें तारे पर अटक आती हैं। तारा उजला और उजला हो आता है। रोती अम्मा की ओर अन्तिम बार देखता है "मेरी दो माँ हैं....अम्मा! एक तू है और एक....। सुन मैं फिर आऊँगा...। आँगन में उस रोज़ घी का दीवा बालना, हाँ....!"

तारा बादलों में ओझल हो रहा है।

बड़ी आँखें पयाल की झीनी छत पर अटक आई हैं....अधनंगे बादलों ने सारा आकाश निगल लिया है। दूर कहीं भोटिया झबरैले कुत्तों के भौंकने की आवाज़ आ रही है।....बाहर घुटने-घुटने तक गिरी बर्फ़....एक सीमाहीन सफ़ेद ठण्डी चादर! अँधेरा ही अँधेरा अथाह....!

घिरते आकाश में कड़कती बिजली कौंधी कहीं। टिमटिमाता तारा टूट पड़ा।....अम्मा ने देखा—आँगन की मेंड़ पर कोई चुपके से आकर बैठ गया है....

सरककर आगे बढ़ती अम्मा।

"अरे, कउन—?" माथे पर हाथ स्वत: चला जाता है।

"हरकू—?"

हरकू बाँस की खपच्चियों छील रहा है।

"....ठाला बैठा रहेगा। कुछ करेगा-धरेगा नहीं?"

हरकू जैसे सुनता नहीं।

"कब तक मेरा धुआँ देखेगा रे!....इत्ता बड़ा हो गया, अभी तक भी अकल नहीं....! मैं इस तरह कब तक चाकरी करूँगी...!"

हरकू जैसे देखकर भी देखता नहीं।

"ये देख न! कुदाली चलाते-चलाते मेरे हाथों में कितने गहरे छाले पड़ गए हैं! काम करते-करते दम फूल जाता है....साँस रुक आती है। कभी खेत में मुझे मरी पाएगा तब चेतेगा....!"

हरकू का जैसे इन बातों से कहीं कोई सम्बन्ध नहीं।

सब कहते हैं, क्या सच कहते हैं—हरकू बिरगिया है! तभी तो कुछ करता-धरता नहीं। अपनी ही धुन में लगा रहता है। अम्मा सुबह-शाम जो कुछ बटोरकर लाती है, उसी के सामने धर देती है—हुमने की तरह, उसी को चुपचाप वह चुँग लेता है।....अनाज कहाँ से आता है, पैसा कैसे कमाया जाता है, उसे कुछ भी सरोकार नहीं। उसे सरोकार नहीं, कल क्या होगा? उससे आने वाले कल क्या होगा....

अँधियारे को चीरती कहीं बर्फ़ीली हवा में पंख फड़फड़ाती तितरिया चीख रही है, जैसे ठण्ड से ठिठुरकर कराही हो।.... मेमने-दो मासूम बच्चे मिमियाते-मिमियाते चुप हो गए।....

आले पर फुदकलियों ने घोंसला बनाया है। भूरे सोयाबीन के रंग के दो गोल अण्डे। बाहर से सनसनाती हवा का भारी झोंका आया है....बाँस का आईना चौखटा चरमराया है....अरे, ओह! घोंसला उलट गया है–सोयाबीन के रंग के अंडे....!

लपककर वह देख रही है। विस्मय से अचरज से। आले में घोंसला नहीं, मकड़ी के जाले उलझ आए हैं....अण्डे नहीं, नन्ही-सी माटी की, सोयाबीन के रंग की मिट्टी की कटोरियाँ उलट पड़ी हैं, जिनमें वह चिथड़े से ढककर नमक छिपाया करती थी। कटोरियाँ टूटकर बिखर गई हैं। टूटे टुकड़े उलट-पुलटकर देख रही है–अरे, नमक की एक भी डली नहीं....!

अलौना खाते-खाते आज तीन रोज़ हो गए।

"अम्मा, आज भी अलौना....।"

"अम्मा, तेरे हाथ में पट्टी कैसे? गिर पड़ी थी क्या अँधियारे में....?"

अम्मा की आँखों में बेबसी का लगा गुबार भर आया है। टप्-टप् पलकें चूँ पड़ती हैं। पारे की दो हलकी-सी लकीरें गालों पर खिंच आती हैं।

"अम्मा, तू रोती क्यों है? इसलिए न कि मैं काम नहीं करता! कल मैं बज़ार से ले आऊँगा...."

कल बाज़ार से हरकू नहीं, कोई और लौटा है नमक लेकर। कह रहा हैं–"हरकू कहीं काम पर चला गया है। कहला गया है–अम्मा, तू रोना नहीं....अब तुझे कभी भी दुख नहीं दूँगा...."

हरकू काम पर चला है, दूर कहीं लाम पर।

फिर राम बाँस में मोटे-मोटे सफ़ेद फूल खिले।....घाटियों ने, पहाड़ों ने फिर रंग-बिरंगी चुनरिया ओढ़ी।....फिर कप्पू काफल की डाली पर चहका। चीड़ के आकाश को छूते वृक्ष झूमे। ....देवदार के वन गहरी हरियाली से नहा आए....

"अम्मा!" कहकर कोई द्वार पर खड़ा हो गया है।

"कौन?"

"...."

"अरे, तू कित्ता बदल गया है रे!"

हरकू खम्भे की तरह खड़ा है।

"एक ही बरस में तू कैसी-कैसी हो गई है अम्मा! सारे बालों में रुई की जैसी सफ़ेदी। क्या बीमार हुई थी?"

अम्मा के अधर खुले हैं। बोल चुक गए हैं।

तारा डूबता-डूबता फिर पश्चिम के पहाड़ की चोटी से जा लगा है! यह वही है? नहीं, नहीं, वह नहीं। फिर कौन? माटी का पुनर्जन्म....!

सलीक़े से पहने कपड़े सयानेपन की बूढ़ी बातें! 'गाँधी चबूतरे' पर बैठा कोई गाँव के भले की बातें कर रहा है। पाठशाला में जाकर एक-दो ग़रीब बच्चों की फीस देने की बात कर रहा है। अम्मा के सामने बैठकर, ज़मीन पर कोयले से हिन्दुस्तान का नक्शा बना रहा है। समझा रहा हैं—देख माँ, हमारी इतनी ज़मीन चली गई है दुश्मन के हाथों....। लानत है हमारी ज़िन्दगी को! किसी और मुल्क के साथ ऐसा होता तो पता नहीं क्या हो जाता! ख़ून की नदियाँ बह जातीं, पर अपने देश की एक इंच ज़मीन न देते।....हमारी मिलिट्री वाले दाँत पीसकर रह जाते हैं....। अम्मा, मैं तुझसे भेंट करने आया हूँ।....तू ऐसे क्या देख रही है अम्मा, मुझे डर लग रहा है...."

अवाक्-सी अम्मा विस्फारित नेत्रों से अब तक देख रही है....

दस-बारह दिन वह गाँव में रहा। छोटे-छोटे बच्चों को सुबह-शाम इकट्ठा कर क़वायद करवाता रहा। उन्हें पहाड़ी पर चढ़ाता, दलान पर उतारता। "अटेन्शन!" कहता अपने कम्पनी कमाण्डर की तरह अकड़कर खड़ा हो जाता।

पंचायतघर में बैठकर गाँव वालों को समझाता—"पीठ पर दुश्मन बैठे हैं, तुम ठाले बैठे तम्बाकू पीते हो। रात को तुम्हें नींद कैसे आती है? तुमसे खाना कैसे खाया जाता है? आदमी एक ही बार जीता है, एक ही बार मरता है। तुम मुर्दों की तरह कैसे पड़े रहते हो!"

साँप की जैसी ग़ुस्सैली आँखों से चिंगारियाँ-सी फूटती है....लोग सहमते हैं। डरते हैं। पीठ पीछे हँसते हैं।

आसमान साफ़ हो गया है....

"अम्मा, खेतों को बंजर न रखना जित्ता बन सके, कुदाली चलाती रहना....अम्मा तू यहाँ खेतों में कुछ उगाएगी नहीं, तो वहाँ मोचें पर हम खाएँगे क्या?"

अम्मा की बूढ़ी आँखों में फिर कोई जिद्दी बादल घिर आता है। धुनी हुई काली रुई की तरह, अपने हाथ-पाँव फैलाने लगता है....

"....तू रोज़ मंदिर जाती है न अम्मा!....अब मंदिर न जाना। तेरे खेत ही तेरे मंदिर हैं....तेरी मेहनत ही तेरी पूजा....तू सच्चे मन से आशीष दे अम्मा, हम ज़रूर जीतेंगे...."

दूर कहीं मंदिर का घण्टा बजा है....किसी ने आवाज़ लगाई है....मंदिर के आँगन में एक टुकड़ा चाँदनी का बिछा है....बुरौंज के लाल फूलों की ओढ़नी ओढ़े, कोई दूर बर्फ़ीली चट्टान पर खड़ी विभोर होकर गा रही है—"हरियाली फिर आएगी। फिर खिलेंगे जंगल के फूल! ये ज़िन्दगी, बहार लेकर तुम फिर आना। फिर...।"

अबोध, कुँवारी, कज़रारी आँखों में बड़ी-बड़ी ओस की बूँदें उलझ आई हैं। एक अनोखा चित्र खिंच रहा है। एक दर्दभरा स्वर गूँज रहा है—फिर आना....फिर....।

बुढ़िया देख रही है। कुछ न देखने पर भी उसे बहुत कुछ दीख रहा है।

चिट्ठी लिखवा रही है :

“अब तू कब आएगा घर? इस फागुन में लगन हैं। मरने से पहले बहू का मुँह देखना चाहती हूँ....बहू के बिना घर सूना-सूना लगता है....अकेलेपन से डर लगने लगा है रे....”

“मैं ज़रूर घर आऊँगा। बहू भी आएगी....।” कोई चिट्ठी पढ़कर सुना रहा है, “पर अम्मा, जब घर रहेगा न....गाँव का हर बेटा क्या तेरा बेटा नहीं? गाँव की हर बहू क्या तेरी बहू नहीं?....सच अम्मा, जब मैं आँखें मूँदकर अपने देश का नक्शा देखता हूँ तो तू ही तू दीखती है। नक्शे के बाहर, नक्शे के भीतर तुम्हारा ही चेहरा उभरता है....”

दरवाज़ा कहीं फिर खटक रहा है।

बुढ़िया चौंककर देखती है—अरे, चिट्ठीरसेन तो नहीं!

नहीं, नहीं, हवा का खाली झोंका है।

हरकू चिट्ठी नहीं भेजता तो फिर चिट्ठीरसेन भी क्यों आने लगा?

कतार बाँधे खाकी रंग की मोटरगाड़ियाँ आ रही है....आगे की गाड़ी में हरा झण्डा है....कहते हैं, ये गाड़ियाँ पलटन की हैं। सिपाही ही सिपाही इनमें भरे पड़े हैं। कुछ ट्रकों में खच्चर भी लदे हैं। गाड़ियाँ अस्कोट की तरफ़ जा रही है, धारचूला की ओर।

पास ही घाटी में ख़ाकी रंग के अनगिनत तम्बू तन गए हैं। लोगों को उधर जाने की मनाही है। लेकिन, वह रोज़ हो आती है। घेरे के पास खड़ी हो जाती है—उसकी आँखें कुछ खोज़ रही हैं। चिट्ठीरसेन चिट्ठी क्यों नहीं देता....वह शिकायत से देखने लगती है....

उसकी अज़ीब-अज़ीब-सी बातें वहाँ किसी की भी समझ में नहीं आतीं।

वह झुँझलाकर एक दिन हरकू के कपड़ों की पोटली उठा लाती है, जो अभी कुछ दिन पहले पलटन से आई है। एक-एक कर, उन्हें खोलकर पलटन के साहब को दिखलाती हैं—“मैं झूठ नहीं कहती सरकार, मेरा हरकू पलटन में है। चिट्ठी नहीं भेजता। रूठ गया लगता है निरा पगला कहीं का! कहता था—दो माँ हैं उसकी!”

साहब का दिल पिघल आता। वह देर तक समझाता—“माई, देखो, ये सब जवान लोग तुम्हारे बेटे हैं। तुम्हारा हरक बहादुर। फिर तुम रोती क्यों हो?....देखो, हमको इधर तुम्हारे हरक बहादुर ने भेजा है। बोलता था—हमारी माई अकेली है। उसका हिफ़ाज़त करना दुश्मन से...।”

पल्ले कुछ भी न पड़ता माई के, पर धीरे-धीरे अपनी ही आँखों पर विश्वास नहीं होता। पता नहीं क्यों हर सिपाही अपना बेटा हरक बहादुर जैसा ही लगता, जो यहाँ खुली बर्फ़ पर पड़ा है....

बर्फ़ में कहीं उसका हरकू ठिठुर रहा होगा। उसने अपने घर की सारी सूखी लकड़ियाँ छावनी में भिजवा दीं....

अपने हरकू के लिए उसने नये धान की सौंधी बालियाँ छिपाकर रखी हैं, उन्हें भी छावनी में जाकर छोड़ आई....गाय का सारा दूध उन्हें देती है।

सुबह-शाम हर रोज़ छावनी के पास खड़ी रहती। हर रोज़ सोचती, कुछ कहने के लिए, पर अधर खुलते न थे। अगले फागुन तक क्या वह जीएगी भी! फिर....

एक दिन सरकारी आदमी ढेर सारे रुपये उसके लिए लाते हैं, उसके हरकू के नाम के हैं। पर, वह उन्हें छुए बिना ही लौटा देती है—"सरकार, मेरा हरकू परदेश में है। उसे बहुत भूख लगती है। उसके लिए खूब अनाज खरीद देना। वह जाड़े से बहुत घबराता है। उसके लिए ढेर सारे ऊनी कपड़े बनवा देना। नहीं तो वह वहाँ रहेगा कैसे?....जब तक मैं ज़िन्दा हूँ, उससे कहना, तू चिन्ता न किया कर....। मुझे पैसे का क्या करना है।"

हिम की फुहारें धीमी होने लगती हैं, पर हवा धार की तरह छील रही है।

टन्! टन्!

बछिया के गले की घंटियाँ! पास ही बाड़े में रम्भाती गैया बाँस के चरमराते दरवाज़े पर खट-खट।

"माई!"

वह हड़बड़ाकर देखती है—भोर का तारा! उजला! आकाश पर रंगीन बादलों की काई! पौ फट रही है....

सामने खड़ा सिपाही रोज़ की तरह दूध का बर्तन थामे खड़ा है। सारा ऊनी लबादा बर्फ़ से सना है।

"तुझे ठण्ड नहीं लगती रे!"

वह हँस देता है।

"माई, कप्तान बोलता था, माई को दूध का पैसा चुका आना।" वह रंगीन काग़ज़ का टुकड़ा आगे बढ़ाता है, "हमारा पलाटून अब आगे जाएगा....ऑर्डर मिला है, हमारा मोर्चा अब आगे लगेगा....लो यह पैसा....आज तक का पूरा-पूरा।" बुढ़िया हतप्रभ-सी देख रही है। देखती-देखती पता नहीं क्यों अट्टहास कर हँस पड़ती है। हँसते-हँसते आँखों से आँसू छलक आते हैं, "क्या कहता है रे? माँ को दूध का मोल देता है....पगला कहीं का!"

उसकी धुँधली विस्फारित आँखें शून्य पर निराधार फिर अटक जाती है। भोर का डूबा तारा कल कब उगेगा?

सफ़ेद सपने

आज सारा दिन वह इतनी उदास रही! अब तक की ज़िंदगी में यह उसका इस तरह का पहला ही अनुभव नहीं था। इतना कुछ देख, सुन लिया था कि उसी के सहारे शेष ज़िंदगी गुज़ारी जा सकती थी।

वह खिड़की पर कुछ और झुकती है। कुहनियों पर भार कुछ अधिक पड़ता है। देखती है सामने–बादल का एक ऊनी टुकड़ा भीगी छतरी की तरह आसमान पर झुक आया....

हवा में बिखरे बाल! दो उजली स्वच्छ आँखें! प्रायः हर शनिवार को वह चित्र की तरह काउण्टर पर खड़ा हो जाता–

"कोई हैण्डलूम की, प्रिंटेड छींट दिखलाएँ....।" वह जैसे सिनेमा का कोई डायलॉग दुहरा रहा हो।

वह पूरी-की-पूरी गड्डी उसके सामने कुतुबमीनार की तरह खड़ी कर देती। सामने दीवार पर लगे शीशे में निगाहें टकराती हैं। लगता, उम्र आधी ढल चुकी है।

वह रंगीन कपड़े के टुकड़े उलटता-पुलटता है।

"किस परपज के लिए चाहिए?" वह कुछ सम्हलकर पूछती है।

"ऐसे ही। सिर्फ एक मीटर।"

"क्या ब्लाउज-बनाना है?"

वह सामने काउण्टर पर झुकी महिला की ओर, नहीं-नहीं, लड़की की ओर देखता है। फिर कुछ घबराया हुआ-सा थूक निगलता है और किंचित् हलका होने का प्रयास करता है, "जी हाँऽ।"

दोनों की निगाहें मिलती हैं और फिर कपड़ों के टुकड़ों पर उलझ आती हैं।

"तो बतलाइए किसमें से दूँ–?"

"कोई भी!" वह सामने की ओर देखता है।

तीन-चार टुकड़े छाँटकर, वह आगे की ओर बढ़ाती है।

उनमें से भालू के पंजे जैसी डिज़ाइन वाले कपड़े को वह सबसे ऊपर रखता है। उसकी अबोध आकृति की ओर वह देखती है सहज आत्मीयता से, "यह तो अच्छा नहीं लगेगा!"

"तो आप ही दीजिए न अपनी पसंद का....!"

"जिनके लिए चाहिए, उन्हें ही ले आते न! स्वयं छाँट लेती....।" उसकी आवाज़ में स्वाभाविकता के साथ-साथ कुछ शरारत भी है किन्तु वह उसी भोले भाव से उत्तर देता है, "मैंने कहा तो था, पर मानी नहीं। कहती है—साथ-साथ चलने से बदनामी होती है।"

वह हँस पड़ती है। कपड़ा नापती हुई कहती है, "एक मीटर तो अधिक रहेगा। क्या उमर है उनकी?"

"बस्स, समझ लीजिए, मुझे अपने लिए चाहिए। हम दोनों का क़द क़रीब-क़रीब बराबर है....।"

वह और ज़ोर से हँसती हुई कपड़ा फाड़ती है।

इतने ब्लाउज के टुकड़ों से वह क्या करेगा, उसे सूझता नहीं।

एक दिन लंच के बाद वह काउण्टर पर आई ही थी कि देखा, वही लड़का छोटी मोहरी की पैंट पहने खड़ा है और समीप ही एक लड़की—उसी के बराबर।

"देखिए, एक अच्छा-सा पीस....।"

वह ढेर सारे कपड़े बिखेर देती है।

"आपने जितने भी दिए, इन्हें एक भी पसंद नहीं आया.....इसलिए आज खुद ही ले आया हूँ....। कल रात की ट्रेन से ये शिमला जा रही हैं, अपने पापा के साथ। इसलिए इनके लिए एक अच्छा-सा पुलओवर भी खरीदना है।" बड़े सयानेपन के साथ वह अपने कर्तव्य का बोध कराता है।

साथ आई लड़की को यह अच्छा नहीं लगता कि किसी से इस तरह अपनी व्यक्तिगत बातें कहे। पर उसे जैसे चिन्ता नहीं वह उसी गति से कहता है, "सुनिए, एक अच्छी-सी साड़ी भी खरीद दीजिए।" वह सामने की ओर देखता है, "इनका रंग गोरा है न! काली या स्लेटी रंग की ख़ूब फबेगी।"

लड़की कुछ देर तक चुप रहती है। फिर कुछ सोचती हुई अपना मुँह लम्बा करती है। हौले से उसकी अंगुलियाँ दबाती है। फुसफुसाती है, "पैसे हैं या....!"

"पैसे की तुम्हें क्या?" वह छोटा-सा, जिसकी दाढ़ी के बाल भी अभी उगे नहीं बड़े आत्मविश्वास के साथ, तुनककर कहता है।

काउण्टरवाली महिला को विचित्र-सा लगता है। कुतूहल भी होता है। इतना छोटा होने पर भी इसका व्यवहार!

साड़ी भी ख़रीदी जाती है। पैसे भी चुकाए जाते हैं। साथ आई लड़की की बाँहों को सहारा देकर वह बाहर जाता है और सिगरेट सुलगाकर ज़ोर का कश खींचता है....

हवा का तेज़ झोंका-सा। उसकी झुकी हुई कुहनियों में दर्द होने लगता है—एक तरह की झनझनाहट-सी जैसे असंख्य सुइयाँ एक साथ चुभ रही हों।

खिड़की के पर्दे हौले से नीचे लटका देती है। पलंग पर थकी-थकी-सी औंधी गिर पड़ती है और देखती है, वह फिर काउण्टर पर खड़ी है और वह फिर सामने!

एक तस्वीर-सी उलझती है। वह फिर देखती है। फिर—

उसके बाल बहुत अस्त-व्यस्त हैं। कपड़े भी ऐसे ही। आकृति में गहरी उदासी का भाव। चेहरे के भूरे रोएँ और लम्बे हो आए हैं।

"क्या चाहिए था—?" वह जिज्ञासा से देखती है।

"कुछ नहीं!"

अपने रूखे होंठों को वह चबाता है। बड़ी तली से काउंटर पर बिखरे कपड़ों को देखता है। वास्तव में उसका ध्यान कहीं और है। वह देखकर भी कुछ नहीं देख पा रहा है।

"सुनो!" वह अपना मुँह आगे बढ़ाता है। शायद बेहद परेशान है—आपे से बाहर।

वह उत्सुकता से देखती है—

"शाम को छुट्टी के बाद 'वोल्गा' या कहीं मिलो। तुमसे कुछ ज़रूरी काम है....।" वह साधिकार कहता है, जैसे किसी बच्ची पर हुक्म चला रहा हो।

उससे इस तरह के अप्रत्याशित प्रश्न की आशा नहीं थी उसे।

प्रत्युत्तर में वह कुछ कहे बोले उससे पहले ही वह अपनी बात आगे बढ़ाता है, "मैं बाहर कॉरीडोर में खड़ा हूँ।" सिगरेट का धुआँ वह जैसे भीतर-ही-भीतर निगल लेता है। फिर आँखें गड़ाकर देखता है, "वहाँ से हम दोनों साथ-साथ चलेंगे।"

वह कुछ कहे उससे पहले ही वह चला जाता है।

शाम को छुट्टी के बाद हाथ में पर्स झुलाती बाहर आती है। देखती है, सचमुच वह रेलिंग के सहारे खड़ा है। रेल के इंजन की तरह सिगरेट का धुआँ चारों ओर बिखेर रहा है....

"चलो!" लपककर वह पास आता है और उसके उत्तर का इन्तज़ार किए बिना साथ-साथ चलने लगता है।

कुछ भी वह कह नहीं पाती। केवल हैरान-सी होकर रह जाती है।

एक किनारे की सीट पर वे बैठते हैं। एक ही साँस में वह पानी का गिलास रीता कर देता है। ठण्डे गिलास के बाहर ओस की सी कुछ बूँदें झलक रही है।

अँगुलियों के बीच दबी तीन-चौथाई सिगरेट वह ऐशट्रे में डुबो देता है और फिर रूमाल से होंठों को पोंछता हुआ गम्भीरता से कहता है, "देखा, मैंने उसके लिए कितना कुछ नहीं किया, किन्तु शिमला से लौटने के बाद....।"

वह आँखें मिचमिचाकर देखता है। यों ही देखता है, "अब वह अपने लेक्चरार के साथ घूमती हैं-दिन-रात उसी के साथ। कहती है, वह उसका भविष्य बना रहा है....।"

स्वर टूटा-टूटा-सा। मायूसी का जैसा भाव। वह फिर अपनी जीभ अपने होंठों पर फेरता है, मैंने इधर बहुत 'ड्रिंक' किया। देखो न मेरी आँखें कितनी सूज गई हैं! कितनी ही रातें मैंने पार्कों में पड़े-पड़े गुज़ार दीं। पढ़ने में भी अब मन नहीं लगता, कहीं भी तो नहीं। कितनी बार सोचता हूँ, आत्महत्या कर लूँ। मैं बुरी तरह टूट गया हूँ।"

उसका हाथ वह अपने हाथों में लेता है। नन्ही-नन्ही अंगुलियों को सहलाता है। फिर अपना माथा उन पर टिका देता है....

वह सशंकित भाव से इधर-उधर देखती है। कहीं कोई देख तो नहीं रहा! उसकी समझ में नहीं आता, यह क्या कर रहा है!

"पिछले तीन महीने से मैंने किताब के पन्ने तक नहीं पलटे।" वह जैसे अपने से कह रहा हो, "कॉलेज की फीस तक के पैसे उस पर खरच डाले। अपने सूट के रुपये उस पर लगा दिए, पर उसने कहीं का भी नहीं रख छोड़ा मुझे। अब कहती है मुझमें बचपना है। ढंग से प्यार करना नहीं आता मुझे....।" वह कहीं भी न देखकर पलकें मूँद लेता है।

कॉफ़ी आती है। कुछ खाने के लिए भी।

"घरवाले इस सबसे तुम्हें रोकते नहीं?" वह कुछ सोचती हुई कहती है।

"है ही कौन घर पर...।" उसका स्वर बड़ा वैसा हो आता है, "अम्मा को गुज़रे अब बारह साल हो गए। बड़ी दिद्दी शादी के बाद मैके चली गई। पिता जी बिजनेस टूर पर बाहर रहते हैं। उनकी सारी आशाएँ मुझ पर केन्द्रित हैं। वास्तव में मेरे लिए ही उन्होंने दूसरा विवाह नहीं किया। मेरे अलावा परिवार में अब है ही कौन...?" वह कहते-कहते जैसे हाँफने-सा लगा।

कुछ समय तक सन्नाटा रहता है। पास ही किसी कमरे से पाश्चात्य संगीत की हलकी-हलकी धुन!

"तुम्हें देर तो नहीं हो रही-?"

"न्ना!" वह कहती है।

'इन चक्करों में पड़ते ही क्यों हो?' वह मन-ही-मन कुछ दुहराती है। सोचती है। कहती है, "पढ़ने में लगे रहो। इन व्यर्थ की बातों में क्या लाभ...?"

सामने रखे रीते गिलास को वह बड़ी तल्खी से देखता है, "मैं कहाँ पड़ा। उसी ने मेरे साथ ज़बर्दस्ती घूमना शुरू किया। किताब का बहाना बनाकर हमारे घर आई। पहले ही

दिन मेरी 'रिस्टवॉच' पहनकर ले गई। लोग कहते हैं, वह तो पहले से ही बुरी थी। अपने हाथों ज़ोर देकर मुझे बीयर पिलाती थी और फिर बुरी तरह नोचती थी....।" अपने सफ़ेद गाल पर उसने काला-सा खरोंच का निशान दिखलाया।

'अब भी क्या बिगड़ा है....?' वह कहना चाहती है, पर कह नहीं पाती। शायद कुछ सोचकर चुप हो जाती है।

"तुम्हारे कॉलेज खुल गए?"

"हाँ।"

"अटेंड करते हो?"

"कभी-कभी।" वह उसकी ओर देखता है, "हायर सेकण्डरी में मेरी पहली पोजीशन थी, पर अब पास होना ही कठिन हो गया है।"

बैठे-बैठे बहुत समय गुज़र जाता है। वह घड़ी की ओर देखती है।

लड़का खोया-खोया-सा है। पता नहीं बिल के कितने पैसे चुकाता है। बाहर पान वाले से सिगरेट का बीस वाला पैकेट खरीदता है।

दोनों चुपचाप चलते रहते हैं।

"आज सुबह से मेरा मूड ऑफ था।" वह जैसे स्वयं को सुना रहा हो, "विचित्र-सी बेचैनी अनुभव कर रहा था। मुझे सूझता नहीं था कि क्या करूँ? किधर जाऊँ?....पर अब पहले से बैटर फील कर रहा हूँ।"

वह कुछ नहीं कहती।

बस-स्टॉप पर अब कोई भी नहीं। लगता है, अधिक समय बीत गया है। इतनी रात तक भी कहीं बसें चला करती है?

"तुम कैसे जाओगी?"

"कुछ मिल जाएगा।"

"क्या अकेली जाओगी?" वह ग़ुस्से से कहता है। सामने भाग रहा एक ख़ाली स्कूटर रुकवाता है, "बैठो!"

वह बैठ जाती है। और वह भी एक किनारे पर धँस पड़ता है, "तुम्हें छोड़कर इसी से वापस आ जाऊँगा....।"

पुराना स्कूटर सूनी सड़क पर लड़खड़ाता, खड़खड़ाता बूढ़े ख़रगोश की तरह उछलता हुआ भागने लगता है....

मोड़ पर हवा के झोंके के साथ वह सम्हलता है, "मेरी बात का तुम बुरा तो नहीं मानती!" वह जैसे किसी दुधमुँही बच्ची को समझा रहा हो।

"नहीं तो-!"

"तुमसे कुछ ऐसा-वैसा कह बैठा हूँ तो फील न करना। मैं तुम्हें केवल एक मित्र के रूप में लेता हूँ....।" वह दूर से आती गाड़ी की ओर देखता है, "वास्तव में उस लड़की ने मुझे पागल बना दिया है। उसके लिए मैंने क्या-क्या नहीं किया, कोई कल्पना भी नहीं कर सकता।....सच, अब मेरे पास कुछ भी तो नहीं है।" उसकी आवाज़ जैसे भँवर में डूब जाती है!

मोड़ पर स्कूटर का झटका उन्हें और पास ले आता है। उसके दुबले-पतले हाथों को अपनी गोद में रख लेती है। उसके बिखरे बालों को अपनी अंगुलियों की कंघी से सहलाती है, "तुम्हारा माथा तप रहा है! 'फीवर' तो नहीं?" अँधियारे में उसके चेहरे के भावों को परखने के लिए वह अपनी पलकें फैलाती है।

"सच, न जाने क्या हो गया है मुझे!" वह जैसे उसी परिधि पर अब तक घूम रहा है, "कभी-कभी तो अपने से ही डर लगने लगता है। घर लौटने को मन नहीं। सोचता हूँ, कुछ खा लूँ और-।"

वह उसके होंठों पर अपनी हथेली धर देती है। उसे पास खींचती है। और वह सिमटकर और छोटा हो आता है।

"ऐसा नहीं कहते हाँ!" वह उसे सम्हालती है।

वह कुछ नहीं कह पाता।

घर से पहले ही उतर जाती है वह। पर्स से पैसे निकालने लगती है, तो वह मना कर देता है।

लगभग दो सप्ताह तक फिर वह कहीं दीखता नहीं। एक दिन छुट्टी के बाद बस-स्टॉप पर खड़ी रहती है तो देखे का अनदेखा कर वह सामने से निकल जाता है। पहले के मुक़ाबले वह चुस्त-दुरुस्त नज़र आता है। कपड़े सँवरे। दाढ़ी बनी। हाथ में सदा की तरह सुलगती सिगरेट। दो-तीन हमउम्र दोस्त और हलकी-हलकी हँसी। निर्दोष! निश्चिन्त!

उसे बड़ा भला लगता है। अभी उमर ही क्या है! जिसने जिधर बहका दिया।

थोड़ी देर बाद उसे लगता है, कोई उसके सामने खड़ा है। मुस्करा रहा है।

"मैंने पहले ही देख लिया था तुम्हें, पर दोस्तों के बीच कैसे बातें करता! उन्हें 'रीगल' तक छोड़ आया हूँ....कहो, ठीक तो हो न?"

वह बड़े सरल भाव से हँसता है। संगमरमर से सफ़ेद दाँतों की पाटी चमकती है। वह कुछ नहीं कह पाती। उसकी ओर अपलक देखती मुस्कराती रहती है।

"यहाँ खड़े-खड़े घण्टा बीत गया। तुम्हें कब से ढूँढ़ रहा हूँ। सुनो, मेरे लिए कुछ कपड़ा-वपड़ा ख़रीद दो न! तुम्हारी 'चॉयस' बड़ी अच्छी है।"

"तो वहीं चले आते–'भवन' में।"

"वहाँ–!" वह उसकी ओर देखता है, "वह भी कोई कपड़ा ख़रीदने की जगह है! 'वह' कहती थी न, यह बूढ़े लोगों की दुकान है। इसीलिए शायद उसने मेरा खरीदा कोई भी ब्लाउज कभी नहीं पहना....।"

वह मात्र मुस्कराती है।

"चलो न!" वह साधिकार कहता है।

उसे आज जल्दी घर पहुँचना था। कोई मेहमान आने वाले थे, परन्तु वह मना नहीं कर पाती। साथ-साथ चलने लगती है।

लगभग तीस-चालीस क़दम वे चलते रहे चुपचाप। कोई कुछ नहीं बोला। बस-स्टॉप की सीमा-रेखा को पार करने के पश्चात् वह हौले से उसकी ओर देखता हुआ बोला, "मैंने अब सारे चक्कर छोड़ दिए है। पिता जी कहते हैं, मेरी तन्दुरुस्ती गिर गई है। इस साल मैंने फिर 'टॉप' करने का निश्चय किया है। पिता जी ने कहा है कि दो वर्ष यहाँ पूरे करने के पश्चात् वे मुझे 'फॉरेन' भेज देंगे....।"

उसे ख़ुशी होती है कि अब वह समझदार हो रहा है।

अब वे कनॉट सर्कस के भीतर वाले गोल दायरे में हैं। हौले-हौले चल रहे हैं, दूकान की खोज़ में। जब कि वे भली भाँति जानते हैं कि दूकानें कब की बंद हो चुकी है। फिर कपड़ा कहाँ से ख़रीदेंगे! फिर भी चल रहे हैं। चलते चले जा रहे हैं।

"तुम्हें क्या 'पे' मिलती है?"

"लगभग तेरह सौ–।"

"कब से हो यहाँ?"

"कोई पाँच-एक साल से।"

"खद्दर बेचती-बेचती बुढ़िया हो जाओगी एक दिन...।" वह हलके ढंग से कहता है।

"हो तो गई हूँ–!" वह हँस पड़ती है।

वह 'कॉफ़ी हाउस' की ओर मुड़ता है। वह भी मौन भाव से चलती रहती है।

दोनों भीतर जाकर कुछ हलके से हो आते हैं। वह छोटे बच्चों की तरह उसे समझाती है कि इस कच्ची उमर में इस ओर नहीं बढ़ना चाहिए। शुरू-शुरू में अच्छा लगता है। लगता है, यही सब-कुछ है पर धीरे-धीरे ये सारी वस्तुएँ एक व्यसन बन जाती हैं....। काम करने वाली कुँवारी लड़कियों की तो आजीवन विवशता होती है–कभी प्यार की, कभी रोज़ी-रोटी की....। बाद में उमर ढलने पर एकान्त की। एक अवस्था ऐसी आती है जब आदमी बहुत अकेलापन अनुभव करता है। उम्र बढ़ जाती है। शादी की सम्भावनाएँ समाप्त हो जाती हैं। तब औरत की ज़िंदगी कैसी-कैसी हो जाती है कल्पना भी नहीं कर

सकते! मेरी उम्र भले ही अभी उतनी नहीं....मुझे ही देख लो....।" उसकी ओर न जाने किस भाव से वह देखती है।

सामने मेज़ पर दोनों कुहनियाँ टिका देती है।

आज दोनों को जल्दी है। दोनों ही अधिक बैठने के मूड में नहीं। बाहर निकलकर वह चलते-चलते कहता है, "कभी घर आना। माँ के फ़ोटोवाला अलबम तुम्हें दिखलाऊँगा! समय मिला तो करोलबाग से कुछ कपड़े ख़रीद दोगी? मेरे पास अब एक भी अच्छा कपड़ा नहीं।"

वह सिर हिलाती है।

"परसो 'सन-डे' दोपहर। खाना साथ-साथ लेंगे।"

"...."

"तुम्हें घर ढूँढ़ने में परेशानी होगी....मैं ले आऊँगा...।"

किसी निश्चित समय के साथ किसी निश्चित बस-स्टॉप का नाम लेकर वह चली जाती है।

सचमुच बस-स्टॉप पर उस दिन वह प्रतीक्षा में खड़ी रहती है। दोनों साथ-साथ घर आते हैं।

बहुत बड़ा घर, खुला-खुला-सा। ऐसे मकान दिल्ली में रहने के लिए कितनों को मिल पाते हैं! वह बड़े कुतूहल से हर वस्तु को देखती-परखती है।

वह बाथरूम में नहाने के लिए चला जाता है।

हमेशा की तरह मात्र तौलिया पहने बाहर आता है।

"खाली बैठी-बैठी क्या कर रही हो। जब तक मैं कपड़े पहनकर तैयार होता हूँ, तुम अलबम देखो।" वह जल्दी-जल्दी अलमारी से अलबम निकालता है।

"ये देखो ये....बचपन में मैं ऐसा था...." वह जल्दी से एक-दो पृष्ठ पलटता है। परन्तु वह चाहकर भी अलबम पर दृष्टि टिका नहीं पाती। उसके कुँवारे सुकोमल शरीर से गंध-सी फूट रही है। नहाने के बाद वह और ताज़ा लग रहा है।

वह स्वप्नमयी आँखों से देख रही है। उसके होंठों पर कितनी पवित्र मुस्कान खेल रही है।

वह कह रहा हैं–"सात साल की अवस्था तक भी अम्मा मुझे गोटेवाली टोपी पहनाया करती थी....अच्छा, तुम देखो।" उसे जाने की जल्दी है।

"ज़रा ठीक से भी समझाओ न! जल्दी में कुछ दीखता नहीं!" वह शिकायत से कहती है।

और वह कुछ उत्तर दे, उससे पहले ही फिर बोल पड़ती है, "ये तुम्हारी माता जी हैं न! और वह बग़ल में पानी की बाल्टी में नंगा बैठा...!" वह शरारत से हँसती है, तो वह झेंप जाता है।

"पहले मैं कपड़े तो बदल लूँ...!"

"अलबम तो पूरा दिखलाया नहीं, जिसके लिए बुलाया था..."

"तुम देख लो न!"

"ना, ऐसे नहीं!"

"तो–?"

"तुम दिखलाओ न पास बैठकर। हमें बिना बतलाए क्या पता चलेगा कि कौन क्या है?" वह उससे और सटकर बैठ जाती है। उसका दिल कुछ और धड़कने लगता है। गंध कुछ और बढ़ जाती है।

वह उठने लगता है तो उसका हाथ पकड़कर वह और समीप खींच लेती है! बनावटी ग़ुस्से से देखती है, "ऐसी जल्दी भी क्या है!"

वह विवश होकर वैसा ही बैठा रहता है, जल्दी-जल्दी पन्ने पलटता हुआ।

पर उसे कुछ दीखता नहीं। केवल पन्ने। एक के बाद एक। और फिर दोनों हथेलियों में अपना मुँह ज़ोर से छिपा लेती है। उसकी साँस रुकने-सी लगती है....

तभी पट्टू दरवाज़ा खटखटाता है। वह अचकचाकर जैसे नींद से जागती है। देखती है–अम्मा दूध की लस्सी का गिलास थामे खड़ी है, "अरी, क्या सारा दिन सोती रहोगी?"

वह कुछ कह नहीं पाती।

"अभी बाज़ार भी तो चलना है। राशन खरीदने....।"

"पाँच भी तो अभी बजे नहीं। छह-सवा छह तक चलेंगे। तब तक तुम भी तैयार हो लो।"

अम्मा पट्टू को घसीटती हुई ले जाती है। उसे लगता है, जैसे शीशे का-सा सुन्दर, पारदर्शी सपना अम्मा ने पत्थर फेंककर तोड़ दिया हो। लस्सी का गिलास एक ही साँस में पीकर फिर निढाल हो जाती है।

पर विचारों की कड़ी फिर देर तक जुड़ नहीं पाती....वह फिर पलकें मूँद लेती है, गँदले पानी में झाँकती कुछ अकारण टटोलने लगती है....

एक झोंका-सा आता है।

उसे लगने लगता है जैसे वह सामने खड़ा है। उसकी ओर न जाने किन निगाहों से ताक रहा है।

उसकी दाढ़ी बड़ी है। आँखों के कोर सजल हैं। कपड़े भी पागलों जैसे।

एक किनारे ले जाता है वह।

"वह लड़की फिर आई थी मेरे पास। सच, वह ज़ार-ज़ार रो रही थी। कहती थी वह मुसीबत में पड़ गई है। बड़ी बदनामी हो रही है। सबको पता चल गया है। इसलिए अबॉर्शन की भी सम्भावना नहीं। बस, आत्महत्या के अलावा अब और कोई रास्ता नहीं....।"

"बतलाती किसका है?"

"पता नहीं। वैसे उसका इशारा लेक्चरार की तरफ़ था....।"

"–तो वह क्या कहता है?"

"सुना है, चुप है। कहता है, उसका कोई सम्बन्ध नहीं। वह तो पहले से ही बाल-बच्चों वाला है....।"

"तो फिर–?"

"यही कि कल लेक्चरार मेरे पाँवों पर गिरकर कह रहा था कि यदि मैं कह दूँ कि यह दोष मेरा है, तो सारी समस्या सुलझ जाएगी। वह मेरे लिए कुछ भी करने को तैयार है। कहता था, उसके मामा 'एम० पी०' हैं। कहीं अच्छी नौकरी दिलवा देगा। घरवाले निकाल भी दें तो कोई बात नहीं। लड़की की देख-रेख वह पहले की तरह अब भी करेगा। लड़की भी यही कहती है। एकान्त में ले जाकर, मुझसे लिपट-लिपटकर रोती थी। कहती थी–वह तो केवल मुझे ही प्यार करती रही है। लेक्चरार ने तो कुछ लालच देकर मात्र बहका दिया था। ऐसा कोई दिन नहीं, जब उसने मुझे याद नहीं किया हो और याद करके ख़ूब रोई न हो।"

"तो फिर?"

"क्या करता! मैंने बात मान ली।"

"क्यों?"

"आख़िर मेरा उसके प्रति प्यार तो रहा ही है न! क्या प्यार का ही दूसरा नाम 'सेक्रिफाइस' नहीं?"

उसे लगा, उसने जैसे पुस्तक में लिखा कोई वाक्य दुहरा दिया हो।

"तुम्हारे घरवाले क्या कहते हैं?"

"कहते क्या है! पिता जी ने खाना-पीना सब छोड़ दिया है। कहते हैं, उनकी लाश पर ही यह सब होगा....।"

"इस बुढ़ापे में उन्हें कष्ट दे रहे हो! उन्हें खुदा न ख़ास्ता कुछ हो गया तो तुम क्या करोगे? तुमसे इत्ता बड़ा कारोबार सम्हाला जाएगा? एक ही दिन में भिखारी बन जाओगे लल्लू मियाँ....!"

"तो क्या करूँ?" विवश होकर वह किनारा टटोलता है।

"पिताजी कहते हैं...." वह कुछ सोचता हुआ दुहराता है, "कि मैं यहाँ से बम्बई चला जाऊँ और वहीं मझली बुआ के पास रहकर पढ़ूँ।"

"फिर तुमने क्या सोचा?"

"सोचना क्या है?" वह झटके के साथ सिर हिलाता है, "क्या करूँ? वहीं चला जाऊँ सच, पिता जी का दुख देखा नहीं जाता। इस बुढ़ापे में बच्चों की तरह रोते हैं। कहते हैं, मैंने उन्हें कहीं का भी नहीं रख छोड़ा।"

वह देखती रहती है, यह भी कैसा व्यक्ति है! जिसने जो कहा, उसे ही ठीक मान लेता है।

दोनों देर तक चुप रहते हैं।

वह सहसा सन्नाटा तोड़ती हुई कहती है, "उसका तो ख़ैर कुछ न कुछ हो ही जाएगा, पर मेरा क्या होगा?"

"क्यों, तुम्हारा क्या होना है?" वह आँखें मिचमिचाता है, आश्चर्य से।

"मेरा क्यों कुछ नहीं होना है?" वह कुछ ग़ुस्से से कहती है, "मेरे साथ तुमने जो कुछ किया है, उसका भी कुछ प्रबन्ध करोगे या सीधे बम्बई भाग जाओगे? मेरे पास तो कोई ऐसा लेक्चरार भी नहीं है, जिसका नाम ले सकूँ। तुम्हें ही उसका कुछ करना....।"

"हे भगवान!" वह जैसे सातों आसमान से नीचे गिर पड़ता है।

"सच कह रही हो?" उसकी आवाज़ बैठ जाती है। रक्त जमने-सा लगता है। उसके होंठों पर वह अपनी हथेली धर देता है, "परमात्मा के लिए ऐसा न कहो! लोग सुनेंगे तो क्या कहेंगे! पिता जी तो वहीं पर दम तोड़ देंगे!" उसका गला सूख आता है। वह हाँफने-सा लगता है।

वह ठहाका मारकर हँस पड़ती है, "अरे, मर्दों के एक नहीं, इक्कीस विवाह होते हैं। फिर तुम दो-चार में ही घबरा जाओगे तो कैसे चलेगा लाला!"

वह कुछ कह नहीं पाता।

उसके पाँव लड़खड़ाने लगते हैं।

सामने पार्क की हरी दूब पर दोनों बैठ जाते हैं।

"बेबी का नाम क्या रखेंगे?"

"....।"

"बम्बई चलो तो दो टिकट खरीदना। मैं भी बुआ के पास रहूँगी....।"

उसके हाथों को वह कसकर दबाता है। दबाता चला जाता है, जैसे गला घोंट रहा हो।

"अर र....ये क्या? लोग देखेंगे तो क्या कहेंगे! सोचेंगे, पता नहीं ये क्या कर रहे हैं!" अपने को छुड़ाती हुई वह ज़ोर से हँस पड़ती है। अँधियारे में देखती है, "बस, घबरा गए!"

वह मुस्कराती है, "अच्छा बाबा, जाओ माफ़ किया! जो होगा, हम खुद भुगत लेंगे। तुम आराम से जाओ बम्बई....।"

उसकी साँस में साँस आती है।

"वहाँ जाकर ख़ूब मेहनत से पढ़ोगे न?"

"हाँ।"

"कभी दिल्ली नहीं आओगे?"

"हाँ।"

"मुझे बम्बई नहीं बुलाओगे?'

"क्यों?"

"क्यों क्या, सुना वहाँ बहुत बड़ा समुद्र है। डूब मरने में सहूलियत होगी!"

वह हँस पड़ी है तो उसके गाल पर वह यों ही हलकी-सी चपत लगाता है। उसे लगता है, उसका गाल अभी तक भी झनझना रहा है। अभी तक भी लाल है। वह फिर कलाई पर बँधी घड़ी की ओर देखती है। सोचती है–बम्बई के रास्ते पर उसकी ट्रेन अब कहाँ तक पहुँची होगी!

जीना–मरना

"कितनी बार कह चुका हूँ, पर मानती नहीं। कुछ और पहन लिया करो न! यह सब अच्छा लगता है? लोग देखेंगे तो क्या कहेंगे!"

सीपी जैसी रीती पलकें ऊपर उठाकर बरखा देखती है और दुधमुँहे बच्चे की तरह हँस देती है–फीकी-फीकी उदास हँसी।

अम्मा की कुछ बची-बचाई धोतियाँ हैं, फटी-पुरानी, जिन्हें अब बरखा पहन लेती है। जब तक माँ ज़िंदा थीं, वह कुछ बोलती थी, हँसती थी। पर लगता है, जब से अम्मा मरीं बरखा भी कहीं मर गई है।

जया समझाती है। बरखा रुलाई-भरी आँखों से शून्य में ताकती रहती है। कुन्नू को गोदी में उठाए सारा दिन छत पर बैठी जाने क्या सोचती रहती है, अम्मा सचमुच मर गई–उसे अब तक विश्वास नहीं हो पाता।

मैं चलता-चलता ठिठक पड़ता हूँ। एक दिन अम्मा की टूटी-पिचकी डिबिया-सी पेटी ताली से खोलता हूँ। देखता हूँ, उसमें टूटे-फूटे चाँदी के गहनों के अलावा आने-दो आने के ढेर सारे पुराने सिक्के पड़े हैं, जिनका चलन अब पिछले कुछ वर्षों से बंद हो गया है। जब जो पैसा बचा अम्मा ने बूँद-बूँद सहेजकर छिपा दिया। शायद बरखा के ब्याह में काम आएगा कभी।

मेरे विरोध के बावजूद जया सब-कुछ वैसा ही रहने देती है। ऊपर से काठ का अटैचीनुमा दूसरा बक्स और फिर फटे-पुराने कपड़ों की पोटली रख देती है–जैसे अम्मा मंदिर गई हों और अब आने ही वाली ही।

बरखा को इस फागुन में कितने वर्ष पूरे हो जाएँगे–मैं अंगुलियों में हिसाब लगाता हूँ। इस उम्र तक अधिकतर सभी लड़कियों के ब्याह हो जाते हैं।

कुन्नू के लिए रोज़ उबली सब्जी बनानी पड़ती है। डॉ० अस्थाना कहते हैं। वैसे सफदरजंग अस्पताल में भी दिखलाया था कि कुन्नू का जिगर काम नहीं करता....ख़ून

नहीं बनता इसलिए उबली सब्जियाँ और फलों का रस देते हैं। फिर भी विशेष अंतर नहीं झलकता। दिन पर दिन वह कमज़ोर होता चला जाता है और थकता-थकता एक रोज़ बिस्तरे पर जा गिरता है। हर पाँचवें-छठे महीने ख़ून की एक बोतल....

डॉक्टर कहते हैं—इसका अब कोई इलाज नहीं।

बोतल-भर ख़ून के सहारे ज़िंदगी कब तक टिकेगी? जिस दिन ख़ून चुक जाएगा, उस दिन क्या होगा!

तब और अब की जया में बड़ा अंतर लगता है। पहले से वह कुछ कमज़ोर लगती है। थकी हुई-सी उदास। ज़िंदगी में जैसे बहुत बड़ा ठहराव आ गया है कहीं।

उसकी दुबली-पतली गोरी कलाइयों में प्लास्टिक की तार जैसी पतली डोरीदार दो चूड़ियाँ हैं। उन्हें ही वह टाँगे फिरती है। काँच की चूड़ियाँ टूट जाती हैं। हर महीने पैसे जाया करने से क्या!

और एक बरखा है। उम्र ही क्या है अभी! खेलने-खाने के दिन हैं। बोलती-बोलती रुक जाती है। लगता है, रो पड़ेगी।

पिछली बार काका आए थे—गाँव से। जाते समय पाँच रुपये हाथ में रख गए थे। उन्हें बरखा ने खरचा नहीं, कुन्नू के लिए सूत मिले ऊन का आधी बाँहवाला स्वेटर बना दिया था। कुन्नू अब जिसे बाहर जाते समय पहना करता है। जया कहती है—कुन्नू के पास अब एक भी कपड़ा ऐसा नहीं जो वक्त पर काम आ सके!

दिन-भर बैठी-बैठी जया क्या करे! मेरी फटी पैंट को काट-छाँटकर कुन्नू के लिए कपड़े तैयार करती है। रंग में डुबो देगी। काम चल जाएगा। गर्मियों में घर जाएँगे तो काम आएँगे।

रक्षा-बंधन, दीवाली, दशहरा को विमल जो पैसे भेजता है, जया उन्हें मेरी डाकखाने की पासबुक में जमा करवा देती है—बरखा के ब्याह में कभी काम आएँगे शायद।

हर वर्ष तीन रुपये की तरक्की होती है। साल में कुल मिलाकर छत्तीस रुपये बढ़ते हैं। गत तीन-चार साल से मैंने गरम कपड़े नहीं बनवाए। विवाह में जो मिले थे, उन्हीं से दिन निकल रहे हैं।

साइकिल की सवारी से पैंट पीछे से अधिक फटती है। टोकन हर साल बदलवाना पड़ता है। लाइट न होने के कारण हर सीजन में चालान होता है—पाँच-पाँच, दस-दस रुपये। कभी उससे भी अधिक। सरकार को लोगों के मरने-जीने की कितनी चिंता है!

मैं ऑफिस से घर लाई फाइलों में उलझता हूँ। अंकों का जोड़ अक्सर गलत निकलता है। बूढ़ा एकाउंटेंट चश्मा माथे पर टिकाकर मेरी ओर देखता है। कुर्सी के हत्थे पर बीड़ी बुझाता हुआ अपने पीले दाँत दिखाता है। मैं तब क्या कहता हूँ, मुझे

याद नहीं रहता। हमेशा भूल जाता हूँ। हर रोज़ हाज़िरी के रजिस्टर पर दस्तख़त करते समय मुझे दो मिनट कलम का कुंदा माथे पर ठोंकना पड़ता है–आन आज....आज.... कौन–सी तारीख़ होगी!

एल० के० उस दिन कहता था, पत्नी को कल पत्र लिखते समय वह उसका नाम भूल गया था। पाँच मिनट तक सोचने के बाद बड़ी मुश्किल से लिफाफे पर पता लिख पाया था। मुझे यह सुनकर आश्चर्य नहीं हुआ था। पता नहीं कौन आदमी किस स्थिति से गुज़र रहा है!

फाइलें बाँधकर मैं सिरहाने के पास तिपाई पर रखता हूँ। जया गीले हाथ आँचल से पोंछती हुई पलंग की पाटी पर बैठ जाती है। मैं उसकी हाथी–दाँत–सी गोरी कलाइयों पर प्लास्टिक की दो चूड़ियों की ओर देखता हूँ। और वह पास लेटे कुन्नू का मुँह न जाने किस भाव से निहारती है!

कुन्नू खेलता–खेलता पसीने से नहा आता है। अगले महीने शायद फिर ख़ून की आवश्यकता पड़े....

और फिर वह विमल का अंतर्देशीय पत्र मेरी ओर बढ़ाती है। विमल बुलाने के लिए आने को लिखता है। गत दो वर्षों से जया मैके नहीं गई। मेरे माथे पर बिखरे बालों को जया अंगुलियों की कंघी से सहलाती है और फिर चुपचाप एक गहरी साँस भरती माथा टिका देती है।

सामने दीवार पर टँगे चौखटे के वृक्ष की तरह बरखा बहुत लंबी हो गई है। इसीलिए झुक–झुककर चलती है।

मैं समाचार–पत्र परे रखता हूँ, जिसमें वियतनाम की लड़ाई की तस्वीरें हैं। पाकिस्तान की ओर से सीमा पर निरंतर चलने वाली गोलियों की ख़बरें हैं....पिता जी कहते थे–हर व्यक्ति स्वयं में एक 'महाभारत' होता है।

मैं खिड़की से झाँक रहा हूँ–सामने की दोहरी सड़क पर एक लाल बस धुआँ छोड़ती भाग रही है। उसके पीछे–पीछे तीन पहिये वाला स्कूटर–जैसे मुर्गी के पीछे चूजा फुदक रहा हो।

जया प्रात: जल्दी उठ नहीं पाती। उसे बुखार रहता है। उससे पहले बरखा जग जाती है। रात के जूठे बरतन माँजती है। अँगीठी सुलगाकर चाय के लिए पानी चढ़ाती है और फिर प्लास्टिक की टूटी कंडिया में दूध की दो रीती बोतलें और कार्ड रखकर 'मिल्क डिपो' की तरफ़ जाती है। जया की हवाई चप्पलें वह भी इस्तेमाल कर लेती है।

काठ की प्रतिमा की तरह बरखा अम्मा के जाफ़रीवाले कमरे में दिन–भर अकेली बैठी कुछ न कुछ करती रहती है। अम्मा के पूजा के सारे देवता वह हमेशा की तरह नहलाती

है। जाफ़री के छेदों पर हमेशा की तरह उसने इस वर्ष भी गत्ते के टुकड़े लगा दिए है। जाड़ा शुरू होते ही अम्मा हर साल इन्हें ढकवा देती थीं। अम्मा को बुढ़ापे के कारण ठंड अधिक लगती थी।

एक लिफ़ाफ़ा मेज़ पर पड़ा है। टिकट पर मशाल का-सा चित्र है। पते पर 'नयी दिल्ली' के नीचे 'इंडिया' लिखा हुआ है।

मैं उलट-पलटकर देखता हूँ–बिंदो का पत्र है। जया के नाम। कैलिफोर्निया से लिखा है।

बिंदो जया की बड़ी बहिन है। उसके पति फिजिक्स में रिसर्च करने के लिए अमेरिका गए थे। फिर बिंदो को भी किसी तरह वहीं बुला लिया था।

हमारी शादी से कुछ महीने पहले वे लोग चले गए थे और अब लगभग चार-पाँच वर्ष बाद लौट रहे हैं। उन्होंने लिखा है कि दिल्ली होकर ही घर जाएँगे। दिल्ली में हमसे मिलकर उन्हें बड़ी प्रसन्नता होगी।

जहाँ पैसा ही हर वस्तु का पैमाना रह गया है, वहाँ हमसे मिलकर किसी को क्या प्रसन्नता होगी–मैं सोच नहीं पाता।

जया कहती है–यदि किसी अच्छी लोकेलिटी में अच्छा-सा मकान मिल पाता, उनके ठहरने काबिल....परंतु उतना किराया कहाँ से आएगा!

मैं सामने नक्शे में देखता हूँ–बीस तारीख़ को पानी के जहाज़ से रवाना होने को उन्होंने लिखा है। और आज तीस है। उनका जहाज़ अब कहाँ तक पहुँचा होगा। ज्यों-ज्यों दिन बीत रहे हैं, कहीं पर भार बढ़ता चला जा रहा है।

जया और जया के घर के बारे में वे क्या सोचेंगे? बिंदो अपने मैके जाकर जया की क़िस्मत के बारे में अपनी अम्मा से क्या-क्या कहेगी?

कभी कुछ महसूस भी तो नहीं करती जया। स्पंज की तरह सारा दुख भीतर ही भीतर स्वयं में सोख लेती है। बी० ए० तक पढ़ा है उसने। कहती है, कहीं पार्टटाइम काम कर लेगी। किसी प्राइवेट स्कूल में तो जॉब मिल ही जाएगा।

मैं मना कर देता हूँ।

कुन्नू हाथ-पाँव पसारे फर्श पर लेटा है। हँस रहा है। कहता है कि वह मछली बन गया है। ....लोकी को वह बोतल कहता है।

आज फिर लौकी की सब्जी बन रही है। मैं समझ जाता हूँ–कूच फिर क्या कहेगा। इस बार उसकी 'आण्टी' कहती थीं कि वह बड़ा होनहार है।

मुझे ख़याल आता है कि अधिक होनहार बच्चे अधिक जीते नहीं....मैं चुप हो जाता हूँ–पत्थर की तरह।

सामने के क्वार्टर का किरायेदार आज फिर बदल गया है। नीम का पौधा कुछ ही दिनों में कितना लंबा हो गया है। सरकारी मकानों के नंबर इस कॉलोनी में भी बदलने शुरू हो गए हैं। बरखा घोंघे की तरह सिमट आई है। कमरे की खिड़की दिन-रात बंद रखती है। अँधेरे में बैठे रहना क्या अच्छा लगता है!

"बिखी, तू हँसती-बोलती क्यों नहीं! गुमसुम बैठी रहती है! अपनी भाभी से ही बातें कर लिया कर! अम्मा गुज़र गई तो क्या हुआ! हम सब तो अभी ज़िंदा है!"

बरखा प्रत्युत्तर में कुछ नहीं कह पाती। घुटनों में मुँह छिपाए चुपचाप रो देती है।

इति

वह सोचता था—इति टेनिस के कोर्ट-यार्ड की बग़ल में पड़ी सीमेंट की चितकबरी चौकी पर सिमटी-सी बैठी कुछ पढ़ती मिलेगी। गीले बालों को कंधे पुर बिखेरे, प्रातः की ठण्डी धूप में सुखाती हुई। ओस की-सी निथरती, ढुलकती बूँदों पर जब सतरंगी किरणों का प्रतिबिम्ब फूटेगा तो वे मोती की तरह जगमगाने लगेंगी। और पहाड़ों के उस पार से, बादलों के हटते ही सुनहली लटों पर ढेर सारा पिघला सोना एक साथ बिखर पड़ेगा....। तब वह पहले की तरह ठीक बचपन के दिनों की भाँति, बिल्ली के जैसे दबे पाँवों से, पंजों के बल लचक-लचककर, छिप-छिपकर पीछे से आएगा और पटु-से उसकी दोनों आँखों को मूँद लेगा।

"अ र र!" वह अचकचाती हुई तड़फड़ाएगी। तब किताब दूर छिटक पड़ेगी, "मुंई ममता है....नहीं, नहीं, मरी कपिला सूद...अरि अरि ओ फियरी च्च....!" फिर उसका हाथ आँखों पर पड़ी हाथों की पट्टी पर पड़ेगा, तो चौकेगी। सहमेगी। कुछ स्वाभाविक लज्जा से सिमटेगी, "अरे पप्पू, छोड़-छोड़ न! मैं अम्मा से कह दूँगी! दद्दा से भी! इत्ता बड़ा हो गया ख़जूर! धेले-भर की भी अकल नहीं। अरे, कहीं जिज्जी से भी 'किस्सी' माँगी जाती है रे....!"

वह स्वयं को छुड़ाने के लिए पूरी ताक़त से छटपटाएगी। ग़ुस्से से लम्बे-लम्बे नाख़ूनों से हाथ कुरेदेगी। अन्त में जब कुछ भी न बन पाएगा तो अपने पैने दूधिया दाँत गड़ा देगी, "बोल!....अब...अब्ब!"

तब वह गुदगुदी रोक न पाएगा। ज़ोर से खिलखिलाकर फूट पड़ेगा, "अरि ओ कैट! 'अब-अब' की बच्ची। नोच-नोचकर खा डालेगी क्या...?"

बिजली के नंगे तारों से जैसे सारा गीला बदन झनझना आया। सिहर कर वह सकुचा आएगी। अज़ीब-सा मुँह बनाएगी और उसके हाथों को ज़ोर से जकड़ लेगी। देर तक जकड़े रखेगी। और फिर अनायास अपनी स्वाभाविक हँसी में खिल-खिल हँसने लगेगी, जैसे खूँटी

पर कच्चे धागे के सहारे टंगी पायल हवा के हलके से झोंके से टूटकर, संगमरमर के फर्श पर एक साथ बिखर पड़ी हो...। और फिर शरारत से, हँसी रोककर कहेगी–"समझी! समझी! डी–यू–आर–जे–ए–एन दुर्जन! सज्जन भैया! स ज् ज न!"

इतने वर्षों बाद भी वह आवाज़ से ही उसे पहचान गई? कितना आश्चर्य! वह पलकों पर लगी हथेलियों की पट्टी खोलेगा तो जैसे खिड़की खुली–पूनम की चाँदनी का सारा उजला आकाश सामने उतर आया हो।

काग़ज़ की छोटी–सी डिबिया में तैरती, कंचे की तरह पारदर्शी, चमकीली पुतलियाँ। पके पाँगर–सी रेशमी लटों के बीच, मखमली गोरे गालों पर, न जाने कैसे चुटकी–भर अबीर बिखर पड़ा! उसकी सीपी जैसी चौड़ी पलकें सहसा गिर पड़ी, जैसे झरोखा मुँद गया और सामने सफ़ेद चादर तन गई।

लेकिन, तब भी वह देखता रहेगा।

तब वह पानी में गिरी छोटी–सी गठरी की तरह सिकुड़कर और छोटी हो आएगी। कनखियों से झाँककर, रेशमी होंठों को कुछ मोड़कर, हमेशा की तरह घूरती हुई कहेगी, "अरे, यों क्या देख रहे हो!" और दो गुलाबी पंखुड़ियाँ थिरकेंगी और सफ़ेद दाँतों की संगमरमर–सी समान्तर पाटियाँ चमक उठेंगी–"बे–श–र–म कहीं के!"

और तब भी वह ताकता रहेगा।

"बेशरम! बेशरम!" वह एक नहीं, एक हज़ार बार कहे, वह बुरा नहीं मानेगा। केवल यों ही ग़ुस्से से देखकर मुस्करा–भर देगा।

उसकी नस–नस में मीठी लहर–सी दौड़ जाएगी।

वह भूल गया, वह कहाँ पर है। क्यों ऐसी बात सोच रहा है। क्या उसे अब ऐसी बातें सोचनी चाहिए? 'नहीं! नहीं!' उसने माथे की सलवटों को ज़ोर से दबाया–ऐसा सोचना क्या अब ठीक है?

उसे याद आया, बचपन से ही वह ऐसा है। हमेशा कुछ अज़ीबोग़रीब–सा कुछ करता आया है। जब अंजो के बराबर अदना बच्चा था, तब आँगन में उसने पंखुड़ियाँ बिखेरकर फूल बोए थे।

स्वयं पर उसे हँसी आ गई–अरे, फूल भी कहीं ऐसे बोए जाते हैं!

उसने जिज्ञासा से सामने देखा–

हाँ, वही तो कमरा है यह! वही दीवारें, जिन्हें उसने बरसों तक देखा था! यही तो छत है, भोर के सुनहरे बादलों की, जिसके किसी एक कोने में वह आँखें मूँदे, बरसों तक परियों की राजकुमारी के साथ रहा था! यही वह हरा–हरा गोल आँगन, जहाँ वह आँखमिचौनी किया करता था! यही अलादीन का जादुई फर्श, जहाँ कैरम बोर्ड के बाड़े में घिसी 'बकरियों' को स्टाइगर से मारा करता था!....

उसके आगे से दो खड़िया-सी, तराशी हुई लम्बी अंगुलियाँ घूमीं। नेल पॉलिश लगा लम्बा नाख़ून! कलफ़ लगे कॉलर पर धूल झाड़ने के लिए, सुलटे अँगूठे की नोक पर, कमान की तरह अँगुली टिकाकर टिक्-टिक् फिर काँसे की थाली पर गिरी कंकणी की तरह हलकी-सी हँसी की लहर!

उस लहर का अहसास वह अब तक अनुभव कर रहा है। अब भी बसे वह आवाज़ साफ़ सुनाई दे रही है....

तभी खट्! खट्!

सामने से किसी के चलने की आहट हुई। साड़ी के सरसराने की जैसी आवाज़।

सचमुच सामने से कोई निकल गया।

उसने जैसे उधर ध्यान ही नहीं दिया। उसके मस्तिष्क में अभी तक भी कोई दूसरी ही आवाज़ गूँज़ रही थी–चार-बार सुई की चुभन की तरह–

"अच्छा, तो सज्जन भाई सा'ब हैं। बैठिए भी न! आप तो एकदम बदल गए! पहचाने तक नहीं जाते!"

उसका माथा पत्थर की दीवार से जा टकराया। काँच की नाज़ुक वस्तु की तरह कुछ खनखनाता हुआ, चूर-चूर होकर बिखर गया। कुछ भी तो वह कह न पाया था! अवाक्-सा ताकता रहा, इस लड़की की ओर। नहीं-नहीं, उसकी ओर नहीं, जिसे कभी व्हाइट कैट कहा करते थे–"इति, द एण्ड!"

पर होंठ वैसे ही पतले गुलाबी, हाँ, कुछ और सुर्ख़ हो गए थे–थिरके, "यों क्या देख रहे हैं? अरे, आपने अभी तक पहचाना नहीं! मैं इति हूँ। पप्पू भैया आपके दोस्त थे। आपके साथ इण्टर कॉलेज तक....।"

उसने जैसे सिर हिलाया। जैसे वह कहना चाह रहा हो–हाँ, शायद तुम्हें संचिता कहते हैं। तुम्हारे पप्पू भैया शायद मेरे दोस्त थे। इंटर कॉलेज तक हम साथ-साथ पढ़ते थे।

"अरे, आप खड़े क्यों हैं! तशरीफ़ लाइए न!" वह हँसी। ठहरे पानी पर पड़े हलके भँवर की तरह कपोलों पर दो नन्हे-नन्हे गड्ढे चमके। पर न जाने क्यों आज उतने भले न लगे!

उससे कुछ भी बोला न गया। चुपचाप यंत्र की तरह वह आगे बढ़ा और सोफे पर बैठ गया।

"आप कित्ते बदल गए हैं–!"

गूँगे की तरह वह सामने देखता रहा।

"आजकल कहाँ हैं?"

"दिल्ली।"

"अरे, हाँ।" जैसे उसे आज तक पता ही नहीं था। जैसे अभी-अभी याद आ पड़ा हो-"पप्पू भैया ने कभी बतलाया था कि आप साइंटिस्ट बनते-बनते जर्नलिस्ट बन गए। इन लिस्टों में यों आजकल क्या धरा है! ठाठ तो केवल इंडस्ट्रियलिस्टों के हैं या फिर बड़े-बड़े बिजनेसमैनों के। शेष सारी तो घास-कटाई है....।"

उसने जीभ की नोक से सूखे होंठों को भिगोया। क्या उत्तर दे! कुछ सूझ न पा रहा था।

"आपको याद है, बचपन में भी तुकबंदी जोड़ लेती थी। कित्ता बचपना था, अब सोच-सोचकर हँसी आती है। अधिक सेंटीमेंट भी तो....!" कहते-कहते वह अटक-सी आई थी।

"चा तो लेंगे न?" उत्तर की प्रतीक्षा किए बिना वह फिर झटके से ओझल हो गई और वह न जाने किस सोच में डूब गया।

उसका माथा दुखने लगा था।....वह क्यों चला आया यहाँ!

उसके मन में विचार कौंधा-उठे और चुपचाप वापस चला जाए। यहाँ रुककर क्या होगा! उससे चाहकर भी रुका नहीं जाएगा।....

परन्तु उससे न उठा गया, न चलने की ही हिम्मत रही। वह वैसा ही सोफे पर धँसा ताक़ता रहा।

वह सोचता था, उसके घर में घुसते ही तूफ़ान उमड़ आएगा। इति फूली न समाएगी। पप्पू उसे बाँहों में कसकर, पहले एक-दो चक्कर घुमाएगा, फिर पीठ पर धौल जमाता हुआ, बड़ी-सी गाली देगा। तू-तड़ाक से नीचे उतरकर बात भी नहीं करेगा।

"अम्मा, देख ये कौन सज्जन तशरीफ़ लाए हैं, तुमसे मिलने-?" देहरी से ही चीखकर कहेगा।

अम्मा भागती हुई आएँगी, "अरे, मैं जो कहूँ, कौन सज्जन हैं....? तू तो बहुत बड़ा हो गया रे....!"

"अम्मा, यह बड़ा नहीं, दहीबड़ा हो गया है। जर्नलिस्ट बन गया है।....हम तो बस यों ही सरकार की मुंशीगिरी करते रह गए। कभी मिलिट्री में कमीशन-वमीशन भी तो मिलता नहीं। वही सैफ-राइट करते....लेकिन ज़रा इससे पूछ। चाँदी तो इसी साले की हो रही है। बड़े-बड़े लोग इससे डरते हैं....।"

इति मन-ही-मन मुस्कराएगी। मुँह भींचकर हँसती हुई कहेगी, "चाँदी प्योर नहीं, चौदह कैरेट की है अम्मा....।" किलककर हँसने लगेगी। बचपन में भी तो ऐसे ही हँसती थी-खिल-खिल करती, जैसे सीटी बजा रही हो....।

बदले में तब वह भी कोई ऐसी ही चुभती हुई बात कहेगा, शरारतभरी, तो ग़ुस्से से घूरकर देखेगी-बिल्ली की बच्ची! जैसे निग़ल जाना चाहती हो। फिर सबकी निगाहें बचाकर, जीभ दिखलाती हुई फुसफुसाकर कहेगी-बेश-र-म....!

और फिर ताई कभी उसकी ओर देखने लगेंगी, कभी इति की ओर। और तभी पप्पू चिल्ला उठेगा, "अरि, देखती क्या है अम्मा! कलाकार है, कलाकार। चाहे तो मुझ पर, तुम पर, सब पर साला परचे लिखकर छपवा दे! बड़े-बड़े लोग डरते हैं, तो हमारी क्या बिसात!" हो-हो-हो! सब एक साथ हँस पड़ते हैं।

इस अनगूँज हँसी का स्वर, उसे लगता है, सचमुच गूँज रहा है। उसे भय-सा लगता है। झुँझलाहट-सी होती है। ऐसे व्यर्थ की बातें वह क्यों सोचता है? ऐसी बातों का क्या अर्थ....?

जैसे कहीं गँदले पानी में कुछ खो गया हो और वह ढूँढ़ता-ढूँढ़ता पस्त हो गया हो। वह हथेली से आँखों को ज़ोर से दबाता है और फिर शून्य में कुछ टटोलने लगता सामने एक चौखटा है—एक तसवीर। इतनी बड़ी, इतनी चुलबुली इस चौखटे में कैसे समाई होगी....। उसे आश्चर्य होता है—

कुछ-कुछ वैसी ही बड़ी-बड़ी आँखें। दो चोटियों में से एक, गाय की पूँछ की तरह सामने बिखरी है, जिस पर बँधा रिबन कहीं निकल गया है। केवल धागे की तरह रबड़ का छल्ला लपेटकर, चार अंगुल ऊपर बाँधा है, ताकि अंतिम सिरे पर मुट्ठी-भर बिखरे केश सुन्दर लगें....। छाती पर दो उलटी कटोरियों की हल्की-सी छाया....। यह फोटो तब खिंचवाया होगा, जब वह कम उमर की रही होगी। अब तो सयानी हो गई है....।

चौखटे से हटकर उसकी निगाहें न जाने कब दीवार की ओर दरवाज़े की ओर मुड़ी। सब-कुछ बदला-बदला-सा लगा। पहले इतनी सजावट न थी, फिर भी न जाने क्यों इतना अच्छा-अच्छा-सा लगता था। पर, वैसा ही अब क्यों नहीं लगता!

अँगीठी के ऊपर धानी रंग का सुराहीनुमा बड़ा ज़ार है, मोम-सी चिकनी रंग-बिरंगी छोटी-छोटी मछलियाँ बड़े कलात्मक ढंग से फिसल रही है....। मध्य भाग में। हाथीदाँत की एक नारी-प्रतिमा-चस्त्रविहीन। और पास ही 'कैंजिल' की टाइमपीस। रेशमी तिनके की तरह सरकती दो सुइयाँ....। टिक्-टिक्। और एक....

तभी बड़े दरवाज़े पर टँगा, खादी का भूरा परदा सरका। साड़ी कीं-सी सरसराहट। लाख कोशिश करने पर भी उससे मुड़कर पीछे न देखा जा सका....

दो पतली-सी लम्बी नाजुक अंगुलियों ने दो नाजुक प्याले बड़ी नजाकत के साथ मेज़ पर रखे और उसी मुद्रा में एक तनिक और आगे सरका दिया।

क्या बातें करें? जैसे दोनों यही सोच रहे थे। अन्त में यों ही ठहरे पानी पर हलकी-सी कंकणी फेंकी इति ने, पप्पू भैया पिछले शनीचर को लखनऊ गए हैं....।"

पप्पू लखनऊ क्यों गया? कब तक वापस लौटेगा? उसने कोई प्रश्न नहीं पूछा। 'सिप्-सिप्' एक साथ दो चुस्कियाँ लेकर गरम प्याला हौले से सामने रख दिया।

"चाय, कुछ अधिक गरम तो नहीं हो गई?" इति ने पूछने-भर के लिए पूछा।

"नहीं, नहीं, मुझे गरम ही अच्छी लगती है...।" कहकर वह चुप हो गया। उसे ध्यान आया, बचपन में तो वह हमेशा पानी जैसी ठण्डी चाय ही पिया करता था। उसे लगा, शायद इति ऐसा कुछ अवश्य कहेगी, परन्तु वह चुप रहती है। जैसे सुना ही न हो। फिर सन्नाटा छाया रहा। इति प्याले के ऊपर उठती भाप देखती रही। सज्जन की पलकें शून्य में निराधार।

"आप अकेले ही आए...?"

"हाँ....!"

"भाभी जी को साथ नहीं लाए?" बिना सोचे ही इति के मुँह से निकल पड़ा।

वह चौंका। जैसे तन्द्रा टूटी–"कौन भाभी...?"

"मेरा मतलब–!"

दोनों अनायास हँस पड़े एकसाथ।

इस हँसी से कुछ बोझिलता कम हुई।

इति फिर जैसे कहीं कोई और किनारा ख़ोजने लगी।

काली मेज़ पर बिखरी पानी की बूँदों को वह अँगुली की नोक से समेटती-बिखेरती अज़ीबोग़रीब शक्लें बनाने लगी....

इतने में बिना किनारी की खादी की सफ़ेद धोती का पल्ला घसीटती सामने से ताई गुज़रीं। देखकर भी जैसे देखा न हो।

इति से रहा न गया। बोल पड़ी, "अम्मा, तुमने पहचाना नहीं! सज्जी भैया हैं–सज्जन!"

"सज्जन–!" सलवटें पड़े माथे पर बल पड़ा, जैसे प्रयत्न करके भी कुछ समझ में न आ पा रहा हो!

"सज्जन! कौन स-ज्ज-न–?"

"अरे, वही जो अपने पड़ोस में 'राइट लॉज' में रहते थे....।" तनिक ऊँचे स्वर में बोली वह, "काकी थी न! काकी! आलू की खीर खिलाती थी!....रतौंधी के कारण रात को कम देख पाती थीं न! एक दिन कड़ी में नमक के बदले फिनायल का पाउडर डाल दिया था....।" वह ज़ोर से हँस पड़ी।

"अच्छा, अच्छा–!" इस बार जैसे सचमुच में कुछ याद आ पड़ा हो, "हाँ-हाँ बेटा! रजनी की अम्मा न।"

उसने केवल सिर हिलाया।

"कहाँ हो बेटा अब? अम्मा कहाँ हैं? अच्छे तो हो न सब?"

सज्जन का उत्तर अभी पूरा भी नहीं हो पाया कि बाहर से आवाज़ पड़ी....। संचिता से 'चा' के लिए कहकर, वह मंदिर जाने की बात दुहरा कर, हड़बड़ाती हुई निकल गई....।

कुल मिलाकर यह सब बड़ा असह्य-सा लगा सज्जन को। वे खुले दिल की बातें अपनेपन का आत्मीयता-भरा व्यवहार कहीं भी लग नहीं रहा था। उसे लग रहा था, जैसे कहीं धुंध-सी छा गई है। लाख चाहते हुए भी जो जैसा है, वह वैसा लग नहीं पा रहा है। उसकी अपनी 'अच्छी' ताई! झगड़ालू पप्पू! नटखट इति कहीं दीख नहीं पा रहे थे। उसका मन बर्फ़ीले पानी में गिरे अंगारे की तरह बुझ-सा आया था....

उसने कुछ टटोलती निगाहों से इधर-उधर देखा–

इत्ती बड़ी दुनिया में भला कौन, किसे याद करने लगा! मेले में मिले यात्रियों की तरह....हाँ, पड़ोस में उनके जाने के बाद कितने और पड़ोसी आए होंगे....! उनके साथ भी इनका व्यवहार उतना ही आत्मीय होगा....! उसकी तरह इति उनके साथ भी कैरम खेलती होगी! चाँदनी रात में आँखमिचौनी....! किलकभरी हँसी....गुदगुदी....छीना-झपटी....और.... उसके मन में विचार आया कि पूछूँ–'फिर कौन-कौन लोग यहाँ आए थे? कब तक रहे? कैसे-कैसे थे....' लेकिन लाख प्रयत्न करने पर भी होंठ खुले नहीं।....ये भी क्या कोई पूछने की बात है! उसके अन्तर में एक खिंचाव-सा आया और वह सहमकर रह गया....।

रखी-रखी चाय ठण्डी हो गई। उसके ऊपर कत्थई रंग की एक मोटी-सी परत जम गई।

"अरे, आप पी क्यों नहीं रहे है?" संचिता ने पूछा तो वह जैसे नींद से जागा। यों ही हँस पड़ा।

दो-चार घूँटों में ही उसने प्याला रीता कर दिया।

संचिता जब प्याला लेकर जाने लगी तो उसके पीछे से, सिर से पाँवों तक कुछ तौलते हुए उसने झाँका। वह अब पहले की तरह सेम की बेल-सी दुबली-पतली नहीं थी और न पारदर्शी ही। तन में अब भराव था, रंग में निखार। नींबू की भरी डाल की तरह।

उसने जम्हाई लेते हुए, एक घुटने के ऊपर दूसरा घुटना रखा और फिर खट्-खट् हिलाने लगा। गर्दन सोफे की पीठ पर झुका ली। फिर भी कुछ सूझा नहीं तो मेज़ के नीचे औंधे मुँह पड़ी कोई किताब निकाल ली। पहला ही पृष्ठ खोला कि बायें कोने में एक लाल लकीर-सी खिंची दीखी। ऊपर बहुत बारीक़ क़लम से लिखा था–संचिता के लिए....नीचे हस्ताक्षर स्पष्ट नहीं थे। कुछ भी पता नहीं चल पा रहा था....

अम्मा-ताई जब धूप तापने के लिए बाहर आँगन में बैठते तो ताई अम्मा से अकसर कहा करतीं–"संची और इति की राशि में समानता है न। पंडतज्जी कैते हैं....!"

अम्मा तिन्नी की चोटी पर रिबन बाँधती हुई, ऊँघती-ऊँघती कहती–"हाँ।"

"दोनों है भी तो एक-से!"

माँ हँस पड़ती।

और–

"....ताई, ये इति मुझसे झगड़ रही है....।" ताई के गले में बाँहें डालकर वह झूलने लगता।

"देखो न अम्मा, बिना बात इसने मेरा मुँह जूठा कर दिया है।" इति सहज आवेश में बोल पड़ती।

"और तूने जो ये चाँटा मारा। कटोर बिल्ली कहीं की!" वह अपना लाल गाल ताई के मुँह के पास ले जाता। ताई बड़े दुलार से उसे चूमकर गोदी में भींच लेती, "अरी, मुँहजरी, कहीं इस तरह हाथ उठाते हैं....!"

और आज जैसे उसी ताई ने पहचानने से ही इंकार कर दिया। क्यों कर दिया? पप्पू ने पिछले कई सालों से पत्र देना बंद कर दिया। क्यों कर दिया? अपने हर पत्र में उसने घुमा-फिराकर अम्मा-ताई के साथ-साथ इति का भी जिक्र किया था, परन्तु प्रत्युत्तर में व्यर्थ की बहुत-सी बातें वह गिन-गिनकर लिखता था, परन्तु एक बार भी इति का जिक्र उसने क्यों नहीं किया?....

इति फिर दो प्याले गरम-गरम चाय के लिए आई। हथेली में अपनी ठुड्डी टिकाए क्षण-भर सामने की ओर देखती रही। कुछ सोचती रही। फिर अपनी कलाई मोड़कर देखती हुई बोली, "आप चाय शुरू कीजिए। मैं अभी आई....! बस्स!" और तेज़ी से लपककर भीतर चली गई। जैसे सहसा कोई महत्त्वपूर्ण बात याद आ पड़ी हो!

देर तक जब वह नहीं आई तो प्याला रीता कर, वह बाहर बरामदे में टहलने लगा। उसे लगा, जैसे अपने किसी जनम की बात आज सहसा याद आ पड़ी हो।....या सब किसी सपने में उसने देखा हो। हो सकता है, कभी रहा भी हो यहाँ! यहाँ के कण-कण में धुँधली स्मृतियों के कितने ही रुपहले प्रतिबिम्ब थे। समय की बारिश ने बहाकर जिन्हें विस्मृति की बाढ़ में डुबो दिया हो....!

....यहाँ वे बैठा करते थे....अभी इति आएगी तो बतलाएगा-यहाँ उसने पंखुड़ियाँ बोई थीं....इस पत्थर पर खड़ा होकर वह चकई चलाया करता था....। यहाँ पर एक दिन झूठमूठ के झगड़े में इति ने उसके गाल पर काट खाया था....उसने इसी तरह एक दिन किसी को चूमते हुए देखा था। ऐसा करके क्या होता है, बहुत दिनों तक उसकी समझ में नहीं आ पाया था।....बरसात के दिनों में एक बार इति तालाब से उठकर, नहीं-नहीं, स्कूल से भीगकर आ रही थी....और फिर उस दिन से उससे क्यों झेंपती थी....

कोर्ट-यार्ड की बग़ल में पड़ी उसी सीमेंट की चितकबरी टूटी पाटी पर वह स्वयं बैठ गया, जिसके किनारे दूब में, दूर तक धँसे हुए थे। साँझ से सूरज की रंगीन किरणों का झीना आवरण सिमटने लगा था। कुछ दुबली-पतली ठण्डी किरणें देवदार के तने से सरक-सरककर चोटी तक बढ़ आई थीं।

इतने लम्बे अर्से में वह कितना कुछ नहीं भूला, फिर गड़े काँटे की तरह कोई बात बार-बार भुलाए जाने पर भी क्यों नहीं भूली जाती? क्यों याद रहकर, बार-बार चुभती रहती है? मन अकारण उसी ओर क्यों खिंच-खिंच आता है? जो दाँत टूट जाता है, जीभ उसी रीती ठौर को बार-बार क्यों सहलाती है?

अभी इति आएगी तो एक-एक बात, एक-एक घटना उसे विस्तार से बतलाएगा। कितने उलाहने देगा! कितनी शिकायतें—देखो, हममें कितनी समानता थी! एक-सी आदतें! एक-सा स्वभाव! कहीं भी, किसी भी रूप में हम दो होते हुए भी दो कहाँ थे! पर तुमने....

वह पहले हमेशा के अपने स्वभाव के अनुसार, गम्भीर मुद्रा में खड़ी सुनती रहेगी। फिर शरारत से कपास की तरह खिली हुई हँसी में खिल-खिल हँस देगी....एकदम हलकी होकर।

वह भी एकदम तनावमुक्त होकर हँसने लगेगा।

"अच्छा, एक बात बतलाओ—!"

"क्या?"

"सच-सच कहना...!"

"क्या—?"

"अब किसे प्यार करती हो...?"

वह और ज़ोर से हँसती हुई फट पड़ेगी।

"....अभी-अभी कुछ समय पहले जो तुम्हारे पड़ोस में रहता था! घुँघराले बालों वाला. ...तुम्हारा क्लासफैलो....।"

वह ताली पीटती हुई हँसने लगेगी, "अरे, वाह! उसके बालों का भी पता लगा लिया। और क्लास का भी....!" वह चिढ़ाने के लिए शरारत से देखेगी, "मैं गर्ल्स कॉलेज में पढ़ रही हूँ तो वह मेरा क्लासफैलो कैसे हो सकता है। और फिर जो मेरे पड़ोस का मकान था न, वह अब सरकारी गोदाम है। वहाँ कोई कैसे रहता होगा!" हँसी की लहर फिर सामने बिखरने लगेगी।

वह कुछ संयत होकर कहेगा—"अच्छा, क्लासफैलो छोड़ो," वह समझौता करता है, "पप्पू का कोई दोस्त होगा....वह रोज़ तुम्हारे घर आता होगा....कोई-न-कोई ज़रूरी काम उसे रोज़ निकल आता होगा....या फिर तुम्हारी सहेली का बड़ा भाई इंजीनियरिंग की तैयारी में लगा....जब तुम उसके घर जाती होगी, वह हाथ का काम छोड़कर, भागता-भागता उसी कमरे में आ जाता होगा, जहाँ तुम एकान्त में अपनी सहेली के साथ खिलखिला रही होगी। उसे एकाएक उस काम की याद आ पड़ी होगी, जिसे उसकी बहन यानी तुम्हारी सहेली ने अब तक पूरा न किया हो।....आते ही आसमान सिर पर उठा लेता होगा, कि उस काम के न होने से उसका कितना हर्ज हो गया।....फिर एकाएक उसे प्यास लग पड़ती

होगी। पास ही बग़ल के कमरे में, रसोईघर तक भी पहुँच पाने की हिम्मत न रह पाती होगी। तब वह तुम्हारी सहेली को पुचकारता होगा। हज़ार मना करने पर भी अन्त में उसे जाना ही पड़ता होगा....उसके जाते ही उस होने वाले होनहार इंजीनियर की आँखें तुम पर अटक आती होंगी। तुमसे चाहकर भी उसकी ओर देखा न जाता होगा। तब वह पानी का गिलास जूठा कर, बड़बड़ाता हुआ चला जाता होगा! ....दूसरे दिन फिर तुम्हारी सहेली से पूछता होगा, 'शीला, आज तुम्हारी तीन बटा चार दिखलाई नहीं दे रही है।' उससे तुम्हारा कद कुछ कम होने के कारण, इसी नाम से तुम्हें चिढ़ाता होगा। ....तुम्हें उस पर ग़ुस्सा भी आता होगा। और तुम्हें अच्छा भी लगता होगा....सारी-सारी रात नींद न आ पाती होगी....। फिर एक दिन....फिर एक दिन...."

इति अपना धीरज अब तक खो चुकेगी। "सुनो, मैं कहे देती हूँ....कुछ ऐसा-वैसा कह बैठी तो मुँह फुला लोगे। इत्ते बड़े होकर, इत्ती बेशरम बात....!"

सचमुच इत्ते बड़े होकर....वह डूब-सा जाएगा, किसी गहरे में....।

एक सफ़ेद बादल का दूधिया टुकड़ा, धुनी हुई रुई के फाहे की तरह, जैसे सिन्दूरी शीशी में डूबकर लाल हो गया हो....। देर तक उसे वह देखता रहा। उसके झुके हुए कोने उसे पेड़ के सींगों की तरह मुँड़े हुए लगे....। उसने इधर-उधर पलकें दौड़ाई-और भी पैवन्दनुमा कई टुकड़े दिखलाई दिए....जैसे छोटी-छोटी पालदार कई नावें एक साथ भागी जा रही ही....।

मुँदे दरवाज़े की तरफ़ से आहट-सी आई। पर्दे की रिंगें सिहरी-हाँ, इति ही तो है। पके ख़ुबानी के रंग की झकझक साड़ी! हाथ में नाचता हलका-सा कलात्मक बैग और आँखों में सुन्दर-सा धूप का चश्मा!

बाहर से इतनी खिली-खिली होने के बावजूद, भीतर से बोझिल! पानीभरे बादलों की तरह भारी....।

"चलें-!" उसने इस तरह से कहा, जैसे वह इसी शब्द की प्रतीक्षा में इतनी देर से बैठा हो।

वह भी चलने लगता है, चुप।

"कहाँ टिके है?"

"ग्रीन लॉज...।"

"यहाँ भी आ सकते थे!"

वह कुछ न बोला।

"चलिए, आपको कुछ दूर तक छोड़ आऊँ....!" वह यों ही मुस्कराने का प्रयास करने लगी।

"हाँ, कहीं मैं फिर न लौट आऊँ!" इस बार वह भी अकारण हँस पड़ा।

फिर देर तक दोनों अपरिचितों की तरह चलते रहे। 'कर्र-कर्र-' केवल स्लेटी बजरी पर जूतों के चलने से आवाज़ आती रही....तीखी ढलान पर बार-बार पाँव रपट पड़ते....इति सड़क के किनारे लगे तारों को छूती हुई चल रही थी....

सज्जन ने देखा, तो उसने झटके के साथ गीले तार पर से हाथ हटा लिया।

ऐसे ही एक बार पहले भी....तब भी....। उन्हीं दिनों इन्हीं गीले तारों को छूने से होस्टल के वार्डन की ग्यारह वर्षीया बिटिया मर गई थी। सज्जन ने जो डाँटा तो उसकी रुलाई फूट पड़ी थी....

अगले मोड़ पर 'व्यु कॉटेज' के साथ लगी गोल टंकी के नीचे सड़क के बाईं ओर आ देवदार का पेड़ आया। सज्जन ने उसे ऊपर से नीचे तक पूरा देखा....। यहाँ तक दोनों घूमने से साथ-साथ आकर, अलग-अलग हो जाया करते थे। जैसे दोनों दो विपरीत दिशाओं से आ रहे हों, इस तरह अपने-अपने घरों में घुसते थे। उसके जाने से कुछ दिन पहले इसी उतार पर एक दिन वह फिसल पड़ी थी।....चोट मामूली थी फिर भी पता नहीं क्यों वह इतना रोई थी!....जिस दिन सचमुच वे घर ख़ाली करके जाने लगे थे, वह कितनी उदास थी।....वे यहाँ तक घूमने आए तो वह बिना बात ढुल-ढुल रोने लगी थी, जैसे दुधमुँही बच्ची हो।....तब वह कुछ भी कह न पाया था। आज की तरह उस दिन भी उसके होंठ सिए हुए थे।

"तुम्हें मालूम है....?" उसने नहीं, जैसे किसी तीसरे ने कहा हो।

सज्जन चलता-चलता घाटी से उभरते कुहरे की ओर चुप देखता रहा।

"मेरी मैरेज हो गई है-।"

"....।"

"वे डॉक्टर हैं, कपूरथला में।"

वह फिर भी चुप था।

"गाड़ी है....कोठी है....।"

"तुम सोचते होगे कि मैं दुखी रहती हूँगी। जो बीत गया, उसी को याद कर-करके घुट रही हूँ! लेकिन, सच, ऐसी बात नहीं है।" तौलने की दृष्टि से उसने सज्जन की ओर देखा, जिसके चेहरे पर कोई भाव न था।

"हमारा जीवन बहुत सुखी है। एक-दूसरे को हम बहुत प्यार करते हैं। मेरा अनुमान है कि कोई भी युवा स्त्री-पुरुष कुछ दिनों तक साथ रहें-एकसाथ, तो निश्चित ही एक-दूसरे के लिए स्थान बना लेते हैं। क्यों ठीक है न?"

वह निर्निमेष सामने की ओर ताक़ रहा था।

चलते-चलते एक चौराहे पर पाँव ठिठक पड़े। कुहासा, गहरा कुहासा धुनी रूई की तरह चारों ओर घिर चुका था। बाँज के पेड़ों की निष्ठुर पत्तियों से टप्-टप् बूँदें टपक रही थीं। कुहासा झुर रहा था। इति तार के खम्भे के सहारे किनारे पर खड़ी थी। सज्जन ने दोनों ठण्डी मुट्ठियाँ जेबों में भर ली थीं, जो सीसे के भारी टुकड़ों की तरह नीचे लटक रही थीं....। इति की साड़ी का पल्ला तेज़ हवा में उड़ा जा रहा था। उसकी आकृति में कोई विशेष भाव न था। जो था भी, वह पहले ही बिखर चुका था, हवा की तरह।....उसके सुनहरे फ्रेम के चश्मे के शीशे पर धुंध की धुँधली-सी परत जम गई थी, जैसी अक्सर बर्फ़ीले ठण्डे पानी के गिलास के बाहर जम जाती है।

"वे आज सवा आठ की बस से यहाँ पहुँचने वाले हैं....।"

सज्जन की निगाहें कुहरे की अनिश्चित गहराई से उतरकर, बजरी पर धँस पड़ी। बर्छी की तरह छेदती न जाने कितनी दूर, धरती पार कर गई।

"तुम्हें मेरी शादी का कार्ड पप्पू ने भेजा था पर तुमने फॉर्मल कांग्रेच्युलेशन का एक तार तक नहीं भेजा...।" वह जैसे अपने-आपसे उलाहना कर रही हो।

उसका स्वर सूख गया। इस सबके लिए वह तैयार नहीं था शायद। क्या कहे, क्या न कहै—कुछ सूझ नहीं रहा था।

"तुम मुझे बहुत प्यार करते हो न।" पता नहीं उसने क्या सोचकर कहा, "तो बताओ, मेरे लिए क्या लाए हो? सुना है, तुम्हारा दिल्ली बहुत बड़ा शहर है। वहाँ सब-कुछ मिलता है।" वह हँस पड़ी। एकदम सूखी हँसी में।

हाँ, इति ठीक कहती है। दिल्ली बहुत बड़ा शहर है। उसे कुछ तो लाना चाहिए था उसके लिए।

"इत्ते साल बीत गए, कभी पूछा तुमने कि मैं क्या कर रही हूँ? आगे क्या करना है मुझे? आज अचानक आ गए हो देवदास बनकर। अरे, बिना कर्तव्य की भावना के भी कहीं प्यार होता है?" कहती-कहती इति स्वयं ही ठहर-सी आई "हम देश से व्यक्ति से—सबसे मात्र मौखिक प्यार करते हैं। हवा में जीने की हमारी हज़ारों साल पुरानी आदत....।"

तभी कहीं सायरन-सा बजा।

—यह सायरन पहले की तरह शाम पाँच बजे अब भी बजता है क्या? सज्जन पूछना चाहता था, पर पूछ न पाया। इति का प्रवचन शायद अरि धक भारी हो गया था। इति बुझ-सी आई। उसे यह सब नहीं कहना चाहिए था। इतने वर्षों बाद तो मिले!

जब वह सचमुच ही जाने लगा तो अपनी मोम-सी नाज़ुक, सफ़ेद अंगुलियों से, उसने सज्जन की ठण्डी अंगुलियाँ बड़े स्नेह से थाम लीं। देर तक यों ही उन्हें सहलाती रही। फिर धीरे से दबाती हुई बोली, "तुम इतने सेण्टीमेण्टल होकर कैसे जीओगे....हाँ, मेरी बात

का बुरा न मानना। मैंने तुम्हें बहुत चाहा, उसी अपनेपन से कुछ कह गई हूँ, तो अन्यथा न ले....ना....।" उसका गला भर आया।

कुहरे के अथाह सागर में जैसे औंधे मुँह वह गिर पड़ा।

'फिर मिलेंगे', 'कब लौट रहे हो?', 'फिर आना घर' ऐसी कोई भी औपचारिक बातें नहीं हुई।

समय के साथ-साथ सब-कुछ कितना बदल जाता है! एक ही सेब को दोनों दाँतों से काटकर साथ-साथ खाते थे....एक ही गिलास में, सबकी नज़रें बचाकर चाय पीते थे। निमिषा की शादी के लड्डू आए थे। इति चुपके से आकर आधा लड्डू, उसके मुँह में डाल गई थी और शेष आधा अपने मुँह में हँसकर दौड़ती हुई भाग निकली थी....ताई पर्दे की आड़ से देख रही थी....और शरम के मारे वह पानी-पानी....दिनों तक उनसे नज़रें चुराता रहा था....

झटके के साथ वह मुड़ा और ढलान की तरफ़ लुढ़कता हुआ, तेज़-तेज़ क़दमों से भागने लगा....

वह सोचता जा रहा था—वह क्यों इतना भावुक है? क्यों वह सब सोचता है, जो सम्भव नहीं है। इति अपनी दुनिया में ख़ुश है और वह वह....

खम्भे से टकराता-टकराता वह बचा।

टिप्पणी : सज्जन और इति की यह कहानी यहीं समाप्त हो जाती है। परन्तु ऐसा हुआ नहीं। शायद कहानी को कहानी न कहलाकर सत्य होने के लिए एक और मोड़ लेना पड़ा। उसी का शेष अंश प्रस्तुत कर रहे हैं।

चलते-चलते सज्जन दूर निकल गया तो उसे पीछे से किसी नारी-कष्ट के पुकारने का स्वर सुनाई दिया। वह सहसा चौंककर ठिठका। ध्यान से सुनने का प्रयास किया। इति का ही स्वर था।

"सज्जी, रुको! रुको....!" इति कुछ ही क्षण पश्चात् भागती हुई सामने खड़ी थी। बुरी तरह हाँफ रही थी!

"तुम अज़ीब इन्सान हो! सिर झुकाए भागे जा रहे हो....।"

"तो फिर क्या करूँ–?" ग़ुस्से से झुँझलाकर उसने कहा।

"अरे, तुम मर्द हो। तुमने इतना प्यार किया है मुझसे। तुम्हारा क्या कुछ भी हक़ नहीं मुझ पर?"

"हक़ होने मात्र से क्या होता है....।"

"अरे, क्या नहीं होता! मेरा हाथ तो पकड़ सकते थे। कह सकते थे, तुमने इतना जुल्म क्यों किया? कम-से-कम एक चाँटा ही जड़ देते....। तुम्हारे इस अपनेपन पर मुझे कितनी ख़ुशी होती! जीवन-भर मुझे सन्तोष होता कि मैंने किसी अपने से प्यार किया....।" कहते-कहते इति की आँखों में आँसू उमड़ आए।

सज्जन ने आगे बढ़कर, दोनों हाथों में उसका आँसुओं से भीगा मुखड़ा उठा लिया। प्यार से उसे सहलाता हुआ बोला, "ऐसा नहीं कहते। तुम पागल हो गई हो क्या?"

"हाँऽ! सचमुच मैं पागल हो गई हूँ। तुमने कहीं का भी तो नहीं रख छोड़ा मुझे....।"

वे आगे बढ़कर किंचित् एकान्त में एक बड़े-से पत्थर पर बैठ जाते हैं।

"इतने वर्ष तुम्हारी याद में मैंने किस तरह निकाले, तुम कल्पना भी नहीं कर सकते। एक-एक पल गिनकर....। क्या-क्या नहीं सहा मैंने....पिता जी मेरी शादी की चिन्ता में घुल-घुलकर चल बसे....अम्मा के ये हाल है....तुमसे मिलकर जब कमरे से बाहर आई तो मुझसे पूछ रही थीं—कौन है यह? क्या 'जनगणनावाला' आज फिर आया है! यह परसों भी तो आया था न!...."

सज्जन कुछ कह नहीं पा रहा था, प्रत्युत्तर में। इति ही बोल रही थी, बोले चली जा रही थी—"मेरी सहेली थी न कपिला....कपिला सूद....उसकी शादी भी दिल्ली हुई थी। उसके पति वहाँ 'डेसू' में इंजीनियर हैं। तुम्हारी ही कॉलोनी में, पास ही कहीं रहते हैं। वह तुम्हारे घर भी गई थी, कई बार। अम्मा से मिलने। परन्तु नैनीताल के परिचय का उसने कभी हवाला नहीं दिया था, मेरे ही कहने पर। हर महीने वह पत्र भेजती थी आधी से अधिक बातें तुम्हारी। उसी ने मुझे बतलाया था कि तुम्हारे ड्राइंगरूम में वह चित्र फ्रेम करके अब तक रखा है, जो नैनीताल से जाते समय तुमने मेरा खींचा था....। उसी ने बतलाया था कि तुम नैनीताल आने वाले हो....।"

सज्जन विस्मय से उसकी ओर देखने लगा, जैसे वह कोई रोचक कहानी सुना रही हो। अविश्वसनीय। काल्पनिक।

"तुम बुद्धू थे, बुद्धू ही रहोगे....मैंने जो-जो कहा, तुमने सच-सच मान लिया....!" इति ने ग़ुस्से से कहा।

"तो क्या तुम्हारी शादी नहीं हुई....?" वह अभी कुछ कह ही रहा था कि इति बात काटती हुई हँस पड़ी यों ही, "अरे, मेरी शादी होती तो मेरी माँग में सिंदूर नहीं होता? कहीं मेरे गले में मंगलसूत्र दीखा तुम्हें? शादीशुदा औरत और कुँवारी में तुम्हें कोई भेद नहीं दीखता? तुम कैसे पत्रकार हो! कहते हो बड़े समझदार हो! बड़े-बड़े तुमसे डरते हैं....।"

वह उसकी ओर निर्निमेष ताक़ती रही, "तुम्हें क्रीम कलर की साड़ी में मैं बहुत अच्छी लगती थी न। मेरा हँसना, मुस्कराना तुम्हें बहुत भाता था न! मैं तुम्हें दुनिया में सबसे अधिक

पसन्द थी न! सुनो, मुझे अपने साथ नहीं ले चलोगे दिल्ली! तुम्हारे कपड़े धो दूँगी। तुम्हारे बर्तन माँज दूँगी। दो टुकड़े रोटी तो दे ही दोगे न....!"

वह हँस पड़ा। ज़ोर से उसे भींचता हुआ बोला, "हाँ, हाँ, तनख़्वाह ही नहीं ऊपर से बोनस भी...बोला–कितनी तनख़्वाह लोगी?"

"तुम्हारे सारे सपने–।" उसकी आँखों के कोर भीग आए थे।

जब वे उठकर चले तो तब तक काफ़ी बरसात हो चुकी थी।

तुम्हारे नाम

विस्मय होगा तुम्हें।

शायद तुम सच न मानोगी। जिसका तुमने इस लोक से नाता तोड़कर उस लोक से जोड़ दिया, जिसके तर्पण का जल तुम कब के विसर्जित कर चुकी हो, जिसे तुमने पितरों की श्रेणी में पूजकर दिवंगत मान लिया है–आज इतने अर्से बाद उसका पत्र आए! निस्संदेह अजीब-सा लगेगा तुम्हें। शायद असम्भव-सा भी।

तुम सोचा करती होगी कि मैं मर चुका। तभी तो तुमने अपनी माँग का सिंदूर मिटा दिया। सुहाग की सुनहरी चूड़ियाँ तोड़ डालीं और अपने को निपट असहाय मानकर, सहमी हुई निगाहों से इस भयावह दुनिया की ओर देखा।

सच, तुम्हारी पलकों पर बुझे मसान की-सी उदासी मैंने कितनी बार देखी है। कितनी बार तुम्हें तुलसी पर अर्घ्य चढ़ाते, मंदिर की सीढ़ियों पर माथा टिकाकर रोते देखा है।

लेकिन, तब भी मुझे शांति नहीं मिल पाती।

मेरे रिसते घावों का दर्द आज भी कसकता है। हिम-दंश के कारण मेरे पाँव पत्थर की तरह जम गए हैं। फिर भी मैं गिरता, उठता चलता हूँ–मुझे तुम्हारा, तुम्हारे बच्चों का और तुम्हारे बच्चों जैसे और बहुत-से बच्चों का ख़याल है न! तभी तो मुझे नींद नहीं आती। इन बर्फ़ीली पहाड़ियों और बीहड़ वनों में निरन्तर भटकता रहता हूँ....।

बरखा की बौछारों में, आँधीभरी अँधियारी रातों में जब तुम्हारे दरवाज़े खड़कते हैं, तो तुम सहसा जग पड़ती हो और अनायास उन्हें खोल देती हो कि मैं हारा-थका, भूखा-प्यासा, भीगा हुआ कहीं लौटकर तो नहीं आ रहा....।

तुम्हें विश्वास नहीं होगा! न सही! पर सच, मैं कितनी बार तुम्हारे द्वार तक आ-आकर लौट गया हूँ। जब अभाव और असुरक्षा से पीड़ित तुम्हारे बच्चे कभी-कभी बिलखकर रो पड़ते हैं और तुम आँखों में आँसू समेटे मुँह भींचे चुपचाप सब देखती रहती हो, तब मेरी

पलकों पर बारूद का विषैला धुआँ बिखर जाता है। मुझे लगता है–सारा-का-सारा ब्रह्मांड कहीं जल रहा है। जल-जलकर राख हो रहा है....।

लेकिन, मेरी व्यथा तुम भी नहीं समझ सकतीं। कोई भी नहीं। मैं रात-रात-भर जागकर विचित्र-विचित्र-से दिवा-स्वप्न देखा करता हूँ। मैं देखा करता हूँ–पूनम की खिली चाँदनी में, चाँदी की तरह पिघलती पहाड़ियों को। और उनके चारों ओर झलकती तुम्हारी असंख्य आकृतियों को।....दूर कहीं मुझे हरे-हरे सुन्दर धान के खेत दीखते हैं। साँपों की तरह बल खाती नीली-नीली नहरें दीखती हैं। तब मेरा घायल मन विभोर होकर झूम-झूम उठता है। लेकिन तभी ज़हरीला धुआँ-सा उठता है। दूर कहीं शोरगुल सुनाई देता है। तोपों की गर्जन। मन शंका से इधर-उधर झाँकने लगता है।

उस पार कहीं ख़ेमों से उठता हुआ धुआँ मेरी नींद चुरा लेता है। मेरे हाथ स्वतः बंदूक पर जकड़ जाते हैं।

ये खेमे उनके हैं, जिन्हें फूलों से प्यार नहीं। अपने फूल-से कोमल बच्चों से प्यार नहीं। हरे-भरे धान के खेतों से प्यार नहीं। इन्सान और इन्सानियत से प्यार नहीं।

फिर तुम्हीं बतलाओ, हमें नींद कैसे आ सकती है। तुम्हारे और तुम्हारे ही बच्चों का विचार कैसे आ सकता है। शायद तभी तो तुमने सोच लिया, यदि मैं ज़िंदा होता तो क्या अपनों को यों भूल जाता!

नहीं, नहीं। तुम कैसी व्यर्थ की बातें सोचती हो! कहीं ऐसा हो सकता है कि मैं अपनों को भूल जाऊँ? जब-जब मुझे अवसर मिलता है, मैं लौट-लौटकर आता हूँ। अपने गाँवों, कस्बों, खेतों-खलिहानों में उन्मुक्त भाव से भटकता हूँ।

पाठशाला में पढ़ते छोटे-छोटे बच्चों को देखता हूँ। पास ही कारख़ाने में काम करते परवीना और फतहू को देखता हूँ। खेत की मेंड़ पर जुटे, विरवा और छब्बन को देखता हूँ, बाढ़ से फसल के बचाव के लिए, जो पिछली तीन रातों से सोए नहीं।

तुम सोच रही होगी, मैं कल्पना के सहारे यों ही झूठ-मूठ लिखकर तुम्हें बहला रहा हूँ। यदि मैं अपने घर आता तो क्या तुमसे नहीं मिलता?

तुम सच नहीं मानती तो न सही। परन्तु यदि मैं यहाँ नहीं आता तो यह कैसे जान पाता कि जगदीन चाचा की दूकान लड़ाई के बाद अब दुगनी बड़ी हो गई है। अस्पताल वाली ज़मीन पर उन्होंने नई पीली कोठी खड़ी कर ली है। हरपाल ने गल्ले के व्यापार में एक लाख तेरह हज़ार से अधिक कमाया है। चन्दर के तीनों नालायक बेटे फ़ौज में छँट गए हैं। इसी पिछले बुधवार के दिन उसने एक नया स्कूटर खरीदा है। तुम्हारे अपने ही गाँव में, बिशुन बाबा परधान ने अपनी बहू के लिए नई नथ बनाई है। वह उस नथ से बहुत मिलती-जुलती है, जिसे बेचारे माखन मुंशी ने अपनी बहू की नाक से उतारकर, न जाने क्या सोचकर, 'डिफेंस फंड' में दे डाली थी....।

रामा सेठ रोज़ मुझे अपने पास बुलाते हैं। अपनी बरबादी का हाल सुनाते हैं। सच, उन्हें देखकर कितनी दया आती है। कभी-कभी तुम्हारी तरह मैं भी सोचने लगता हूँ, यदि वे थोड़े से ठीकरों के लिए, ऊनी कम्बलों का इतना बड़ा स्टाक जमा न करते तो उनका होने वाला दामाद ठण्ड से ठिठुरकर मोर्चे में यों न मरता और उनकी कुँवारी बेटी ब्याह से पहले ही विधवा न हो जाती और यों आत्महत्या न करती....।

रामा की दूकान पर तुम सामान खरीदने रोज़ जाती हो, उनसे पूछना। यदि वे न बतलाएँ तो उस बुढ़िया से पूछना जो तुम्हारे घर के पास, चौराहे में, शिवराम की टूटी धरमशाला के बाहर गठरी की तरह मुड़ी-जुड़ी सोती है। जिसने कितने ही दिनों की भिखाई की कमाई उस लाल डिब्बे में डाली थी, जिसमें तुम और तुम्हारी जैसी कई औरतों ने अपने तन के गहने उतार-उतारकर डाल दिए थे, वह मुझे रोज़ दिखती है-उससे पूछना।

वह मोहिउद्दीन ताँगेवाला चाचा, जिसने अपना ताँगा दे डाला था, अब ईंट-गारा ढोकर अपना पेट पालता है-उससे पूछना।

वह हरफूल चाची, जो दिन-रात तुम्हारी तरह रोती है, जिसका इकलौता बेटा मोर्चे पर मारा गया था, वह अपने बेटे के साथ मुझे अकसर देखती है-उससे पूछना।

देखो, जब कभी वह बुढ़िया भिखारिन तुम्हारे द्वार पर रात को आए तो औरों की तरह तुम भी उसे दुत्कारना नहीं। भोजन न भी दे सको तो कम-से-कम प्यार से आदर से उसे बिठला तो देना। अपनी टूटी सीढ़ियों पर ही उसे हाथ भर ठौर दे देना। बेचारी पड़ी रहेगी। सुबह चली जाएगी....।

बूढ़े मोहिउद्दीन चाचा के कंधे ईंटों के भार से छिल गए हैं। कभी जेठ-आषाढ़ की तपती दोपहरी में वह तुम्हारे आँगन से गुज़रे तो दो घूँट ठण्डा जल पिला देना....। हरफूल चाची अनाथ है। चक्की पीसते-पीसते उसके दुर्बल हाथ थक जाएँ तो पत्थर का पहिया थोड़ी देर तुम घुमा देना....

और बाढ़ से घिरे गाँव में से असबाब थामे, बच्चों का हाथ पकड़े जब तुम बाहर निकलो तो ज़रा पड़ोस के उन बच्चों का भी ध्यान रखना, जो बेचारे चल नहीं सकते। जिनकी माँ बीमार है। जिनका बाप तुम्हारे बच्चों के बाप की तरह आज तक भी युद्ध से लौटकर घर न आ पाया हो....उन्हें भी सहारा देना....।

बर्फ़ पर अंगारे कब तक टिकेंगे? रोज़-रोज़ आसमान कब तक जलेगा? तुम्हारी व्यथाएँ कब तक रहेंगी?....धीरज हर संकट का मलहम है; पौरुष हर संघर्ष के विजय का प्रतीक। दुखी ही दूसरे के दुख को जानता है। पर यदि हम ही हमारे दुखों को नहीं पहचानेंगे तो दूसरा कौन समझेगा! इसीलिए कहता हूँ, एक-दूसरे का हाथ थामकर ही हम इस बाढ़ आई नदी को पार कर सकते हैं।

आँगन का अँधियारा जब छँट जाएगा, बाढ़ का पानी बह जाएगा, धधकते हिमागारों की ज्वालाएँ शांत हो जाएँगी, उस दिन किवाड़ यों भींचे न रखना, परवीना और फतहू, बिरवा और छब्बन, माखन मुंशी और शिवराम की टूटी धरमशाला के बाहर ठिठुरने वाली बुढ़िया से मोहिउद्दीन और हरफूल चाची से, सबसे कह देना—हम सब साथ लौटकर आएँगे....

देखो न, रात आधी ढल चुकी है। पर सनसनाती बर्फ़ीली आँधी अभी तक भी चल रही है। मैं तुम्हें हर रोज़ की तरह, कल्पना के काग़ज़ पर, न जाने कब से यह पत्र लिख रहा हूँ।....ओह, पलकों पर कितनी बोझिल नींद है! पर, सोया नहीं जाता। औरों की तरह हम भी ग़फ़लत की नींद सो गए तो बतलाओ, तुम्हारा क्या होगा? तुम्हारे युग-युगों से सँजोए सुनहरे सपनों का क्या होगा?

बदला

अभी कल तक जो चिड़िया की तरह चहकती थी—सामने निष्प्राण पड़ी है। दूधिए मुँह पर एकाध हठीली मक्खियाँ भिनभिनाती हैं और उड़ जाती हैं। जीवन भी क्या है! बालू की भीत की तरह क्षण-भर में कहाँ ओझल हो जाता है?

कल वह कैसी उत्सुकता से कहती थी—उसे कल देहरादून पहुँचना है। हर हालत में पहुँचना है। बहुत ज़रूरी काम है उसे।

कौन-सा ज़रूरी काम? यह न उसने बतलाया और न मैंने पूछा ही।

बरसात के दिन। पहाड़ की कच्ची सड़क। मोटर का भरोसा नहीं कि वह आएगी या नहीं। और आ भी गई तो कितनी दूर तक साथ दे पाएगी! सब-कुछ अनिश्चित। अनियंत्रित। आदमी की बेबसी मशीन की बेबसी से सच ही कितनी जुड़ी हुई है! घुली-मिली है—दूध-पानी की तरह।

दिन-भर की अनन्त प्रतीक्षा के पश्चात् पिथौरागढ़ वाली बस जब सुबह के बदले दोपहर ढले लोहाघाट आई तो मेरी बुझी आँखें सहसा चमक उठीं। जल्दी से टिकट कटाकर दौड़ता हुआ सीट की ओर लपका, जैसे गाड़ी मुझे छोड़कर भाग जाने वाली हो और बरसों तक फिर दूसरी गाड़ी इस राह से गुज़रने वाली न हो।

अगली सीट को मैं सम्हालने ही वाला था कि 'एक्सक्यूज मी' कहती एक गौरांग महिला मेरे सामने आ खड़ी हुई। उसका कीमती सामान पहले से ही सीट पर सजा पड़ा था, जिसे मैंने जल्दी में देखा नहीं। लगता था, वह बहुत पीछे से यात्रा कर रही है और बहुत सम्प्रान्त परिवार से सम्बन्धित है। यों तो हर यूरोपियन को देखकर हमें ऐसा ही लगता है। लेकिन, यह बात न थी यहाँ।

मेरी पलकें हिमालय की ओझल होती हुई बर्फ़ीली चोटियों पर, देवदार के हरे-भरे पेड़ों पर, साँप की तरह बलखाती कम उम्र की अल्हड़ नन्ही नदियों पर, टेढ़े-मेढ़े कीचड़

से सने मटमैले रास्ते पर टिकी थीं। वह कोई अंग्रेजी की कलात्मक आवरण वाली पुस्तक हाथ में थामे थी। पढ़ने का असफ़ल प्रयास कर रही थी। उसकी भली आँखें बार-बार किताब पर झुकतीं, बार-बार हट जातीं। लगता था, वह भीतर से उद्विग्न है। अन्तर की अनिश्चितता रह-रहकर उसकी आँखों की राह बाहर की ओर झाँक रही है।

तभी सहसा गाड़ी झटके से खड़ी हो गई। पहिए कीचड़ में धँस गए थे। बड़ी मुश्किल से धकेलकर हम आगे बढ़े। मुड़कर उसने तीन-चार बार मेरी ओर देखा। अन्त में बोल ही पड़ी वह। शायद बोलने में उसे बड़ा कष्ट हुआ—"क्षमा कीजिएगा।" अतिरिक्त पाश्चात्य शिष्टता का प्रदर्शन करते हुए उसने कहा, "क्या आप बतला सकेंगे, चम्पावत में कोई डाकख़ाना है? वहाँ से तार हो सकता है? कल हर हालत में मुझे देहरादून पहुँचना है।"

"हो तो सकता है, पर अब अधिक समय हो गया। शायद अधिक पैसे चुकाने पड़ेंगे।"

"सो तो कोई बात नहीं। कोई बात नहीं।" 'फिर' थैंक्यू कहती वह पहले की तरह सीट पर सीधी बैठ गई और सामने के शीशे के उस पार देखने लगी। किताब अब बग़ल में थी। सम्भवत: उसकी धुँधली आँखों के साथ-साथ दिन का ढलता समय साथ न दे पा रहा था।

चम्पावत में पलभर के लिए भी गाड़ी ठहरी नहीं। जिस रफ्तार से आई थी उसी रफ्तार से आगे फिसल गई।

महिला ने हैरानी से इधर-उधर देखा। पहले ड्राइवर की ओर और फिर एक बार मेरी ओर। फिर आँखें मीच लीं।

समय नहीं है। गाड़ी को गन्तव्य स्थान पर निश्चित समय पर पहुँचना ही है। मैं भी क्या कहता। मौन रहा।

बस चलती रही, चलती रही एक नियन्त्रित गति से।

ऊबड़-खाबड़ पत्थरों पर गेंद की तरह उछलती पुरानी गाड़ी के हिचकोलों से थककर मुझे न जाने कैसे झपकी आ लगी और खिड़की की छड़ के सहारे सिर टिकाकर ढुलक पड़ा।

"उठो भई! उठो! गाड़ी अब आगे नहीं जाएगी। सुनते नहीं?" गँवार-से बस कण्डक्टर ने झकझोरते हुए जैसे मेरे सिर पर डण्डा मारा। और मैं सातों आसमान से छिटकता हुआ औंधे मुँह धरती पर आ गिरा।

चारों ओर काली कम्बल तनी है। हाथ को हाथ नहीं सूझता। एक बड़ी-सी चट्टान फिसलकर सड़क पर रूठी बैठी है। बहुत-से मज़दूर जुटे हैं, पर वह इतनी ढीठ है कि हिलने का नाम तक नहीं लेती।

और वह महिला कुछ परेशान-सी चुपचाप बाहर टहल रही है। बहुत-सी आँखें उस पर टिकी हैं, शायद इसलिए कि वह अंग्रेज है। शायद इसलिए कि वह अंग्रेज होने के कारण अधिक विशिष्ट है। शायद इसीलिए वह भी किसी से बोल नहीं पा रहीं है। किसी से बोलना उसे शोभा भी कैसे देता! अधनंगे काले-कलूटे मज़दूर! साधारण-से कुली-कबाड़ी! और कहाँ वह—विशुद्ध यूरोपीय रक्त!

मुझसे भी पहले उसने कोई बात न की। एक बार उपेक्षा से देखा, फिर निगाहें हटा लीं। लेकिन, जब रात घिरने लगी, लोग छँटने लगे तो उसने फिर मुझे टटोला—"क्या आसपास कोई डाक बँगला नहीं? मुझे लगता है होना चाहिए। शायद बहुत बरस पहले मैं एक बार अपने पति के साथ यहाँ आई थी।"

"आधे मील की दूरी पर है सड़क के उस पार।" लापरवाही से इतना कहकर मैं चलने लगा। पर वह भी पीछे-पीछे अपने कुली के साथ हो ली। बोली कुछ भी नहीं। मैं भी अपने में उलझा था।

बौना-सा डाक बँगला, बियाबान जंगल के बीच। केवल दो जुडवां कमरे। बँगले से हटकर दूर चौकीदार का घर—घुमरैली पुरानी टीन की छत से छहा-साधारण-सा डिब्बा।

चौकीदार बहुत बूढ़ा है—मालूम हुआ, आँखों से कम दीखने के कारण रात को चल-फिर नहीं सकता। अत: उसके छोटे लड़के ने ही बँगला खोला। दियासलाई बालकर एक कमरे में यों ही बिस्तरे पर मैं हुलक पड़ा। शरीर थककर चूर था—कब नींद आई पता नहीं!

लगभग आधी रात, भीतर के कमरे के बीच का दरवाज़ा खटका। किसी की परेशान-सी आवाज़ आई।

झुँझलाकर किवाड़ खोले—वही अंग्रेज महिला घबराई हुई सामने खड़ी थी।

"कहिए?"

"माफ़ कीजिएगा, मुझे डर लगता है, इस अकेले कमरे में।"

"क्यों क्या बात है?" नींद के बोझ से झुकी अलसाई पलकें बड़ी बेरहमी से मलते हुए मैंने पूछा, अचरज से।

"कोई आहट-सी आती है। शीशे से जैसे कोई झाँकता है। बड़ा डर लगता है।" वह काँपने-सी लगी।

"यों ही चूहे-बिल्लियाँ होंगी। भ्रम हो जाता है।" मैंने कहा तो वह एकाएक भयभीत स्वर में बोल पड़ी, "नहीं, नहीं। उस कमरे में मैं नहीं सो सकती।"

कैसी पागलपन की बात है!

"अच्छा, सुनिए।" मैंने तनिक सोचते हुए कहा, "आप इस कमरे में आ जाइए और मैं वहाँ चला जाता हूँ।"

कमरे बदल गए। मुझे फिर झपकी लगी।

तभी दरवाज़े फिर खटके।

इस बार मैं बुरी तरह झल्ला आया, "कहिए?" मेरा स्वर ऊँचा था।

"यहाँ भी डर लगता है।" स्वर कँपकँपी लिए था।

"मुझे तो नहीं लगता। मैं तो कुछ नहीं सुनता। महज़ भ्रम है मैडम! आराम से सो जाइए और मुझे भी सोने दीजिए।" मैं बीच का दरवाज़ा बन्द करने ही वाला था कि उसने हथेली बीच में रख दी।

"नहीं, मुझे डर लगता है। मैंने साफ़ देखा है। कोई सामने के देवदार के पेड़ से उतरकर बार-बार अन्दर झाँकता है और...।"

"मैडम, आप क्या चाहती हैं?" हताश होकर मैंने कहा, "मैं लगातार पिछले तीन दिन से सफ़र कर रहा हूँ। सोया नहीं हूँ। बीमार हूँ। भगवान के लिए मुझ पर रहम कीजिए।"

वह क्षण-भर चुप रहो। बोली, "अकेली मैं नहीं सो सकती।"

"तो जागती रही।" कहकर मैंने अपने कमरे का दरवाज़ा बन्द कर दिया और आँखें मूँदकर सो गया।

"थोड़ी देर के सन्नाटे के बाद फिर वही खट्-खट्! फिर वही खट्-खट्! लगातार।"

"भगवान के लिए आप थोड़ी-सी जगह दे दीजिए....। मेरा दम घुटा जा रहा है....।"

मैं न चाहते हुए भी दरवाज़ा खोलता हूँ। कोई इस बार कुछ बोलता नहीं। वह चुपचाप अपना बिस्तर फैलाकर फर्श पर ही ढुलक पड़ी। उसका अभिजात्य अहं न मालूम अब कहाँ चला गया था।

अब वह घुटने से ठोढ़ी मिलाए निश्चिंत सो रही थी। खर्राटे भर रही थी। पर अब मुझे नींद न आती थी।

घण्टे-भर तक यों ही आँखें खोले पड़ा रहा। घड़ी की ओर देखा, तीन बजा चाहता है। मेरी आँखें दर्द से फटी जा रही है। जैसे गरम मसाले का हाथ गलती से छू गया हो।

अपना बिस्तर समेटकर चुपचाप मैं दबे पाँव फिर अपने कमरे में चला गया। भीतर से कुण्डा लगाकर निश्चिंत भाव से सो गया।

सुबह देखता हूँ....बूढ़ा चौकीदार झुकी कमर पर हाथ धरे सामने खड़ा है। घबराया-सा कह रहा है, "बाबू सा'ब! बाबू सा'ब.... अन्धेर हो गया!"

"क्या? क्या?"

"अंग्रेज मीम मर गई।"

"कैसे?" मेरा मुँह खुला-का-खुला रह जाता है।

"पता नहीं। कोई घाव-निशान कहीं नहीं हैं। यों ही बिस्तरे पर मरी पड़ी है। खिड़कियाँ खुली हैं। सब दरवाज़े खुले हैं।"

अचकचाता हुआ जाता हूँ।

महिला निष्प्राण पड़ी है। खिड़कियाँ खुली हैं। दरवाज़े खुले हैं।

गौर से देखता हूँ....फर्श पर नंगे बेडौल पाँवों के निशान हैं। खिड़की से बाहर गोले निशान साफ़ दिखलाई दे रहे हैं, देवदार के पेड़ के पास जो ख़तम हो जाते हैं।

चौकीदार बतलाता है, "इस पेड़ पर एक भूत रहता है सा'ब!"

मैं व्यर्थ का वहम समझकर टाल देता हूँ, लेकिन वह कहता चला जाता है, "बाबू सा'ब मैं सच कहता हूँ, यहाँ एक भूत रहता है। बहुत बरस पहले जब गोरों का राज था यहाँ हरसन नाम का एक डिप्टी कमिश्नर गोरा सा'ब शिकार खेलने आया था....एक बार। वह बड़ा झक्की, सनकी, पागल क़िस्म का आदमी था। कोड़ों से मज़दूर कुलियों को बिना बात पीटता था और फिर ज़ोर-ज़ोर से हँसता था। एक दिन शिकार खेलने से वह रीता लौट रहा था। इसलिए बेहद झुँझलाया था। तभी दूर रास्ते पर आता हुआ एक बूढ़ा आदमी उसे दिखलाई दिया। उसे न जाने क्या सनक सवार हुई उसने गोली दाग़ दी। बाद में होश आया तो घबराया। उस मरे आदमी को उसने उस सामने के देवदार के पेड़ पर लटका दिया और कह दिया....उसने आत्महत्या कर ली है।....दो-तीन दिन तक लाश टँगी रही। रात को भरी चाँदनी में वह अंग्रेज और उसकी डायन पत्नी उस पर गोली के निशाने साधा करते थे। जब तक लाश छलनी न हो गई, उन्होंने छोड़ा नहीं। ऐसे नर-पिशाच थे वे।"

कुछ पल चुप वह मेरे चेहरे की ओर देखता रहा। फिर विश्वास दिलाता हुआ बोला, "यह सब मैंने अपनी आँखों से देखा है बाबू सा'ब मैं सच कह रहा हूँ....उस पेड़ पर लटकता मुर्दा हर रोज़ रात को दीखता है। खिड़की के शीशों से झाँकता है और ओझल हो जाता है।"

उसकी मूर्खता-भरी बातों में भला कौन विश्वास करने लगा! मैं यों ही हँसकर टाल देता हूँ।

बाद में लोग आते हैं, उस दिवंगता का सामान टटोलते हैं। बहुत-से सामान के बीच कुछ काग़ज़ात मिलते हैं। कुछ चिट्ठियाँ जिनमें लिखा रहता है....मिसेज हेरिसन!

मुझे यह सब एक अज़ीब सपना-सा लगता है। चौकीदार को बुलाकर में कहता हूँ, "अच्छा, आज रात को हम यहीं रुकेंगे और उसे देखेंगे। पेड़ पर वह दीखता है न!"

तहक़ीक़ात के लिए आया पटवारी भी यही कहता है।

मैंने देखा....उसके चेहरे का रंग धुँधला पड़ गया। फिर भी वह गंभीरता से बोला, "हाँ, हाँ, देखिएगा रात को। अगर न दिखलाई दे तो....।"

आधी रात को जगता हूँ। देखता हूँ....सच ही पेड़ पर रस्सी के सहारे एक शव लटक रहा है।

और निकट जाता हूँ। आश्चर्य का ठिकाना नहीं रहता....वह तो....वह तो....वह तो.... वही बूढ़ा चौकीदार है।

जिसके कपड़ों में एक काग़ज़ मिलता है। टेढ़े-मेढ़े अक्षरों में लिखा रहता है....मैं जानबूझकर आत्महत्या कर रहा हूँ। चैन से मर रहा हूँ। आख़िर इतने वर्षों बाद, मरने से पहले अन्त में मैंने अपने बूढ़े बाप की हत्या का बदला चुका ही लिया....

एक दिन

तेज़ हवा के बाद चीलों का झुण्ड काले बादलों की तह में एक गोल दायरे में मँडराने लगा तो उसे लगा, हो न हो आज ज़रूर बारिश होगी!

पिछले महीने से डिपो में एक बहुत घने भूरे बालों वाली लम्बी लड़की आई है, जो पैसे चुकाते समय जान-बूझकर रोज़ उसकी अंगुलियाँ छू लेती है। अंगुलियों के पोरों का गरम-गरम स्पर्श उसे बहुत अच्छा लगता है। अतः वह प्रायः फुटकर पैसे सीमेण्ट की गीली पाटी पर रखने के बजाय उसके हाथों में ही देना अधिक पसन्द करता है। और वह भी बिना गिने टॉफी के रीते डिब्बे में ऊपर से पानी की धार की तरह गेरकर चुपचाप रख देती है और कभी-कभी मुस्कराकर भी देख लेती है जब उसका मूड बहुत अच्छा होता है।

स्टोव में तेल और धूल ने मिलकर एक नये क़िस्म के काले, लिसलिसे वार्निश का रंग ले लिया है। वह रोज़ सोचता हैं—गरम पानी में कपड़े का फटा टुकड़ा भिगोकर वह घण्टे-भर तक रगड़-रगड़कर इस बत्तियों वाले जंग लगे टिन के स्टोव का कायाकल्प कर देगा, पर पिछले दो सालों से वह मुहूर्त अब तक तो आया नहीं।

और आज जब वह पतीली में चाय के लिए पानी रखकर स्टोव जलाने का इरादा कर ही रहा था कि उसे पता चला, दियासलाई की डिबिया कल से रीती है। उसमें अब एक भी तीली शेष नहीं।

सामने वाले पड़ोसी से वह माँगना नहीं चाहता। पिछली मई से कॉमन बाथरूम को लेकर जो शीत-युद्ध शुरू हुआ था, वह अब तक चल रहा है। बाथरूम के संघर्ष के अतिरिक्त उसके पड़ोसी (माधव मोहान्ती, जिसे आसपास के सब लोग मात्र 'मोहन्ती' के ही नाम से जानते हैं) को शक है कि वह उसकी एम० ए० में पढ़ने वाली जवान लड़की से ताक-झाँक कर लेता है। इसलिए वह हर समय मुँह फुलाए रहता है। बोलता नहीं।

दरअसल सच बात तो यह है कि वह कभी कुछ नहीं करता। बस, कभी भूले-भटके से, दूर से देख भर लेता है, केवल पड़ोसी होने के नाते। अधिकतर जब वह सुबह बाथरूम

जाती है, नहाने के लिए, तो वह सामने वाली अपनी अधखुली खिड़की की दरार कुछ और बड़ी कर लेता है और टकटकी बाँधे अबोध बच्चे की तरह ताकता रहता है। बाथरूम के दरवाज़े के ऊपर बालिश्त-भर जगह छूटी है। उसके ऊपर पहले एक कमीज़ लटकती दीखती है। फिर सलवार। फिर....

इतने में कुछ ही क्षण बाद सहसा नल पूरा खुल जाता है और गुसलखाने से गुनगुनाने की टूटी आवाज़ पानी की आवाज़ में विलीन होकर एक विचित्र-से मोहक संगीत का स्वरूप ले लेती है। उसकी मुँदी पलकों के उस पार कहीं कोई चित्र-सा खिंच आता है।

धीरे-धीरे नल का सीमेण्ट के पक्के फर्श पर छटपटाना, बाथरूम की दीवारों का अपने-आप गुनगुनाना और एक-एक कर टँगे हुए कपड़ों का गायब होना....और फिर कुछ ही क्षणों में भीतर लगी चटखनी के खटकने के कर्कश स्वर के साथ वह सचेत हो आता है। अपने अध-पहने, अस्त-व्यस्त कपड़ों के साथ ढेर सारे निथरते बालों को समेटे सामने के बरामदे से लपककर वह सर्र-से अपने कमरे में ग़ायब हो जाती है....तो एक नशा-सा छा जाता है....

गर्मियों की छुट्टियों में वह अपनी नानी के घर, भुवनेश्वर गई थी। उसे यह जाना अच्छा नहीं लगा था। बल्कि कहा जाय तो कुछ-कुछ ग़ुस्सा ही आया था उसकी बुढ़िया नानी पर। सत्तर साल की उम्र के बाद भी वह विधवा अब मरती क्यों नहीं!

दो सौ सत्तर वाले नवाना के दरवाज़े की ओर बढ़ता है वह। शायद उसका बहरा लड़का दीख जाय, जिसे कॉमन सीढ़ियों में सुबह-सुबह छह बजे नंगा होकर इधर-उधर गंदगी बिखेरने के अतिरिक्त और कोई काम नहीं। पर वह भी आज कहीं दीखता नहीं। सीढ़ियाँ आज साफ़ हैं। कहीं भी बदबू नहीं। वह घड़ी की ओर देखता है। सात तो कब के बज गए! फिर सीढ़ियाँ अब तक क्यों गन्दी नहीं हुई!

दोनों हाथों में पानी का छलकता पतीला लिए नवानी की अधेड़ उम्र की काली माँ सामने से गुज़रती है। उसकी ओर अज़ीब-सी निगाहों से देखती है (जो उसे अच्छी नहीं लगतीं)।

लोग कहते हैं, नवानी की माँ की नवानी के बाप से अनबन है। पिछले सात साल से वह अपने पति के पास नहीं गई। नवानी का बाप किसी प्राइवेट फर्म में नौकरी करता है और अपने भानजे के साथ कहीं गांधीनगर की तरफ़ रहता है और होटल की रोटियाँ तोड़कर, अपनी ज़िन्दगी के शेष दिन बिता रहा है....

गर्मी के दिनों में जब लोग रात को बाहर सोते हैं, वह बेचारा बड़ी मुश्किल में पड़ जाता है। नवानी अपने बच्चों के साथ छत पर चला जाता है। नवानी की माँ अपने दरवाज़े के सामने खटिया सटाकर पसर जाती है। आधी रात तक उसे नींद नहीं आती। खुरड़ी खटिया पर सोई दुलत्ती झाड़ने की तरह पहले पाँव बहुत दूर, ऊपर तक ले जाती है और

फिर एकदम झटके के साथ नीचे छोड़ देती है और बार-बार अपने को मसलती हुई अकारण करवट पर करवट बदलती चली जाती है....

अपने दरवाज़े के आगे गलियारे पर लगी उसकी खुद की चारपाई नवानी की माँ की चारपाई से अधिक-से-अधिक चार या पाँच गज की दूरी पर होगी। अपने बिस्तर पर मुर्दे की तरह लेटा अज़ीब-से इन हाव-भावों को पता नहीं कब तक देखता रहता है। हर वक्त उसे यही आशंका घेरे रखती है कि आवेश के किसी नाजुक क्षण में बुढ़िया से कुछ अनहोना न हो बैठे....और उसका प्रायश्चित्त भोगना पड़े उसे, जब कि उसका कोई कसूर नहीं। वह हर दृष्टि से निर्दोष है....

सुबह उसे अपना सिर भारी और आँखें लाल दीखती हैं....

छत मोहान्ती के बाप की ही नहीं, आधी उसकी अपनी भी है। पहली को वह भी किराया देता है। कितनी बार यह विचार उसके मन में आया है। किन्तु मोहान्ती अपनी पत्नी और पुत्री के अतिरिक्त आधा दर्जन बच्चों को लिए शाम को ही ऊपर चला जाता है। फर्श पर पानी छिड़ककर इस किनारे से उस किनारे तक सारे बिस्तरे बिखेर देता है। फिर कहीं इंच-भर भी जगह नहीं बचती।

इस पर भी यदि वह इस भीड़ में घुस पड़ा तो उसे पक्का यक़ीन है कि मोहान्ती उससे कुछ भी कहने का साहस न जुटाकर, आधी रात के अँधियारे में ही आत्महत्या करने के लिए कुतुबमीनार की ओर भागता दिखलाई देगा।

मोहान्ती के इस तरह के अन्त से वह सहमत नहीं हो पाता। अत: जानबूझकर वह चुप रहता है और गलियारे पर पड़ा-पड़ा नारकीय यातनाएँ सहता चला जाता है....

दूध की ठण्डी बोतल, 'बीयर' की तरह यों ही मुँह में उड़ेलकर वह गटक जाता है। बेंत की कुर्सी पर निढाल गिरकर बड़े दार्शनिकाना अन्दाज़ से सुबह का ताज़ा 'पेपर' पढ़ने लगता है। सबसे पहले 'मैट्रिमोनियल' देखता है....पिछले सप्ताह की 'वीकली' में नवविवाहितों के पृष्ठ पर अरुणा आप्टे का भी चित्र था....

बाहर से आने वाली आवाज़ से उसकी तन्द्रा टूटती है। वह देखता है सफ़ाई वाली महिला, इतने सब पड़ोसियों के ज़िन्दा होते हुए भी पानी गेरने का आग्रह उसी से कर रही है।....पिछली वाली भी एक अपने ही क़िस्म की थी। वह भी केवल उसी की खिड़की की ओट में खड़ी आवाज़ देती थी। उसका कद ही छोटा नहीं बल्कि इससे उम्र में भी कुछ कम होगी। पास-पड़ोस के लोगों की शिकायत थी कि वह सबसे अधिक समय सामने वाले ब्लाक में लगाती है। दोपहर को भी अकारण वहाँ जाती है....

लगभग आठ बजे वह शेव बनाना आरम्भ करता है। सामने सड़क की चहल-पहल अब तक काफ़ी बढ़ जाती है। जब से इस क्षेत्र में नया गर्ल्स कॉलेज खुला है, उसका ही नहीं सबका अनुमान है कि रौनक आवश्यकता से अधिक बढ़ गई है।

दो-दो, तीन-तीन, चार-चार के झुण्ड में चहकती रंग-बिरंगी तितलियों को देखने का उसका नित्य का-सा नियम बन गया है। यह क्रम पूरे दिन के सारे कार्यक्रमों की अपेक्षा उसे सबसे अधिक अच्छा लगता है। सर्वत्र एक-सी उन्मुक्त हँसी हर किसी के खिले हुए चेहरे पर, जैसे फूलों के रंग-बिरंगे गुलदस्ते सड़क पर हँसते हुए जा रहे हों!

होटल में जब से खाने, हाथ धोने और उठने-बैठने तक के लिए 'क्यू' सिस्टम का आविर्भाव हुआ है, उसने अपने ऑफिस की कैण्टीन को अधिक महत्त्व देना आरम्भ कर दिया है। यों सुबह भूख भी नहीं लगती और इसी भागमभाग में ऑफिस को देरी भी हो जाती है। और फिर क़ब्र में से निकलकर आया, बिना आँखों का, बिना हाथ और बिना पाँवों का बूढ़ा बॉस अपना सिर पटकता हुआ कुर्सी पर से उछलता है तो वह दृश्य देखने लायक होता है। उसे अच्छा नहीं लगता कि वह 'महाभारत' सप्ताह में एक-दो बार से अधिक चले। इसीलिए वह तुरन्त हथियार डालकर युद्ध-विराम की पहल करता है। बिना 'ताशकन्द-समझौते' के ही दोनों पाँच अगस्त तक की स्थिति में अपने-आप आ जाते हैं....

बस की कतार और अज़गर के आकार में उसे कहीं कोई भेद दृष्टिगोचर नहीं होता। वह बॉब-कट वाली लड़की कतार में खड़ी होने पर भी कतार से अलग दिखती है। पौने नौ के क़रीब स्लेटी रंग का एक वैस्पा खड़ा होता है और वह बड़े सहज ढंग से उसके पीछे बैठकर देखते-देखते ओझल हो जाती है।

उसे याद आता है, पहले दिल्ली परिवहन की बसों में महिलाओं के लिए सीटें सुरक्षित नहीं रहती थीं। और एक समय ऐसा भी था, जब किसी-किसी बस में महिला कण्डक्टर भी हुआ करती थी। महिलाओं के लिए अलग से सीटें सुरक्षित रखना उसे आज की सभ्यता को एक चुनौती-सा लगता है।

वह महिला पुरुषों से एकदम सटकर खड़ी है। बस में भी महिलाओं वाली खाली सीट पर न बैठकर अलग बैठती है—पुरुषों के साथ कन्धे से कन्धा मिलाकर।

अब काफ़ी अर्सा हो गया। पहले इसी रूट की बस से प्रायः दो पढ़ने वाली नाटे कद की लड़कियाँ जाया करती थीं। उसे याद आता है, वे उसकी ओर जब-तब जाने या अनजाने घूर-घूरकर देखा करती थीं। और फिर जानबूझकर उसी के बग़ल में बैठती थीं। परन्तु उसने कभी भी उन्हें लिफ्ट नहीं दी, क्योंकि वे उससे उम्र में बहुत छोटी थीं। एकदम बच्ची-सी।

परन्तु उसका स्वप्नभंग उस दिन हुआ, जब उसी बस में एक गंजे अधेड़ आदमी की बग़ल में वे नियमित रूप से बैठने लगीं। उसे अच्छी तरह याद है वह आदमी पहले कर्जन रोड के बैरकों वाले स्टैण्ड पर उतरा करता था। दो-तीन बार खुद उसने अपनी आँखों से देखा, वह मदरसे के ही स्टैण्ड पर उतरने लग गया है और उसके पीछे-पीछे दो में से एक लड़की भी।

उनमें से एक अब भी यदाकदा दीख जाती है। अवस्था में ही नहीं, अब शरीर में भी सयानी लगती है। चेहरे में भी भारीपन और कुछ-कुछ परिपक्वता की रेखाएँ दूर से ही झलक आती हैं (उसे अचरज होता है, उसने अपनी आँखों के सामने ही कितनी-कितनी लड़कियों को देखते-देखते बूढ़ी होते देखा है!)। पिछले शनिवार, उसने अपने दोनों हाथों में लाख की ढेर सारी लाल चूड़ियाँ डाल रखी थीं।....रंगीन साड़ी के अतिरिक्त माथे पर एक लाल डोरा-सा भी। वह अधेड़ आदमी अब कहीं भी दिखलाई नहीं देता। कहते हैं, मार्केट के सामने बिजली के खम्भे से टकराकर जिसकी घटनास्थल पर ही मृत्यु हो गई थी, वह व्यक्ति वही था। हाथ में टिफिन का पीला डिब्बा था, बस में कहीं रत्ती-भर भी स्थान न होने के कारण वह लटककर जा रहा था।

लिफ्ट की कतार में शर्मा ने उसे 'विश' किया। शर्मा का विश करने का भी अपना ही अन्दाज़ है। सबके सामने वह विश भी कर देती है और किसी अन्य को आभास तक नहीं हो पाता....सरीन आज फिर सी० एस० के साथ स्कूटर पर आई है।....पटवर्धन कहता है, एक कैमिस्ट से उसके सम्बन्ध इन दिनों आवश्यकता से अधिक अच्छे हो गए हैं। वह ख़ुद अपने स्कूटर से छोड़ने और ले जाने आता है। जिस दिन वह नहीं आ पाता, उस दिन किराये का कोई थ्री-व्हीलर कर देता है।

एक दिन सफदरजंग के मोड़ से उसकी बस जब पृथ्वीराज रोड की तरफ़ मुड़ रही थी तो उसने देखा, मोटरसाइकिल पर एक लाल आँखों और घनी मूँछों वाले भद्दे-से पुरुष के पीछे सरीन जैसी कोई बैठी है। वे लोग विपरीत दिशा में, यानी कि कुतुबमीनार की ओर, महरौली रोड से भागे जा रहे हैं। उसे अपनी आँखों पर सन्देह हुआ। पौने दस बजे के क़रीब ऑफिस जाने के बदले अन्यत्र वह मरने के लिए कहीं जाएगी! हाज़िरी के रजिस्टर पर दस्तख़त करके वह सीधा सरीन वाले हॉल में घुसा तो सचमुच उसकी सीट खाली थी। उसकी कोई अर्जी भी न थी और अब ग्यारह बज रहे थे।

पिछले साल बड़े दिन की छुट्टी तक सरीन जब-तब उसकी सीट पर आती थी। छोटे रैक के ऊपर रखी फाइलों के ऊपर ही बैठकर उससे तरह-तरह की बातें किया करती थी।

यह सिलसिला तब कुछ दिनों नहीं, हफ्तों नहीं, बल्कि कुछ महीनों तक निरन्तर चलता रहा, तो कारण कुछ-कुछ वह समझ पाया। एक दिन अपनी विवशता व्यक्त करते हुए उसने कह ही दिया कि उसे अभी अपनी दो बहनों की शादी और करनी है, तब कहीं वह अपने विवाह की बात सोच सकता है। बहनें अब काफ़ी सयानी हो गई है। अब अगर उनकी शादी नहीं हुई तो फिर कभी भी नहीं हो सकेगी....

उस दिन के बाद यद्यपि वह एक-दो बार फिर आई, बैठी, किन्तु फिर कोई ऐसी बातें न हो सकीं, जो उन दोनों को इतनी अच्छी लगतीं कि वे परस्पर और क़रीब आ सकते।

नाटे क़द की, गोरे रंग और गठे हुए शरीर की सरीन जितनी लम्बाई में है, उतनी ही अब चौड़ाई में भी हो गई है। लोग कहते हैं, प्रतुल और राना, हर दूसरे, तीसरे दिन कनॉट प्लेस में कहीं ले जाते थे और ऑफिस में ही कभी मौका मिलने पर छेड़खानी करने से नहीं चूकते थे। वे दोनों तब सरीन के साथ एक ही सेक्शन में काम करते थे। (यह बात अब की नहीं, लगभग 1965 की है।)

'पण्डत' और 'सिरीचन्द' शर्राफ की भी इसी को लेकर कुछ कम भद्द नहीं उड़ी थी। और इसी बात पर एक दिन पण्डत की लड़की ने सबके सामने गिलास पर थूका ही नहीं, उसे फर्श पर पटककर तोड़ दिया था...

फाइलों की धूल झाड़ने और गंदगी हटाने के बाद वह थक जाता है। जब बहुत अधिक 'बोर' हो जाता है तो उठकर दुबे की सीट पर चला जाता है और उसके कन्धे पर आत्मीयता से हाथ मारता हुआ पूछता है कि उसका क्या हाल है।

दुबे की रोज़-रोज़ एक ही शिकायत है कि वह अब तक दुबे है। चौबे और छब्बे बनने का अवसर उसे जीते-जी कभी भी मिल नहीं सकता, क्योंकि यहाँ करेप्शन है। एडमिनिस्ट्रेशन करेप्ट है। यूनियन वाले करेप्ट हैं। वह जाने या अनजाने इस नमक के सागर में गिर गया है। और उसे स्वयं नमक बन जाने से अब कोई भी रोक नहीं सकता...

वह बातें दुबे की सुन रहा होता है पर निगाहें उसकी सामने बैठी रेखी पर। अंगुलियों में गिन-गिन वह हिसाब लगाता है कि रेखी अब तक कुल कितनों की 'बिटिया' बन चुकी है।

समय के साथ-साथ उम्र की ही नहीं, रेखी की समझ का दायरा भी अब काफ़ी बढ़ गया है। अब वह कभी-कभी हाई सोसाइटी में भी 'मूव' कर लेती है। मिनिस्ट्री के अफ़सरों तक की कम्पनी में वह रह चुकी है। परमानन्द ने सब-कुछ अपनी आँखों से देखा है।

रेखी लड़कों जैसी आवाज़ में बोलती है और पाँव छितरे कर बड़े भद्दे ढंग से चलती है....

लोग कहते हैं, पिछले चन्द दिनों से वह सारे सेक्शन में एक विशेष चर्चा का विषय बन गई है। इसी एक बात की वजह से उसके सम्बन्ध में अच्छी-बुरी तरह-तरह की धारणाएँ पनप चुकी हैं। कुछ यह मानते हैं कि वह अच्छी ही नहीं, बहुत अच्छी है, क्योंकि कभी किसी को निराश नहीं करती। किन्तु कुछ लोग इसे कुछ दूसरे अर्थ में लेते हैं। रेखी की यह उदारता उन्हें फूटी आँख भी नहीं सुहाती। रेखी की महिमा सुनकर उन्हें पाप ही नहीं, बुखार भी चढ़ने लगता है....

पिछले महीने दूसरे शनिवार की छुट्टी के दिन रेखी के किसी एक मित्र ने उसे पिकनिक के लिए ओखला आमंत्रित किया।

रेखी सजधजकर, नियत समय पर जब वहाँ पहुँची, तो उसे अपना मित्र अकेला नहीं, बल्कि दो अन्य अभिन्न मित्रों से घिरा हुआ मिला, जो सिगरेट का धुआँ उगलते हुए

ज़ोर-ज़ोर से गन्दी बातें कर रहे थे। रेखी इस स्थिति के लिए शायद तैयार न थी। बात तू-तू, मैं-मैं की ओर बढ़ने लगी।

पर कहते हैं, किसी तरह अन्त में बीच-बचाव का कोई रास्ता निकाला गया....

स्मृति और तिस्ता दिन में कम-से-कम हज़ार बार फोन करती है।

वह कैण्टीन की ओर बढ़ता है। वहाँ महिलाओं वाले केबिन से सात-आठ लड़कियाँ चाय पीकर सीढ़ियों से शहज़ादियों की तरह उतरती हैं, पर एक भी शहज़ादी....

चार सौ रुपये महीना वेतन पाने वाली महिला महँगाई के इस ज़माने में चार सौ रुपये की साड़ी कैसे पहन सकती है....एक दिन महिलाओं के बाथरूम के आगे से वह गुज़र रहा था। दरवाज़ा पूरी तरह बन्द होना रह गया था। चलते-चलते उसने देखा, भीतर कूलर के पास जो टूटी टेबल पड़ी है, उस पर एक साथ दो महिलाएँ लेटी आराम कर रही हैं....

मन उचाट हो आता है उसका, कहीं भी लगता नहीं। घड़ी की सुई को भी लकवा मार गया है।

आर० आर० की दराज से वह 'क्लब' की कोई मैगज़ीन निकालता है। कोई सस्ती-सी फिल्मी मैगज़ीन। एक कोने में खाली मेज़ के पास कुर्सी खिसकाकर पढ़ने लगता है।

एक मोटी-सी अभिनेत्री के नग्न, अर्द्धनग्न चित्र देखकर उसे अपनी मोटी-सी उस पिछली पड़ोसिन का ख़याल आता है जो जंगपुरा में, उसके सामने वाले मकान में रहती थी। और जो कभी मौका मिलने पर, गरम दूध का गिलास उसके कमरे में रख जाती थी। और जो तीन बच्चों की माँ थी। और जिसके सिर के आधे बाल सफ़ेद हो गए थे....

न जाने कितने युगों बाद किसी तरह साढ़े पाँच का समय होता है। वह बाथरूम में हाथ-मुँह धोकर, ताज़ा होकर बाहर निकलता है।

बस की कतार में खड़ा होकर, कुछ टटोलती निगाहों से इधर-उधर देखता है। जिस दिन बस की कतार में कोई लड़की नहीं दीखती, जिस दिन बस के भीतर महिलाओं की सीट पर भी भद्र पुरुष बैठे दीखते हैं, उस दिन वह अपने करमों को ही नहीं कोसता, बल्कि उस आदमी के बारे में भी सोचता है, जिसका मुँह उसने बिस्तरे से उठते समय पहले-पहल देखा था....

होटल की रूखी रोटियाँ चबाकर, मार्केट के व्यर्थ में दो-तीन चक्कर काटकर, सिगरेट का सुट्टा लगाता हुआ, रेल के कम्पार्टमेण्टनुमा कमरे में घुसता है, जिसका किराया प्रति मास एक सौ सत्तर रुपये से कम नहीं बैठता। उस पर 'अलाटी' का रोब अलग....

घर से आया ताज़ा पोस्टकार्ड वह बार-बार उलट-पलटकर देखता है, जिसमें उसकी बूढ़ी विधवा माँ ने लिखवाया है कि तीन महीने से उसने कोई भी पत्र क्यों नहीं भेजा? वह रोज़ डाकिये की प्रतीक्षा करती है....

वह निश्चय करता है (हमेशा की तरह) कि इसका उत्तर सुबह उठते ही लिख देगा कि उसे इन दिनों काम बहुत अधिक रहता है। अत: पत्र भेजने तक का भी समय नहीं निकल पाता....वह बहुत अच्छी तरह जानता है कि वह सुबह जब कि वह कोई पत्र भेजता है, या कोई पुराना पैडिंग काम करता है, बहुत लम्बे अर्से के बाद ही क़भी आ पाती है।

रोशनी गुल करने पर भी उसे नींद नहीं आती। वह कितने मित्रों से कह चुका है कि उसे नींद न आने की बीमारी हो गई है, पर कोई सच नहीं मानता। सब कहते हैं यह कोई नई बात नहीं। हर अकेले आदमी के साथ अब तक संसार में ऐसा ही होता आया है....

करवट पर करवट बदलने में न जाने कितनी रात बीत जाती है। जब कुछ नहीं सूझता तो वह झल्लाता हुआ चादर दूर फेंक देता है और बिना स्विच ऑन किए अँधियारे में ही दीवारों से सिर टकराता हुआ बाथरूम की ओर आँखें मूँदे निकल पड़ता है। न जाने कब तक नल के तड़तड़ाने की आवाज़ आती है....

लौटने पर उसे कुछ हल्कापन-सा महसूस होता है। फिर उसे पता नहीं चलता, कब वह बिस्तरे में घुसता है और कब उसे नींद आती है....

खिलौने

परछाइयाँ आती–आती रुक गईं। किसी ने झकझोरते हुए जगाया–“उठिएगा नहीं! स्टेशन तो आ भी चुका है।”

सुबोध बाबू ने अचकचाते हुए इधर–उधर देखा, जैसे कोई अप्रत्याशित घटना घटित हो पड़ी हो। आँखें फाड़े खिड़की की राह बाहर देखते रहे। फिर ‘कुली!....कुली!’... आवाज़ लगाते हुए खड़े हो गए।

सामान उतारा जाने लगा। अन्त में उतारते–उतारते डिब्बा ही आधा रीता हो आया लेकिन फिर भी उतारा जाना रुका नहीं। बिस्तरा, कनस्तर, चार–छह ट्रंक, बाल्टियाँ, बोरे, टूटी–फूटी चारपाइयाँ, फोल्डिंग कुर्सियाँ, रीती–भरी कंडियाँ–न जाने क्या–क्या! पूरी घर–गिरस्ती का सामान। एक पूरा पहाड़!

बड़े जतन से, बड़े करीने से सामान उन्होंने ख़ुद ही ठेले पर लगाया, अपनी पुरानी आदत के अनुसार। नकदी वाली पेटी और खिलौनों की कड़ियाँ जमा लीं, अगल–बग़ल। गुब्बारों का गुच्छा हाथ में थाम लिया। गाड़ी भागी अपनी रफ्तार से। लेकिन उनका मन उससे भी तेज़ गति से दौड़ा जा रहा था–बिना पैर, बिना पंखों के। लगता नहीं था कि अब उनकी आयु–रेखा छह दशाब्दियाँ पार कर, सातवें की ओर रुक–रुककर आगे घिसट रही है। बिना शक्ति के, बिना सामर्थ्य के हवा, में झूलता एक–एक डग हौले–हौले आगे धकेल रही है।

बड़ी बेसब्री से गाड़ी आँगन पर रुकवाकर घर की ओर बढ़े। पत्नी द्वार पर खड़ी प्रतीक्षा में डूबी थी।

खिलौनों की कंडी, बैलूनों का गुच्छा उन्होंने हमेशा की तरह उस छोटेवाले कमरे में रख दिया, जहाँ हमेशा रखते थे। इतनी भागा–भागी से, उस ठण्ड में भी माथे पर पसीना उभर आया था। सन–से सफ़ेद बालों को सहलाते हुए उन्होंने प्रश्नसूचक दृष्टि से पत्नी की ओर देखा। सदा की तरह कुछ कहने के लिए अधर किंचित् खुले पर शब्द एक भी फूटकर बाहर न निकला। आँखें खोले केवल सामने की ओर देखते रहे।

यह क्या? पत्नी की निगाहें अभी तक भी खिलौनों से भरी टोकरी पर, गुब्बारों के रंग-बिरंगे गुच्छे पर और उनके रंगविहीन मुखड़े पर टिकी थीं।

सुबोध बाबू को जैसे होश आए। दुखते माथे को थामते हुए, एक ठंडी आह भरकर वे बैठ गए।

सामान कब उतारा, उन्हें पता नहीं। कुलियों को किराये के कितने पैसे चुकाए, ख़बर नहीं। रास्ते में तो कुछ नहीं छूट गया? कहीं रह तो नहीं गया? इसकी भी उन्होंने खोज-ख़बर नहीं ली। रुपये-पैसों की सन्दूकची की ओर ध्यान नहीं गया।

पलंग के सामने, नन्हा-सा पलंग अभी तक भी एक कोने में पड़ा था। उनकी भटकती, हताश आँखें मीलों तक का लम्बा चक्कर काटकर फिर उसी पर आ टिकतीं। न चाहते हुए भी फिर वहीं पर आ खड़ी होतीं। तब वे ज़ोर से पलकें भींच लेते। सुन्न बैठे के बैठे रह जाते। जैसे सारी चेतना दम तोड़ चुकी हो।

मालिनी ने जगाया तो ऐसे इधर-उधर देखने लगे, जैसे नींद से जगे हों।

"भोजन तैयार है।"

"अच्छा।"

"बहुत देर से गरम पानी गुसलखाने में रखा है।"

"अच्छा।"

"सामान सारा ले आए?"

"हाँ।"

"हिसाब-किताब करके आए? अब तो लौटकर नहीं जाना है न?"

उन्होंने 'ना' कहते हुए केवल सिर हिलाया।

हाथ धोए, कपड़े बदले और खाना खाने बैठे। यह सारा काम स्वचालित यंत्र की तरह होता रहा। मालिनी ने चार-छः कुछ और सवाल पूछे लेकिन उनका भी उत्तर 'हाँ, ना' के अतिरिक्त और कुछ मिला नहीं।

एकाध रोटी का टुकड़ा बड़ी मुश्किल से टूटा और बड़ी मुश्किल से निगला गया। वैसा ही खाया-अनखाया करके हाथ धो डाले और पलंग पर जा गिरे।

कमरा सूना था। कहीं से कोई स्वर फूटता न था। केवल घड़ी की टिक-टिक के अतिरिक्त कुछ सुनाई न देता था। उन्होंने मुड़कर दीवार की ओर झाँका तो आठ के अंक से आगे सुई अभी तक भी बढ़ न पाई थी। इतने सारे काम हो गए, स्टेशन से उतरे ठेले.... मैं सामान चढ़ाया, उतारा, नहाया, खाना खाया और अभी तक भी आठ! चश्मा उतारकर उन्होंने साफ़ किया और फिर देखा।

बड़ी देर तक फिर पड़े रहै–उदास से। सोचते रहे ठंडे दिमाग से। अपने को समझाते रहे स्वयं ही। यह सब क्यों? किसलिए? आख़िर किसके लिए? सोचते-सोचते जब पत्नी का ख़याल आया तो मन में एक टीस-सी उठी। उसके ठेस लगे दुखी दिल को फिर ठेस लगे–यह कहाँ तक उचित है। वैसे ही उसे क्या कम दुःख है। नही, नहीं, उन्होंने झटके से निगाहें मोड़ लीं।

यह सब भूलना ही तो होगा न!

सुबोध बाबू फिर उठ बैठे। मन बहलाने के लिए कुछ ढूँढ़ने लगे। अगल-बग़ल टटोलने लगे। धूल से ढकी मेज़ पर औंधे मुँह किताब पड़ी थी। उत्सुकता से उन्होंने बाहर खींची–इसी उम्मीद से कि कुछ वक्त तो गुज़र ही जाएगा न! लेकिन पहला ही पन्ना खोला तो दिल धक् से रह गया।

'अ' माने अमरूद! 'आ' माने आम!....उसके ऊपर स्याही के छींटे–टेढ़ी-मेढ़ी रेखाएँ....!

"बाबा, अब के हमारे लिए और अच्छी-सी किताबें लाओगे न?"

"हाँ-हाँ। क्यों नहीं! क्यों नहीं!"

"कित्ती लाओगे?"

"ढेर-सी। ताँगे में लादकर।"

"लाल किताब! पीली किताब! नीली किताब....!"

"हाँ, हाँ लाल, नीली, पीली सब।"

"मोटरवाली, मुरगीवाली, चिड़ियावाली....और....और....!"

"हाँ, हाँ, सभी वाली। सभी चिड़ियोंवाली लाद-लादकर लाएँगे। फिर जितना चाहो देखना। खेलना।"

"तो फिर बाबा, सन्दूकची में छिपाकर रखूँगा उन्हें। कहीं चिड़िया किताब में से उड़ गई तो....!"

हो....हो....हो! वह ठहाका मारकर हँस पड़े।

उन्होंने झट अपने कानों पर हथेली रख दी। अभी तक भी अपनी अदृश्य हँसी का स्वर गूँजता साफ़ सुनाई दे रहा था उन्हें। कमरे में गूँजता। हवा में गूँजता।

वैसे ही अर्धचेतन-से पड़े रहे, न जाने कब तक!

चौके-बर्तन के काम-काज से निबटकर मालिनी आई तो कमरे की रोशनी बुझी दीखी। खिड़कियाँ ढकी दीखीं। सन्नाटा छाया दीखा।

थके होंगे, सफ़र से। अतः जगाना उचित न समझकर वैसे ही किवाड़ मूँद दिए और वापस चली गई।

पर, सुबोध बाबू की आँखें, उस अन्धकार के सागर में तैरती छत पर निराधार टिकी थीं। मन कुछ दूसरी उधेड़बुन में लगा था। अंगुलियाँ अपने-आप अपना हिसाब लगाती रहीं–क़रीब दस हज़ार प्रॉवीडेंट फंड के....। दो हज़ार चार सौ बैंक के....। सवा पाँच सौ उधार के....। कुल मय ब्याज छत्तीस सौ इन्श्योरेन्स के....कुछ....सौ....कुल....सौ रुपये....। आधी रकम फिर बैंक में।....आधी पढ़ाई-लिखाई में....। ....शेष अपने पर....दोनों पर....।

घड़ी की सुई हौले-हौले चढ़ाई चढ़ने के बाद अब उतर रही थी। एक कब बजा, कब दो, कब तीन–उन्हें कुछ भी पता न चला। वे उसी तरह करवट बदलते रहे। बदलते रहे बार-बार।

अन्त में जब किसी तरह चैन मिला नहीं तो वे फिर उठ बैठे। दीवार पर टँगे चित्र को, अलमारी में रखे रुई के ख़रगोश को दरवाज़े पर रखी घोड़ागाड़ी को, बचकानी पलंग को बार-बार देखते रहे।

खिलौनों की कंडी चारपाई के नीचे से निकालकर उसे उलटने-पलटने लगे। बार-बार बैलूनों पर हाथ फेरने लगे।

मालिनी ने सुबह देखा–कमरे की रोशनी जली है। वे खिलौनों के ढेर में डूबे हैं। दीवार पर टँगे सारे चित्र उतारकर अपने सामने रख लिए हैं। होंठों-ही-होंठों में कुछ बड़बड़ा रहे हैं। स्वयं ही कुछ बुदबुदा रहे हैं। आँखें लाल हैं। क्या सारी रात सोए नहीं?

मालिनी देर तक दरवाज़े पर खड़ी रही। अधिक देखा न गया तो आँखों में आँचल रखकर चुपचाप चली गई।

कुछ समय पश्चात् खिड़की की राह पीली-पीली किरणों ने झोंका तो उन्हें जैसे होश आया। समय का भान हुआ। अचकचाते हुए एकाएक उठ खड़े हुए। वैसे ही बड़बड़ाते हुए बाल्टी थामे बाहर निकल पड़े–गाय का दूध लाने के लिए। जब भी वे घर आते, उनका हमेशा यह नियम था। बच्चे के लिए गाय का दूध बहुत फायदेमन्द होता है, उन्होंने सुन रखा था। देर से जाने पर पानी मिलाने का अन्देशा रहता है। अतः वे लपक-लपककर भागे।

दूध लेकर आए तो दरवाज़े पर खड़ी पत्नी ने चौंककर कहा–"यह सब क्या? किस लिए? किसके लिए? सच, क्या हो गया है आपको?"

बाल्टी हाथ से गिर पड़ी। सीढ़ियों पर औंधे मुँह लुढ़क पड़ी। वे भारी-भारी क़दमों से कमरे में लौटे और आँखें मीचे लेट गए।

मालिनी ने दिन में फुरसत के समय सुबोध बाबू का बक्स खोला तो अधिकांश रेशमी कपड़े के टुकड़े लाल-पीले, नीले-गुलाबी रंग के भरे पड़े थे। बचकाने जूते के कई जोड़े थे, जिन्हें हर महीने किसी तरह अपनी बची-बचाई तनख़्वाह से खरीदना उनका हमेशा का नियम था।

अकसर वे उसी कमरे में बैठे रहते, जहाँ खिलौने थे। वहाँ की सारी चीज़ें उन्होंने उसी तरह सजा के रखीं, जैसे पहले रहती थीं। खिलौने की जगह खिलौने चित्र की जगह चित्र, पलंग की जगह पलंग, घोड़ागाड़ी की जगह घोड़ागाड़ी।

कुछ दिनों तक सुबोध बाबू का यही क्रम चला। मालिनी ने कितना समझाया-बुझाया, तरह-तरह के उपदेश दिए, लेकिन फिर भी परिवर्तन न दीखा। पत्नी के सामने अब अवश्य हँसते-मुस्कराते या ख़ुश रहते यानी कि ग़मगीन न दीखने का अभिनय करते, लेकिन ज्यों ही एकान्त आता, घटाएँ घिर-घिर आतीं!

अपने को भुलाने की उन्होंने लाख कोशिशें कीं, पर सफल न रहे। वास्तव में दोष उनका नहीं, उमर का था। एक उमर होती है, जब दु:ख चाहे कितना ही बड़ा क्यों न हो, आदमी आसानी से झेल जाता है। दु:ख के घाव समय के मलहम से आसानी से भर जाते हैं। लेकिन, एक अवस्था ज़िन्दगी में ऐसी आती है कि जब दर्द की दरार किसी भी चीज़ से, किसी भी तरह पटती नहीं। ज्यों-ज्यों उसे पाटने की कोशिश करते हैं, त्यों-त्यों वह गहरी होती जाती है, नासूर के घाव की तरह।

जब तक सुबोध बाबू काम पर थे, बाहर थे, चाहे या अनचाहे सब भूले रहते। यानी कि किसी तरह अपने को भुलाए रखते। लेकिन, अब तो यही सराय, यही मंज़िल, यही ज़िन्दगी की आख़िरी डोर थी, जिसे छूटने पर भी वे छूटने न देना चाहते थे। जैसे उनकी सारी आशाएँ, सारे सपने इसी सुनहरी डोर पर बँधे ही—जो पता नहीं कब, कहाँ निकल गई! लेकिन वे दोनों हाथों से जिसकी लकीर को, धुँधली-सी छाया को अभी तक भी कसकर, जकड़कर थामे हुए थे।

सोचते थे—यहाँ आकर एकान्त शायद कम हो। एक-दूसरे की निकटता, सम्भवत: एक-दूसरे की चिन्ताओं को कुछ कम कर सकें। लेकिन, ऐसा कुछ भी नहीं हुआ। गुमसुम वे बैठे रहते! गुमसुम वह बैठी रहती, जैसे दो गूँगे गलती से मिल पड़े हों।

कभी-कभी ऐसी ही, बहकी-सी घटनाएँ हो जातीं। बहकी-सी बातें हो जातीं और फिर दोनों चुपचाप बहके-बहके-से, उलझे-उलझे-से रहते।

मालिनी ने एक दिन कहा—"इन चीज़ों से मोह करने से अब क्या? अच्छा है, वह सब भूल जाएँ।"

"पर कैसे?" सुबोध बाबू ने अबोध बालक की तरह देखा।

"ये सारी चीज़ें घर से हटा दें। जो दिल को दु:ख दें, उन्हें समेटे रहने से क्या?"

"जैसा समझो।" मलिन स्वर में उन्होंने कहा।

"जैसा नहीं, मैं ठीक कहती हूँ। इन्हें देखने से मर्म पर बार-बार आघात पहुँचता है। दु:ख होता है, जो अब सहा भी नहीं जाता। जब तक ये पापी प्राण निकाले, नहीं निकलें जीना तो है ही न!" रुँधे कंठ से मालिनी ने कहा और चुप हो गई।

सुबोध बाबू फिर कुछ न बोल पाए। केवल रीती पलकों से देखते रहे।

दूसरे दिन मालिनी ने सच ही कबाड़ी को बुलाया और वे सारी चीज़ें मुँहमाँगे दाम पर लुटा दीं। भाव-ताव, मोल-तोल कुछ भी नहीं किया। कबाड़ी ने जो कुछ कहा, मान लिया।

सामान उठ जाने पर भी सुबोध बाबू के मन से मोह-ममता उठी नहीं। वे अब भी खोई-खोई निगाहों से उन रीती जगहों को रीती दीवारों को देखा करते। घूरकर देखा करते। जैसे इस तरह ध्यान से देखने पर, कुछ-कुछ रहस्यमयी परछाईं झलकती उन्हें अब भी दिखलाई देती हो। उनकी बुझी आँखें तब चमक उठतीं। मुरझाए अधर खिल उठते। रीते हाथों से रीती दीवारों को हर समय सहलाते रहते। चूने से अकसर हथेली सफ़ेद हो जाती, लेकिन वे थकते न थे। थमते न थे।

पास-पड़ोस के सम्बन्धियों ने सुझाया कि इस सबका एक ही इलाज है कि यह मकान ही नहीं, मोहल्ला भी छोड़ दिया जाए। तब शायद कुछ सम्भव हो सकता है। यहाँ पर रहने से तो हर समय याद आएगी ही। फिर भूल जाना कोई वश की बात तो नहीं!

मालिनी ने दवा की तरह बात गाँठ बाँध ली।

कुछ ही दिनों में वह मकान ही नहीं, वह मोहल्ला भी बदल गया। बहुत दूर कस्बे के दूसरे छोर पर वे चले आए।

सुबोध बाबू अब हर समय यों ही बैठे रहते। मालिनी से उनकी यह दशा देखी न जाती। एक दिन उसने सुझाया कि घर पर बैठे-बैठे जी ऊब आता होगा। अतः कभी-कदास टहल आना अधिक हितकर रहेगा। स्वास्थ्य भी गिरेगा नहीं। मन भी बहल जाएगा।

सुबोध बाबू सिर झुकाए सुनते रहे और शाम को यों ही घूमने निकल गए।

रोज़ ही सुबह-शाम घूमना अब उनका नित्य का नियम हो गया। मालिनी ने चैन की साँस ली। सोचा, ठीक ही तो है। धीरे-धीरे समय सब-कुछ भुला देता है। धीरज से बढ़कर और है भी क्या?

वह सोच ही रही थी कि तभी किसी ने बतलाया—सुबोध बाबू प्रतिदिन उसी मकान में जाया करते हैं, जहाँ पहले रहा करते थे। वहाँ अब कोई दूसरे मद्रासी सज्जन आ गए हैं। बाल-बच्चोंवाले हैं। अतः उनका इस तरह यों वक्त-बेवक्त आना उन्हें अच्छा नहीं लगता। सुना है, उन्होंने आने से मना भी कर दिया है। लेकिन, वे जाते रहते हैं। एक बार तो कहा-सुनी हो गई। मार-पीट तक की भी नौबत आ गई। इतने लड़ाई-झगड़े के बाद भी जाना रुका नहीं। अब आँगन में ही कम-से-कम एक बार तो टहल ही आते हैं।

मालिनी का हृदय भर आया।

साँझ के समय सोचती हुई बोली—“वह मकान आपको पसन्द है, जहाँ हम पहले रहते थे?”

"क्यों?"

"नहीं, हम फिर वहीं चले चलते हैं।"

"क्यों?"

"आपको जो पसन्द है न?"

"नहीं, मुझे कुछ भी पसन्द नहीं।" विराग-भरे स्वर में सुबोध बाबू बोले।

"है तो, हरज भी क्या है! हम फिर वहीं चलते हैं।"

कुछ क्षण सोचते हुए द्रवित कंठ से सुबोध बाबू बोले, "नहीं, नहीं। तुम्हें अब अधिक दु:ख नहीं उठाने दूँगा। अब वहाँ फिर जाने की ज़रूरत नहीं। मैं फिर कहीं दूर बाहर नौकरी में चला जाना चाहता हूँ। कहीं तो ठौर मिल ही जाएगी। इस ढली ज़िन्दगी का क्या! जो घड़ी गुज़र गई वही बहुत है।"

"अब इस बुढ़ापे में क्या चाकरी होगी?" एक गहरी नि:श्वास भरती मालिनी बोली।

"क्यों नहीं होगी?" वे कुछ ऊँचे स्वर में बोले। फिर चुप हो गए।

पल-भर का मौन भंग कर फिर सुनाते रहे कि उनके किन्हीं परिचित ने नया कारख़ाना लगाया है, जिसमें काम करने के लिए उन्होंने भी अर्जी भेजी है। कुछ उनके पुराने रिटायर्ड साथी भी वहाँ काम कर रहे हैं। उन्होंने भी आने के लिए लिखा है। इस तरह कठिनाई नहीं रहेगी। थोड़े दिनों बाद वह उसे भी पास बुला लेंगे। भगवान् की कृपा रही तो जगह की भी व्यवस्था हो जाएगी। फिर वे अन्तिम समय तक वहीं रहेंगे। कभी भूलकर भी इधर नहीं आएँगे। जो स्मृतियाँ दु:ख दें उन्हें भूल जाना ही ठीक है। वे सोच ही रहे थे कि अन्त में वह दिन भी आ गया, जब सारा सामान लादकर सुबोध बाबू का बूढ़ा क़ाफ़िला फिर चल पड़ा।

ढेर-सा सामान रेल पर लादा जाने लगा। गरम कपड़े थे, बर्तन-भाँडे थे और भी रोज़मर्रा की ज़रूरत की बहुत-सी चीज़ें थीं।

मालिनी बहकी-बहकी-सी देखतीं रही।

"मकान का इन्तज़ाम हो जाए तो लिखिएगा। कुछ दिन वहीं रह लेंगे।" मालिनी ने भरे स्वर में कहा।

"हाँ।" केवल सिर हिलाकर वे चुप हो गए।

"टिकट रख लिया-?"

"हाँ।"

"पैसे?"

"हाँ।"

"पहुँचते ही पत्र देना।"

"हाँ।"

"सब भूल जाना।"

"....।"

सीटी बजी। दहाड़ती रेल आगे बढ़ी और देखते-देखते सब ओझल हो गयी।

कुछ दिनों तक लगातार पत्र आते रहे। धीरे-धीरे उन्हें भेजने की अवधि कम होती चली गई।

लम्बे अर्से तक फिर कोई पत्र नहीं।

मालिनी ने पत्र पर पत्र भेजे, अन्त में तार।

तार के उत्तर में सुबोध बाबू के किन्हीं मित्र ने लिखा कि उनका स्वास्थ्य ठीक नहीं चल रहा है। स्मृति भी अब कमज़ोर हो गई है। हर समय बिस्तर पर ही पड़े रहते हैं। पिछले दिनों बाथरूम में फिसलने से कुछ गहरी चोट आ गई थी, इसलिए अस्पताल में भर्ती करा दिया है। परिवार के लोगों की चिन्ता को ध्यान में रखते हुए, उन्हें घर पत्र भेजने के लिए भी मना कर दिया था। चोट है, धीरे-धीरे सब ठीक हो जाएगी....

घबराई-सी मालिनी उधर भागी।

वहाँ पहुँचकर जो देखा, अपनी आँखों पर विश्वास न हुआ—डॉक्टर नर्स खड़े हैं। सुबोध बाबू की आँखें शून्य पर निराधार टिकी हैं। घास की तरह सफ़ेद दाढ़ी उग आई है। आँखें गड्ढे में जा फंसी हैं। सारे चेहरे पर राख-सी पुती है। आँखों की पुतलियाँ सफ़ेद।

पुकारा। जगाया। झकझोरा तो वे केवल एक ओर लुढ़क गए।

मालिनी ने देखा, पाँव पर गहरा घाव है। सिरहाने के पास कुछ रुई रखी है। उनकी मुट्ठी में भी रुई का एक गोला-सा भिंचा पड़ा है। ध्यान से देखने पर पाया कि रुई को कपड़े में लपेटकर उन्होंने एक खिलौना-सा बना लिया है!

सुनन्दा

सूरज डूब रहा था। आग का दहकता गोला-सा घने पेड़ों के झुरमुट के पीछे ओझल हो रहा था। सिन्दूरी बादल अनायास तैर रहे थे। पानी की बड़ी-बड़ी बूँदें पड़ रही थीं। हरियाली लिए भीगा-भीगा वातावरण था। मैं चुपचाप अनमना-सा अकेला टहल रहा था। सोच रहा था, न जाने क्या-क्या सोचता जा रहा था!

सुनन्दा का आज जन्मदिन था। कैसी अनहोनी बात थी! उसकी जन्म और विवाह की तिथि एक ही थी। अत: मैंने आज वे ही कपड़े पहने—गहरे नीले रंग के, जो उसे बेहद पसंद थे। वैसे ही घर सजाया, जैसे पहले सजाया करते थे। सारे ड्राइंगरूम में भीनी-भीनी फूलों की महक आती रही। फूलों से उसे कितना अनुराग था! उस पर भी सफ़ेद फूल, बेले के, लिली के!

अभी तक उस महक का मुझे स्पष्ट अनुभव हो रहा था।

साँझ के समय वह वायलिन बजाया करती थी। वायलिन के मीठे-मीठे स्वरों से भी अधिक मधुर उसका स्वर लगता था। गाती तो वातावरण में एक मदहोशी-सी छा जाती थी। आज भी उसके संगीत का स्वर मुझे अन्दर-ही-अन्दर सुनाई दे रहा था। सजी हुई आबनूसी मेज़ के ऊपर उसका वायलिन वैसे ही रखा था, जैसे अभी-अभी वह बाहर से आने वाली हो, अभी-अभी उसे बजाने वाली हो।

मैंने झटके से सिर हिलाया। इधर-उधर देखा—रीती निगाहों से, और आगे निकल गया। मन में एक अज़ीब-सी बेचैनी घेरा डाले बैठी थी। बादलों का बरसना पूरी तरह थमा न था। पेड़ों पर से पानी टपक रहा था। सड़कों पर साँप की तरह पानी की छोटी-छोटी धाराएँ फिसल रही थीं। फुटपाथ के पत्थरों से रह-रहकर टकरा रही थीं। ठण्डी बयार बह रही थी। मेरा सारा शरीर भीग-सा गया था; पर निगाहें कहीं टिकती न थीं, थमती न थीं। मन तनिक भी कहीं लग नहीं रहा था। घूमता-घूमता दूर तक निकल आया, फिर भी उदासी लिपटी ही रही। आख़िर मैं लौट आया बँगले में। गैरेज से कार निकाली और सड़क पर

पानी के छींटे उछालता हुआ सरपट निकल गया। दिशाहीन, लक्ष्यहीन बढ़ा जा रहा था। इतना भागने पर भी परेशानी साथ छोड़ने को तैयार न थी।

सच मैं भूल जाना चाहता था आज सुनन्दा को, अपने को, सबको। पर ज्यों-ज्यों भुलाने का प्रयास कर रहा था, स्मृतियाँ तीव्रतर होती जा रही थीं। सारी जगहें चिरपरिचित-सी लग रही थीं। सुनन्दा के साथ जब-तब घूमने निकल आया करता था। वह न जाने क्या-क्या सोचती रहती थी–बाहर की ओर झाँकती हुई।

मैंने मुड़कर देखा, बग़ल की सीट ख़ाली है। कोई भी बाहर की ओर झाँक नहीं रहा है।

झटके से कार एक ओर खड़ी कर दी। बाहर दूब पर निकल आया। फिर भी सूझता कुछ न था। घिरते अँधियारे के अतिरिक्त कुछ दीखता न था।

सुनन्दा को अँधियारे में बैठना कितना पसंद था!

मैं देर तक अँधियारे में बैठा रहा–बैठा रहा। हौले-हौले बूँदाबाँदी शुरू हो रही थी। मुझे तनिक भी होश न था। न मालूम कब कहीं दूर से रेल की सीटी का तीखा स्वर सुनाई दिया तो चौंककर उठा।

कपड़े भीगे हुए थे। ठण्ड लग रही थी। मैंने घड़ी की ओर देखा। यह घड़ी ही तो सुनन्दा की अन्तिम यादगार थी। मैं बेबस-सा फिर कार की ओर लपका; कार घुमाई और तेज़ी से दौड़ाता रहा। स्मृतियाँ भी जैसे हाथ धोकर मेरे पीछे-ही-पीछे भागी जा रही थीं। मानो उनसे पीछा छुड़ाने के लिए मैंने चाल और भी तेज़ कर दी।

तभी सड़क के किनारे खड़ी एक महिला ने हाथ उठाकर कार रोकने का संकेत किया। 'एक्सक्यूज मी' कहती हुई लपककर निकट आ गई।

बारिश से भीगी साड़ी का पल्ला उठाते हुए उसने विनीत स्वर में कहा कि अगर मैं उसे आगे छोड़ दूँ तो मेरी बड़ी मेहरबानी होगी। पानी में भीगती वह बस की अनन्त प्रतीक्षा में बेबस खड़ी थी। बहुत जल्दी उसे कहीं पहुँचना है।

मैं कुछ भी न बोला। कार का दरवाज़ा खोल दिया। धीरे से वह बैठ गई।

उसके बैठते ही एक भीनी-भीनी-सी महक आई। वह भीनी महक धीरे-धीरे मेरे तन-मन में व्याप्त हो गई। कण-कण में समा गई।

"आप किधर जाएँगे?" सितार-सा उसका स्वर फूटा।

"कहीं भी नहीं।" मैं होंठों ही होंठों में बुदबुदाया।

शायद उसने सुना नहीं।

मोड़ पर स्टेयरिंग घुमाते हुए मैंने मौन भंग किया–"आपको?"

"जी मुझे?" उसने मुड़कर मेरी ओर देखा और कहा, "मुझे तो कनॉट प्लेस....और आपको?"

चौराहे से मैंने फिर कार मोड़ ली। बोला कुछ भी नहीं। जनपथ पर उसने रुकने को कहा। वह धीरे से उतरी। 'थैंक्यू' कहते हुए उसने बड़ी आत्मीयता से अभिवादन किया। सकुचाती हुई तनिक मुस्कराती हुई बोली–"लगता है आपने मुझे पहचाना नहीं। कितनी बार मैं आपके बँगले पर भी हो आई हूँ। सुनन्दा मेरी बचपन की सहेली थी। बी० ए० तक हमने साथ-साथ पढ़ा था।"

वह कहे जा रही है, मेरी समझ में नहीं आया। मैं उसकी ओर देखता ही रहा। वह चली गई–आँखों से ओझल हो गई, तब भी देखता ही रहा। देर तक यों ही बैठा रहा।

अँधियारा गहरा हो चला था। रोशनी की जगमगाहट बढ़ आई थी। इस व्यर्थ की भाग-दौड़ से मेरा गला सूख आया था, प्यास लग रही थी और शरीर को तोड़ने वाली थकान भी। तभी निगाहें सामने जा टकराई–हरी रोशनी में जगमगाते अक्षरों पर।

बिना सोचे मैं उतर पड़ा। भीतर जाकर देखा, भीड़ अधिक है। पूरा रेस्तराँ भरा हुआ है। बैठने को सीट मिल गई, यही क्या कम था! मालूम हुआ, कोई विशेष प्रोग्राम है। मुझे प्रोग्राम से क्या लेना था? तनिक विश्राम ही करना था। एक प्याला कॉफ़ी, और बस लौट चलना था।

कुछ पल मैं भूला-सा रहा। वहाँ का शोरगुल न जाने क्यों उस घड़ी अच्छा लगा। शायद मैं अपने को किसी तरह भुलाना चाहता था। इसके अतिरिक्त और जरिया भी क्या था?

"क्या लेंगे हुज़ूर?" बैरे ने अदब से पूछा।

"एक कप एस्प्रेसो।" कहकर मेज़ पर कुहनियाँ टिकाए फिर अपने ख़यालों में डूब गया।

कैसी संयोग की बात थी। जिस मेज़ पर मैं आज बैठा था, सम्भवतः वही मेज़ थी, जिस पर उस दिन भी बैठा था। मुझे याद आया, सुनन्दा को मैंने पहले-पहल यहीं देखा था। वह सामने की सीट पर बैठी थी। उसकी बहनें थीं और हमउम्र कुछ लड़कियाँ थीं। शायद कोई पार्टी थी, इसीलिए कहकहे उड़ रहे थे, हँसी के फव्वारे छूट रहे थे। पर सुनन्दा हँस नहीं रही थी। ज़्यादा बोल भी नहीं रही थी। केवल बीच-बीच में मुस्करा भर देती थी। पलकें झुकाए, सिर नवाये, वह कितनी अच्छी लग रही थी। उसके बाद भी तो हम दोनों कई बार इधर आए, गए, साथ-साथ बैठे–वर्षों तक, युगों तक। युग-युगों तक।

सामने की ओर मैंने देखा–वह सीट आज खाली थी। कोई भी उस पर नहीं बैठा या। केवल 'रिजर्व' लिखा काग़ज़ नमकदानी से दबा रखा था।

फिर अगल-बग़ल नज़र घुमाई। बायें हाथ की दो सीटों के बाद जो लम्बी-सी बड़ी मेज़ थी, उस पर से कुछ महिलाओं के ज़ोर-ज़ोर से बोलने का स्वर सुनाई दे रहा था। पास की दो सीटों पर दो कॉलेज के छोकरे, दो कमउम्र लड़कियों के साथ बैठे चुहल कर रहे थे। दाहिने हाथ की मेज़ पर एक मोटी-सी अधेड़ औरत एक सात-आठ साल के बच्चे के साथ बैठी चाय की चुस्कियाँ ले रही थी।

तभी सामने की 'रिजर्व' मेज़ पर तीन महिलाएँ एक पुरुष के साथ आकर बैठ गईं। मैंने कोई विशेष ध्यान नहीं दिया। एकाएक खिलखिलाहट सुनकर मैंने देखा तो अचरज से देखता ही रह गया।

सुनन्दा? हाँ, हाँ, सुनन्दा! हूबहू सुनन्दा जैसी आकृति थी, एक महिला की। धक् से कलेजा बैठ गया। विस्मित, आँखें फाड़े देर तक देखता रहा, निश्चेष्ट, निस्पंद।

मात्र भ्रम ही तो था। मैंने निगाहें नीची कर लीं।

अपनी आँखों पर विश्वास ही न हुआ किसी तरह। होता भी कैसे! क्या यह भी विश्वास करने वाली बात थी!

हँसी की एक और लहर आ टकराई, वहीं से। अचकचाकर मैंने देखा। अपनी आँखों को मला और फिर देखा। अपलक देखता रहा। वह भी तो मेरी ओर वैसे ही टकटकी बाँधे देख रही थी। कैसी आश्चर्य की बात थी!

भला सुनन्दा कहाँ हो सकती है? नहीं, नहीं! कहीं नहीं! कहीं से भी तो नहीं!

मैंने पलकें ज़ोर से मीच लीं।

फिर आँखें खोलीं तो वही आकृति; पलकें झुकाए, माथा झुकाए, हौले-हौले मुस्कराती हुई।

सुनन्दा की जैसी ही बड़ी-बड़ी कज़रारी आँखें, वैसे ही अधर थे, मन्द-मन्द मुस्कान लिए। गुलाबी होंठ खुलते तो लगता, फूल झर रहे हैं। दाहिने गाल पर छोटा-सा तिल था, गोल-गोल। माथे पर पीली-सी बिंदिया थी। ठीक वैसा ही केशविन्यास था। सफ़ेद बेले की नाज़ुक पंखुरी जूड़े में इठला रही थी।

उसने फिर मेरी ओर देखा।

सुनन्दा!

सुनन्दा का नाम होंठों पर आते ही हृदय भीग आया। मेज़ पर माथा टिकाए, कुहनियाँ टिकाए, मैं अपने से उलझता रहा, झाड़ता रहा और आँखें मूँदे बैठा रहा। भला सुनन्दा कहाँ से हो सकती है! मैं भी कैसा बावरा हूँ! सुनन्दा को गुज़रे आज तीन साल से अधिक हो गए। फिर वह यहाँ कैसे? सचमुच, क्या मैं बैठा-बैठा सपना देख रहा हूँ? यों तो ऐसे सपने मैं रोज़ देखा करता हूँ।

हर रात सुनन्दा को पास पाता हूँ। देखता हूँ, मुझे ऑफिस जाने की जल्दी है और कहता हूँ, "आज ऑफिस में ही खाना ले लूँगा।" परंतु फाटक पर आते ही ठिठका रह जाता हूँ। सुनन्दा को, सफ़ेद साड़ी में लिपटी सुनन्दा को सामने खड़ी पाता हूँ।

"क्या भूखे ही ऑफिस जाओगे?" हौले से वह पूछती है।

मैं काठ-सा देखता रह जाता हूँ।

कभी ऑफिस से देर से लौटता हूँ, तो सुनन्दा फाटक पर खड़ी प्रतीक्षा करती दीखती है।

"काम ज़्यादा था क्या आज? अधिक जंजाल क्यों जोड़ते हो अपने लिए! तन्दुरुस्ती पर आगे चलकर बुरा असर पड़ेगा।" वह बड़ी ममता से कहती।

आज एकान्त में घूमने निकला हूँ तो अँधियारे में कहीं से सुनन्दा की मीठी-मीठी हँसी वायु में बिखरती आती साफ़ सुनाई दे रही है। मैं रोमांचित हो उठता हूँ। वह चुपचाप बग़ल में आकर बैठ जाती है। मेरी ठण्डी हथेलियों को, ठण्डे माथे को सहलाती है–बुदबुदाती है, बड़बड़ाती है। न जाने क्या-क्या शिकवे-शिकायत करती है। फिर मेरी बाँहों में निढाल ढुलक पड़ती है। न मालूम कब तक यों ही ढुलकी पड़ी रहती है!

रात मैं अपने-आपको भुलाने के लिए ढेर-सी किताबें ले आता हूँ, ऑफिस से फाइलें उठा लाता हूँ। उन्हें पढ़ता हूँ, पढ़ता रहता हूँ। मेरी आँखों के आगे जब तक अँधेरा नहीं छा जाता, उन्हीं में उलझा रहता हूँ। तब लगता है, घर के काम-काज से निबटकर सुनन्दा मेरे कमरे में चली आई है। मेरी ओर उलाहने से देख रही है। तुनककर कह रही है, "किसी दिन इन्हीं काग़ज़ों के ढेरों में दबे मिलोगे। क्या हो गया है तुम्हें? देखो न, हड्डियाँ निकल आई हैं। चेहरे से ऐसा लगता है जैसे महीनों से अन्न छुआ न हो। इतनी मेहनत किसके लिए करते हो? मेरे लिए? नहीं, नहीं, मुझे कुछ भी नहीं चाहिए। ये कार, ये बँगला–कुछ भी नहीं। तुम्हारे अलावा मुझे कुछ भी नहीं चाहिए।"

तब सारी रात मुझे नींद नहीं आती। हौले से स्विच दबाता हूँ। गिलास में नींद आने की दवा उड़ेलता हूँ और तकिये के सहारे पड़ा रहता हूँ। धीरे-धीरे तन शिथिल होता चला जाता है। हिलने-डुलने की भी सामर्थ्य नहीं रहती। निगाहें केवल सामने टँगे सुनन्दा के चित्र पर टँगी रहती है। पता नहीं, कब पलकें मुँद जाती हैं, कब नींद आ जाती है।

सुबह नौकर जगाता है तो खोया-खोया-सा जाग पड़ता हूँ।

सुनन्दा कहीं भी नहीं दीखती।

क्या आए दिन के सपनों की तरह आज भी मैं सपना देख रहा हूँ? हाँ, शायद पलंग पर पड़े-पड़े सपना ही देख रहा हूँ। हौले से मैंने इधर-उधर टटोला। यह पलंग नहीं, सोफा है। यह ठण्डी काँच की मेज़ है। यह गिलास है पानी का, जो रीता हो गया है। अगल-बग़ल की मेज़ों पर कितने ही लोग बैठे हुए हैं। यह घर नहीं, रेस्तराँ है।

मैंने फिर सर झटक लिया। बैरा कॉफ़ी का प्याला रखकर पता नहीं कब का चला गया था। कॉफ़ी पानी की तरह ठण्डी हो चुकी थी। सामने की ओर देखा तो वह महिला ठीक सुनन्दा की तरह कॉफ़ी का प्याला अपने होंठों से लगा रही थी। मेरी ओर टकटकी बाँधे न मालूम कब से देख रही थी।

सामने के निचले हॉल में नृत्य शुरू हो गया था। 'रॉक एण्ड रोल' की धुन बड़ी बेरहमी से लहरा रही थी। आवाज़ कानों में चुभ-सी रही थी। तभी, वह साथ बैठा पुरुष

उठ खड़ा हुआ और उस महिला से भी उठने के लिए आग्रह करने लगा। प्याला मेज़ पर रखती हुई बड़ी फुर्ती से वह उठ खड़ी हुई। बैंजनी रंग की साड़ी उसने कसकर पहन रखी थी। ब्लाउज जैसे यों ही टाँग लिया था।

पुरुष के कपड़े गहरे नीले रंग के थे।

हँसते हुए उसने पुरुष का हाथ थामा और नृत्य के लिए चल पड़ी। चलते-चलते कनखियों से एक बार फिर मेरी ओर देखा।

यह सब मुझे बड़ा असह्य लगा। इस रूप में इस तरह सुनन्दा की मैंने सपने में भी कल्पना नहीं की थी। अधेड़ उम्र का काला-कलूटा आदमी, जिसके घनी मूँछों से घिरे चेहरे पर चेचक के उभरे दाग़ साफ़ झलक रहे थे, उसकी संगमरमर-सी सफ़ेद फूल-सी कोमल कमनीय बाँहें थामे था। कमर में हाथ डाले नाच रहा था। वह भी निरी अबूझ, जैसे उसी में मगन थी। बड़ी अदा से मुस्करा रही थी। मुड़-मुड़कर बार-बार मेरी ओर देख रही थी। अपने लचीले पाँवों की थिरकन, अपनी निगाहों का जादू जैसे मुझे ही दिखा रही थी, केवल मुझी को।

मैंने झुँझलाकर झटके से मुँह फेर लिया। बेर से एक प्याला गरम कॉफ़ी लाने को कहा।

बहुत देर बाद देखा कि वह थककर फिर बैठ गई है। उसके माथे पर झलकती पसीने की बूँदें साफ़ दीख रही थीं।

वह फिर कॉफ़ी पी रही थी, मुस्करा रही थी और मेरी ओर देखे जा रही थी। पर मैं कहीं और था—किसी दूसरी ही दुनिया में।

कुछ क्षण बाद फिर वह नाचती दीखी। इस बार कोई एंग्लों-इण्डियन के साथ।

"बैरा!" मैंने इशारे से पास बुलाया।

वह हाथ बाँधे खड़ा हो गया।

"यह नाचने वाली कौन है?" धीमे स्वर में पूछा।

"कौन?" होंठों पर उसने उँगली धरी।

"वही, बैंजनी रंग की साड़ी पहने!"

"कोई ऐसी ही है साहब!" मेरे कान के पास मुँह लाकर, फुसफुसाता हुआ बोला, "कोई ऐसी ही। आज लगता है, कल के साथी नहीं आए, इसीलिए....।"

बैरा चला गया। मैं देखता रहा, सामने नाचने वाली की ओर, देखता चला गया। आख़िर, सोफे पर निढाल होकर लुढ़क पड़ा, आँखें मीचे, होंठ भींचे।

बहुत देर तक यों ही पड़ा रहा।

फिर लगा, कोई हौले से मेरी बग़ल में आकर बैठ गया है। अचकचाते हुए मैंने पलकें खोलीं। देखा, वही महिला सिमटी-सी बैठी है; गरदन झुकाए, मानो कोई अपराध करके लौटी हो!

"आपकी तबीयत भारी मालूम होती है।" उसका स्वर मन्द था।

मुझे अटपटा-सा लगा।

ठीक सुनन्दा जैसी ही आवाज़ थी। जब मैं पढ़ते-पढ़ते थक जाता था तो वह इसी तरह चुपके से आकर बैठ जाती और प्यार से कहती।

"नहीं, ठीक है....।" मैंने व्यर्थ मुस्कराने की चेष्टा की।

"कॉफ़ी आपने पी नहीं। ठण्डी हो गई। और मँगाऊँ?"

मैंने चुपके से सिर हिला दिया-"नहीं, नहीं। शुक्रिया!...."

मैं ख़ामोश रहा। वह भी।

उसका यह व्यवहार बड़ा अज़ीब-सा लग रहा था।

"आपने दो प्याले कॉफ़ी के मँगाए और पिया एक घूँट भी नहीं। मैं देख रही थी।"

मैं क्या जवाब देता? चुप रहा।

कुछ सोचते हुए मुझे ख़याल आया। उसकी ओर देखते हुए मैंने पूछा-"आप पिएँगी?"

"आपका साथ देने में मुझे ख़ुशी ही होगी।" बड़े भाव-भीने स्वर में उसने कहा। दो प्याले कॉफ़ी के और आ गए।

वह मेरी ओर मौन भाव से देखती रही।

"लगता है, यहाँ बैठने में आपको असुविधा हो रही है। आइए, उस किनारे की मेज़ पर चलें। वहाँ हम आराम से बातें कर सकेंगे। क्यों, उठिए न!" बड़े आग्रह के साथ, अधिकार के साथ कहती हुई वह उठ खड़ी हुई। साथ ही मैं भी उठा, यंत्र की तरह। मेरा हाथ थामे उस मेज़ पर वह बैठ गई।

"मैं इतनी देर तक डांस करती रही, एक बार भी आपने ताली नहीं बजाई। एक बार भी नहीं कहा कि मैं बहुत अच्छा नाची हूँ। क्या पसन्द नहीं आया आपको? मैं सच कहती हूँ, मैं इन सब औरतों से अच्छा नाचती हूँ।" उसने सन्नाटा भंग करते हुए कहा। फिर भी कुछ उत्तर मुझसे न बन पड़ा।

वह देर तक चुप रही।

"लगता है, आपको शौक नहीं। ख़ैर, छोड़िए भी," उसने मेरी आँखों में आँखें डालते हुए कहा, "देखिए न, आपकी उँगलियाँ कितनी नाज़ुक हैं! सच, न जाने क्यों आपको देखने से लगता है, जैसे आप कोई बहुत बड़े कलाकार हैं। ऐसी उँगलियाँ साधारण लोगों की नहीं होतीं।" उसने धीरे से मेरी हथेली सहलाई।

कैसी आश्चर्य की बात थी! ठीक यही बात सुनन्दा ने भी मुझसे कितनी बार कही थी!

मैं फिर भी चुप रहा।

"शायद आप इससे पहले कभी इधर आए नहीं। यहाँ की किसी भी चीज़ में आपकी कुछ भी रुचि दीखती नहीं। क्या मैं ख़ूबसूरत नहीं? क्या मुझसे अधिक सुन्दर महिला के साथ बैठना आप पसन्द करेंगे?" उसकी आवाज़ काँप रही थी और वह कहे जा रही थी, "मेरा व्यवहार आपको अच्छा नहीं लगा! एक साधारण-सी औरत रो आपको अच्छे व्यवहार की आशा भी तो नहीं होनी चाहिए!"

मैंने उसकी ओर देखा। उसकी सहमी आकृति में वेदना थी, निरीह भाव था, जैसा कि मेमनों के चेहरों पर होता है।

वह भी चुप रही। मैं भी चुप। बैरा दो प्याले कॉफ़ी के रखकर चला गया। न उसने पी न मैंने। दोनों ही उन प्यालों के ऊपर उठती गरम भाप की ओर देखते रहे।

"क्या मुझसे बातें करना आपको अच्छा नहीं लगता? कहिए, तो मैं चली जाऊँ!" उसने अन्तिम निर्णय जानने के लिए मेरी ओर देखा। ज्यों ही दृष्टि मिली मैं सहम गया। उसकी आँखों का रंग वैसा ही भूरा था, गहरा भूरा, सुनन्दा की आँखों जैसा। मैंने उसकी हथेली थाम ली।

"बोलो, क्या बात करूँ?" भीगी आवाज़ में, धीमे स्वर में मैं बुदबुदाया।

वह सटकर बैठ गई। घुटनों से घुटना मिलाए, कुहनियों पर कुहनियाँ टिकाए, अपने तन का भार, किसी हद तक उसने मुझ पर छोड़ दिया था।

"तुम बहुत अच्छा नाचती हो सच!"

"सच?"

"....।"

"नहीं...आप झूठ बोलते हैं। आपको कतई पसन्द नहीं आया। जब मैं नाच रही थी, तब आपके चेहरे से साफ़ झलक रहा था। आप मेरी ओर नफ़रत से देख रहे थे, क्यों?"

"नहीं तो!" मैं कहना चाहता था, पर स्वर ने साथ नहीं दिया।

मेरी उँगलियाँ थामे, मेज़ के ऊपर हौले से दबाती हुई वह बोली, "यह अँगूठी कितनी अच्छी है।" वह उसे घुमाती रही घुमाती रही, "आपके हाथ में कितनी अच्छी लगती है!"

"तुम्हें पसन्द है?" न जाने क्या सोचते हुए मेरे मुँह से निकल पड़ा।

उसने भी कुछ उत्तर नहीं दिया, स्थिर भाव से देखती रही।

मैंने अँगूठी उतारी। देखा, एक किनारे पर बहुत बारीक़ अक्षरों में ख़ुदा है सुनन्दा। वह यादगार थी सुनन्दा की। विवाह के समय उसने दी थी। तब से आज तक वह मेरी ही उँगली पर थी। एक बार भी भूलकर, कभी मैंने उसे उतारा नहीं।

मैंने वह अँगूठी उसे पहना दी। ठीक सुनन्दा जैसी उँगलियाँ थीं। वैसे ही नाख़ून थे। वैसा ही रंग था। वैसी ही बनावट थी। मुझे लगा, सुनन्दा मेरी बग़ल में बैठी है। उसकी अंगुलियों में उसकी अँगूठी पहना रहा हूँ।

उसे पहनते ही वह सहसा मुस्करा उठी। सुनन्दा की मुस्कराहट से वह तनिक भी भिन्न न थी।

"सुनन्दा क्या आपकी पत्नी का नाम है?" उसने अँगूठी की ओर देखते हुए, कुछ पढ़ते हुए न मालूम क्या सोचकर पूछा।

"हाँ।" मैंने उत्तर दिया।

"उन्हें एतराज़ तो नहीं होगा?"

"ना।"

"वह कुछ कहेंगी तो नहीं?"

"नहीं।" एक गहरी साँस भरते हुए मैंने कहा।

"तो सचमुच वह कितनी अच्छी है! ऐसी अच्छी बीवी का मिलना तो एक सौभाग्य की बात है न! आप ख़ुशनसीब है!" वह अभी तक अँगूठी की ओर देख रही थी।

बहुत समय बीत गया बातों-ही-बातों में। उसकी आँखों में नींद के साये उतर आए थे। वह चुप थी फिर भी लगता था कि वह चुप नहीं थी।

"क्या सोच रही हो?" मैंने पूछा।

"कुछ भी नहीं, यों ही।" वह हँसी, फीकी हँसी में, "कभी-कभी सोचती हूँ। क्या आप भी कभी सोचते हैं? मन की बात क्या किसी से कही जाती है? पर, आदमी न कहे तो जिए कैसे? और कहे तो कहे कैसे? आदमी बाहर से कितना ही हँसे, कितना ही बोले, लेकिन एक घुटन-सी तो रहती ही है।" कहते-कहते चुप हो गई।

दीवार पर घड़ी ने टन-टन करके बारह बजाए।

समय का ख़याल आया और मैं चौंका।

कितना समय बीत गया था! कार बाहर खड़ी थी। कॉफ़ी पीने आया था, कुछ समय के लिए। लेकिन, तीन प्याले ठण्डे पड़े थे। एक भी घूँट पी न सका था।

मैंने देखा, रेस्तराँ आधा खाली हो गया है। 'बाल-डांस' अभी तक चल रहा है। संगीत के स्वर अभी तक बह रहे हैं। महिला का चेहरा उदास है। वह छत की ओर देखती, न जाने क्या सोच रही है।

"आपको बहुत देर हो गई। घर पर आपकी पत्नी प्रतीक्षा कर रही होंगी।" मेरे प्रति सहानुभूति से उसने कहा, "आपको किधर जाना है?"

"इण्डिया गेट के पास।"

"मुझे भी तो उसी ओर जाना है। आइए चलें। कुछ समय और साथ रह लेंगे। आपसे अलग होने को मन नहीं होता।" उसकी दृष्टि मेरे नीले सूट पर थी।

मेरे साथ वह बाहर निकल आई।

मेरी बग़ल में ही कार में हौले से बैठ गई।

इण्डिया गेट के पास तक कार पहुँच गई पर दोनों में से कोई कुछ न बोला। मेरे मन में बार-बार आया कि पूछूँ। एक बार तो पूछूँ–'क्या तुम्हें गहरे नीले कपड़े बहुत पसन्द हैं? क्या वायलिन बजाने का शौक तुम्हें भी है? धीमी-धीमी मद्धिम रोशनी में बैठना क्या तुम्हें भी पसन्द है? बेले और लिली के फूल क्या तुम्हें भी अच्छे लगते हैं?' पर कुछ भी पूछ न पाया।

सड़क के किनारे कार खड़ी कर, उसकी ओर मुड़कर मैंने कहा, "तुम चुप क्यों हो?" वह कुछ भी बोली नहीं।

"मैं सोच रहा था, क्या ऐसा नहीं हो सकता कि तुम यह सब छोड़ दो? सच, तुम्हें इस प्रकार नाचते देखना मुझे तनिक भी अच्छा नहीं लगा। अच्छी-सी गृहस्थी बसा लो, घर बना लो आराम से रहो। क्या तुम्हारी आत्मा तुम्हें इस तरह के कामों के लिए कोसती नहीं?"

"....।"

"चाहे तुम न बताओ, पर मैं जानता हूँ। ज़रूर कोसती होगी, ज़रूर कोसती होगी।" मैंने उसकी बाँहें थाम लीं। मेरे कन्धों पर वह ढुलक पड़ी।

"देखो, तुम्हें जिस किसी चीज़ की ज़रूरत हो मुझसे आकर ले जाना। पैसे चाहिए तुम्हें? बताओ, कितने चाहिए? मेरे घर पर आकर ले लेना। तुम्हें जिस चीज़ की ज़रूरत हो....मैं कभी कुछ नहीं कहूँगा, कुछ भी नहीं।"

मैंने देखा, वह सिसक रही है।

उसका आँसुओं से भीगा मुखड़ा ऊपर उठाकर मैंने कहा–"बताओ, बोलो?"

"क्या बोलूँ?" रुँधे कण्ठ से वह बोली, "आप कोई नई बात नहीं कर रहे हैं। हर आदमी ऐसे क्षणों में मुझसे ऐसी ही बातें करता है। अपनी पत्नी से, प्रेमिका से, सबसे अधिक प्यार करने का वादा करता है। वादा करता है कि उम्र-भर वह अब मुझी को प्यार करेगा, करता रहेगा। पर दूसरे ही क्षण देखती हूँ कि वह मेरी ओर घृणा से देखता है, मानो मैंने ही उसे पाप के कुएँ में धकेला हो। फिर उपेक्षा से चला जाता है।"

मैं अवाक् उसकी ओर देखता रहा।

"मुझसे भी क्या तुम ऐसी ही आशा रखती हो?"

वह कुछ भी नहीं बोली।

उसका उदास चेहरा मैं अधिक न देख सका। 'सुनन्दा' की आँखों में आँसू! मैं अपने-आपको सँभाल न पाया। उसे बाँहों में जकड़ लिया। "तुम्हें क्या हो गया है? यह सब तुम क्या कह रही हो? अब ऐसा कभी भी कहोगी नहीं, रोओगी नहीं। हाँ, मैं सच

कहता हूँ, तुम्हें जिस चीज़ की ज़रूरत हो ले जाना। पर, यों न नाचना, यों न फिरना। तुम्हें मेरी सौगन्ध।"

वह कुछ भी कह न पाई। रोती रही, केवल रोती रही। जितने पैसे मेरे पास थे उसे दे दिए। सोने की ज़ंजीर दे दी, घड़ी दे दी। पर, वह कुछ भी बोल न पाई। आँखें मीचे बाँहों पर ढुलकी रही।

मैं घर आया। मेज़ पर उदास वायलिन वैसा ही पड़ा था। फूल मुरझा गए थे। सारी रात नींद न आई। सुबह उठकर देखा कि अँगूठी, सोने की चेन, घड़ी, सब पैसे मेरे कोट की जेब में वैसे ही पड़े हैं।

दूसरे दिन फिर उसी रेस्तराँ में गया। फिर उसकी प्रतीक्षा की, पर वह न दिखी—कभी भी नहीं।

वापसी

कभी वह पाँवों पर लिपटती, कभी दाँतों से दबाकर लम्बा लबादा खींचती और कभी अंगुलियों को थामे झूलने लगती। नन्ही ख़रगोश की-सी आँखें ऊपर किए चेहरे की ओर उत्सुकता से ताक़ती रहती।

"कौन है तू?"

यह सुनते ही उसके नन्हे लाल रेशमी होंठों से घिरी दूधिया दाँतों की सफ़ेद पाटी चमकने लगती। चेहरा खिल उठता। चमकीली गोल-गोल आँखों में एक अनोखी आत्मीयता अनायास तैरने लगती।

उसकी अधमुँदी पलकें बर्फ़ की सफ़ेद ताज़ी फुहारों से गुँथी सफ़ेद भौंहें, बिखरे मोती के कणों से ढके सफ़ेद बाल, मेमने की तरह मासूम चेहरा जब दीखता है तो सोचता हूँ—मैं क्या लगता हूँ उसका! होता कौन हूँ! एक अनजान, अपरिचित दूर देश का। फिर वह क्यों मुझसे आकर लिपट पड़ती है! अपना अधिकार जताती हुई लबादे को खींचती है। गले में नन्ही-नन्ही बाँहें डाले झूलने लगती है। उसके निरीह, मुरझाए चेहरे पर क्यों अनोखी मुस्कान की हलकी-सी रेख खिंचकर ओझल हो जाती है!

धुँधली-सी याद आज भी कभी-कभी ताज़ी हो पड़ती है तो दीखता है—वह पथरीली पगडंडी के उस पार, सड़क के किनारे अकेले खड़े देवदार के पेड़ के तले खड़ी हे। नंगे छोटे पाँवों के निशान कहीं पाले पर, कहीं बर्फ़ पर काले धब्बों की लकीर की तरह पड़े दूर से चमक रहे हैं।

ठंड से ठिठुरती कुहनियों को, मोड़े दाँत किटकिटाए, एक पाँव पर दूसरा पाँव टिकाए सिमटी-सी वह पेड़ के सहारे ऊँचे पत्थर पर ऊँघती खड़ी है।

"मुनिया, तुझे ठंड नहीं लगती?"

"नहीं।"

"भूख भी नहीं लगती?"

"नहीं।"

"और थकान भी नहीं?"

वह केवल सिर हिला देती, "नहीं।"

"यहाँ इस ठंड में क्यों खड़ी रहती है? देख तो सारा शरीर नीला पड़ गया है!? पगली!" एक हलकी-सी चपत गाल पर जमा देता।

वह चुप आँखें मूँद लेती। दोनों बाँहों की पूरी गोलाई से पाँवों को ज़ोर से जकड़ती हुई लबादे में सिर छिपा लेती।

जब दूर उस दुर्गम बर्फ़ीले पहाड़ी प्रदेश में बिना किसी अपराध के यों ही पटक दिया गया तो सिर झुकाकर सब-कुछ स्वीकार कर लेने के अतिरिक्त मेरे सामने कोई चारा न था।

उदास गूँगी पहाड़ियाँ उदास सूनी घाटियाँ उदास बिखरी बस्तियाँ। मेरे लिए इससे बड़ी निर्वासन की सज़ा और हो ही क्या सकती थी?

जहाँ कहीं आता, जहाँ कहीं जाता, लोगों के मूक रुदन-क्रन्दन के अलावा कुछ भी सुनाई न देता था। बस्ती में पाँव रखते ही लोग चीलों की तरह झपटते घेरे खड़े हो जाते। उसके इकलौते बेटे का क्या हुआ? कोई ख़बर आई है क्या? उसका बूढ़ा बाप मृत्युशय्या पर पड़ा है। केवल एक बार उसका मुँह देखने-भर को प्राण अटके हैं। निकाले निकलते नहीं। दो दिन से छटपटा रहा है। अब सीने में चावल की 'मानी' भर रहे हैं। शायद प्राण निकल सकें। उसके पति की कोई ख़बर तीन-चार साल से नहीं आई है। क्या बात हुई होगी? कसाई, औरतों का व्यापार करनेवाले भगा ले गए हैं, बेचारी, भोली-भाली लड़की को। एक बूढ़ा मरा था कुछ दिन पहले। औरतें अपने कन्धों पर उठाकर किसी तरह लाश श्मशान तक घसीटकर ले गई। पुरुष कोई भी नहीं है, उस गाँव में। सारे के सारे लाम पर चले गए हैं। बस्तियाँ की बस्तियाँ उजड़ गई हैं। लोगों के पास खाने को दाना नहीं है। लाज ढकने को कपड़ा तक नहीं है। लोग कहते हैं, अब इसी तरह धीरे-धीरे कल्पान्त हो जाएगा। क्या अख़बारों में छपा है कुछ? आप तो दो आँखों वाले हैं। कुछ पढ़ते होंगे?

मैं उनके मुँह की ओर ताक़ने लगता और वे सभी मेरी ओर। न जाने कितनी अनन्त आँखें पलकें फाड़े देखने लगतीं, जैसे मैं कोई देवदूत हूँ। उनके लिए जीवन का सन्देश लेकर आया हूँ। मैं घबरा उठता और पागल-सा किसी तरह पिंड छुड़ाता हुआ भाग खड़ा होता। अपने को समेटे दौड़ने लगता। जैसे कोई बीमारी हो। महामारी हो। मुझे लीलने के लिए हाथ धो के पीछे पड़ी हो। भागी आ रही हो। बेतहाशा।

मैं घबरा उठता।

कुहरे से जब धरती–आकाश एक हुआ रहता, ऐसी कड़ाके की सर्दी में रोज़ सुबह जगना। पट्टी–बूटों को कसना। भूरा ऊनी सरकारी लबादा मज़बूती से लपेटना। उसके ऊपर मज़बूत चमड़े का मोटा थैला कन्धे में लटकाए, बीड़ी का कश खींचते हुए, मीलों लंबा ऊबड़–खाबड़ भयावना रास्ता तय करना। जहाँ दोपहर पड़ी, गाँव आया, वहीं घड़ी–भर के लिए ठिठककर फिर आगे पाँव बढ़ाना या पीछे लौटाना, बूमरेंग की तरह।

ओह, कभी–कभी तो बड़ी ही कोफ्त होती, जब केवल एक या दो साधारण–से गन्दे फटे, कीड़ों की तरह अस्पष्ट लिखे नाममात्र के पोस्टकार्डों के लिए बीस–बीस, पच्चीस मील का लम्बा रास्ता तय करना पड़ता! जी में बार–बार आता कि उन्हें फाड़–फूड़कर अंगीठी में झोंक दूँ या पानी में बहा दूँ। लेकिन, फिर न जाने क्यों हाथ खिंच आते! चुपचाप उन्हें ओले में फेंककर, पोस्टमास्टर को सलामी झुकाता हुआ लम्बे डग भरने लगता। कितने ही बच्चे, बूढ़े, औरतें पगडंडी के किनारे मेरी अनन्त प्रतीक्षा में अधीर–से खड़े रहते। शायद इस बार मैं उनके लिए कोई ख़ुशी का समाचार लेकर आऊँ!

कभी पूरब के गाँवों में, कभी पश्चिम, कभी उत्तर और कभी दक्षिण। इस तरह डाकख़ाने की परिधि की बारी–बारी से प्रदक्षिणा किया करता, घड़ी की सुई की तरह।

वे ही लोग, वे ही उनकी नपी–तुली बातें, जी घबराने वाली भयंकर। वैसी ही दोहरे दुखों के भार से घुटती ज़हरीली ज़िन्दगी। सब कुछ वैसा ही, उसी तरह। बुरी तरह ऊबता हुआ झुँझला उठता। अपने बालों को कभी नोचने लगता। आँखें फाड़े इधर–उधर देखने लगता, मैं कहाँ आ गया हूँ? क्या हो गया है मुझे? कुछ भी सूझता न था।

लेकिन सप्ताह में कभी एक दिन ऐसा भी आता, जब अपने में स्फूर्ति, कुछ उत्साह का अनुभव करता। अनायास उस दिन समय से पहले सारी तैयारी कर लेता। पासवाली दुकान से एक–दो पैसे के गट्टे मीठी खील, या कभी एक–आध गुड़ की डली ही काग़ज़ में लपेटकर सावधानी से जेब में डाल लेता। उस नटखट शैतान मुनिया की तसवीर आँखों पर तैरने लगती। मुझे उसकी आँखों में न जाने क्यों उस मुनिया का चित्र धीरे–धीरे उगता, उभरता, बढ़ता दिखलाई देने लगा, जिसे मैं दूर, अपनी कल्पना से भी दूर, दूर न जाने कहाँ छोड़ आया था, अपनी बेबसी के कारण।

एक अजीब उदासी घेर लेती। मैं पागलों की तरह बेतहाशा भागने लगता। उस कँपकँपी पैदा करनेवाली ठंड में भी पसीने से भीग आता, लेकिन थकता न था। वहीं उसी सड़क के बायें किनारे पर अकेले खड़े देवदार के पास ठिठक पड़ता, जहाँ वह नन्ही शैतान आँखें बिछाए खड़ी रहती।

"मुनिया!"

उसकी आँखें चमक उठतीं।

"बोल, क्या लेगी–?"

वह चुप देखती रहती। डाक का थैला अपनी बाँहों में समेटने की व्यर्थ कोशिश करती। बार-बार वह गिर पड़ता। बार-बार वह उसे उठाने का प्रयत्न करती। फिर कभी मेरी ओर, कभी डाक के थैले की ओर देखने लगती, खिसियाती हुई-सी।

"बोल न क्या लेगी?"

"चि....त...ती....ई।"

"अच्छा, अच्छा, चित्ती लेगी न!" मैं हँसे बिना न रहता। "बोल, किसकी चिट्ठी?"

"इ....जा।" कुछ अस्पष्ट-सा उत्तर मिलता।

"इजा, इजा (माँ) की चिट्ठी?"

वह अपनी बौनी उँगली को हवा में नचाती। मेरी नासमझी पर कुछ खीझती। सिर झटके से हिलाती, "नहीं।"

"तो क्या?"

"इजा...चित्तीई!" वह बड़ी मुश्किल से कह पाती।

अब कहीं मेरे मोटे दिमाग में बात कुछ बैठती–"हाँ, हाँ, समझा, समझा। तेरी इजा तुझसे चिट्ठी के लिए कहती है.... तेरे पिता जी की यानी बाजू की न?"

"हाँ, हाँ।" वह हँस पड़ती।

"कहाँ हैं वे?" मैं फिर उसकी भोली-भाली भाव-भंगिमा पढ़ने का प्रयत्न करता तो वह जिज्ञासा से देखने लगती, "ललाई में।"

"अच्छा...तो फिर!" गले में कुछ अटक-सा जाता। मैं उसके रुलाई-भरे चेहरे की ओर ताक़ने लगता जो अभी-अभी खिलकर फिर सहसा मुरझा गया है।

वह बैग के डोरे से उलझती खड़ी रहती चुप।

सुना था, उसका तरुण पिता भी अपनी जवान पत्नी नन्ही दुधमुँही बच्ची को छोड़कर औरों की तरह लाम में भरती हो गया है। कुछ दिनों तक कभी-कभी कहीं दूर देश से चिट्ठी आ जाती थी बिना अते-पते की। लेकिन, वह अब लापता है। कहीं से कोई खत नहीं आता।

मुनिया की अनपढ़ माँ भी भोली है, उसी की तरह। केवल इतना ही जानती है कि काग़ज़ में लिखी लोग कहते हैं, चिट्ठी आती है, जो अब नहीं आती। किसी का क्या भरोसा लड़ाई में! आग के मुँह से ही लौटकर कौन आ पाता है?

अपनी नन्ही मुनिया को सीने से लगाए वह रोती रहती है।

लोग कहा करते, कोई रिश्तेदार नहीं। सगा-सम्बन्धी नहीं। अभागिन अकेली पड़ी अपने फूटे करम को कोसती रहती है।

फिर खेत कौन जोतता होगा? फ़सल-पानी की देख-रेख कौन करता होगा? खाना-पीना कहाँ से कैसे चलता होगा? कभी-कभी ख़याल आता तो पूछ बैठता।

"कौन जोतता है किसी के खेत! सारी बस्ती उजाड़ पड़ी है। इने-गिने जो बचे हैं, उन्हें अपनी ही समेटने से फुर्सत कहाँ? फिर इस कलजुग में!" लोग कहा करते, "हित-मित्र कुछ दूर के रिश्तेदारी के हैं बेचारी के। वे भी उलटे गिद्धों की तरह आँखें फाड़े देख रहे हैं। कुछ मनचले छैले हमदर्दी दिखाते हुए, रिश्ते की आड़ में अपने घर चलने को कहते हैं और कुछ खूँख़ार भेड़िए घात लगाए बैठे हैं कि कब ये मर चुके और कब वे उनके वारिसों की लिस्ट में उस टूटी-फूटी जायदाद को निगलने के लिए अपना भी नाम लिखवाएँ। क्या करे बेचारी, भगवान के भरोसे पड़ी है।"

मुनिया के फूल-से कोमल शरीर में केवल दो नाममात्र के चिथड़े पड़े रहते।

"तू कहाँ रहती है मुनिया?" जब मैं पूछता तो वह मौन भाव से उँगली घुमाती इशारा करती, "ओ ओ, व्वढार (खाई) के पीछे। छानी में।"

"कहाँ, डंगरों के बाड़े में?" मैं विस्मय से देखता।

वह सिर हिलाती बुदबुदाती हुई कुछ कहती और चुप हो जाती।

"वह तो टूटी हुई है, पुरानी। सड़ी-गली। हिम जब गिरता है तब भी क्या वहीं रहती हो?"

"हाँ," वह उसी तरह फिर सिर हिलाती। ठंड से ऐंठते अपने हाथों को मोड़ लेती कुहनियों पर और आसमान की ओर देखने लगती।

मुनिया की आँखों में एक अनोखी वेदना टपकती जिसे सह न पाता।

"मुनिया!" उसे आवेश में थाम लेता।

दोनों हाथों से वह लिपट पड़ती बन्दरिया के नन्हे बच्चे की तरह।

मेरी ओर फिर देखने लगती डबडबाई आँखों से जैसे सहसा कुछ याद आया हो-"चित्ती!" उसके ठंड से नीले पड़े नन्हे अधर फड़कते।

झटका-सा लगता मुझे। समय का ध्यान आता। तन्द्रा टूटती।

"ओह चित्ती चित्ती!" व्यर्थ में बैग टटोलने लगता। यह जानते हुए भी कि इसमें मतलब का कुछ है नहीं। एकाएक तभी ख़याल आता। जेब में पड़ी गुड़ की डली उसके मुँह में डाल देता। नन्ही-नन्ही फूल की पंखुड़ी-सी कोमल नन्ही हवेलियों को सहलाता, चूमता। रूखे बालों पर हाथ फेरता, "बिटिया, तेरी चिट्ठी अबकी बार ज़रूर-ज़रूर लेता आऊँगा। समझी रानी बिटिया!"

वह रुआँसी मुँह ताकती रहती।

एक बार फिर उसे चूमता और फिर भारी बूटों से पुरानी जमी बर्फ़ की परतों को कर्र-कर्र....काँच की तरह तोड़ता। परेशान-सा टेढ़े-मेढ़े बर्फ़ीले रास्तों पर छिपने लगता। मुड़कर कभी झाँकता तो मुनिया वैसी ही पेड़ के सहारे खड़ी दीखती।

महीने बीते।

डाकख़ाने में रोज़ ढेर-सी चिट्ठियाँ आतीं। रोज़ ही हंगामा मचा रहता। कोई हँसते, कोई बिलख-बिलखकर रोते। मैं काठ-सा खड़ा सारा तमाशा देखता रह जाता। मुनिया की 'चित्ती' कहीं भी मिलती न थी। चिन्ता बनी रहती–उधर गया तो इस बार क्या बहाना बनाऊँगा? पिछली बार क्या बनाया था? इन्हीं आँकड़ों का हिसाब लगाता रह जाता।

तभी एक विचार सूझा। सरकार की तरफ़ से उन दिनों 'युद्ध चित्र' छपा करते थे, जो हर डाकखाने को मुफ्त बाँटने के लिए भेजे जाते। मोटा काग़ज़, आठ-दस पेजी, तरह-तरह के चित्रों से ढकी किताब कभी-कभी उस दूर उपेक्षित पहाड़ी डाकख़ाने में भी आ पड़ती थी। भूले-भटके कहीं संगीन चढ़ाए पहाड़ियों पर मोर्चा लेती सेनाएँ कहीं बादलों को रौंदते बमवर्षक कहीं अनन्त सागर के सीने को चीरते-मथते विशाल विध्वंसक, ज़हरीले धुएँ के काले वाले बादलों को उगलते हुए। जी बहलाने के लिए उसे मुनिया को दे दिया करता।

"चित्ती!" वह ख़ुशी से उछल पड़ती।

"हाँ।"

उसका रोम-रोम खिल उठता।

"मुनिया मुनिया! ले गट्टा ले जा। मीठी खील तो ले जा! अरी, गुड़ नहीं खाएगी ओ नन्ही शैतान!" मैं मुँह फाड़े चिल्लाता रहता। वह फुट-फुट हाथ नचाती, फुर्रर....घर की ओर उड़ जाती।

खड़ा का खड़ा देखता रह जाता। दूर बर्फ़ पर उस झोपड़ी के नज़दीक एक काली छाया-सी खड़ी रहती। वह हलकी दौड़ती छाया धूमिल होते-होते उसमें विलीन हो जाती धीरे-धीरे।

देखते-देखते एक वर्ष पंख लगाकर उड़ गया। मुनिया को 'युद्ध चित्र' मिलते रहे, जिन्हें समेट वह भी उड़ती रही।

इसी बीच बीमार पड़ा। लड़ाई ख़तम हो गई। मेरा तबादला हो गया और मैं अब जानेवाला था।

ये तीनों घटनाएँ अप्रत्याशित घटित हुई कि मुझे कुछ भी सूझ न पाया। यह एकाएक क्या हो गया?

अब क्या होगा? दिन-रात सोचता रहता। हो सकता है, उसका बाप ज़िन्दा लौट आए! हो सकता है, वह सदा के लिए संसार से चल चुका हो! अब तक जो पत्र की आशा अधरों पर अटकी थी, फिर वह भी न रहेगी तो क्या होगा? मैं कल्पना मात्र से काँप उठता।

आख़िरी बार उस डाकखाने की आख़िरी ड्यूटी पर जाना था। बैग लटकाए जैसे एक ज़माने के बाद फिर बूट-पट्टी कसकर तैयार हुआ। मुनिया के लिए ढ़ेर-से गट्टे, मिश्री,

जो कुछ भी सामने दीखा, जी में आया, खरीदता चला गया। रास्ते-भर ख़ुदा से दुआएँ माँगता रहा। उसके लिए....उसके लिए....उस नन्ही शैतान के लिए....

बर्फ़ पिघल चुकी थी तब। रास्ते कीचड़ से सने थे। बार-बार सावधानी बरतने पर भी पाँव रपटे बिना न मानते। लेकिन, अन्त में किसी तरह वह पहाड़ी आई, जहाँ वह सड़क के किनारे, देवदार के तले, पाँव पर पाँव टिकाए, हाथ कुहनियों पर दबाए, दाँत किटकिटाए, तने के सहारे, पत्थर पर पत्थर बनी खड़ी रहती। चुप!

देर तक खड़ा रहा। बार-बार इधर-उधर झाँकने पर भी कुछ दीखता न था।

पाँव फिर अनायास दूसरी ओर बढ़े जहाँ झोपड़ी के पास बर्फ़ पर एक छाया-सी खड़ी रहती थी कभी। काली धुँधली! हिलती! काँपती!

घना कुहरा ढका था चारों ओर।

दरवाज़े पर ठक्-ठक् आवाज़ लगाई, पर प्रत्युत्तर में कोई शब्द सुनाई न दिया। हौले से घास का गीला टट्टर हटाया तो वह हलके इशारे मात्र से ही औंधे मुँह फर्श पर गिर पड़ा।

देखा अन्दर–दो बछड़े बँधे हैं। गाय जुगाली कर रही है, पास ही। तमाम कमरे में बदबू आ रही है। भिन....भिन।

"मुनिया!" एकाएक चीखा।

पर आवाज़ सूनी हवा में बिखरकर विलीन हो गई। कुछ भी सुनाई न दिया।

तभी बाहर घास-फूस के चटखने की आहट आई। मुड़कर झाँका–धधकती हुई आग जल रही है। बहुत-से कपड़े जल रहे हैं। असबाब जल रहा है। धू-धू कर एक टूटी हुई झोपड़ी राख हुई जा रही है।

एक आदमी बन्दूक की नाल पर माथा टिकाए गमगीन बैठा है। बढ़े हुए बाल, अस्त-व्यस्त। गहरे ख़ाकी कपड़े मैले-कुचैले। बिना फीतों के बूट, लापरवाही से पहने। विकराल बना टकटकी बाँधे सामने की ओर देख रहा है। लाल-लाल आग की असंख्य जिह्वाएँ दो मासूम, बेक़सूर, अस्थिपंजरों को निगलने के लिए लपलपा रही हैं। सुख की नींद में दो ढाँचे सोए हैं। हारे हुए, थके हुए।

दाँतों से ओठ भींचते हुए आँखें मीच लेता है वह। घुटनों में सिर छिपाए काठ-सा बैठा रहता है, जैसे उसकी सारी चेतना, सारी शक्ति सिमटकर समाप्त हो गई हो।

अलग–अलग प्रश्न

"जिस तरह तुम पहले रहते थे, उसी तरह रहो....। मैं तुम पर कुछ भार नहीं डालूँगी। मेरी कोई भी रिस्पॉन्सिबिलिटी तुम पर नहीं होगी....।" कहती-कहती मणियन चुप हो जाती है।

पर कुमारन नायर का रंग कोरे काग़ज़ की तरह सफ़ेद है। वह कुछ भी कहने या न कहने की स्थिति में नहीं। जिस लड़की को वह इतनी दूर से जानता है, उससे इस तरह के प्रश्न की कल्पना भी नहीं कर सकता।....

"मैरेज का सवाल इतना आसान तो नहीं....।" वह अटक-सा जाता है।

"मैं कब कहती हूँ आसान है....।" उतावलेपन से मणियन कहती है–"मैंने कभी भी नहीं कहा कि तुम मुझसे शादी करो।....केवल कोर्टशिप के फार्म पर दस्तख़त कर दो....। क़ानून की बात पूरी हो जाएगी बस।"

"वीसा कब ख़त्म हो रहा है तुम्हारा...?" नायर कुछ रुककर पूछता है।

"सेवन्थ लास्ट डेट है....।"

लगभग तीन-चार महीने पूर्व उसे अपने भोजनालय 'साउथ इण्डिया' में भोजन के समय, कुमारन के साथ वह दिखलाई दी थी। तब वह नारंगी किनारी की काली साड़ी पहने थी। माथे पर जौ के दाने के बराबर काजल का कलात्मक टीका था। बात-बात पर वह बिना बात हँस रही थी। औरों की तरह नायर को भी वह हँसी अच्छी लगी थी।

किसी ने तब बाद में बतलाया था कि वह सीलोन से आई है। तमिल के साथ-साथ मलयालम पर भी अच्छा अधिकार रखती है। कहती है कि यूनिवर्सिटी से मनोविज्ञान में अनुसन्धान कर रही है। प्राय: खाने के लिए कुछ दिनों से यहाँ आ रही है। समुद्र के किनारे रहती है, इसलिए अधिक नमकीन है।

तब से नायर को वह प्राय: दिख जाती है। वह खाने की मेज़ पर अकेला होता है तो वह अपनी सीट से उठकर सामने बैठ जाती है और उसकी आकृति की ओर पता नहीं क्या देखती रहती है।

कोई तब बतलाता है कि वह केसों की स्टडी किया करती है। और उसके लिए नायर भी एक केस है....

एक दिन वह लेटा था। कुमारन भागता-भागता आया। उसे झकझोरते हुए बोला–"आज उसने एवरेस्ट जीत लिया है। वह मिस मणियन को कुतुबमीनार की आख़िरी मंज़िल तक चढ़ा लाया है। अब वह उसे हर छुट्टी के दिन यत्र-तत्र घुमाता रहेगा...।"

नायर को तब आश्चर्य नहीं हुआ था, क्योंकि परसों ही चेरियन कहता था कि वह 'लॉ-बोहीम' के आगे एक लम्बी कार से उतर रही थी। जोतवानी ने भी उसकी बात से सहमति प्रकट की थी और कहा था कि रिज रोड के अँधियारे में, रात को कई बार किसी अफ़्रीकन लड़के के साथ उसने खुद अपनी आँखों से देखा है। तब वह सहमी-सी ऐसी लगती थी, जैसे काली चट्टान की बग़ल में कोई छिपकली हो।

पिछले महीने कुमारन छुट्टियों में अपने घर त्रिवेन्द्रम गया तो उसके कमरे की चाबी उसने ले ली थी। पड़ोस के लोग कहते हैं–एक महीने तक, जब तक कुमारन नहीं लौटा, कमरे के आगे स्कूटर, कारों की कतार लगी रही। आधी रात तक कहकहों के बीच पश्चिमी संगीत का स्वर गूँजता रहता था।

लोग कहते हैं–वह बहुत अच्छा गाती है। उसका गीत सुनने के लिए बड़े-बड़े लोग लालायित रहते हैं।....अगर वह फिल्मों में जाती तो लाखों कमा लेती।

इसके विपरीत कुछ लोगों का विचार कुछ और है।

...ओनम के दिनों में वह अपराधियों के केसों के अध्ययन के लिए जालन्धर, अम्बाला गई और आठ-दस दिन तक वहाँ रही थी। कुमारन को भी ऑफिस से तब बीमारी की छुट्टी लेनी पड़ी थी।....कुमारन कहता था, वे एक ही बिस्तरा लेकर गए थे।

"वीसा की डेट अब बढ़ नहीं सकती?...." नायर तनिक सोचते हुए पूछता है–"यह समस्या हल हो जाती तो...."

"हल क्यों नहीं हो सकती! यदि मैं किसी इण्डिन-नेशनल से शादी कर लूँ। तभी तो कह रही हूँ–केवल औपचारिकता के लिए ही....।"

"यहाँ और कितना रुकना चाहती हो?"

"अधिक से अधिक एक वर्ष....।"

"फिर?"

"बस, घर लौट जाऊँगी।"

नायर घड़ी की ओर देखता है। क्षण-भर चुप खड़ा रहता है–"अच्छा, शाम को सोचकर कहूँगा।" उससे छुटकारा पाने के लिए कहता है।

वस्तुतः शाम तक भी कुछ सोच नहीं पाता। उसका मस्तिष्क वैसा ही भारी है। वह जानता है, वह निश्चित आ धमकेगी और....

सचमुच होता भी ऐसा ही है। वह होटल से खाकर लौट रहा था कि वह टकरा जाती है। अँधियारे मोड़ पर उसका हाथ थामती हुई कहती हैं–"तुम सच, पत्थर के आदमी हो।"

वह पत्थर का आदमी है या नहीं–नायर की ओर से कोई उत्तर नहीं होता।

दोनों साथ-साथ कमरे में आते हैं।

"मुझे तुमसे कुछ अन्तरंग बातें करनी हैं–कहो तो दरवाज़े बन्द कर दें....!" उत्तर की प्रतीक्षा किए बिना ही वह कुण्डा भीतर से बन्द कर देती है। बहुत देर तक इधर-उधर की बातें करती रहती है। फिर कुछ गम्भीरता से कहती है–"मैंने डिसाइड कर लिया है। अब मैं तुमसे ही विवाह करूँगी। तुम्हारे बिना मैं जी नहीं सकती।"

नायर का मन शंका से काँप उठता है।....उसकी मँगनी एर्नाक्यूलम के किसी बिजनेसमैन की लड़की से हो चुकी है। उसे अब केवल घर जाने के लिए छुट्टी की प्रतीक्षा है, जो मिलती नहीं। कम्पनी नई-नई है, किसी भी स्थिति में उसे छोड़ने को तैयार नहीं।

"तुम्हें सचमुच क्या चाहिए?" वह परेशानी से पूछता है।

मणियन मुस्कराती हुई कुर्सी की पाटी पर बैठ जाती है–"हँसी छोड़ो। कल हाई कमीशन जाना होगा। कुछ और भी कामों में मदद कर दोगे न? मेरी पढ़ाई का सिलसिला जम जाएगा। सीलोन जाकर शायद मुझे अच्छा-सा काम मिल जाएगा।"

नायर चुप रहता है। मणियन चुप रहती है। उसकी साड़ी का पल्ला नीचे गिरा है, जिसे वह ऊपर उठाने की आवश्यकता अनुभव नहीं करती।

"कभी-कभी मुझे लगता है," मणियन सन्नाटा तोड़ती हुई कहती है, "ये शादी-विवाह ये सारे बन्धन व्यर्थ नहीं?....क्या पुरुष और नारी के बीच अन्य किसी बनावटी रिश्ते की भी आवश्यकता है?"

नायर वैसा ही मौन अबोध बच्चे की तरह देखता रहता है।

"क्या यह सच नहीं कि तुम पुरुष हो और सेक्स भी एक भूख है....?"

"आख़िर तुम कहना क्या चाहती हो?" नायर झुँझलाकर पूछता है।

"मैं कुछ नहीं चाहती। कुछ देर तुमसे बातें करूँगी। तुम्हारे पास बैठूँगी और आवश्यकता अनुभव हुई तो....!"

नायर की समझ में नहीं आता कि इस सामने बैठी पागल लड़की से क्या कहे! वह उठकर बालकनी पर खड़ा हो जाता है। बाहर की ओर असमंजस से ताक़ता रहता है।

तभी कोई दरवाज़ा खटखटाता है। आवाज़ देता है।

नायर के सारे शरीर पर पसीना छलक आता है। वह बचाव का कोई रास्ता टटोले इससे पूर्व मणियन स्वयं उठकर दरवाज़ा खोलती है। मुस्कराती हुई कहती है–"आइए!"

नायर के पाँवों-तले फर्श खिसक जाता है। ये लोग उसी के प्रदेश के रहने वाले हैं। कल सुबह होने से पहले-पहले यह ख़बर दिल्ली के सारे केरलीय-समुदाय में फैल जाएगी कि उसके कमरे में आधी रात के समय मरियन थी–भीतर से कुण्डा बन्द था....

"ये मुझसे अपनी रिसर्च के विषय में कुछ पूछने आई हैं....।" वह इन शब्दों के साथ सफ़ाई पेश करे, इससे पहले मणियन कह उठती है–"रिसर्च-विसर्च तो चलती रहती है जी!....मैं असल में इनसे शादी करने जा रही हूँ। बातें तय हो जाएँगी और कल कोर्ट में....।"

सब दोनों को कांग्रेच्युलेशन देते हैं–नायर की पीठ थपथपाते हैं और ज़ोर-ज़ोर से हाथ मिलाते हुए पार्टी देने का आश्वासन भी ले लेते हैं।

नायर को कुछ कहते नहीं बनता, परन्तु दूसरी ओर मणियन खिलखिलाती-हँसती रहती है।

वह उन लोगों से बैठने का आग्रह जानबूझकर नहीं करता। वे भी जल्दी में है। कल 'केरल क्लब' की मीटिंग है। प्रेसिडेण्ट थामस बने या पिल्लई–इस पर विवाद है। इसलिए वे लोग इस रात के समय भी गली-गली घर-घर घूम रहे हैं ताकि उनका अपना उम्मीदवार हर हालत में जीत सके....

नायर उन्हें बाहर ले जाकर स्थिति समझाता है। उनके साथ-साथ कुछ घरों की परिक्रमा भी कर आता है।

अन्त में अपनी ओर से किसी सीमा तक सन्तुष्ट होकर लौटता है। देखता है, दरवाज़े वैसे ही अब भी खुले हैं। रोशनी वैसी ही जल रही है। उसकी चारपाई पर मणियन पसर गई है। उसके पर्स के पास एक अधलिखा पत्र है, जिसे वह अपने किसी पुरुष-मित्र को सीलोन भेज रही है।

नायर देर तक दुविधा में खड़ा रहता है। फिर कुर्सी पर बैठ जाता है। उसकी समझ में नहीं आता कि वह कहाँ सोए?–एक ही कमरा है। एक ही चारपाई। एक ही मेज़ और एक ही कुर्सी–इस 'एक ही' की स्थिति में वह पिछले नौ साल से किसी तरह गुज़ारा कर रहा है।

मेज़-कुर्सी खिसकाकर, फर्श पर ही सोने के लिए दो हाथ जगह बनाता है वह। अटैची से दो चादरें निकालता है।

बिछाने के लिए वह उनकी तहें खोल ही रहा था कि मणियन जग पड़ती है–"यह क्या कर रहे हो?" आँखें मलती हुई देखती है–"नई चादरें कल निकालना फार्म पर दस्तख़त करने के बाद।....आज ऐसे ही सो जाओ।....लाइट ऑफ करो....।"

नायर वैसा ही चुप।

चादरें वैसी ही अधखुली।

"क्यों, क्या सोच रहे हो?"

"कुछ नहीं–"

"ये चादरें लिए क्या कर रहे हो...?"

"कुछ नहीं। बिछा रहा हूँ–अपने लिए–"

"क्या इतनी बड़ी चारपाई पर तुम नहीं समा सकते?" वह झुँझलाकर देखती है।

"तो फिर तुम कहाँ सोओगी?"

वह हँस पड़ती है–"तो अब समझी तुम्हारी परेशानी! अरे बाबा, तुम सो जाओ। हम अपने घोंसले में चले जाएँगे–बस!"

वह अंगड़ाई लेती बिखरे वस्त्रों को सम्हालती उठ खड़ी होती हैं–"मैं तो हँसी कर रही थी। स्त्री को देखकर तुम्हें इतना भय क्यों लगता है? आख़िर तुम पुरुष हो न!"

वह बिखरे जाल की तरह खुली चादरें समेटकर मेज़ पर रख देती है और कल आने का वादा करके चली जाती है।

दूसरे दिन–

नायर प्रात: से ही इस परेशानी में है कि यदि वह आ गई तो कैसे कोर्ट में चलने के लिए 'हाँ' करेगा और कैसे 'ना'! किन्तु नौ बजे तक वह नहीं आती तो उसे कुछ राहत मिलती है। वह झटपट ऑफिस के लिए खिसक पड़ता है।

शाम को वह बहुत देर से लौटता है। उसे यह जानकर बड़ा सन्तोष मिलता है कि कोई भी उसे पूछने के लिए नहीं आई।

इस तरह कुछ दिन बीतते हैं। उसे आश्चर्य होता है कि वह क्यों नहीं आई। यद्यपि उसका न आना बहुत अच्छा-सा लग रहा था, फिर भी कुछ उत्सुकता तो थी ही। एक दिन वह ऑफिस से आकर गीले कपड़े उतार ही रहा था कि पानी में भीगी वह आ खड़ी होती है।

"मैं आ सकती हूँ?" अतिरिक्त औपचारिकता से कहती है।

नायर के पाँवों पर सिकुड़ी अधखुली पैंट वैसी ही रह जाती है।

"मेरा काम हो गया था।" वह गीले कपड़ों समेत वैसे ही कुर्सी पर बैठ जाती है। नायर गीली पैण्ट को ऊपर उठाकर बकलस फिर कसने लगता है।

"मैं तुम्हीं को ले जाने का विचार कर रही थी। फिर सोचा, तुम्हारा बहुत संकोची स्वभाव है...."

"तो फिर किससे–"

"मिस्टर रामचन्द्रन से।" मणियन कहती है–"वह स्वयं ही तैयार हो गया। पर जानते हो, उसने क्या शर्त रखी?"

नायर उत्सुकता से देखता है।

वह होंठों ही होंठों में बुदबुदाती है, मुस्कराती है और फिर मुँह निचोड़ती हुई कहती हैं–"जानवर है, जानवर! जानवर की भी क्या कोई शर्त हुआ करती है....खैर, छोड़ो भी....।"

रामचन्द्रन यहीं पास ही लोदी कॉलोनी में रहता है। बेचलर है।....पचास से ऊपर की अवस्था। एक कमरा किसी से किराये पर लिया है। एक सेकण्ड-हैण्ड स्कूटर है। कुल मिलाकर अच्छा आदमी नहीं समझा जाता। 'बेचलर' के सारे गुण उसमें हैं।

मणियन ने उससे शादी की–यह उसे अच्छा नहीं लगता।

"रहती कहाँ हो अब?" पूछता है वह।

"उसी के पास–"

"रिसर्च का काम चल रहा है?"

"कुछ-कुछ....।"

ऐसी भी क्या बात है–"

"मिस्टर रामचन्द्रन का भी तो बदले में बहुत-सा काम करना पड़ता है।" मणियन कहती हैं–"उसके स्कूटर का चालान हो तो मुझे जाना पड़ता है। ट्रांसफर रुकवाना मेरा काम है। अब वह कहता है कि उसकी तरक्की भी मुझ पर ही आधारित है। अपना और अपने दोस्तों का सारा काम समेटकर, शाम को मेरे सामने रख देता है। हर जगह मुझे साथ ले जाता है–अपना रोब दिखलाने के लिए और लोगों से व्यर्थ में परिचय कराता रहता है कि मैं उसकी पत्नी हूँ। साइक्लॉजी में रिसर्च कर रही हूँ।...." वह कुछ रुककर कहती है–"इसीलिए तो हज़रत से कहती थी कि कुछ मदद करो। इस एक्सप्लायटेशन से तो बचती!"

नायर प्रत्युत्तर में कुछ कह नहीं पाता। कुछ देर सन्नाटा रहता है–"यह तो अच्छा नहीं हुआ...!"

"अच्छा-वच्छा क्या है छोड़ो भी।" वह उठ खड़ी होती है–"अच्छा-बुरा, पाप-पुण्य का भी क्या कोई पैमाना है?....उठो तुम्हें घुमा लाऊँ।"

"कहाँ?"

"मैंने अभी बतलाया नहीं कि दो टिकटें खरीदी हैं–पिक्चर की। जिसके लिए खरीदी थीं, वह किसी कारण आ नहीं पाया। सोचती हूँ अब तुमको ही ले चलूँ।"

"अच्छा तो यह बात!" सहज ही हँसता हुआ नायर कहता है–"हाँ, तो वह है कौन?"

मणियन शरारत से मुस्कराती है–"वह एक आदमी है। आदमियों की तरह रहता और जीता है। उसे स्त्रियाँ अच्छी लगती हैं इसलिए मैं भी अच्छी लगती हूँ। स्त्री उसी पुरुष को पसन्द करती है, जो स्त्री को पसन्द करता है–समझे!"

ज़ोर से हँस पड़ता है नायर–"तो तुम इस 'सब्जेक्ट' पर भी रिसर्च कर रही हो!"

बाहर अभी तक वर्षा की बौछारें हैं। नायर की समझ में नहीं आता कि वह जाए या नहीं। वह वैसा ही बैठा रहता है।

उसे बैठा देख, वह स्वयं भी चारपाई की पाटी पर बैठ जाती है और सामने किसी घर की निचली छत पर टकराती बूँदों को देखती रहती है–

"तुम्हारी होने वाली मैरेज का क्या हुआ?" मणियन पूछती है।

"छुट्टी कहाँ मिली?"

"तो–"

"तो क्या, कुछ भी नहीं–"

"तुम्हारी शादी होगी तो तुम कैसे क्या करोगे?" मणियन मुस्कराती हुई देखती रहती है।

"लाओ तुम्हारा हाथ देखूँ।" वह उसका हाथ थामती है–सहलाती हुई पूछती है–"तुम कभी बीमार पड़े?"

"ना।"

"झूठ!....तुम्हें कभी आकस्मिक धन-लाभ हुआ?"

"ना।"

"यह भी झूठ!" वह बड़े ध्यान से देखती है–"तुम्हारे बचपन में बहुत-से अफेयर्स चले....!"

वह हँस पड़ता है। हाथ छुड़ाने लगता है पर वह छोड़ती नहीं, "तुम्हारी मंगनी जिस लड़की से हुई उसका बाप बिजनेसमैन है। वह लड़की काली-कलूटी है....आँखें कम देखती हैं....झुक-झुककर चलती है....इतनी मोटी है कि....।"

दोनों अट्टहास कर हँस पड़ते हैं।

वह ज़बरदस्ती उसे पिक्चर ले जाती है।

बहुत दिनों तक इसके बाद वह दीखती नहीं। यद्यपि किसी कार्यविशेष से फिर मिलने के लिए आने को कह जाती है।

तब एक बार वह होटल में दिखलाई देती है–उसके साथ कोई और व्यक्ति है। नायर जानबूझकर उसके सामने से होकर गुज़रता है, पर मणियन देखकर भी अनदेखा कर देती है।

नायर को लड़-झगड़कर किसी तरह छुट्टी मिल जाती है–इस विश्वास के साथ कि वह पन्द्रह दिन के भीतर अवश्य लौट आएगा। उसे छह तारीख़ को रवाना होना है, इसलिए वह जल्दी-जल्दी घर जाने की तैयारी में जुट जाता है।

रात आधी से अधिक बीत गई है। वह सामान समेटने में लगा है। कल उसे समय नहीं मिल पाएगा, इसलिए वह बहुत सारा काम आज ही समाप्त कर डालना चाहता है।

तभी हौले-हौले कुण्डा खटकता है। वह लपककर दरवाज़ा खोलता है। देखता है–सामने मणियन खड़ी है। बेहद प्रसन्न। उसके एक हाथ में अटैची और दूसरे में होंल्ड-ऑल थमा है....

स्वाभाविक ढंग से भीतर प्रवेश कर किवाड़ बन्द कर लेती है।

इस तरह, इस आधी रात में स-सामान आते देख नायर को विस्मय होता है।

"आज बे-वक्त कैसे?"

"रामचन्द्रन से झगड़ा हो गया।"

"कैसे?"

"ऐसे ही। मुझे छोड़ता न था, अत: मैंने ही झगड़ा शुरू किया...."

"तो क्या सचमुच छोड़ दिया?"

"छोड़ता कैसे नहीं...?" मणियन तनिक आवेश से कहती है–"तलाक मंजूर हुए पन्द्रह दिन हो गए। एक-एक दिन करके इतना अर्सा हो गया। अब कहता था–कम-से-कम कुछ समय तो और रुको।"

"तो तुमने क्या कहा?"

"कहा क्या, बस, मुझे उसके साथ नहीं रुकना है।"

"क्यों?"

"क्यों क्या?....मैं बिस्तरा जो ले आई हूँ।....आज से तुम्हारे साथ रहा करूँगी....।"

नायर कुछ परेशान-सा नज़र आया–"तो यहाँ कैसे रहोगी? मैं कल ही घर जा रहा हूँ। सत्रह को मेरी मैरेज है....।"

"तो मैं भी तुम्हारे साथ-साथ चलूँगी। मेरी भी तो मैरेज है....।" वह हँस पड़ती है। मणियन खिसककर उसके समीप बैठ जाती है। ज़बरदस्ती उसे अपनी ओर धकेलती हैं–"मैं आज बेहद ख़ुश हूँ।...." उसका चेहरा अपनी हथेलियों में भरती है। आँखों में आँखें डाले देखती हैं–"बतला कहाँ से मुँह जूठा करूँ!"

नायर हक्का-बक्का रह जाता है।

"अरे, तुम घबरा रहे हो।" वह बच्चों की-सी निरीहता से कहती हैं–"तुम्हारी शादी होने जा रही है और तुम ख़ुश नहीं...."

नायर अपने को मुक्त करता है।

"हाँ, तुम्हारी रिसर्च का क्या हुआ?"

"पूरी हो गई। अब मैं सीलोन जा रही हूँ।" वह अपने पर्स में से एक पत्र निकालती है और उसकी ओर बढ़ाती है....

"....इतना लम्बा अन्तराल!....चार साल का अर्सा कुछ कम तो नहीं!....मुझे केलानियाँ यूनिवर्सिटी में लेक्चरारशिप मिल गई है। ....तुम्हें भी अब अच्छा जॉब मिल जाएगा।.... तुम्हारी अधिक प्रतीक्षा नहीं कर सकता।....जिस दिन यहाँ पहुँचोगी, हम उसी दिन शादी कर लेंगे...."

वह पत्र को सहलाकर बड़े जतन से बन्द करती है।

"तुम भी कल जा रहे हो न?...." वह मुस्कराती हुई पूछती है—"तो दोनों साथ-साथ चलेंगे। मैं रामेश्वरम् से स्टीमर ले लूँगी।"

उसकी आँखें हँसने लगती हैं। चेहरा काले गुलाब की तरह खिल जाता है। अपने हृदय की असीम प्रसन्नता वह अपने भीतर समेट नहीं पाती।

नायर घड़ी की ओर देखता है। एक बजने को है। सब सो गए हैं।

वह सामान हटाकर सोने की व्यवस्था करता है। मणियन के लिए अलग बिछाने लगता है तो वह झिड़क देती हैं—"क्या सचमुच पागल हो गए हो! कितनी ख़ुशी का दिन है।.... आज भी क्या....!"

सम्बन्ध

उसकी आकृति में इस बार असमंजस का भाव न था, न परेशानी का ही। लगता था, इन सबसे अब वह परे पहुँच चुकी है–सुख-दुख की सीमा से भी दूर।

उगो फिर आई थी आज–उनो की मृत्यु पर।

चारों ओर अज़ीब-सा अँधेरा था। एक सीमाहीन बर्फ़ की-सी ठंडी चादर जैसे देह पर लिपट गई हो।

उसकी पारदर्शी आँखों से रीतापन रह-रहकर झाँक रहा था। आज न जाने कितने वर्षों बाद उसे फिर देख रहा था। उसने वैसी ही अखरोटी रंग की साड़ी पहनी थी। वैसे ही सँवरे बाल। जब से वह आई थी एक भी शब्द उसके भिंचे अधरों से फूटकर बाहर न आ पाया था। मैं हमेशा की तरह आज भी, समुद्र के किसी धुँधले तट पर कुछ टटोलने की असफ़ल चेष्टा कर रहा था। पता नहीं कब से बैठा! और अब बैठा-बैठा भी थक गया था। 'तुम्हारे पाँवों पर अंकुर उगने लगे हैं,' शिशिर कहता था।

आदमी के शरीर पर भी अंकुर उग सकते हैं–मुझे सच नहीं लगता। कछुए की तरह उगो ने अपनी देह सिकोड़ ली थी। कम्बल के किनारों से अपने पैरों की ठंडी अँगुलियाँ कसकर छिपा ली थीं। नावनुमा टेबल लैम्प के मस्तूलों की ओर वह पता नहीं कब से टकटकी बाँधे देख रही थी। मस्तूलों का रंग काग़ज़ की भाँति सफ़ेद होने के बावजूद कुछ-कुछ पीला लग रहा था। प्रकाश का दायरा एक छोटे-से वृत्त तक सीमित था। उगो की आकृति स्पष्ट नहीं दिखलाई दे रही थी। बस, इतना ही लगता था कि वह चुप है और कुछ भी नहीं सोच रही है तसवीर की तरह।

जिस तरह उगो आज इस घर में आई थी, उसी तरह अनायास एक दिन इस घर से चली गई थी। जिस तरह आज उसने आने के लिए नहीं पूछा, उसी तरह जाने के दिन भी वह बिना पूछे ही चली गई थी, एक भी शब्द कहे बिना। मैं तब लम्बी बीमारी से उठा था।

पिछले कुछ अर्से से उगो का व्यवहार काफ़ी बदला-बदला लगता था। न वह ठीक ढंग से बोलती, न ठीक ढंग से खाती और न रात को ही ठीक ढंग से उसे नींद आ पाती। एक दिन आधी रात के समय, मैं बाथरूम जाने के लिए उठा, तो अँधियारे में देखा—वह जगी है, घुटनों में मुँह छिपाए, नन्ही बच्ची की तरह सिसक-सिसककर रो रही है।

उसे इस तरह रोती देख मुझे आश्चर्य नहीं हुआ था। जिस तरह की ज़िन्दगी वह उन दिनों जी रही थी, उसे देखते हुए यह सब स्वाभाविक था। बाथरूम से लौटने पर मैं कमरे में न आकर, सीधा बैठक में गया और वहीं सोफे पर लेटकर मैंने वह रात वैसे ही गुज़ार दी थी। उससे मैंने इस विषय में कभी कुछ कहा नहीं। न उसने ही कहने की आवश्यकता अनुभव की। बिना परस्पर कुछ बोले, बिना कुछ कहे, तटस्थ दर्शक की तरह हम एक-दूसरे को देख ही नहीं कहीं परख भी रहे थे।

उन दिनों अकसर वह रात को देर से घर आती। खाने का जैसा कुछ अभिनय करती। मैं जानता था, खाना वह बाहर से खाकर आती है। और फिर पलंग पर औंधे मुँह सो जाती। यह इतने सहज और स्वाभाविक ढंग से रोज़ होता कि कभी-कभी तो ख़ुद मुझे अचरज हुए बिना न रहता।

जब वह आती तब मैं पढ़ रहा होता। जब वह खाती तब मैं पढ़ रहा होता। और जब वह सोती तो तब भी उसी तरह मेज़ पर कुहनियाँ झुकाए किसी पुस्तक के अधखुले पन्नों पर मेरा हाथ होता। न वह कुछ बोलती, न मेरी ही ओर से बोलने का प्रश्न था।

एक दिन उसने न जाने क्या सोचकर आवेश में अपने बदन के कपड़े तार-तार किए और अपने सारे प्रेम-पत्र मेरे सामने मेज़ पर ताश के पत्तों की तरह बिखेर दिए। लेकिन मेरी आकृति में कुछ भी प्रतिक्रिया न थी। मैंने उसी सरल भाव से वे सारे के सारे पत्र समेटे और बिना देखे ही उसकी ओर बढ़ा दिए। मुझे पता था कि वे किसने लिखे थे, उसे और उनमें क्या लिखा हुआ था। उसके चेहरे का रंग कब किस तरह बदलता है, उस पर इसकी कैसी प्रतिक्रिया होती है, यह देखने को मेरा मन नहीं था। पहले की तरह मैं पढ़ता रहा था।

यह भी होगा एक दिन—दरअसल मैं पहले से ही अनुमान लगा चुका था। और एक दिन जब सचमुच यह हो गया, तब मेरे लिए अचम्भे की बात न थी। और अन्त में—

इसी तरह एक दिन, साँझ के समय, मैं लॉन पर बैठा कुछ पढ़ रहा था। शायद वे जाड़ों के दिन थे। वह अपना थोड़ा-बहुत ज़रूरी सामान समेटे मेरे सामने से निकल गई थी, अटैची थामे। एक भी शब्द बोले बिना।

तब भी उस दिन मुझे आश्चर्य न हुआ। यह भी होना है, मैं जानता था। और जानता था कि बाहर गेट पर खड़ी टैक्सी अब किधर मुड़ेगी। वहाँ से आगे, कितनी दूर, किस दिशा में जाएगी। उगो मिट्टी-पत्थर का एक घर छोड़कर, मिट्टी-पत्थर के ही किसी दूसरे घर चली गई थी।

जब वह चली गई, तब भी मैं पहले की तरह पढ़ता रहा था। उस दिन भी आज की तरह सर्दी थी और आज की तरह उस दिन भी मैं निपट अकेला था।

वह पन्द्रह-सोलह साल साथ रही। पर कोई भी इस तरह की बात उगो आज नहीं करती। वस्तुत: किस दिन उनो यहाँ आई थी, उगो को पता था। किस दिन, किस बीमारी से उनो गुज़री उगो यह भी भूली न थी। जैसे एक-एक क्षण एक-एक पल का हिसाब वह जानती ही नहीं, रखती भी थी।

बहुत-सी विषमताओं के बावजूद उगो और उनो में पर्याप्त समानता थी। अपनी बड़ी बहन उगो से, उनो कोई आठ साल छोटी थी। जब वह चिड़िया की तरह चहकती हुई चलती थी, तब का एक चित्र अब तक मेरे पास रखा है। उसने छोटा-सा फ्रॉक पहना है। परिवार के किसी उत्सव में, वह मेज़ पर खड़ी कोई गाना गा रही है। यदि मैं गलती पर नहीं हूँ तो वह चित्र भी सम्भवत: मैंने ही खींचा था।

अब अँधेरा है। बाहर ठंडी हवा चल रही है। चारों ओर सन्नाटा। बाहर युकलिप्टस के पेड़ से कोई पक्षी उड़ रहा है।

"क्या बजा होगा?" जैसे हिम की-सी भारी चट्टान पर दरार पड़ी कहीं। उगो ने बहुत देर सोचने के बाद यों ही उत्तर दिया—"चार का समय होगा।"

"दिन कितने बजे निकलता होगा?"

"सवा छह बजे के क़रीब।"

उनो सवा आठ बजे के लगभग गुज़री थी। उस दिन के बाद मैं फिर कभी घूमने नहीं गया और न मैंने कभी उगता सूरज ही देखा।

अब तक भी उगो उसी तरह रंगीन पालदार नाव देख रही थी। उस पर जैसे किसी भी शब्द का किसी भी शब्द के अर्थ का, कोई असर नहीं होता। 'उनो के कपड़े, उनो की पुस्तकें, उनो की घड़ी, उनो की चप्पल—सब उसने समेटकर एक ओर रख दी थीं। कल शाम आते ही उसने पहला काम यही किया था।

अपनी माँ की मृत्यु के बाद उगो सबसे बड़ी थी और उनो सबसे छोटी। उनो के मरने के बाद अब उगो ही सबसे बड़ी थी और उगो ही सबसे छोटी।

मेरे सामने अब तक पुस्तक खुली थी, जिसे शाम से पढ़ रहा था। मुझे नींद नहीं आती। चौबीस घंटे में मुश्किल से एक-दो घंटा सो पाता हूँ, वह भी गहरी नींद नहीं। अभी रात बाक़ी है। अभी तक वह मस्तूलों की ओर देख रही है।

दवा का समय होने पर, सिरहाने के पास रखी रैक से उठाकर मैं स्वयं ले लेता हूँ। दूसरों के सहारे रहने की मेरी आदत न तब थी और न अब है। शतरंज की गोटी की तरह वह दवा की शीशी उठाती है और लेबल पढ़कर, उसी तरह उसी जगह पर रख देती है। एक नहीं, एक-एक कर प्राय: सभी शीशियाँ देख जाती है।

लगता है अकेला कम्बल पर्याप्त नहीं। ठंड से ठिठुरकर उसका छोटा आकार और छोटा हो गया है। "आप पढ़ नहीं रहे हैं तो रोशनी बुझा दूँ! आँखों में चुभ रही है।" और उत्तर की प्रतीक्षा किए बिना वह स्विच ऑफ कर देती है।

अँधेरा अब और गहरा हो गया था। हम दोनों चुपचाप बैठे थे, पता नहीं कब तक! केवल एक-दूसरे की साँसें और बाहर हवा से ठिठुरते वृक्षों की आहट के अतिरिक्त और कुछ सुनाई नहीं देता था। अँधेरे में किसी के चलने का-सा आभास हुआ तभी। कुछ क्षण बाद ग़ुसलख़ाने की तरफ़ का कोई दरवाज़ा खटका। धुँधली रोशनी की धार गलियारे का फर्श काटने लगी थी। मैं उसी तरह बुत की भाँति बैठा था।

रोशनी की धार फिर ओझल हो गई। फिर कमरे में आहट आई। इस बार ट्यूब लाइट टिपटिपा पड़ी। सामने खड़ी उगो अब काफ़ी हलकी लग रही थी ताज़ी भी। वैसी ही जैसी पन्द्रह-बीस वर्ष पूर्व कभी लगती थी।

अब तक मैं बहुत कुछ सोच गया था। और यह भी कि आते ही अब वह घूमने चलने के लिए कहेगी। मेरे आश्चर्य की सीमा न रही, जब आते ही उसने यही प्रश्न दुहरा दिया। इस बार भी उसने मेरे उत्तर की प्रतीक्षा नहीं की। मेरी अधखुली पुस्तक उठाकर मेज़ पर पटक दी। गर्म कपड़े खूँटी से उतारकर, एक-एक कर मेरे सामने रखने लगी।

मेरी समझ में नहीं आया कि उसे कैसे पता होगा कि इन दिनों मैं घूमते समय ये-ये कपड़े पहनता हूँ। जब बाहर निकले, तब पहले उसने धीरे से गेट बन्द किया। फिर ऊनी मफलर मेरे कानों के चारों ओर लपेट दिया।

उनो भी ठीक ऐसा ही करती थी। पहले हौले से गेट बन्द करती उसके बाद ख़ुद अपने हाथों से मफलर कसकर लपेटती थी कि कहीं मुझे सर्दी न लग जाए।

मुझसे कुछ हटकर चल रही थी उगो। उनो भी इसी तरह चला करती थी और चलते समय कुछ भी नहीं बोलती थी। घूमने से लौटने पर, नहाने से पहले, मैं एक कप हल्की चाय का लेना पसन्द करता था। यह आदत नई बनी थी, कुछ ही महीनों से।

खूँटी पर छड़ी लटकाकर, मैं अख़बार खोलकर बैठा ही था कि देखता हूँ, उगो चाय का प्याला लिए खड़ी है। अपनी रुचि की कुछ पत्रिकाएँ उनो विदेशों से मँगाया करती थी। हमेशा की तरह उसी के नाम से वे अब तक आ रही है। एयर-फ्रांस का यह कैलेण्डर वही लाई थी। स्विट्‌जरलैण्ड से लौटते समय या पता नहीं कहाँ से। बाहर गेट पर उसके नाम की भी एक तख़्ती टँगी थी, जो अब तक उसी तरह लटक रही है।

नहाते समय मैं सोच रहा था कि दोपहर के भोजन के पश्चात् उगो उनो की सारी वस्तुएँ उलट-पलटकर देखेगी और फिर ख़ूब रोएगी और शाम को ही यहाँ से चली जाएगी। सचमुच भोजन के बाद ईजी चेयर पर आराम करने के लिए लेटा ही था कि देखता हूँ,

उगो ने टेबल पर उनो की सारी वस्तुएँ बिखेर दी हैं। एक-एक वस्तु को जतन से सहेजकर वह अपनी अटैची में रख रही है और फूट-फूटकर रो रही है।

चारों ओर अज़ीब-सी लालिमा थी। सूरज डूब न पाया था। मैं बाहर लॉन पर, बेंत की कुर्सी पर निढाल गिरा कुछ पढ़ रहा था, तभी उगो अटैची थामे, सूनी निगाहों से इधर-उधर देखती अपरिचिता की तरह सामने से निकल गई। इस बार भी वह कुछ बोली नहीं।

उसके इस व्यवहार पर मुझे आश्चर्य नहीं हुआ। यह भी होना है, मैं जानता था। और जानता था, बाहर गेट पर खड़ी टैक्सी कब किधर मुड़ेगी। यहाँ से आगे कितनी दूर, किस दिशा में जाएगी। उगो जहाँ से फिर कभी भी लौटकर नहीं आएगी।

सँपेरा

सँपेरा आया है। चौपाल में बीन बज रही है। बच्चे-बूढ़े, औरत-मरद सब उसके चारों ओर घेरा बनाए बैठे हैं। तरह-तरह के साँप हैं सँपेरे की पिटारियों में। बीन बजती है, चौड़ा फन फैलाए साँप झूमता है। सँपेरा आँखें मूँदे झूमता है....लोग झूमते हैं.... एक समाँ-सा बँध जाता है।....

पास ही एक झीने घर में बुढ़ऊ रामकेर पालथी मारे, ठोड़ी-घुटने मिलाए, आँखें मूँदे पत्थर की तरह बैठा है। सँपेरे की बीन से केवल एक साँप झूम रहा है, पर उसे लगता है, कितने ही विषधर लपक-लपककर फन हिला रहे हैं, जीभ लपलपा रहे हैं और वह ज़हर की हर चोट को हर घाव पर मन मसोसे सह रहा है।....

"कौन सँपेरा आया है?...." पत्नी की आवाज़ से उसकी तन्द्रा-सी टूटी। अचकचाते हुए उसने इधर-उधर देखा और फिर चुप हो गया....बहरा-गूँगा-सा....

इसी तरह गाँव में एक सँपेरा आया था। एक बार....याद आया उसे....हरे-हरे चमकीले साँपों से पिटारियाँ भरी थीं। मालाओं की तरह लिपटे कितने ही भुजंग उसके गले में सनसना रहे थे। यह नीलगिरि का बेतिया हरा साँप, यह आसाम के वनों का। यह नेपालराज की तराई का, यह विलायती गहरा हरा-काला और यह पीला मंदिरों का नाग....!

कुछ दिनों तक सँपेरा उसी के औसारे पर रहा, भूली जमाए। चारों ओर के गाँवों में धूम मचती रही। दिन-रात बीन बजती रही....

"बाबा, मैं भी सँपेरा बनूँगा....बीन बजाऊँगा। साँप नचाऊँगा। क्यों बाबा, आपको अच्छी नहीं लगती बीन....?" सुच्चन ने एक दिन कहा था। तब वह क्रोध से देखता रहा था पलकें फाड़े....

"निगोड़े दाढ़ीजार, सँपेरा बनेगा मुँहजरे!" कड़ककर इतने ऊँचे स्वर में गरजा था कि सुच्चन का नन्हा-सा तन काँप आया था।

और उसी शाम उसने सँपेरे को बुलाकर फटकारा, सँपेरे, यह अपना ताम-झाम कब उठा रहा है यहाँ से? क्यों उस मुँहजरे को बिगाड़ रहा है? आज कहता था निगोड़ा....सँपेरा बनूँगा। गाय-डंगरों के चारे-पानी का ख़याल तो रखता नहीं! मैं बूढ़ा चल-फिर भी नहीं पाता। माँ दुखियारी अँधी....अकेली औलाद! उस पर तू जादू चला रहा है। घर पर ठौर दी। क्या उसी का यह अहसान?....कहते-कहते क्रोध भर आया। फिर झुँझलाहट-भरे आवेश में बोला-"जा, निकल जा घर से। अभी निकल जा! इसी वक्त निकल जा...." साँपों की पिटारियाँ, बीन, झोली सब बाहर पटककर परे रख दीं।

सँपेरा गिड़गिड़ाता रहा। देर तक मिन्नतें करता रहा कि क़सूर उसका कुछ भी नहीं है। वह क्यों किसी बालक को बहकाने लगा। कौन-सा अच्छा धन्धा है, यह जिसके लिए वह बहकाए। बीन बजाना, गली-गली घूमना, भीख माँगना, साँपों को नचाना, इससे भी घिनौना काम कुछ हो सकता है, वह सोच भी नहीं सकता। फिर वह भी परबस है। क्या करे! दो टुकड़े पेट में हँसने के लिए सब-कुछ करना पड़ता है....

पर बुढ़ऊ रामकेर ने एक न मानी। एक न सुनी। साँझ घिरते ही किवाड़ मूँद दिए और फिर भूलकर भी बाहर की ओर झाँका नहीं।

सुबह देखा कि सँपेरा पिटारियाँ बाँधता हुआ जा रहा है।

जब वह ओझल हो चला तो उसने वह आँगन अपने हाथों गोबर से लीपा-पोता और तुलसी जल छिड़ककर साफ़ किया।

सुच्चन को गाय-डंगरों के चारे-पानी का और खलियान से भूसी उठाने का काम सौंपकर वह निश्चिन्त चौपाल में बैठा चिलम गुड़गुड़ाता रहा।

रात को वह देर से लौटा तो अँधियारे में, आँगन के पास से फिर बीन की दबी-सी आवाज़ सुनाई दी तो वह सहज ही चौंका।

"कौन?" अँधेरे में मुँह फाड़े रामकेर गरजा।

पर, दूसरी ओर से बीन बजती रही। बजती रही। स्वर में कुछ भी उतार-चढ़ाव न आया। तब वह लपककर हाथ से ज़मीन टटोलता कुछ और आगे बढ़ा, "....कौन?"

इस बार भी प्रत्युतर न मिला।

कुछ और आगे बढ़ा, "कौन है तू?"

"मैं-एँ-एँ....।" एक सहमी-सी दबी आवाज़ आई और बीन ज़मीन पर जा गिरी।

"सुच्चन!"

सुच्चन को काटो तो ख़ून नहीं।

बूढ़े ने दाँत पीसते हुए अपने सूखे पंजे से उसकी गरदन घर दबोची, "जारजात.... कमीने....कुत्ते...." दनादन कूटना-पीटना शुरू कर दिया। आँखें मूँदे पागलों की तरह चिल्लाता हुआ, दोनों हाथ हवा में उछाले मुक्के, चाँटे, घूँसे बरसाता रहा।

शोर-गुल सुनकर पास-पड़ोसी इकट्ठे हो गए। पत्नी भागती हुई आटे से सने हाथों को लिए, किसी तरह रास्ता ढूँढ़ती बाहर निकल आई।

"क्या हुआ? क्या हुआ?" कहते हुए, हड़बड़ाए सभी भागते चले आए।

देखा, बुढ़ऊ के बाल बिखरे है। मुट्ठियाँ भिंची है। ग़ुस्से से सारा शरीर काँप रहा है। अंगारे की तरह आँखें धधक रही हैं। दूसरी ओर मुँह छुपाए सुच्चन सिसक रहा है। कपड़े फटे हुए हैं। पाँवों पर बीन टूटी पड़ी है।

"देखा, यह ब्राह्मण की औलाद....यह चांडाल....सँपेरा बनने को कहता है!" चिल्लाकर रामकेर ने कहा, पर कोई कुछ भी उत्तर न दे सका। अवाक् सभी देखते रहे।

"क्यों बे, कहाँ से लाया बीन?" सिसकते सुच्चन के कान खींचते हुए कहा।

सुच्चन पहले तो कुछ न बोला। फिर बार-बार पूछने, फिर चाँटा जड़ने पर हिचकियाँ भरते हुए बोला, "जाते समय सँपेरा दे गया था।"

"और क्या दे गया था?"

"कुछ नहीं।"

"फिर पिटेगा....फिर झूठ बोलेगा....चमड़ी उधेड़ दूँगा।"

"....।"

"बोल न। और क्या दे गया था?"

"यह जड़ी....।" उसने पत्ते में लिपटी दो-चार सूखी गाँठें जेब से बाहर निकालीं।

"यह क्या है?"

"साँप को बस में करने की जड़ी। मंतर।"

"और क्या कह गया वह हरामज़ादा?"

"कुछ नहीं। कुछ नहीं....।"

"अब तो नहीं छुएगा बीन?"

"ना!" सुच्चन खड़ा न रह सका। माथा दबाए बैठ गया।

उस रात नींद न आई बुढ़ऊ को। अपने टूटे करम को कोसते हुए न जाने क्या-क्या भला-बुरा स्वयं से कहता रहा।

दूसरे दिन पत्नी ने दिखलाया सुच्चन की एक अँगुली सूजी हुई है। इधर-उधर रबर की तरह जिधर चाहो आसानी से मुड़ जाती है।

सुच्चन की वह टूटी अँगुली फिर कभी ठीक नहीं हुई। यद्यपि मटियारी मिट्टी थोपी। हल्दी-नमक की सेंक लगाई। पर सब व्यर्थ रहा।

कुल दो ही दिन बीते थे इस घटना के। सँपेरा पता नहीं कहाँ चला गया था। सुच्चन अधिकतर घर पर ही पड़ा रहता। किसी से कुछ भी अधिक बोलचाल न रखता। खाना सामने रख दिया तो खा लेता। शेष कुछ भी 'हाँ', 'ना' न करता।

तीसरे दिन आधी रात को फिर बीन की आवाज़ सुनाई दी आँगन में। सुनते ही रामकेर का सारा शरीर क्रोध से फुँक आया। अपने कानों पर देर तक विश्वास ही न हुआ उसे।

हौले से पत्नी को जगाया, "सुनती हो, वह मुँहजरा सचमुच बौरा गया है। किसी दिन यों ही अब मेरे हाथों मर-मुकने वाला है।"

पत्नी अचरज से देखती रही, "हाँ, आवाज़ तो बीन की जैसी लगती है।"

"जैसी नहीं, बीन ही है। अभी बताता हूँ। बताता हूँ।" बड़बड़ाता वह आवेश में उठ खड़ा हुआ। पत्नी ने हाथ जोड़े रोका, पर असर कुछ पड़ा नहीं।

दालान पर पहुँचकर देखा–सुच्चन का बिछौना ख़ाली पड़ा है।

लपककर धीरे से आगे बढ़ा और लाठी की एक गहरी चोट अँधियारे में धर-जमाई।

"ओह...." चीखने का स्वर हवा में गूँजा।

"कौन, सुच्चन के बच्चे! कमीने!" कड़ककर वह कह ही रहा था कि सुच्चन आधी नींद से जागा आँखें मलता पीछे से आ खड़ा हुआ, "क्या हुआ बाबा? क्या हुआ?"

"तू कहा था?"

"भुस की कुठरिया में बैठा था। वहीं आँख लग गई।"

हतप्रभ-सा बुढ़ऊ फटी आँखों से देखता रहा। दीये के उजियाले में सँपेरा कराहता हुआ छटपटा रहा है। माथे से रक्त की धार बह रही है।

"सँपेरे! सँपेरे!"

सँपेरा कुछ भी बोल न पाया।

गले में पानी की कुछ बूँदें उतरीं तो देर बाद कुछ होश आया। सँपेरे ने आँखें खोली।

"यहाँ फिर क्यों चला आया, जब एक बार तुझसे मना कर दिया था तो?" उसने संशयभरी आवाज़ में पूछा।

"एक साँप पिटारी से निकलकर पता नहीं कब कैसे यहाँ रह गया....उसे ही ढूँढ़ रहा हूँ....अगर वह खो गया तो मैं लुट गया। मेरी रोज़ी चली गई...." कराहता हुआ सँपेरा बोला।

"कौन है घर पर तुम्हारे?"

"पत्नी है। दुधमुँहे बच्चे हैं।"

"साँप कैसा है?"

"पीला, मंदिर का जैसा। पर है ख़तरनाक।"

रामकेर ने उसके घाव धोए। पट्टी बाँधी। उठाकर दालान पर लिटाया और बिछौना बिछाकर आराम से सुला दिया।

सँपेरे ने कुछ दिनों तक दिन-रात बीन बजाकर साँप की तलाश की। पर, फिर कहीं भी वह मिला नहीं। अतः निराश एक दिन चला गया।

कुछ महीने बीत गए। बात आई और चली गई।

सुच्चन ने उसके बाद फिर कभी भी बीन और साँप का नाम लिया नहीं।

बुढ़ऊ ने एक दिन देखा—एक रेशमी डोरे-सा पतला, पीला साँप सीढ़ियों पर से फिसलकर तेज़ी से झाड़ी की ओर भागा जा रहा है...?

उसके सीने पर सच ही साँप लोट गया। अप्रत्याशित आशंका के भय से वह काँप उठा। पर, बोला कुछ भी नहीं।

कुछ दिनों पश्चात् दो-तीन बार वह फिर दिखाई दिया। एक बार पूजाघर में कुण्डली बाँध फन छिपाए, सूत की गोली की तरह उलझा बैठा था। थोड़ी-सी आहट पाकर देखते-देखते तनकर लपलपाता हुआ बाहर की ओर निकल भागा। पर उसका धीरज सीमा तोड़कर उस दिन टूटा, जब वह फन हिलाए बिछौने के ऊपर लपकते दिखा। उसके बाद घर पर पाँव धरते ही भय लगता। अँधियारे में देखते ही डर लगता। रात को तनिक-सी आहट मात्र से जग जाता। आँखें फैलाए इधर-उधर देखता, देखता रह जाता....

साँप आख़िर साँप है। चाहे छोटा हो या बड़ा, काला हो या सफ़ेद घर का हो या वन का, उसका भरोसा क्या?

"बाबा, इसे आसानी से भगाया जा सकता है।" सुच्चन ने बूढ़े बाबा की अधीरता भाँपते हुए एक दिन कहा।

"कैसे रे...?"

कुछ पल सोचता हुआ सुच्चन बोला, "यदि किसी सँपेरे को बुला लाएँ तो आसानी से पकड़ में आ जाएगा और रोज़-रोज़ का संशय भी टल जाएगा।"

बाबा ने कुछ न कहा। मौन को ही स्वीकृति मानकर सुच्चन इधर-उधर घूमा। पर, सँपेरा एक जगह बैठा हुआ कहीं मिलता?

"लेकिन सुच्चन ने भी हार न मानी बाबा, इसे मैं पकड़ लूँ....?" डरते-डरते पूछा।

"कैसे रे?"

"बीन बजाकर। फिर कभी भी बीन छुऊँगा नहीं। क़सम खाकर कहता हूँ।"

"नहीं, नहीं, सुच्चन, तू रहने दे! कहीं कुछ और विचपात मचेगा। साँप का भरोसा क्या?" इतना कहकर वह चुप हो गया। पर मन में धीरज ठहरता न था। बार-बार वही साँप सामने सरकता साफ़ दीखता—आँखें खोले-आँखें मूँदे।

एक बार देहरी पर पाँव पड़ते-पड़ते बचा तो रोंगटे खड़े हो गए।

"बाबा, मैं साँप भगा दूँ? आप परेशान क्यों होते हैं? मुझे कुछ भी वह करेगा नहीं। मंदिर का साँप है। एक बार कम-से-कम आप मुझे कोशिश तो करने दें। घर पर पाँव रखते ही आपका चेहरा भय से स्याह पड़ जाता है। रोज़-रोज़ का यह झंझट कटे तो हरज भी क्या....?"

सुच्चन ने अपने हाथों बीन बनाई।

आँगन में रीता घड़ा लिए, लाठी बग़ल में दबाए बीन बजाने लगा। घंटों तक बजाता रहा, पर एक नन्ही चींटी तक न रेंगी।

घर में फिर बहुत दिनों तक साँप दिखलाई न दिया।

एक दिन साँकल पर उलझा छत की ओर लिपट रहा था कि थोड़ी-सी आहट सुनते ही न मालूम कहाँ दुबक गया। सुच्चन फिर बीन बजाने लगा। बहुत समय बजाने के पश्चात् फन हिलाए, हवा में झूलता, वह रेशमी डोरे-सा साँप लपककर हौले-हौले बढ़ आया....

सुच्चन ने सफ़ाई से उसे देर तक नचाकर, थकाकर, घेरकर घड़े में बंद कर दिया और कपड़े से मुँह बाँध दिया।

सुपुत्र की इस करामात पर बुढ़ऊ को सहज ही ख़ुशी हुई। बीन उसने फिर छिपा ली और घड़े को दूर कहीं फेंक आने को कहा। मंदिर का जैसा साँप मारना उचित भी तो नहीं लगा।

सुच्चन ने शाम को बतलाया कि वह नदी पर घड़े को बहा आया है।

बुढ़ऊ एक दिन घास के ढेर में दबी रस्सी ढूँढ़ रहा था तो वहाँ बंद मुँह का वही घड़ा छिपा दीखा।

स्वयं ही वह क्रोध से बड़बड़ाया। सुच्चन को ढूँढ़ा। मिला नहीं तो ख़ुद ही घड़ा थामे निकल गया। दूर एक खाई में उसने घड़ा ज़ोर से पटका, पत्थर से टकराकर जो चूर-चूर हो गया। पर साँप कहीं भी दिखलाई न दिया।

बुढ़ऊ ने सोचा कि साँझ को खलिहान से लौटकर वह सुच्चन के बच्चे से फिर दरियाफ्त करेगा। कहीं उसने कोई और शरारत कर ली हो....

पर, घर आकर देखा तो देखता रह गया–सुच्चन अचेत पड़ा है। होंठों पर बीन लगी है। बीन पर पीला साँप लिपटा है और गले में नीला-काला दाग पड़ा है और सारा शरीर पत्थर की तरह ठंडा है....

"सु....उ....च्चन"–सूखे कंठ से सच ही कराहता हुआ स्वर छटपटाया तो पत्नी भागती हुई आई। बुढ़ऊ का सारा शरीर पसीने से भीग आया था।....

"क्या हो गया है आपको?" पत्नी ने चौंककर कहा।

"कुछ नहीं। ज़रा पानी....।"

पानी पीने के बाद बुढ़ऊ को कुछ होश आए।

"सुनती हो! चौपाल पर बीन बज रही है न आज! सुना, सँपेरा आया है। तभी कुछ याद-सी हो आई थी उस निरदयी की। पता नहीं कभी क्या हो जाता है...." बुढ़ऊ ने उदास स्वर में कहा।

पत्नी ने हाथ थामा, सहारा दिया और भीतर ले गई, "आओ, किवाड़ मूँद लें। फिर आवाज़ नहीं सुनाई देगी....।"

किवाड़ मूँदने पर भी स्वर साफ़ सुनाई देता रहा। धीरे-धीरे शोर कम होने के बदले उलटा बढ़ता रहा, बढ़ता रहा। अंत में लगा जैसे कोई द्वार पर ही बीन बजा रहा हो।

बाहर साँकल खटखटाने की तभी आवाज़ आई।

बुढ़ऊ ने बड़ी मुश्किल से द्वार खोला। देखा—बहँगी में पिटारियाँ बाँधे सँपेरा बीन बजाता हुआ पैसा माँग रहा है। पीछे से एक बच्चा बीन थामे एक टोकरी पकड़े खड़ा है।

बच्चे की ओर वह देखता रहा।

"सँपेरे, यह बालक तुम्हारा है न?" बुढ़ऊ ने न मालूम क्या सोचते हुए पूछा।

"हाँ।"

"क्या उमर होगी इसकी?

"यही सात-आठ साल।"

"ऐसा ही एक बच्चा हमारा भी था।" बहके स्वर में बुढ़ऊ ने कहा-"पर भगवान ने छीन लिया।"

सँपेरे के मन में सहज ही संवेदना जागी। कुछ रुककर उसने पूछा—"कितने बरस हुए हैं?"

"कोई सात-आठ बरस।"

बुढ़ऊ ने आगे बढ़कर देखा—उसके गले में वैसा ही काला दाग है। हाथ की एक उँगली टूटी हुई है—रबर की तरह जिधर चाहो, मुड़ जाती है....

"यह दाग जनम से है न?"

"हाँ।"

"यह अँगुली भी?"

"यह भी।"

अवाक् बुढ़ऊ देखता रहा-

"क्यों रे-तू मुझे जानता है रे!" बूढ़े ने उसे गोदी में भरते हुए भर्राये स्वर में पूछा। बच्चा अजनबी की तरह देखता रहा—"नहीं तो!"

"बीन बहुत अच्छी लगती है तुझे?"

"हाँ।"

"बीन बजाना आता भी है तुझे?" कुछ रुककर उसने फिर पूछा।

वह कुछ बोले उससे पहले ही सँपेरा बोल उठा, "मालिक, यह तो मुझसे भी अच्छी बीन बजाता है। ऐसी कमाल की बीन बजाने वाला हम सँपेरों की ज़मात में लोग कहते हैं, कोई आज तक पैदा नहीं हुआ। बजा तो रे, ज़रा सुना तो मालिक को!"

बच्चा घुटने मोड़े गाल फुलाए, बीच आँगन में बैठ गया। बीन बजती रही लोग झूमते रहे....

बीन कब थमी, उसे पता नहीं। केवल सजल पलकों से वह शून्य में देखता रहा।

सँपेरे ने पैसे माँगे तो उसने मुट्ठी में दबाए–बूँद-बूँद सँजोए–ढेर सारे पैसे उसके हवाले कर दिए। जब वे जाने लगे तो बुढ़ऊ का धीरज टूटने लगा। उसने प्यार से बालक का मुँह चूमते हुए भीगे स्वर में पूछा–"क्यों रे, अब कब आएगा इधर? यों कब तक सताएगा? निरदयी ऐसा कौन–सा अपराध हुआ जिसकी यह सज़ा दे रहा है...." कहते-कहते उसका स्वर टूट आया।

बच्चे ने कुछ भी उत्तर न दिया। मौन भाव से एक बार उसकी ओर देखा और फिर चला गया।

हंसा

"बिन्नी, रात मैंने ममी देखी। क्या तूने भी देखी? डैडी झूठ बोलते हैं। अभी मरी कहाँ ममी! मर गई होती तो क्या यों दिखाई देती!" निनि ने बिछौने पर से उठते ही बिन्नी को झकझोरते हुए कहा।

बिन्नी ने आँखें मलीं, "नहीं, मैंने तो नहीं देखी!"

"चुप, झूठा! कैसे कहता है कि तूने नहीं देखी? तू भी तो था मेरे साथ। ममी तेरे बालों को सहला रही थी। तुझे दूध पिला रही थी। अपने हाथों नहला-धुलाकर नये कपड़े पहना रही थी। कह रही थी कि वक्त-बेवक्त यों न रोया कर। इससे सबको परेशानी होती है। निनि को, डैडी को न सताया कर।" निनि कुछ सोचती हुई तुनककर बोली, "तू झूठा है! ममी ने तुझे इतनी देर तक प्यार किया, तुझसे इतनी देर तक बातें कीं और तू कहता है कि तूने देखी भी नहीं?"

बिन्नी आँखें मलता हुआ उसकी ओर देखता रहा, "झूठा मैं हूँ कि तू?" वह मचलता हुआ इठलाया।

"क्यों?" निनि ने होंठों पर अँगुली रखी।

"आई बड़ी क्यों कहने वाली! खुद तो झूठ बोलती है और कहती मुझसे है। बता, ममी कब आई? वह आती तो क्या मुझे न दिखाई देती।"

"चुप!" निनि इस बार उबल पड़ी, "डैडी खाली थोड़े ही पीटते हैं तुझे! तेरी शरारतों से सच डैडी परेशान हो गए है। सारी रात उन्हें सोने नहीं देता। आया बेचारी को सोने नहीं देता। रोता-चिल्लाता रहता है। फिर क्यों न...."

निनि बिस्तरे पर से उठ ही रही थी कि सामने डैडी खड़े दिखलाई दिए।

"डैडी, यह बिन्नी झूठा है!" निनि ने सहसा शिकायत के स्वर में दुहराया, "डैडी, कल रात ममी आई थी। इसे देर तक प्यार करती रही। इसे दूध पिलाया। अपने हाथों

नहलाया-धुलाया। इसके बाल काढ़े। फिर समझाती रही कि डैडी वैसे ही परेशान रहते हैं, उन्हें अधिक तंग न किया कर। न सताया कर। और यह कहता है कि इसने देखी तक नहीं!"

बिन्नी अभी तक भी आँखें मल रहा था। उस पर लगाया गया इतना बड़ा अपराध उसका नन्हा-सा बाल-हृदय सह न सका। अपनी नन्ही अंगुलियों से उसके बालों को नोचता हुआ टूट पड़ा, "मुँहजली, मुझे झूठा बताती है! खुद बोलती है झूठ और कहती मुझसे है!"

डैडी ने बीच-बचाव करके झगड़ा शांत किया। वे बिन्नी की बाँह पकड़कर परे धकेलते हुए बोले, "दीदी से झगड़ता है रे!"

"तो यह झूठ-मूठ क्यों कहती है? मुझे बिना बात के तंग क्यों करती है? बिन्नी रुआँसा हो आया।"

"क्या तंग किया मैंने?" निनि ने अपने बचाव में डैडी का समर्थन लेते हुए ऊँची आवाज़ में कहा। फिर बिल्ली की तरह घूरकर उसकी ओर देखा जैसे सामने वाले ने जानबूझकर कोई बड़ा गुनाह किया हो।

अपना पक्ष यों कमज़ोर देखकर बिन्नी तिलमिला उठा। ग़ुस्से से उठ खड़ा हुआ, "झूठी! ममी कहाँ आई रात! कहती है, मेरे बाल काढ़े, मुझे दूध पिलाया। कहाँ काढ़े देख!" उसने अपने बिखरे बालों को झकझोरा, "कहाँ नहलाया? कहाँ दूध पिलाया? दूध पिलाती तो क्या मुझे अभी भूख लगती? अंधी....अंधी...." वह भागता हुआ ममी के कमरे में गया और खाली पलंग पर अंधा लेटकर फूट पड़ा।

अवनींद्र बाबू चुप खड़े देखते रहे। फिर बैठक में पहुँचकर धम्म से बैठ गए।

जब से हंसा गई, अवनींद्र बाबू के चेहरे पर रौनक न आई। रोज़ ही बच्चों में ऊधम मचता। रोज़ ही उन्हें डाँटना-डपटना पड़ता और फिर एकांत में बैठकर अपने किए के लिए देर तक पछताना भी पड़ता।

बच्चों को कॉन्वेंट में भेजकर देख लिया, लेकिन सफल न रहे। रिश्तेदारों को सौंपकर भी आख़िर में अपने ही घर वापस बुलाना पड़ा।

तब बार-बार हृदय में आता कि लौट जाएँ उसी संसार में। उसी पुरानी बीती दुनिया में। सुख न अब है, न तब था। सब मृगतृष्णा है, भ्रम है। लेकिन उनका स्वाभिमान, उनका अहं अपनी पकड़ कमज़ोर न कर सका।

पर जब होश आया, आँखों के आगे फैला भ्रांति का परदा सरका, तो जैसे वे सातवें आसमान से पाताल पर आ गिरे हों। फिर उसी अतीत की ओर बेतहाशा भागे, लेकिन अतीत फिर वर्तमान बनकर न लौटा। कभी भी न लौटा।

पैसा है डॉ० अवनींद्र के पास। यश है। अच्छा सरकारी ओहदा है। अमेरिका से लगभग पाँच-सात साल पहले पत्रकारिता में विशेष योग्यता प्राप्त करके भारत लौटे थे। तब से

केंद्रीय सरकार के कार्यालय में महत्त्वपूर्ण दायित्व निभा रहे है। नई दिल्ली में अपना निजी फ्लैट है। कार है। सब-कुछ है, लेकिन चित्त में शांति न होने के कारण कुछ भी नहीं है।

उन्हें अच्छे कपड़े पहनना बड़ा अच्छा लगता है। अच्छे समाज में घूमना अच्छा लगता है। क्लबों के नाचघरों के वह पुराने शौक़ीन है। लेकिन उनका यह शौक कभी खुले दिल से पूरा हुआ नहीं। पहले भी नहीं, अब भी नहीं। लेकिन जाते अभी भी हैं, पर जैसे कोई गुनाह कर रहे हों छिपकर। उनकी सारी उमंग, सारा उत्साह तब ठंडा पड़ जाता है।

सात-आठ बरस पहले अमेरिका से लौटने तथा निश्चित दिशा ढूँढ़ने के बाद उनका तीसरा काम रहा था—भावी जीवन के लिए जीवनसंगिनी की तलाश करना।

बचपन से ही वह रंगीन तबीयत के आदमी थे। अंग्रेजी स्कूलों में पड़े और उसी समाज के उसी वातावरण में बढ़े। सुरा-सुंदरी एवं उन्मुक्त प्रेम के हिमायती। लोगों को तो इसी बात पर कम आश्चर्य न था कि वे अमेरिका से रीते हाथ कैसे लौटे!

लेकिन, बात आगे चलकर कुछ विचित्र रही। दिल्ली में ही किसी महाराष्ट्रीयन परिवार से घनिष्ठता हो गई और अंत में बढ़ते-बढ़ते इतनी प्रगाढ़ हो आई कि वे हमेशा के लिए सच्ची मैत्री के बंधनों में बँध गए।

उसी कुलीन ब्राह्मण परिवार की पढ़ी-लिखी कन्या थी हंसा, जिसे उनकी जीवन-सहचरी होने का सौभाग्य मिला।

सच पूछा जाए तो आग्रह उन्हीं की ओर से हुआ। हंसा की सीधी-सादी चाल-ढाल पर, भोले-भाले स्वभाव पर, अद्‌भुत सरलता, सुंदरता पर वह मोहित हो गए।

हंसा का सुमधुर व्यवहार उन्हें बड़ा अच्छा लगता। शील स्वभाव की ऐसी सुंदर पत्नी प्राप्त करने के कारण वे अपने को बड़ा भाग्यशाली समझते। लेकिन, एक किरकिरी हमेशा आँखों में खटकती रह जाती। नयन मूँदते हुए कल्पना करते—इसके चाँद-से मुखड़े के साथ बॉब हेयर कितने अच्छे लगते! गुलाबी होंठों पर लिपस्टिक गुलाबी गालों के ऊपर रोज़, लंबे-लंबे नाख़ूनों पर नेल पॉलिश। ऊँची एड़ी की सैंडिल पर लचक-लचककर चले तो कितनी सुंदर लगे! तब उन्हें अमेरिकन, जर्मन, फ्रांसीसी—सारी सुंदरताएँ फीकी-फीकी लगतीं।

उनके दिल में बड़ी तमन्ना थी कि इस रूप में यदि वह क्लबों में उनके साथ नाचे, सभा-सोसाइटियों में उनका साथ दे, तब उन जैसा गौरवशाली जोड़ा होने का सौभाग्य शायद ही किसी दूसरे को मिले!

दो बच्चों का बाप बनने पर भी उनकी आकांक्षा बुझी नहीं। उन्होंने ज़िद करके उसके नागिन-से लहलहाते केश कटवा दिए। तब वह एकांत में बहुत दिनों तक मुँह छिपाए रोती रही। पति के जीते-जी यों बाल कटवाना उसे बड़ा अपशकुन लगा। पर, चुप रही।

महीनों तक उसने बरामदे में नुकीली एड़ी की सैंडिल पर चलने का अभ्यास किया। होंठों पर न चाहते हुए भी लिपस्टिक लगाई। क्लबों में मन मारके जाना पड़ा। पर व्हिस्की के प्याले होंठों पर लाख कोशिश करने पर, आँखें मूँदकर भी उससे लगाए न जाते।

यह लीला देखकर उसे सच ही बड़ा अचरज होता—हर औरत अपने ही नहीं, पराये पुरुषों के साथ भी चुहल करती है। शराब के जाम भर-भरके अपने ही नहीं दूसरों के मुँह पर भी लगाती है। सिगरेट के कश खींचती है। खिलखिलाकर हँसती है सबके सामने। परपुरुषों के गले में बाँहें डालकर, मदहोश होकर नाचती है।

उसकी आँखें खुली की खुली रह जातीं। हँसी सुनते ही वह कानों पर हथेली रखकर खड़ी हो जाती। अवनींद्र को जब दूसरों की पत्नियों की बग़ल में बाँहें डाले नाचता देखती तो कुछ कहते न बनता।

एक दिन अवनींद्र बाबू ने ज़िद की बहुत ज़िद की और नृत्य का आग्रह कर उसे भी मंच पर घसीटकर ले गए।

बाल-डांस शुरू हुआ। झनझनाते बाजे बजे। अपने-अपने जोड़े के साथ लोग नाचने लगे। पर वह एक क़दम भी साथ न दे सकी। उसके पाँव लड़खड़ाने लगे। तब अवनींद्र बाबू ने झुँझलाकर, झिड़ककर उसे परे खड़ा कर दिया और दूसरी परिचिता की बाँहों को थामकर, शराब के नशे में झूमते हुए फिर सह-नृत्य प्रारंभ किया।

हंसा विस्मित खड़ी रही। जैसे सारी चेतना खो चुकी हो। काठ-सी खड़ी आँखें फाड़े देखती रही। इतने में किसी दूसरे ने उसकी कलाइयाँ पकड़कर नचाने की कोशिश की; पर हंसा का सारा शरीर केले के पत्ते की तरह थरथर काँपने लगा। आँखों पर धुंध छाने लगी। वह किसी तरह पकड़ छुड़ाकर बाहर की ओर बेतहाशा भागी और फिर कभी मुड़कर क्लब में न आई।

इस घटना का दोनों के हृदयों पर गहरा असर पड़ा। हंसा ने ऊँची एड़ी की चप्पल लिपस्टिक की शीशियाँ अंग-प्रत्यंग का प्रदर्शन करने वाले नॉइलोन के झीने कपड़े सब एक साथ बाँधे और नौकर को हुक्म देकर जमुना में बहा दिए। पर अंतर-बाहर का यह आक्रोश उसने भूल से भी अवनींद्र के आगे प्रकट न किया। लेकिन दूसरी ओर से डोर लंबी खिंचती गई। दरार अनजाने बढ़ती गई। दिनों तक अवनींद्र हंसा से बोले नहीं। एकदम मुँह फेर लिया।

न अब ऑफिस से सीधे घर की ओर पाँव बढ़ते। न दोनों में कभी मीठी-मीठी बातें होतीं। न बच्चों से ही उनका कोई ख़ास संबंध रहता। रात को देर से घर लौटना होता। कोई एंग्लो-इंडियन महिला अकसर बग़ल में बैठी कार चलाती दिखलाई देती। उनकी बाँहें थामकर कार से उतारती और टाटा कहती हुई आँखों से ओझल हो जाती। अवनींद्र के पाँव लड़खड़ाने से सम्हल न पाते। वह अचेत होकर धम्म से सोफे पर गिर पड़ते। शराब की मात्रा बहुत बढ़ आई थी।

हंसा तब भी कुछ प्रतिरोध न कर सकी। अंदर से बहुत कुछ उमड़ता-घुमड़ता, लेकिन प्रकट कुछ न हो पाता। केवल ख़ून की गहरी घूँट पीकर चुप हो जाती।

कुछ ही महीनों में अवनींद्र ने अपना बँगला अलग ले लिया। बच्चों को फुसलाकर साथ बुला लिया और हंसा को विवश करके हमेशा के लिए संबंधविच्छेद कर लिया। कुछ पैसे बैंक में अलग से उसके लिए रख दिए, जिससे उसका खर्च चलता रहे।

हंसा तब भी कुछ न कह सकी। सिर झुकाकर उसने आज्ञा मान ली। "जिसमें तुम्हें सुख हो, तुम्हें शांति हो वैसा करो।" कहते हुए उसने सीने पर पत्थर रख लिया।

पैसे छुए तक नहीं। चैकबुक लौटा दी। बँगला त्याग दिया। बच्चों को मज़बूर होकर छोड़ना पड़ा। वह शहर ही छोड़कर कहीं दूर चली गई। जाते समय एक बार, अंतिम बार अपनी निनि से, दुधमुँहे बिन्नी से भी मिल न सकी।

लोग कुछ दिनों तक तरह-तरह की बातें करते रहे। किसी ने कहा, अभी ज़िंदा है और किसी ने कहा, मर गई है। अवनींद्र ने तब दोनों बच्चों को पास बुलाया और स्पष्ट शब्दों में समझा दिया कि उनकी ममी मर गई है। अब कभी भी लौटकर फिर नहीं आएगी। इसलिए उसे बिलकुल भूल जाना चाहिए।

लेकिन ममी रोज़ ही सपने में जीवित होकर आती रही और वे अबोध उसे याद करते रहे।

एक दिन अवनींद्र ने निनि को आवाज़ देकर पास बुलाया।

"क्या है डैडी?" वह खड़ी हो गई सामने।

"तुझे ममी रोज़ दिखलाई देती है रात को?" पूछा उन्होंने।

"हाँ।"

"क्या कहती है?"

"मुझसे तो कुछ नहीं कहती, डैडी, लेकिन बिन्नी को बहुत प्यार करती है। उससे कहती है—यों रोया न कर। डैडी को तंग न किया कर। वे वैसे ही बहुत परेशान रहते हैं। लेकिन डैडी, वह इतना निठुर है कि देखकर भी कहता है कि उसने ममी को कभी नहीं देखा।"

अवनींद्र चुपचाप सुनते रहे।

डैडी के उतरे-उतरे चेहरे को देखकर निनि का नन्हा हृदय मुरझा आया। उनकी अंगुलियों को थामती हुई बोली, "डैडी, मैं अब ममी को नहीं देखूँगी। कभी भी याद नहीं करूँगी। सोते समय रोज़ हथेली से ज़ोर से आँखें बंद कर लूँगी। फिर तो नहीं दिखलाई देगी न ममी!"

वह वैसे ही चुप सुनते रहे। फिर सन्नाटा छा गया।

निनि फिर उस असह्य मौन को भंग करती हुई बोली, "डैडी, आप कहते हैं, ममी मर गई। तो फिर सपने में क्यों दिखाई देती है? क्यों डैडी, ममी सच ही इतनी बुरी थी?"

अवनींद्र बाबू ने जैसे कुछ सुना नहीं। वैसे ही खाँसते हुए बोले, "अगर तुम्हारी नई ममी आ जाए तो तुम उसे प्यार कर सकोगी बेटा? खुश रह सकोगी न तब?"

"डैडी, मैं तो कभी रोती नहीं। बिन्नी ही सारा ऊधम मचाता है। उससे पूछूँ डैडी कि वह खुश रहेगा या नहीं?" निनि ने उनके मुँह की ओर ताका।

"हाँ।" वैसे ही विचारों में खोए वह बुदबुदाए।

इतने में उसने बिन्नी को ला खड़ा किया। "डैडी कहते हैं कि नई ममी आएगी तो तुम खुश रहोगे?"

"हाँ।" ममी का नाम सुनते ही उसकी नन्ही आँखें बड़ी-बड़ी होकर इधर-उधर झाँकने लगीं।

वह अभी तक भी चुप थे। गहरे विचारों में डूबे। दोनों बच्चे उनकी गंभीर मुखाकृति की ओर जिज्ञासा से ताक रहे थे।

इतने में वह उठने लगे तो निनि ने फिर प्रश्नसूचक दृष्टि से उनकी ओर देखा, "क्यों डैडी, नई ममी के साथ क्या डैडी भी नये होंगे?"

वे अपनी धुन में थे। "हाँ।" कहकर बाहर चले गए।

कुछ दिनों में नई ममी सच ही आ गई। दोनों ने तब बड़ी आत्मीयता के साथ उसका स्वागत किया। डैडी ने एकांत में समझा-बुझाकर पहले ही कह रखा था, "अब घर में अपनी पुरानी ममी की बातें न करना। नई ममी से कभी भी झगड़ना नहीं। उसे अपनी पुरानी ममी की तरह प्यार करना। वह झिड़के मारे, तब भी बुरा न मानना। अच्छे बच्चों की तरह उसकी बातें मानना, नहीं तो वह भी रूठकर चली जाएगी। वह भी मर जाएगी।"

ममी का मरना अब उन अबोध बच्चों से सहा न गया। "नहीं, नहीं डैडी," दोनों अधीर होकर एक साथ बोले, "हम ममी को नाराज़ नहीं करेंगे। उसे मरने नहीं देंगे।" अवनींद्र के कुछ दिन आराम से कटे। नये का नया आकर्षण धीरे-धीरे पुराना पड़ने लगा। जब भी वे एकांत में होते उन्हें सामने खड़ी हंसा दिखलाई देती। कभी हँसती हुई कभी रोती हुई।

क्लबों में नाचघरों में पहले वे ख़ूब जाते रहे। शराब के प्याले फिर खनखनाते रहे। रात-रात-भर नाइट क्लबों में नृत्य चलता। अब कोई उन्हें रोकने वाला न था। लेकिन धीरे-धीरे इन सबसे वे शिथिल पड़ने लगे। जब कभी भी वे प्याले में शराब उड़ेलते उन्हें उस हल्के कत्थई रंग के पानी में झाँकने पर हंसा का चेहरा साफ़ झलकने लगता। हंसा की बातें साफ़ सुनाई देने लगतीं—भले पुरुषों को यों शराब पीना शोभा नहीं देता!

जब कभी वे किसी की कमर में हाथ डाले नाचते उनकी पुतलियों पर रह-रहकर हंसा नाचने लगती—सुंदर पत्नी जब घर में हो तो फिर इन बाज़ारू औरतों की बग़ल में बाँहें डालकर नाचना अच्छे लोगों के लिए उचित नहीं।

जब कभी वे ताश खेलते उन्हें बार-बार बाज़ी जीतने पर भी लगता कि हर बार, हर बाज़ी में वह हार रहे हैं। हर बार, हर बाजी में वे हंसा को दाँव पर लगा रहे है। बाज़ी जीतने पर भी हाथ काँपते। फिर ताश के हलके पत्ते थामने की भी सामर्थ्य न रहती। लोग उनकी जीत पर बधाई देते, खिलखिलाकर हँसते, तब वे ठगे-से सबके मुँह की ओर ताक़ने लगते। जैसे वे साथी नहीं, अपरिचित, अनजाने हों और किसी अनहोनी बात पर ठहाका लगा रहे हों।

बाहर की दुनिया बोझिल हो गई।

धीरे-धीरे बाहर का असीम संसार सिमटने लगा। घर-आँगन की परिधि का सुख ही मन को भाने लगा।

कभी-कभी नई पत्नी को देखकर, अपने-आपको कहने से रोक न पाते, "इनु, ये छोटे-छोटे, लड़कों के जैसे बाल तुम्हें अच्छे लगते हैं?" इससे आगे वे कहना चाहते थे—क्या हंसा के जैसे कूल्हों को छूती लट तुम नहीं रख सकतीं, परन्तु उनके अधर खुलते न थे। गले में ही शब्द भँवर की तरह एक ही परिधि में घूमकर दम तोड़ देते! हंसा को घर की बगिया में रजनीगंधा के फूल बहुत पसंद थे। धीरे-धीरे सारे फूलों का रंग सफ़ेद रह गया।

हंसा को धीमी-धीमी रोशनी, धीमा-धीमा मधुर, करुण संगीत अच्छा लगता था। अब घर में सारा माहौल ही धीमा, सुरुचिपूर्ण होने लगा।

बिना माँ के बच्चे!

अवकाश के क्षणों में देर तक वे उनके साथ खेलते, हँसते, बोलते, ताकि माँ का अभाव उन्हें न अखरे। नई पत्नी को भी प्यार से, इस नये खेल में भागीदार बना लेते। चारों हमउम्र बच्चे बन जाते एक साथ।

एक दिन अवनींद्र एकान्त में बैठे कुछ पढ़ रहे थे। इतने में निनि स्कूल का काम पूराकर के आराम कर रही थी। किसी वर्ग पहेली का वर्गाकार ढाँचा सामने था शायद शब्द खोज़ रही थी—रिक्त स्थानों में भरने के लिए।

बैठे-बैठे वह सहसा उठी। डैडी के पास जाकर बैठ गई। उनके हाथ की खुली पुस्तक छीनती हुई बोली, "मम्मी अब सपने में नहीं आती डैडी! बिन्नी को तो पहले भी नहीं दीखती थी। झूठा कहीं का....!"

अवनीन्द्र ने प्यार से उसके सिर को सहलाया, 'वह कहाँ से आएगी बेटा! यहीं तो रहती है।' वह कहना चाहते थे, पर कह न पाए। केवल टेबल लैंप पर लगी शीशे की पालदार नौकाओं को चुपचाप देखते रहे।

तुम और तुम

तब आकाश में बहुत बड़ा सूरज उगता था। नैनीताल की नन्ही झील सागर से भी गहरी लगती थी और 'चीनापीक' की चोटी एवरेस्ट से भी ऊँची। रेत और तिनकों के सहारे तब हमने कितने बड़े-बड़े घरौंदे बनाए थे–पिरामिडों से भी ऊँचे न!

याद है नीना, एक दिन तुमने मेरी ओर ताक़ते हुए कहा था, "तुम्हारे हाथ में तो उम्र की रेखा ही नहीं अनंत!" और तुम अबोध भाव से खिलखिलाकर हँसने लगी थी। "मेरे हाथ में निनि, सचमुच उम्र की रेखा नहीं। " पता नहीं कौन किसकी ज़िंदगी जी रहा है!" मैं दार्शनिक की तरह कह रहा था, लेकिन तुम अब तक भी उसी तरह लगातार हँस रही थीं–हँसती चली जा रही थीं।

सोचता हूँ तो आज लगता है, गलत नहीं कहा था। हम किसी की ज़िंदगी ही नहीं जीते, मौत के भी साझीदार होते हैं न! लेकिन जब मौत किस्तों में आती है तो कितनी दुखदायी लगती है!

याद है तुम्हें–

उस दिन पीली-पीली धूप थी। चिनार के पेड़ बहुत बड़े लग रहे थे। तुम अपनी छोटी बहन के साथ 'इंडिया होटल' के पास कच्ची पगडंडी पर चढ़ रही थी। तुम्हारी निगाहें बार-बार मालरोड पर टिक आती थीं। तुमने मुझे देखा या नहीं भगवान जाने! हाँ, विमल'दा की ओर तुम मुड़-मुड़कर अवश्य देख रही थी। वे भी तुम्हारी ओर देखकर अकारण मुस्करा रहे थे। विमल'दा ने तभी कोई भद्दा-सा इशारा किया तो तुम ज़ोर से हँस पड़ी थी।

वह हँसी कितनी विकट थी!

उसका स्वर पता नहीं कितने दिनों तक मेरे कानों में गूँजता रहा था। आधी रात में सहसा मैं जग पड़ता और मुझे वही अट्टहास फिर-फिर सुनाई देने लगता....। तुम किस पर हँसी थी नीना? क्यों हँसी थी? विमल'दा तुम्हें भा गए थे न! पर विमल'दा का व्यक्तित्व मुझसे आकर्षक तो न था न! न मुझसे पढ़ने-लिखने में ही वे आगे थे। किंतु उनके पास जो था,

वह शायद मेरे पास न था न! वे बहुत बड़े बाप के बेटे थे। रोज़ नये-नये कपड़े बदलते थे। राजकुमारों की तरह रहते थे....तुम्हारी तरह, तुम्हारी हमउम्र और भी कई लड़कियों में वे विशेष चर्चा के विषय थे। उनकी ज़िंदगी के साथ कई रंगीन कहानियाँ गुँथी हुई थीं। होस्टल की दीवारों पर उनके नाम के साथ कितनों के रंग-बिरंगे नाम लोगों ने लिख दिए थे। और जब एक दिन तुम्हारा भी नाम उनके नाम के साथ लोगों ने जोड़ दिया तो मुझे कैसा-कैसा लगा था!

सच, तब न जाने क्या हो गया था। न नींद लगती, न भूख और न एकांत या कोलाहल ही....। धीरे-धीरे मैं जड़-सा हो चला था। सच पूछो तो न मुझे विमल'दा पर गुस्सा आया और न तुम पर या अपने पर ही। हाँ, अपनी स्थिति का भान क्षण-भर के लिए अवश्य होता था कि ऐसा क्यों होता है? अब तक समझ नहीं पाया कि जब दोष किसी का भी न था तो फिर मैं परेशान किस पर था? क्यों था? क्यों मुझे हर क्षण असह्य बेचैनी का अहसास हो रहा था? क्यों मैं भीतर-ही-भीतर बुरी तरह चरमराकर टूट रहा था?

युगों से बने-बनाए पिरामिड रेत की तरह भरभराकर बिखर गए थे न!

तुम नहीं जानती कि विमल'दा मेरे कितने आत्मीय थे। जब उन्होंने होस्टल छोड़कर मकान किराये पर लिया तो मुझे भी साथ ले जाना न भूले थे। नीचे की मंजिल का एकांत कमरा उन्होंने मेरे लिए ही सुरक्षित रखा था।

हाँ, उस दिन, जब तुम उन्हें देखकर हँसी थी, होस्टल के मैस में हम साथ-साथ खाने बैठे थे। सहसा न जाने क्या हुआ, विमल'दा की थाली उलटकर फर्श पर गिर पड़ी और उस दिन वे भूखे रहे थे।

मुझे इस पर दुख होना चाहिए था न। लेकिन सच कहता हूँ, रंचमात्र भी दुख न हुआ। पता नहीं क्यों मेरे अंतर में कहीं बहुत अच्छा लगा। ज़िंदगी में पहली बार मुझे ऐसा विचित्र अहसास हुआ था कि किसी के कष्ट पर कभी कहीं ख़ुशी भी होती है।

विमल'दा का मूड ऑफ था उस दिन। वे ज़बरदस्ती घसीटकर मुझे पिक्चर ले गए। रास्ते-भर गुमसुम देखकर बोले, "तुम आज बेहद परेशान क्यों हो अनंत! बिलकुल देवदास जैसे लग रहे हो। क्या घर से कोई खत आया है?" वे बड़ी आत्मीयता से कह रहे थे। पर मैं पागलों की तरह यों ही हँसने लगा था—अकारण!

सच, बड़ी विचित्र हँसी थी वह। हँसते-हँसते लग रहा था कि मेरा दम उखड़ जाएगा और मैं वहीं पर बेहोश होकर गिर पड़ूँगा। लेकिन गिरा नहीं। मशीन की तरह भावनाशून्य चलता रहा और हॉल में पहुँचकर पर्दे की ओर निर्निमेष ताक़ता रहा। सारे समय पर्दे पर ही देखते रहने के पश्चात् मुझे कुछ भी तो नहीं दीखा। याद नहीं क्या कहानी थी? किसने कैसा अभिनय किया था?

रात को अकेला झील के किनारे-किनारे ठंडी सड़क पर भटकता रहा। इन कुछ ही क्षणों में मैंने कितना कुछ नहीं सोच डाला था। यह सब भी हो सकता है मुझे सच नहीं लग रहा था। शायद तब पहली बार मुझे जीवन में निरर्थकता का बोध हुआ था। दिन गुज़रते चले गए और मैं कटा-कटा-सा अलग-अलग रहने लगा। एक-दो बार विमल'दा के साथ तुम्हें घूमते देखा, लेकिन तुमने तो पहचानने से भी इंकार कर दिया था न....!

"यह चित्र तुम्हें कैसा लगता है अनंत?" एक दिन तुम्हारा फोटो मुझे दिखाते हुए विमल'दा बोले।

चित्र देखते ही मैं धक् से रह गया।

"अच्छा हैऽ।" बड़ी मुश्किल से इतना ही कह पाया था।

अनजान बनते हुए फिर मैंने पूछा, "किसका है विमल'दा?"

विमल'दा ने बड़ी आत्मीयता से मेरे कंधे पर हाथ रखा, "यार समझ ले तेरी भाभी का है। पसंद है तुझे?"

विमल'दा चले गए, पर मैं पता नहीं कब तक तुम्हारे ही बारे में सोचता रहा! छोटी-छोटी आँखें, दूधिया चेहरा, जिससे रह-रहकर मासूमियत टपकती थी।

मैंने तुम्हें सबसे पहले कब देखा था, तुम्हें याद है—जुलाई अभी शुरू ही हुआ था। गर्मी की छुट्टियों के बाद स्कूल खुल रहे थे। कॉलेज में एडमिशन लिए मुझे दो-तीन ही दिन हुए थे। उस दिन सुबह मैं किसी काम से मल्लीताल जा रहा था। चढ़ाई मैं अभी चढ़ ही रहा था कि सहसा मेरे पाँव ठिठक पड़े और मैं तुम्हारी ओर निर्निमेष ताकने लगा। तुम्हें याद है, उस दिन तुमने सफ़ेद सलवार और कुर्ता पहना था। हाँ, कंधों पर कोई दुपट्टा न था। वह उमर ही ऐसी थी, जब दुपट्टे की कोई ख़ास ज़रूरत नहीं रहती। काँच के सफ़ेद कटोरे में तुम दही लेकर घर लौट रही थी।

तुम्हें याद है—मुझे देखते ही तुम भी एकाएक ठिठक-सी पड़ी थी! तुमने अज़ीब-सी चिरपरिचित निगाहों से मेरी ओर देखा था। वे ही छोटी-छोटी आँखें मासूम दूधिया चेहरा, हवा में दूर तक बिखरी रेशमी लटें।

हिमकन्या का-सा तुम्हारा वह धवल स्वरूप मैं भूल क्यों नहीं पाता? तुम्हारे बारे में जब-जब सोचता हूँ, मुझे लगता है जैसे अभी-अभी मैंने तुम्हारा वही चेहरा प्रत्यक्ष इन आँखों से देखा है।

उन दिनों की स्मृति मेरे जीवन की सबसे बड़ी पूँजी थी। लेकिन जब अकिंचन-सा हर तरह से अकेला रह गया, तो कैसा लगा था मुझे?

विमल'दा छुट्टियों में बाहर गए थे। उनके कमरे में से एक दिन उनकी केमेस्ट्री की किताब उठा लाया। पहला ही पन्ना खोला तो तुम्हारा पत्र खुला पड़ा था। पत्र पकड़ते ही मेरा दिल धड़कने लगा था। हाथ अकारण काँपने लगे थे। मैंने सशंकित दृष्टि से इधर-उधर देखा था

और पत्र उसी तरह दबाकर रख दिया था। लेकिन इसके पश्चात् भी मुझे चैन मिल न पाया। मैं बार-बार पुस्तक उलटने-पलटने और सहलाने लगा। अन्त में इसी अंतर्द्वंद्व में बहुत समय बीता तो मैंने पत्र खोलकर पढ़ना आरम्भ कर दिया। अभी कुछ ही पंक्तियाँ पढ़ पाया था कि पत्र मैंने वैसे ही बन्द करके रख दिया और किताब विमल'दा के कमरे में पटक आया था।

तुमने विमल'दा के लिए उन्हीं शब्दों का प्रयोग किया था, जिनका कभी मेरे लिए इस्तेमाल हुआ था। 'मैं जी नहीं सकती', 'मुझे नींद नहीं आती।' कैसी विडंबना थी यह! इतनी जल्दी कोई आदमी इतना बदल सकता है? हे भगवान, मेरी आँखों में आँसू उमड़ आए। मैं पागलों की तरह अपने सिर के बाल नोचने लगा था।

समय सबसे बड़ा मलहम है न! पर जब वह ही साथ न दे तो कोई क्या करे! आज सोचता हूँ, विमल'दा के पास जो कुछ था, वह सब मेरे पास भी होता तो....तो....तो....

वह उमर ही ऐसी थी, जब आदमी बहुत भावुक होता है। आज सोचता हूँ तो स्वयं पर हँसी आती है। इतना भावुक होकर क्या कोई जी सकता है? फिर मैं क्यों था? किसलिए था? किसके लिए?

वस्तुतः जो भी कुछ था-सब अपनी परिस्थितियों का ही परिणाम था न! मैंने भी कभी बहुत बड़े सपने सँजोए थे। किंतु सपने सँजोने से क्या होता है? सच, यह सब कितना बड़ा भ्रम था, जिसे मैं वर्षों तक सिर पर लादे फिरा?

मिट्टी से सने माँ के बूढ़े जर्जर हाथ देखता तो सोचता-अब थोड़े ही दिन तो हैं! सारा घर पैसों से भर दूँगा....। परिवार का पेट काटकर पिता जी मेरी पढ़ाई का खरचा भेजते थे। सोचता था, उनके अरमान पूरे न कर दूँ तो....! लेकिन निनी तुमने सारे सपने जला दिए और मुझे नदी के किनारे पत्थर की तरह अकेला छोड़ दिया तो....याद है, उस दिन अपने अँधेरे कमरे में अकेला पड़ा मातम मना रहा था। पिता जी के गुज़रने का तार आया था। छत की ओर ताक़ता न जाने क्या-क्या सोच रहा था! तभी बाहर से आहट आई। एक छाया-सी दरवाज़े को पकड़कर देर तक सिसकती रही और फिर वापस चली गई।

मुझे अब तक सच नहीं लगता। सालों तक मैं उसे भ्रम माने रहा। भला यह कैसे हो सकता है कि तुम मेरे दरवाज़े तक आओ और सहानुभूति जताओ!

हमारी हँसी में हँसने वाले दुनिया में बहुत मिल जाते हैं, लेकिन दुख में दुखी होने वाले कितने होते हैं! आज भी जब कभी किसी कारण मुझे अकस्मात् ख़ुशी का अहसास होता है तो घबरा उठता हूँ। एक अज़ीब-सी बेचैनी मुझे घेर लेती है। कैसी विडंबना है कि मैं कोई भी दुख सह सकता हूँ, लेकिन सुख नहीं। ख़ुशी से मैं इतना भयभीत क्यों होता हूँ? क्यों मेरा हृदय अकारण धड़कने लगता है और बेहद परेशान हो उठता हूँ?

तुमने एक दिन अपना अलग संसार बसा लिया तो मेरे पास क्या रहा? वे टूटी-फूटी स्मृतियाँ भी तुमने एक दिन छीन लीं तो मैं असहाय-सा ठगा-ठगा देखता रहा।....

"अनंत, मेरे सारे पत्र लौटा दो।" एक दिन चुपके से मेरे पास आयी और तुमने अधिकार के स्वर में कहा।

मैं अवाक् तुम्हारा चेहरा ताक़ने लगा। अब तक मेरी स्मृति में तुम्हारी वह मुद्रा ज्यों-की-त्यों अंकित है। तब तुम्हारी आकृति अनायास कितनी कठोर हो आई थी! सच कहता हूँ, इतना आक्रोश तुम्हारे चेहरे पर मैंने कभी भी नहीं देखा था।

तभी पता नहीं कैसी प्रतिक्रिया हुई मुझ पर। "यदि न लौटाऊँ तो?" आवेश से मैं काँपने लगा था। न जाने क्यों मैं आपे से इतना बाहर हो गया था। सच, इतना गुस्सा मुझे पहले कभी भी नहीं आया था और न उसके बाद ही कभी आया....।

तुम्हें याद होगा—मेरे इस आक्रोश की तुम पर कैसी प्रतिक्रिया हुई थी? अपनी दोनों हथेलियों में मुँह छिपाकर तुम रो पड़ी थी।

और हाँ, तब मेरी स्थिति कैसी हो आई थी! स्वयं पर मुझे कितनी ग्लानि हुई थी! तुम्हारी आँखों में आँसू देखकर मेरा दिल कितना दहल उठा था! मुझे सूझ न पा रहा था कि अनायास यह सब मुझसे क्या हो पड़ा है?

सहसा मैंने सारे पत्र समेटे और तुम्हें सौंप दिए।

आज सोचता हूँ—तुम उन्हें न माँगती तो क्या हो जाता? तुमने माँग लिया तो क्या हो गया? सपने में भी क्या कभी मैं उनका दुरुपयोग कर सकता था? फिर इतना अविश्वास क्यों? किसलिए?

जानता था, दुनिया ऐसे ही चलती है। फिर तुम्हारा क्या गुनाह? तुमने वही सब किया था न जो तुम्हें करना चाहिए था....

जीने के लिए मैंने फिर नया दर्शन अपनाया। फिर चट्टानें खुरच-खुरचकर, किसी तरह पाँव टिकाने-भर को ठौर बना ली। एक-एक ईट जतन से जोड़कर अपना अलग संसार बसा लिया, लेकिन तुमने जाने या अनजाने उसे भी एक दिन तोड़ दिया तो!

....सारी-सारी रात सिसकने का स्वर! मुझे अच्छी तरह पता है, वह स्वर तुम्हारा ही था। तभी तो मुझे रात-भर नींद न आ पाती थी। विमल'दा क्या अधिक पीने लगे थे? क्या तुम्हारे पत्र उन्होंने देख लिए थे या....?

एक दिन जब सामान समेटकर वहाँ से निकला तो तुम अपनी खुली खिड़की पर खड़ी थी। उस सूनी-सपाट सड़क पर क्या खोज रही थी? क्यों हथेलियों में मुँह छिपाए फफक-फफककर फूट पड़ी थी?

सिन्दूरी सच

"तो अब आप ही बतलाइए, मैं क्या करूँ?" उसका मासूम मुखड़ा मुरझा गया, आँखों के कोर भीग गए और वह दोनों हथेलियों के बीच मुँह छिपाकर रोने लगी।

उसका नाम उसके माँ-बाप ने पता नहीं क्या सोचकर अन्नदा रखा था, लेकिन अब पता नहीं क्या सोचकर लोग उसे क्या-क्या कहते हैं! पर, वह अपने को कुछ भी नहीं कहती। सच तो यह है कि उसे कहना ही नहीं आता। शायद वह गूँगी हो गई है। जिसके ज़बान होती है, वह कुछ तो कहती ही है न!

अन्नदा यहाँ रहती है। होटल के बूढ़े मैनेजर से, लोग कहते हैं, उसने विवाह कर लिया है। कुछ की यह भी धारणा है कि उसने उन सबसे ही विवाह कर लिया है, जो इस होटल में आते हैं या निकट भविष्य में जिनके आने की उम्मीद है।

अन्नदा कभी-कभी मेरे कमरे के आगे से आती है और निकल जाती है। कभी घूरकर इस तरह से देखती है, जैसे निगल जाना चाहती हो। और कभी यों हवा में, अकारण जैसे देखकर भी देख नहीं पा रही हो। इस जगत में नहीं, किसी दूसरे में हो।

एक दिन मैं कमरे के पिछवाड़े धूप में बैठा कुछ पढ़ रहा था। अन्नदा मेरी कुर्सी के पीछे खड़ी हो गई। देर तक मेरी किताबों की ओर देखती रही। फिर खिल-खिल हँसती हुई घूरने लगी। मैंने ग़ुस्से से पीछे मुड़कर देखा तो शायद वह मेरी त्योरियाँ देखकर सहम गई और इस तरह से देखने लगी, जैसे वह नहीं, अभी-अभी पास ही कोई दूसरी लड़की मुस्कराई हो, जिससे सामने खड़ी अन्नदा का कोई सरोकार न हो।

"सर जी, सुना है आप पढ़ाते हैं। पढ़ने-पढ़ाने से क्या होता है सर जी?" वह मेरे सामने आती है और बहुत धीरे-धीरे, सहमे, शिष्ट स्वर में कहती है।

मैं उत्तर नहीं देता, तो वह एक बार फिर अपनी बड़ी-बड़ी कमल की पंखुड़ी-सी पलकों को ऊपर उठाती है। मेरी भावशून्य आकृति में कुछ पढ़ने का प्रयास करती है।

"मेरा विचार है, सर जी, पढ़ने से आदमी में अच्छे गुण आते हैं। क्यों सर जी, क्या मैं भी....?" वह मेरे पाँवों पर निगाहें टिका देती है।

एक पुस्तक वह मेरे सामने से उठाती है।

"इसे मैं ले जाऊँ सर जी?" बड़े ही स्वप्निल, शान्त स्वर में कहती है, "पढ़ने से ज्ञान आता है न–लोग कहते हैं। क्या वह ज्ञान मुझमें नहीं आ सकता?" वह अपनी हथेलियों से पुस्तक की ठण्डी पीठ सहलाती है। फिर उसे दोनों हाथों से पकड़ती है। देर तक दोनों बाँहों के बीच दबाए रखती है। फिर अपनी गर्दन झुकाकर, अपने गरम होंठों को उसके किनारे तक ले जाती है। अबोध, अनजान भाव से, होंठों से दो-तीन बार उन्हें छूती है। फिर झटके से गर्दन हिलाकर ढेर सारे, सूखे, बिखरे बालों की लट सामने से हटाकर, गर्दन के पीछे फेंक देती है।

"सर जी, आप मुझसे बातें क्यों नहीं करते?" अन्त में बड़ी शिकायत से कहती है वह।

क्या बात करूँ उससे, मैं समझ नहीं पाता। ऐसे क्षणों में मैं हमेशा असमंजस में डूब जाता हूँ और मुझसे कुछ भी कहा नहीं जाता।

कल भी वह इसी तरह कोई बहाना बनाकर आई थी। एक पुस्तक कभी और भी ले गई थी, जिसे लौटाने की उसे अभी तक याद नहीं।

"वह बहुत अच्छी पुस्तक है सर जी। सारी रात जागकर मैं उसे पढ़ती रही। कभी-कभी तो पढ़ते-पढ़ते आँखों में आँसू छलक आते। वह गोरियो....जी हाँ! जी हाँ! गोरियो नाम का बूढ़ा आदमी कितने ग़ज़ब का है सर जी। मरते समय अपनी बेटियों से जब वह कहता है न सर जी....वह कहता है....। तब मैं सच, फूट-फूटकर रो पड़ी थी।"

मैंने अचरज से देखा, वह सामने खड़ी लड़की न रोते हुए भी, सचमुच भीतर ही भीतर कहीं रो रही है। उसका रोम-रोम रो रहा है।

"हर पिता ऐसा क्यों नहीं होता सर जी। हर आदमी, आदमी क्यों नहीं होता?" वह चुप हो गई। फिर एकाएक भभककर बोली–"आप जानते हैं, सर जी, यह होटल वाला बूढ़ा मैनेजर मेरा बाप है, किन्तु अब इसने मुझे पत्नी के बतौर रख लिया है। इसके लिए माँ, बहन, बहू-बेटी का कोई रिश्ता नहीं, केवल पुरुष और नारी, नर और मादा का रिश्ता है।"

उसकी आँखों में दूर कहीं लाल-लाल चिनगारियाँ फूट रही थीं और वह अन्दर ही अन्दर धधक रही थी।

मैं अवाक् उसकी ओर देखता रहा और जब वह चली गई तो उसके बारे में न जाने क्या-क्या सोचता रहा।

मेरा मन फिर पढ़ने में नहीं लगता। बार-बार कोशिश करता हूँ, पर जमता नहीं, उखड़-उखड़-सा आता है। पुस्तकें बन्द कर देता हूँ। कमरे के बाहर चहलक़दमी करता

हूँ। फिर सोने का प्रयास करता हूँ, पर नींद बुलाने पर भी पास नहीं आती। सम्भवत: वह भी कहीं दूर भटक गई है।

हर रोज़ वह फूलों से सज़ा, रंग-बिरंगा गुलदस्ता कमरे में रख जाती है। इधर-उधर बिखरे कपड़ों को सहेज देती है। मुझे अधिक चाय पीने को मना करती है और फिर पूछती है–"आप इत्ता क्यों पढ़ते हैं सर जी?"

मैं हमेशा की तरह चुप रहता हूँ। उसकी बातों का कोई उत्तर नहीं देता, तो वह भी चुप हो जाती है। फिर अख़बारों को उलटती है, मैगज़ीनें खोलकर देखती है और पुस्तकों के ऊपर जमी धूल अपने छोटे-से बित्ते-भरके रूमाल से झाड़ती है। "सर जी, यह छोटी पुस्तक मैं ले जाऊँ?" नन्ही बालिका की तरह उसका निरीह प्रश्न हवा में तैरने लगता है।

मेरे उत्तर की प्रतीक्षा किए बिना ही वह सदा की भाँति कमरे से चली जाती है।

मैं उसकी लौटाई पुस्तक खोलकर देखता हूँ। उसमें एक छोटा-सा सिगरेट के काग़ज़ का बारीक़ टुकड़ा मुड़ा रखा है। उसमें आड़ी-तिरछी काट-छाँट कर बहुत-सी लकीरें खिंची है और उनके ऊपर 'सर जी, सर जी' लिखा है। फिर वह जगह-जगह से कटा है।

मैं दिन-रात अपने काम में जुटा रहता हूँ। पता ही नहीं चलता कि कब कितना समय बीत गया है। इस व्यस्तता में दीन-दुनिया की भी ख़बर नहीं रख पाता। वह छोटी-सी अन्नदा कभी-कभी जल में गिर पड़ी किंकणी की तरह सामने आती है और चली जाती है।

"सर जी, आप मुझसे भला-बुरा क्यों नहीं कहते? आप मुझसे घृणा क्यों नहीं करते? मैं बहुत बुरी हूँ–तभी तो आप कभी भी मेरी ओर आँख उठाकर नहीं देखते।" मेरी ओर से कोई उत्तर नहीं मिलता।

पर, वह कहती चली जाती है–"आपको इतने दिन हो गए, लेकिन एक बार भी आपने मेरे बारे में कुछ क्यों नहीं पूछा कि मैं क्या करती हूँ?"

मैं तब भी कुछ नहीं कह पाता।

"हर लड़की की तरह मैंने भी सपने सँजोए थे सर जी!" वह सामने कुर्सी की पाटी पर बैठी कहती है–"मैंने भी तरह-तरह के ख़्वाब देखे थे, लेकिन हर सपना सच तो नहीं हो जाता! बादलों के रंग-बिरंगे घोड़े पर बैठकर कभी मेरा भी राजकुमार आएगा, फूलों की पंखुड़ियों की मेरे लिए ओढ़नी लाएगा और मुझे मेरे सपनों की दुनिया में ले जाएगा। लेकिन वह कभी भी नहीं आया सर जी। इसके विपरीत मैंने सुनहरे सपने क्यों सँजोए, इसी की मुझे दुनिया ने सज़ा दी है। मैं हर रात कितनी ही बार अपनी कुँआरी माँग में सिन्दूर भरती हूँ और कितनी ही बार सुहागरात मनाती हूँ। दुनिया का हर कामी पुरुष मेरा पति है जो चुम्बनों के बाद मेरे गाल पर चाँटा लगाकर, मेरे मुँह पर घृणा से थूककर चला जाता है।" वह वीतरागी दृष्टि से मेरी ओर देखती है–"आप किताबें लिखते हैं न सर जी! क्यों लिखते हैं?"

अन्नदा आज कैसी अज़ीब-अज़ीब बातें कर रही है!

"सर जी, सच, मुझे अब अपने-आप से घृणा हो गई है। मैं इतनी बार निरावरण हो गई हूँ कि मेरे सामने लाज-हया का कोई प्रश्न नहीं रह गया। मैं अब नारी नहीं, केवल एक मिट्टी का ढाँचा मात्र रह गई हूँ।" अन्नदा की आँखों में जल भर आता है।

मैं हिसाब लगाता हूँ—अन्नदा की अभी उमर क्या होगी? इसकी अवस्था की लड़कियाँ अभी तक कॉलेजों में पढ़ती हैं। काढ़ना-बुनना सीखती हैं और सुनहरे भविष्य की सुनहरी कल्पनाएँ करती हैं। उन्हें दुनिया से क्या? लेकिन, एक यह है....

गुलाबी चेहरे पर झाँइयाँ पड़ने लग गई है। शरीर अभी से कितना बेडौल हो गया है! आँखों की चमक खो गई है। रूखे बाल कन्धे पर बिखेरती है तो लगता है जैसे कोई अधेड़ उम्र की विधवा हो। मेरा मन द्रवित हो उठता है। न जाने कैसे मैं अनायास कह उठता हूँ—न जाने क्यों?

"तुम मेरे साथ चलोगी अन्नदा?"

मेरा प्रश्न सुनकर अन्नदा चौंकती नहीं, केवल सिर हिला देती है। होंठों से कुछ नहीं कहती। यह भी नहीं पूछती कि आपके साथ कहाँ चलूँगी? क्या करके रहूँगी? क्यों रहूँगी? कैसे रहूँगी?

मैं देर तक शून्य में कुछ टटोलता रहता हूँ। जब दृष्टि सामने मुड़ती है तो देखता हूँ—अन्नदा दरवाज़े के सामने सिर झुकाए खड़ी है। पर्दे में मुँह छिपाए चुपचाप रो रही है।

जब भी अवकाश मिलता है, अन्नदा मेरे कमरे में चली आती है। पुस्तकों को सजाती है और सारी वस्तुएँ ठीक-ठाक करके रख देती है। मेरी ओर तनिक भृकुटी टेढ़ी कर ग़ुस्से से देखती है—"आप इतना अधिक पढ़कर अपनी तन्दुरुस्ती क्यों ख़राब कर रहे हैं सर जी?" वह मेरे हाथों से कलम छीन लेती है। अधलिखा काग़ज़ परे हटा देती हूँ—"मैं आपको अगर न पढ़ने दूँ तो आप मेरा क्या कर लेंगे?"

मैं कुछ नहीं बोलता।

"देखिए, आप भी ख़ूब हैं! इत्ता पढ़-लिखकर भी आपको समझ नहीं। किसी एक की ज़िन्दगी बनाने के लिए कोई अपनी ज़िन्दगी तबाह करे, क्या यह समझदारी की बात है! मेरा कलंकित जीवन आपके लिए भी अभिशाप होगा, इसलिए कभी भी ऐसी बातें न कीजिएगा। अधिक भावुक होना भी तो कमज़ोरी है न!"

"...."

"आप बोलते क्यों नहीं?" मुझे चुप देखकर उसे परेशानी महसूस होती है। वह चाहती है कि किसी तरह मैं बोलूँ। कुछ तो कहूँ। वह यही सोचकर और पास आ जाती है।

पालतू पशु की तरह अब वह डरती नहीं। न जाने क्या सोचकर उसने मुझमें हर तरह का अधिकार ज़माना शुरू कर दिया है। मेरे बालों को वह सहलाती हैं—"क्यों जी आपके

बाल बड़े सुन्दर हैं–सुनहले भी। क्या एक को नोचकर अपने लिए अँगूठी बना लूँ? ज़िन्दगी-भर पहने रहूँगी।" वह बालों को उँगली में लपेटकर छल्ला-सा बनाती है और खिलखिलाकर हँस पड़ती है।

"क्यों सर जी आप बोलते क्यों नहीं?"

"...."

"सच, मैं कल रात-भर जागती पता नहीं क्या सोच रही थी। सोच रही थी कि आपका कितना सुन्दर घर होगा! जितने सुन्दर आप हैं–उससे भी अधिक सुन्दर आपके घर का रंगीला बगीचा होगा! आपके स्वभाव से भी मधुर उसकी गन्ध होगी!" वह चौंककर मेरी ओर देखती है–"देखिए, मुझे अपने साथ न ले जाइएगा। एक मछली सारा तालाब...." वह मेरे होंठों पर अपनी हथेली रख देती है, "सच, मैं कितनी अबूझ हूँ! आपने जो हँसी में यों ही कह दिया, उसे मैं गाँठ बाँधे सच मान रही हूँ।"

उसका स्वभाव किसी सीमा तक विचित्र लगता है। कभी वह दुधमुँहे बच्चों की तरह अबोध हो जाती है और कभी एकदम बुढ़िया की तरह सयानी। यों अजब-सा मुँह बनाती है कि देखते ही भय लगता है।

उसमें एक अनोखी छटपटाहट है, आकुलता है, आक्रोश है। कभी-कभी तो लगता है कि वह हाथ में मशाल लेकर सारा घर पल-भर में फूँक डालेगी और कभी ठहरे जल की तरह एकदम शान्त।

"तुम्हें इस तरह वक्त-बेवक्त, यों कमरे में आते देख मैनेजर कुछ नहीं कहता?"

"वह कसाई है सर जी, निरा कसाई!" मुँह बड़ी वीभत्स घृणा से निचोड़ती है वह। "खुद ही तो कमरे-कमरे में भेजता है। आपको क्या पता–वह मुझे हर रात कितने कमरों में ज़बरदस्ती धकेलता है और सुबह लौटते ही मेरी तलाशी लेकर सब खसोट लेता है। कल नीचे के तीन कमरों में गई थी। नंबर 27 में बड़ा शराबी रहता है।....सुबह मुझसे खड़ा तक नहीं हुआ जाता था!"....वह इस तरह से इन गन्दी बातों को कहती है, जैसे ये उसके लिए बहुत मामूली हो और इन सबकी वह अभ्यस्त हो।

मेरी छोटी-सी घड़ी उसे बहुत पसन्द आती है। वह एक दिन अपनी कलाई आगे कर कहती हैं–"इसे बाँध दीजिए।" और फिर अपने-आप बाँधकर मुस्कराती है।

मेरा पार्कर पेन एक दिन वह अपने ब्लाउज में डाल लेती है।

और फिर दूसरे दिन चुपचाप आकर लौटा देती है। मुझसे नाराज़ होती है कि मैं इतना सीधा क्यों हूँ! मेरे बदले कोई और होता तो क्या....!

एक दिन वह कुछ अधिक मूड में होती है। मेरे लिए चाय का प्याला लाती हुई कहती हैं–"लिखने से आपको इतना रुपया मिलता है सर जी! फिर आप उसका क्या करते हैं?"

"कुछ भी नहीं।"

"आपकी कोई इच्छा नहीं?"

वह पल-भर चुप रहती है। फिर बहकी-बहकी-सी कहती है–"अच्छा, मुझे सौ रुपये दे दीजिए।" और वह बिना प्रतीक्षा के मेरी अटैची में से मेरा पर्स निकालती है। उसमें से गिन-गिनकर दस-दस के दस नोट निकालकर उन्हें लपेटकर घुण्डी बनाती है और ब्लाउज में रख लेती है। फिर मेरी ओर देखती है–"आपने बुरा तो नहीं माना?"

"देखिए, मेरी बड़ी इच्छा थी एक सिल्क की साड़ी पहनने की–आपकी दी हुई।"

वह शाम को सच ही बाज़ार से एक साड़ी लाती है। मेरे सामने उसकी तह खोलकर दिखाती है–"आपको पसन्द है? कितना सुन्दर सिन्दूरी रंग है!"

यहाँ से मेरा जी भर गया है। अतः एक दिन होटल के मैनेजर से मैं हिसाब साफ़ करने के लिए कहता हूँ तो उसे बड़ा आश्चर्य होता है, क्योंकि मैंने आते समय लगभग तीन महीने यहाँ रुकने का इरादा बतलाया था, पर अब दो से पहले ही जा रहा था।

वस्तुतः मुझे यहाँ का मौसम जचाँ नहीं। यहाँ के एकान्त वातावरण में बहुत काम करने के इरादे हवा हो गए थे। फिर कभी-कभी थोड़ी बूँदाबाँदी भी हो जाती और कुहासा घिरा रहता। मुझे कुहासा कभी भी पसन्द नहीं।

वह दौड़ती हुई मेरे पास आती है, एक दिन। पिछले तीन दिनों से मैंने उसे देखा नहीं था। एक बार अवश्य तीसरी मंजिल की खिड़की से दीखी थी। उसका चेहरा जामुन की तरह स्याह था, आँखें लाल सूजी हुई।

बैरा से मैंने कारण पूछा तो उसने टाल दिया। फिर भी लोगों की बातों से मुझे अहसास हुआ कि मैनेजर किसी बात पर इससे नाराज़ है। जो वह चाहता है, वह अन्नदा नहीं करना चाहती। यहीं से विग्रह का समारम्भ हुआ है। इसलिए मैनेजर ने अपने नौकरों से उसे पिटवाया–नंगे बदन में कोड़े लगाए।

"क्यों, कहाँ थी?" मैंने पूछा।

"बीमार थी।"

"नहीं, झूठ बोल रही हो।" मैंने ज़ोर देकर कहा तो वह पल-भर असमंजस में डूबी खड़ी रही, फिर बोली–"सर जी, बात यह है कि कुछ अधिक पैसे के लालच में मैनेजर ने मुझे बाहर भेजा। और वहाँ मेरे साथ बड़ी ज्यादतियाँ की गई....। सर जी, आप क्यों पूछते हैं?" उसका स्वर गहरा गया–"खरीदे हुए लोगों की भी क्या कोई ज़िन्दगी होती है?"

ज़िन्दगी सबकी होती है। फिर वह ऐसा क्यों सोचती है?

वह पास ही तिपाई पर बैठ गई–"सुना, आप जा रहे हैं सर जी?"

"हाँ।"

“आप तो कहते थे कि....।” कहते-कहते वह चुप हो जाती है। एक काली झाई, गहरी निराशा की उसकी आकृति में खिंच आती है।

“तुम चलोगी?”

वह मेरी ओर न जाने किस भाव से टकटकी बाँधे देखती है।

देर तक सन्नाटा रहता है।

“क्यों? क्या इरादा है?”

“इरादा!” वह यों ही अकारण हँसने का प्रयास करने लगी–“हमारा भी कोई इरादा हो सकता है सर जी!”

वह उस समय चली जाती है।

रात को मैं सामान बाँधने में व्यस्त रहता हूँ। रात बहुत आगे निकल गई है, लेकिन मैं जुटा हूँ। प्रात: समय मिल पाएगा या नहीं, इसका क्या निश्चय! अत: रात में ही तैयारी पर लग जाता हूँ।

इतने में सीढ़ियों पर किसी के चलने की आहट मालूम होती है। नीले, चमकीले गाउन में लिपटी वह कुछ ही क्षण पश्चात् सामने खड़ी दिखलाई देती है। उसका चेहरा पूनम के चाँद की तरह खिला है। उसके पाँव प्रसन्नता से थिरक रहे हैं। उसके होंठों पर हलके रंग की लिपस्टिक पुती है। बालों में कुछ ताज़े फूल।

“सर जी!” वह एकदम मेरे पास आ जाती है और बिना कहे ही मेरा सारा काम स्वयं सम्हालने लगती है।

मेरी अटैची में कुछ ज़रूरी सामान है, जिसे वह बड़े ढंग से सम्हालती है और दूसरे बक्सों को भी करीने से सजाती है। मुझसे नाराज़ होती है कि मुझे इतना-सा सरल काम भी नहीं आता।

आधे घण्टे में वह सारा काम समाप्त कर मेज़ के ऊपर मुँह पोंछती बालों को पीछे सँवारती मुस्कराती पाँवों को बड़ी अल्हड़ता से पसारती धम्म से बैठ जाती है।

“सर जी आप सचमुच बहुत सीधे हैं।” वह ज़ोर से हँस पड़ती है।

मैं प्रत्युत्तर में कुछ कहूँ, उससे पहले ही कह उठती है–“सर जी, मैं आपके साथ चलूँगी, हाँ! आप नहीं भी कहेंगे, तब भी चलूँगी। आपके लिए भोजन बना दूँगी, आपके कपड़े धो दूँगी बर्तन साफ़ कर दूँगी। मुझे कुछ भी नहीं चाहिए सर जी, आपके पाँवों पर पड़ी रहूँगी। जहाँ ठौर देंगे रह लूँगी और बदले में कुछ भी नहीं माँगूँगी।” वह शायद परखने के लिए कहती है–“आप ले जाएँगे न सर जी!”

वह पास आ जाती है। “अपनी महरी की जगह मुझे रख लीजिए सर जी!”

उसका करुण स्वर काँपने लगता है। उसकी साँस तेज़ी से चलने लगती है। वह माथे का पसीना पोंछकर मेरे और पास खिसक आती है, “एक बात कहूँ?”

"कहो।"

"यह मैनेजर मुझे जाने नहीं देगा सर जी!"

"क्यों?"

"इसने मुझे सात सौ रुपये में ख़रीदा है!"

"तुम तो कहती थी कि यह तुम्हारा बाप है!"

"सगा बाप नहीं सर जी यों ही दूर के रिश्ते का चचा-ताऊ है। बचपन में इसने बाप की तरह पाला। फिर कुछ बड़ी हुई तो किसी के हाथ लालच में आकर बेच दिया और फिर बाद में इसने होटल खोला तो मुझे सात सौ रुपये में उससे ख़ुद ही खरीद लिया।"

मैं माथे पर हाथ लगाए सोचता रहता हूँ।

"सर जी अभी आप दे दीजिए। फिर मेरी नौकरी की तनख़्वाह में से काट लीजिएगा। मैं आपको दगा नहीं दूँगी।" वह मेरे कन्धों पर सिर टिका देती है—"आप तो कहते थे सर जी कि नारी सोने के समान होती है। वह कभी भी अपवित्र नहीं होती। मैंने जो कुछ भी किया, सब मज़बूरी से ही न! सच, अब आगे ऐसा विचार मन में भूलकर भी न लाऊँगी। पारस के साथ रहकर लोहा भी कंचन हो जाता है। मुझे भी इस नरक से निकालकर नई ज़िन्दगी दीजिए न।" गरम-गरम आँसुओं से मेरा कन्धा भीग जाता है। मैं उसके बालों को सहलाता हूँ। धीरज बंधाता हूँ कि वह चिन्ता न करे। कल सुबह उसके रुपये चुका दूँगा।

आँसू पोंछती हुई वह सहसा उठ खड़ी होती है। गाउन उतारकर बड़ी अल्हड़ अंगड़ाई लेती है। मुझे अपनी आँखों पर विश्वास नहीं होता—वह केवल एक झीने से आवरण में लिपटी है। उसने और कोई भी कपड़ा नहीं पहन रखा है। वह बड़े बाज़ारू ढंग से मुस्करा रही है।

"देखो, यह सस्तापन मुझे पसन्द नहीं! निकल जाओ मेरे कमरे से! तुम औरत हो या....?"

मेरी बात समाप्त होने से पहले ही वह रोशनी बुझा देती है। मेरे पास आकर बैठ जाती है और अपने बालों को स्वयं ही नोचने लगती है। स्वयं ही अपने हाथों से अपने गालों पर चाँटे लगाने लगती है—रोने लगती है। मेरे पाँवों पर गिरकर गिड़गिड़ाने लगती है—"सर जी, मुझे माफ़ कर दीजिए! पता नहीं मुझे क्या हो गया है! आप देवता है सर जी! मैं कभी-कभी बौरा जाती हूँ। जो नहीं करना चाहिए, वह भी विवश होकर कर बैठती हूँ। मुझे दौरे से पड़ते हैं...."

मैं आर्द्र होकर उसे ऊपर उठाता हूँ, तब भी उसकी हिचकी नहीं थमती। मेरी गोद में वह सिर रख देती है। धीरे-धीरे उसकी बाँहों की पकड़ मज़बूत होती चली जाती है। इतनी गहरी कि मैं उसमें से बाहर नहीं निकल पाता।

प्रातः कुछ जल्दी जागता हूँ। बिजली जलाता हूँ। देखता हूँ तो मुझे कुछ भी दिखलाई नहीं देता। अचरज से मेरी आँखें खुली की खुली रह जाती हैं।

वह पता नहीं कब चली गई है। मेरी अटैची नदारद है। साथ में मेरा बहुत-सा कीमती सामान लापता है।

काटो तो ख़ून नहीं। मेरे होश हिरन हो जाते हैं। बड़ी देर तक मैं वैसे ही खड़ा रहता हूँ। फिर हो-हल्ला मचाता हूँ, पर अरण्यरोदन की तरह सब व्यर्थ। बूढ़े मैनेजर से शिकायत करता हूँ तो वह उलटा मुझ पर ही बरस पड़ता है–"आप मेरी बेटी पर लांछन लगाते हैं और स्वयं शरीफ़ आदमी बनते हैं! रात को इस तरह किसी लड़की का आपके कमरे में जाने का क्या अर्थ है? आप पुलिस में तशरीफ़ ले जाइए। आप नहीं ले जाते तो अब हम ले जाएँगे। हमारी भी तो कोई इज़्ज़त है!"

मैं क्या कहूँ। विवश होकर चुप हो जाता हूँ। अपने सीधेपन के अलावा दोष किसे दूँ! वास्तव में मुझे अपने सीधेपन के अतिरिक्त सबसे अधिक दुख उसकी प्रवंचना पर हुआ। आदमी आदमीयत से इतना नीचे क्यों गिरता है?

मैं अपना शेष सामान बाहर निकालता हूँ। इस सारे कृत्य के लिए एक बार, अन्तिम बार जाते समय मैनेजर को धन्यवाद देने के लिए उसके कमरे तक जाता हूँ। दरवाज़ा खटखटाता हूँ तो सामने बूढ़ा मैनेजर नहीं, वही लड़की आग सेंकती दिखलाई देती है।

"सुनो।"

वह डरते-डरते पास आकर खड़ी हो जाती है।

"तुम्हें यह क्या सूझी?" शान्त भाव से मैं कहता हूँ–"तुम्हें पैसे चाहिए थे न! मुझसे वैसे ही माँग लेती। मैं दे देता। मेरी यों तौहीन कराके तुम्हें क्या मिल गया? देखो," मैं बड़ी परेशानी से पीड़ा को पीकर कहता हूँ–"मेरे पास अब जाने के लिए पैसा भी नहीं। तुम कुछ तो छोड़ जाती।" इससे अधिक मैं कुछ कह नहीं पाता।

मेरी बात का उस पर न जाने क्या असर होता है। वह चुपचाप अपने कमरे में जाती है और मेरी अटैची तथा कुछ और सामान लाकर सामने धर देती है। सामान के साथ-साथ एक काग़ज़ का टुकड़ा भी है, जिस पर लिखा है–'मेरी विवशता के लिए क्षमा कर देना भगवान् के लिए....।'

अब वह मुझसे निगाहें नहीं मिला पाती। अवाक्-सी खड़ी मेरी ओर देखती रहती है। उसकी आकृति एकाएक सफ़ेद हो गई है–संगमरमर की तरह। वह केवल एक बार अपनी हथेलियों को घृणा से देखकर मुँह फेर लेती है।

मैं स्टेशन पहुँचता हूँ। सुबह की गाड़ी तो निकल चुकी है। अब केवल शाम की ही ऐसी है, जिससे जाया जा सकता है। अगली गाड़ी का मेल उसी से मिलता है।

मैं सारे दिन स्टेशन पर भटकता रहता हूँ। एक अज़ीब-सी बेचैनी मेरा साथ नहीं छोड़ती। मैं अपने से झाड़ता हूँ। अपने पर ग़ुस्सा होता हूँ और फिर अपने-आप शान्त होकर कहीं और ध्यान लगाता हूँ।

मैं टिकट की खिड़की की ओर बढ़ता हूँ कि एक छोटी-सी भीड़ सामने दीखती है। कुछ लोग गुप-चुप बातें कर रहे हैं कि किसी लड़की ने पता नहीं क्यों, अपने दोनों हाथ काट लिए और छत से कूदकर आत्महत्या कर ली है। लोग कहते हैं कि वह पगला गई है। नहीं तो....

मैंने टिकट खरीद लिया। मैं रेल के डिब्बे में बैठा हूँ। रेल घुमावदार मोड़ से ओझल हो रही है। तभी पास से एक शव गुज़रता दिखलाई देता है जिसके ऊपर एक रेशम की साड़ी लिपटी पड़ी है, जिसका रंग सिन्दूरी है।

साए

नन्हे-नन्हे दुधमुँहे बच्चे! अकेली रुग्ण पत्नी! नाते-रिश्ते का ऐसा कोई नहीं, जो ज़रूरत पर काम आ सके! पति सुदूर अफ्रीका में, अस्पताल में बीमार! महीनों तक कोई पत्र नहीं....

हर रोज़ वे रंग-बिरंगे टिकटों वाले पत्र की राह देखते, परन्तु डाकिया भूल से भी इधर झाँकता न था।

हाँ, बहुत लम्बे अर्से बाद एक पत्र, एक दिन मिला। बड़ा अज़ीब-सा था यह। बड़ा करुण। बड़ा दर्दभरा। नैरोबी के किसी अस्पताल से। लिखा था–रंग-भेद के कारण पहले यूरोपियन लोगों के अस्पताल में जगह नहीं मिली, किन्तु बाद में कुछ कहने-कहलाने पर स्थान तो मिला, किन्तु इस अनावश्यक विलम्ब के कारण रोग काबू से बाहर हो गया है। डॉक्टरों ने ऑपरेशन की सलाह दी है, किन्तु उसमें भी अब सार लगता नहीं। चन्द दिनों की मेहमानदारी है....। उसके बाद तुम लोगों का क्या होगा कुछ सूझता नहीं। पास होते तो....लेकिन....भरोसा रखना....भगवान सब का रखवाला है....जिसने पैदा किया है, वह परवरिश भी करेगा....

पत्नी पत्र पढ़ती। रोती। अबोध बच्चे रुलाई-भरी आँखों से माँ का मुँह ताक़ते। फिर चिट्ठी पर चिट्ठियाँ डालीं उन्होंने, फिर तार, तब कहीं केन्या की मोहर लगा, एक विदेशी लिफ़ाफ़ा मिला। लिखा था, परमात्मा का ही यह चमत्कार है कि हालत सुधर रही है। एक नया जन्म मिला है....।

थोड़े दिनों बाद फिर पत्र आया, पहले की ही तरह किसी से बोलकर लिखवाया हुआ–हालत पहले से अच्छी है। चिन्ता की अब कोई बात नहीं।

हमेशा की तरह कुछ रुपये भी पहुँच गए इस बार।

बच्चों के मुरझाए मुखड़े खिल उठे। रुग्ण पत्नी का स्वास्थ्य तनिक सुधार की ओर बढ़ा। चिट्ठियाँ नियमित रूप से आती रहीं। रुपये भी पहुँचते रहे।

उसने लिखा था, हाथ के ऑपरेशन के बाद अब वह पत्र नहीं लिख पाता, इसलिए किसी से लिखवा लेता है। इधर एक नया टाइपराइटर खरीद लिया है उसने। अपने कारोबार का भी कुछ विस्तार कर रहा है–धीरे-धीरे। कुछ नई ज़मीन खरीदने का भी इरादा है–शहर के पास। एक 'फार्म हाउस' की योजना है....

घर के बारे में पत्नी के बारे में, बच्चों की पढ़ाई के बारे में कितने ही प्रश्न थे। बड़ी उत्साहजनक बातें थीं–विस्तार से। इतना अच्छा पत्र पहले कभी भी न आया था। सबको स्वाभाविक रूप से प्रसन्नता हुई।

डूबती नाव फिर पार लग रही थी–धीरे-धीरे।

लगभग तीन बरस बीत गए।

घर की ओर से पत्र पर पत्र जाते रहे कि अब उसे थोड़ा-सा समय निकालकर कभी घर भी आना चाहिए। बच्चे उसे बहुत याद करते हैं। उसे देखने-भर को तरसते हैं। जो-जो हिदायतें चिट्ठियों में लिखी रहती हैं, उनका अक्षरशः पालन करते हैं। माँ को किसी क़िस्म का कष्ट नहीं देते। कहना मानते हैं। पढ़ने में बहुत मेहनत करते हैं। अज्जू कहता है कि बड़ा होकर वह भी पापा की तरह अफ्रीका जाएगा। इंजीनियर बनेगा। पापा के साथ ख़ूब काम करेगा। अब वह पूरे बारह साल का हो गया है। छठी कक्षा में सबसे अव्वल आया है। मास्टर जी कहते हैं कि उसे वजीफ़ा मिलेगा। उसी से अपनी आगे की पढ़ाई जारी रख सकता है। तनु अब अठारह पार कर रही है। उसका भी ब्याह करना है। कहीं कोई अच्छा-सा लड़का, अपनी जात-बिरादरी का मिले तो चल सकता है....

चिट्ठी के जवाब में बहुत-सी बातें थीं। लिखा था कि इस समय तो नहीं, हाँ, अगले साल तनु के ब्याह पर अवश्य पहुँचेगा। योग्य वर तो यहाँ भी मिल सकते हैं, पर विदेश में, अफ्रीका जैसे ऐसे देश में, लड़की को ब्याहने के पक्ष में वह नहीं है। दहेज की चिन्ता न करना। वहीं वर की खोज़ करना।

वर की तलाश में अधिक भटकने की आवश्यकता न हुई। आसानी से खाता-पीता घर मिल गया। शायद इतना अच्छा घराना न मिलता, लेकिन इस भरम से कि कन्या का बाप अफ्रीका में सोना बटोर रहा है, सब सहज हो गया।

शादी की तिथि निश्चित हो गई। नैरोबी से पत्र आया कि वह समय पर पहुँच रहा है। गहने, कपड़े सब बनाकर वह साथ लाएगा। लेकिन शादी के समय वह चाहकर भी पहुँच नहीं पाया। विवशताओं से भरा लम्बा पत्र आया कि इस बीच जो एक नया कारोबार शुरू किया है, उसमें मज़दूरों की हड़ताल चल रही है। ऐसे संकट के समय में यह सब छोड़कर वह कैसे आ सकता है! हाँ, गहने, कपड़े और रुपये भिजवा दिए है। वर-वधू के चित्र उसे अवश्य भेजें, वह प्रतीक्षा करेगा।

ख़ैर, ब्याह हो गया, धूमधाम के साथ। विवाह के सारे चित्र भी भेज दिए।

अज्जू ने इस वर्ष कई इनाम जीते। हाई स्कूल की परीक्षा में जिले में सर्वप्रथम रहा। खेलों में भी पहला। बहुत-से सर्टिफिकेट मिले, वजीफ़ा मिला। इनाम में मिली सारी वस्तुओं के फोटो वे पापा को भेजना न भूले।

बदले में क़ीमती कैमरा आया। गरम सूट का कपड़ा आया। सुन्दर घड़ी आई। और मर्मस्पर्शी लम्बा पत्र आया। लिखा था कि वह बच्चों की उम्मीद पर ही जी रहा है। पत्नी का स्वास्थ्य अच्छा रहना चाहिए। बच्चे इसी तरह नाम रौशन करते रहें–उनके सहारे वह ज़िन्दगी की डोर कुछ और लम्बी खींच लेगा....यह सारा कारोबार सब उन्हीं के लिए तो है!

पर, अनेक वादे करने पर भी घर आना सम्भव न हो पाता। हर बार कुछ-न-कुछ अड़चनें आ जातीं और उसका जाना स्थगित हो जाता।

पाँवों पर पंख बाँधकर समय उड़ता रहा। अबाध गति से।

बच्चों ने लिखा कि यदि उसका इधर आ पाना कठिन हो रहा है तो वे ही सब अफ्रीका आने की सोच रहे हैं। कुछ वर्ष वहीं बिता लेंगे।

उत्तर में केवल इतना ही था कि काम बहुत बढ़ गया है। नैरोबी, मोम्बासा के अलावा अन्य स्थानों पर भी उसे नियमित रूप से जाना पड़ता है। यहाँ विश्वास के आदमी मिलने नहीं, इसलिए उसे स्वयं ही खटना पड़ता है। यहाँ की आबोहवा, बच्चों की पढ़ाई अनेक प्रश्न थे। अज्जू जब तक अपनी पढ़ाई पूरी नहीं कर लेता, तब तक कुछ नहीं हो सकता। समय निकालकर कभी वह स्वयं घर आने का प्रयास करेगा। बच्चों की बहुत याद आती है। घर की बहुत याद आती है। लेकिन, विवशता के लिए क्या किया जाए!

अन्त में एक दिन वह भी आ पहुँचा जब अज्जू ने अपनी पढ़ाई पूरी कर ली। कहीं अच्छी नौकरी की तलाश शुरू हुई। पर पिता के अब भी घर आने की सम्भावना न दीखी तो उसने लिखा–अम्मा बीमार रहती हैं। बहुत कमज़ोर हो गई है। एक बार, अन्तिम बार देखना भर चाहती हैं।

प्रत्युत्तर में विस्तृत पत्र मिला। इलाज के लिए रुपये भी। परन्तु इस बार अज्जू ने ही जाने का कार्यक्रम बना लिया। अकस्मात् पहुँचकर पापा को चौंकाने की पूरी-पूरी योजना।

टिकट खरीद लिया। पासपोर्ट वीसा भी सब देखते-देखते बन गया। और एक दिन दिल्ली से वह विमान से रवाना भी हो गया।

उसके मन में गहरी उत्कण्ठा थी कि पापा उसे देखकर कितने चकित होंगे! उन्होंने कल्पना भी न की होगी कि एकाएक वह इतनी दूर, एक दूसरे देश में इतनी आसानी से आ जाएगा! उनकी निगाहों में तो अभी वह उतना ही छोटा होगा, जब वह निक्कर पहनकर आँगन में गुल्ली-डण्डा खेलता था!

नैरोबी के हवाई अड्डे पर उतरकर वह सीधा उस पते पर गया, जो पत्र में दिया हुआ था। परन्तु वहाँ ताला लगा था। हाँ, उसके पिता की पुरानी, धुँधली नेम-प्लेट अवश्य लगी थी!

आसपास पूछताछ की तो पता चला कि एक वृद्ध भारतीय अप्रवासी अवश्य यहाँ रहते हैं। रात को देर से दफ़्तर से घर लौटते हैं। किसी से मिलते-जुलते नहीं। निपट अकेले हैं।

वह बाहर बरामदे में रखी बेंच पर बैठा प्रतीक्षा करता रहा।

रात को एक बूढ़ा व्यक्ति ताला खोलने लगा तो देखा—एक युवक सामान के सामने बैठा ऊँघ रहा है।

उसका नाम-धाम पूछा तो उसे अपनी बाँहों में भर लिया।

बड़े उत्साह से उसने स्वागत किया।

भोजन के बाद वह उसे अपने कमरे में ले गए। दीवार की ओर उन्होंने इंगित किया—एक नन्हा बच्चा माँ की गोद में हुलका किलक रहा है।

"यह किसका चित्र है?"

युवक ने गौर से देखा। कुछ झेंपते हुए कहा, "मेरा।"

वृद्ध इस बार कुछ और ज़ोर से खिलखिलाए, "मेरे बच्चे, तुम इतने बड़े हो गए हो! सच, कितने साल बीत गए! जैसे कल की बात हो!" उन्होंने उसके चेहरे की ओर देखा, "तुम शायद नहीं जानते, तुम्हारे पिता का मैं कितना जिगरी दोस्त हूँ। कितने लम्बे समय तक हम साथ-साथ रहे दो दोस्तों की तरह नहीं, सगे भाइयों की तरह। उसी ने मुझे हिन्दुस्तान से यहाँ बुलाया था। बड़ी लगन से सारा काम सिखलाया। साथ-साथ साझे में हमने यह कारोबार शुरू किया। नैरोबी की आज यह एक बहुत अच्छी फर्म है। यह सब उसी की बदौलत है...." कहते-कहते वह ठिठक गए।

उसका हाथ अपने हाथों में थामते हुए बोले, "तुम्हारी माँ कैसी हैं?"

"अच्छी है....।"

"भाई-बहन...?"

"सब ठीक हैं।"

"कहीं कोई कठिनाई तो नहीं—?"

"ना। सब ठीक है।"

"बस, यही मैं चाहता था। यही।" हौले से उन्होंने उसका हाथ सहलाया। देर तक शून्य में पलकें टिकाए कुछ सोचते रहे। कुछ क्षणों का मौन भंग कर खोए-खोए-से बोले, "देखो बेटे, तिनकों के सहारे तो हर कोई जी लेता है। लेकिन, कभी-कभी हम तिनकों के साए मात्र के आसरे, भँवर से निकलकर, किनारे पर आ लगते हैं। हमारा जीवन कुछ ऐसे ही तन्तुओं के सहारे टिका रहता है। यदि वे टूट जाएँ, छिन्न-भिन्न होकर बिखर जाएँ, तो पल-भर में पानी के बुलबुलों की तरह सब समाप्त हो जाता है...."

"....ज़रा सोचो बेटे!" वह खाँसे, "अगर तुम्हारे पिता की मृत्यु आज से 10-15 साल पहले हो जाती, तो क्या होता। भले ही वह एक अच्छी रकम तुम्हारे नाम छोड़ जाते।" उन्होंने युवक के असमंजस में डूबे, गम्भीर चेहरे की ओर देखा, "रुपये रेत में गिरे पानी की तरह कहीं विलीन हो जाते। और तुम अनाथ हो जाते। तुम्हारी माँ घुल-घुलकर कब की मर चुकी होती। तुम इतने हौसले से पढ़ नहीं पाते। जहाँ तुम आज हो, वहाँ तक नहीं पहुँच पाते। निराशा की, हताशा की, असुरक्षा की इतनी गहरी खाई में होते, कि वहाँ से अँधेरे के अलावा और कुछ भी न दीखता तुमको...।"

उन्होंने अपने सूखे होंठों को जीभ की नोक से भिगोया, "हम दुर्बल होते हुए, असहाय, अकेले होते हुए भी कितने-कितने बीहड़ वनों को पार कर जाते हैं, सहारे की एक अदृश्य डोर के सहारे....।"

उनका गला भर आया, "तुम्हारे पिता तो तभी गुज़र गए थे। अपने साझे कारोबार से, उनके ही हिस्से के पैसे तुम्हें नियमित रूप से भेजता रहा। कितने वर्षों से मैं इसी दिन के इन्तज़ार में था.....अब तुम बड़े हो गए हो। अपने इस कारोबार में मेरा हाथ बँटाओ। तुम सरसब्ज़ हो गए, मेरा वचन पूरा हो गया जो मैंने उसे मरते समय दिया था....।" उनका गला भर आया। डबडबाई आँखों से वह दीवार पर टँगे एक धुँधले-से चित्र की ओर न जाने क्या-क्या सोचते हुए देखते रहे!

वह कल

शाम को जब भी वह घर लौटता, सदा उसकी निगाहें कत्थई रंग के काठ के दरवाज़े की उस छोटी-सी दरार पर अटक जातीं, जहाँ कभी-कभी सफ़ेद-सा एक चौकोर लिफ़ाफ़ा फँसा रहता, जिसका एक छोटा-सा कोना ही दिखलाई देता, शेष तीन-चौथाई जैसे बदरंग किवाड़ ने निगल लिया हो। वह किवाड़ के होंठों पर अधदबा लिफ़ाफ़ा बड़ी सावधानी से निकालता, जिसमें हमेशा की तरह छोटे-छोटे अक्षरों में कुछ लिखा रहता। वही नपे-तुले बारह अक्षर, वही नपी-तुली दुबली-पतली चार पंक्तियाँ। सबसे नीचे नई दिल्ली और फिर उसके नीचे अंग्रेजी में 'न्यू डेलही'।

उसकी समझ में नहीं आता, यों दो बार नई दिल्ली लिखने की क्या आवश्यकता थी। एक बार से भी तो काम चल सकता था न!

उसे याद आता है, उसके एक रिश्तेदार, जो गाँव की किसी पाठशाला में मुदरिस हैं, जब भी पत्र भेजते हैं, पते के नीचे कोष्ठक में 'इण्डिया' अवश्य लिखते हैं। जैसे दिल्ली विदेश में हो और 'इण्डिया' शब्द जोड़े बिना पत्र के कहीं खो जाने की आशंका हो।

आफिस लौटते समय, वह रास्ते-भर तरह-तरह के घरौंदे बनाता रहता है। उसे पत्र भेजे आज छठा दिन है। नहीं-नहीं, पाँचवाँ। परसों ही तो मंगल बीता। रविवार को डाक नहीं बँटती, इस कारण कभी-कभी एक दिन का विलम्ब हो जाना स्वाभाविक है। यदि सोमवार को भी वह पत्र भेजे, तो आज बुधवार है।

और कभी जब अर्से तक उत्तर नहीं मिलता तो उसका मन न जाने कैसा-कैसा हो आता। उन दिनों वह अपने को बहुत उखड़ा-उखड़ा-सा अनुभव करता—एक अज़ीब-सी घुटन, बेचैनी उसे निरन्तर घेरे रहती, जो किसी हद तक उसे चिड़चिड़ा बना देती। तब हर बात का अर्थ वह उलटा लगाता। बिना बात भी किसी से झगड़ पड़ता और फिर देर तक पछताता रहता—मामूली-सी बात पर क्या उसका इस तरह झगड़ पड़ना उचित था? किसी

ने कुछ कह भी दिया तो क्या गजब हो गया दुनिया में तरह-तरह के लोग होते हैं। हर किसी से बैर लेकर वह कैसे जीएगा?

और सचमुच ही कभी-कभी जीने को उसका मन न होता। उसकी समझ में नहीं आता—इतना सारा काम वह किसके लिए करता है? क्यों करता है? तब कहीं भीतर-ही-भीतर वह टूटने-सा लगता। अपने ही तन का भार उसे बोझ-सा लगने लगता।

काम करते-करते हाथ अपने-आप रुक जाते। छत पर लटकते पंखे की ओर वह विचित्र भाव से देखता रहता—अपने पिछले पत्र में उसने क्या-क्या लिखा था?

एक-एक अक्षर उसकी आँखों के सामने तैरने लगते। कैसे पिन की नोक से एक छोटा-सा घेरा खींचा था! घेरे के भीतर कैसे नपे-तुले मोती-से बिखेर दिए थे। कुछ लकीरों में न जाने कितना कुछ नहीं पिरो दिया था!

अपनी पैंट की पिछली जेब से वह एक मुड़ा-जुड़ा-सा काग़ज़ निकाल लेता है। कुछ पढ़कर फिर जेब में सहेजकर रख लेता है। जैसे वह कोई पुराना महत्त्वपूर्ण दस्तावेज़ है, जिसके कहीं खो जाने की आशंका हो!

लोग उसके बारे में क्या कहते हैं—उसने कभी जानने की चेष्टा नहीं की। फिर भी इतना तो लगभग निश्चित है कि उसे सब कोई विचित्र स्वभाव का व्यक्ति समझते हैं, जो घंटों तक काम में, गले-गले डूबा रहता है। लेकिन जब काम नहीं करता तो कई दिनों तक नहीं करता। कलम तक नहीं उठाता। काग़ज़ तक नहीं पलटता। पाँव पसारे सारा दिन बैठा रहता है। छत के पंखे की ओर देखता हुआ सिगरेट का धुआँ उड़ाता रहता है। उस सीधी-सपाट छत पर न जाने क्या-क्या खोजता रहता है। और फिर कभी अचकचाता हुआ जागकर, दोस्तों की तरफ़ देखता हुआ कह उठता है, "यार, चलो बाहर चलें। कहीं चाय-वाय ही पी आएँ। इन व्यर्थ की बहसों में आख़िर रखा ही क्या है? बोलते-बोलते तुम्हारा भेजा ख़ाली नहीं हो जाता? फिर भी बात वहीं-कीं-वहीं!" अज़ीब ढंग से मुँह निचोड़ता हुआ वह देखता। हाथों को नचाता और सिगरेट को जूते से मसलकर, तौलने की दृष्टि से सबकी ओर देखता।

"क्यों अभी तो पी है।" कोई बोलता तो वह होंठों के आगे हवा में चुटकी बजाता हुआ, हाथ को मुँह के और क़रीब ले जाकर जम्हाई लेता, "पता नहीं, आज क्यों मूड इतना ऑफ है! इधर कुछ दिनों से कांस्टेण्ट 'हैडेक' रहता है....।"

वह फिर सिरदर्द होटल का भोजन और सिरदर्दनाशक औषधियों पर लंबा-चौड़ा भाषण देता हुआ उन्हें कैण्टीन की ओर ले चलता।

ज्यों ही हँसी-ठट्ठे का दौर रुकता, वह सहसा रीतापन-सा अनुभव करता। छीजे हुए पेंदे के बर्तन की तरह ऊपर का सारा भराव व्यर्थ हो जाता। वह फिर हलकी-हलकी धूप की ओर ताकता बाहर निकल पड़ता। नुक्कड़ पर जाकर खड़ा हो जाता। ख़ुद भी पान खाता,

दूसरों को भी खिलाता। सिगरेट का पैकेट ख़ाली कर नाली पर फेंक देता। सुबह से वह न जाने कितनी सिगरेटें सुलगाता रहा है! चाय की जाने कितनी प्यालियाँ उसने रीती की है। दो-तीन पान यों ही चबाकर थूक दिए हैं–कसैलेपन का नाम लेकर।

जब बहुत परेशान रहता है, सारा बैर पैसे से निकालता है। कितनी मेहनत से सहेजकर एक-एक पैसा कमाया जाता है! पिछले जाड़े उसने पुरानी पैंट के सहारे काट दिए। बंद गले के कोट के कारण मैली कमीज़ें भी बाहर नहीं झाँक पातीं।

उसका हाथ फिर पैंट की पिछली जेब पर अनायास चला जाता है। फिर वही काग़ज़–बिखरे हुए काले मोती! उसे उसी तरह जतन से पीछे छिपाकर वह स्वयं भी एक कोरा काग़ज़ निकालकर लिखने की स्थिति में बैठने लगता है।

ऊपर संबोधन की जगह वह कुछ भी नहीं लिखना चाहता, क्योंकि सीट के आसपास से लोग प्रायः झाँकते रहते हैं। संबोधन से भेद खुल जाने का ख़तरा बना रहता है। इसलिए वह इसे प्रायः अंत में ही लिखता है–सारा पत्र लिख लेने के बाद।

तीन-चार पंक्तियाँ लिख लेने के पश्चात् ही कभी-कभी कलम रुकने लगती है। वह ठहरकर सोचने लगता है–क्या उसे यह सब लिखना चाहिए? अपनी कमज़ोरी व्यक्त करने से क्या? यदि किसी को पत्र देने की गरज नहीं, तो उसे पाने की ही क्यों हो?

कल रात अधिक चाय पीने के कारण या अधिक सर्दी की वजह से उसकी नींद एक बजे के क़रीब उचट आई थी। कितनी कोशिश करता रहा, किन्तु प्रयास करने से क्या कभी नींद आ पाती है? तब वह सारी रात आँखें मूँदे, कितने तरह के, कितने पत्र लिखता रहा!

ऐसा लिखने से उस पर क्या प्रतिक्रिया होगी? वह क्या-क्या सोचने लगेगी? पिछले पत्र का भाव वह समझ नहीं पाई थी। उसका उत्तर भी उसने बहुत दिनों तक नहीं दिया था। लंबे अर्से के पश्चात् जो छोटा-सा पत्र आया था, वह इन्हीं पंक्तियों से प्रारंभ हुआ था–तुम्हारे पत्र ने इतना रुलाया....इतना!

उसके मन में तब एक अज़ीब-सी पीड़ा प्रस्फुटित हुई थी–विचित्र-सी अनुभूति! उसके पत्र किसी को हँसा और रुला भी सकते हैं–उसने कभी कल्पना भी न की थी। किसी के लिए उसका भी कुछ अस्तित्व है। कोई उसके बारे में भी सोचता है! किसी को उसकी भी चिन्ता है–यह सब सोचना पीड़ाप्रद होते हुए भी कहीं कितना सुखकर लगा था!

और तब अगले पत्र में वह न जाने क्या-क्या लिख गया था! भावुकता में बहकर उसे यह सब नहीं लिखना चाहिए था। कुछ ऐसा भी तो शेष रहना चाहिए, जो अव्यक्त हो! अनकहा!

वह बिजली जलाकर कुछ लिखने लगा था, किन्तु कुछ भी उससे लिखा नहीं जा रहा था। काग़ज़ के कुछ टुकड़े फाड़कर वह अपने को किसी और काम में व्यस्त करने लगा था।

कल का कुछ काम अधूरा था। उसकी अंगुलियाँ यंत्रवत चल रही थीं, पर मन उड़-उड़कर कहीं दूर चला जा रहा था।

–दिन-भर पढ़ाने में अपने को भुलाए रखती हूँ....तुम्हारा पाँच दिसम्बर का पत्र न जाने कैसे मेरी नोटबुक में ही रह गया था। क्लास में पढ़ाने के लिए डायरी खोली तो क्रीम कलर का छोटा-सा टुकड़ा पता नहीं कहाँ से उभर आया! उसी को लेकर चुपचाप पढ़ने लगी। न जाने कितनी बार पढ़ती रही। उस दिन क्लास में फिर कुछ भी पढ़ा न पाई। सिरदर्द के बहाने घर चली आई। अपने सूने कमरे में किवाड़ बंद कर, बिस्तर पर औंधे मुँह लेटकर पता नहीं कब तक अचेत-सी पड़ी रही। साँझ को तृष्णा कॉलेज से लौटकर आई तो उसी ने झकझोरकर जगाया। मेरा सारा शरीर तप रहा था, आँखें लाल थीं, सूजी हुई। उस पर न जाने क्या प्रतिक्रिया हुई। चुपचाप उसने तिपाई पर 'एस्प्रिन' की गोली और एक गिलास पानी रख दिया। दवाइयों की संख्या दिन-प्रतिदिन बढ़ रही है। किसी दिन ब्लड-टेस्ट के समय आधी दवाइयाँ और आधा हिस्सा ख़ून मिले तो आश्चर्य नहीं....

अधलिखी चिट्ठी यों ही जेब में डालकर, फाइलों को बंद कर वह बाहर निकल आता है। घड़ी की ओर देखता है। सर्दी के कारण सुई भी जैसे जम गई है। इतनी देर से अभी तक वहीं ठिठकी खड़ी है। कहीं रुक तो नहीं गई? कलाई पर बँधी छोटी-सी डिबिया को कान पर लगाता है। टिक-टिक! उसे मानो अपने कान पर विश्वास ही नहीं होता। कोई घड़ी लगातार टिक-टिक करती रहे और आगे न बढ़े–यह कैसे हो सकता है!

दोनों हाथों को जेब में ठूँसकर वह बरामदे में घूमता रहता है। एक-दो चक्कर काटने के पश्चात् फिर मुड़ पड़ता है और उसी सीट पर पहले की तरह फिर बैठ जाता हैं। सामने की दीवार पर बिजली से चलने वाली घड़ी की दो मोटी-मोटी काली सुइयों की ओर देखने लगता है। हर दो-तीन मिनट के बाद एक झटका-सा लेकर लंबी सुई खट् से आगे सरक जाती है। वैसे आम तौर पर घड़ी का सरकना दीखता नहीं।

आसपास के कुछ लोग जा चुके हैं। कुछ काम पर जुटे हैं, पर अब उससे अधिक प्रतीक्षा नहीं हो पाती।

सीट से उठकर वह बाहर निकल आता है।

बस की 'क्यू' पर खड़ा होकर भी उसका मन उसी उधेड़बुन में लगा रहता है। उसकी समझ में नहीं आता, वह घर जाने के लिए इतना उतावला क्यों हो रहा है! घर जाकर उसे करना ही क्या है? रात को नौ-दस बजे तक कॉफ़ी हाउसों में घूमता रहता है। कनॉट प्लेस की चहल-पहल को छोड़कर घर के एकांत में जाने को मन ही नहीं करता। किन्तु आज न जाने क्यों उसका मन इतना उतावला हो रहा है! सच ही उसने अपने ऊपर एक मुसीबत मोल ले ली है, जिसके कारण उसका जीना दूभर हो चला है। चलते-चलते उसके पाँवों की रफ़्तार अपने-आप बढ़ जाती है।

रास्ते-भर वह बहुत कुछ सोचता रहता है। ज्यों ही वह बरामदे में खड़ा होगा, दरवाज़े की दरार पर एक सफ़ेद-सा काग़ज़ का कोना दूर से ही दिखलाई देगा। चाबी निकालकर ताला खोलने में भी तो समय लगता है न! अतः वह सबसे पहले पत्र खोलकर खड़ा-खड़ा ही पढ़ लेगा।

अकसर वह ऐसा ही करता है। हाथ का सामान बरामदे की, छोटी दीवार पर टिकाकर वहीं पत्र पढ़ने लगता है। लिफ़ाफ़ा खोलने से लेकर पत्र पढ़ने तक का एक-एक क्षण उसे एक-एक युग-सा लगने लगता है।

पत्र पढ़ चुकने के बाद लिफाफे के लापरवाही से फटे किनारे उसे बड़े ही अकलात्मक लगते हैं। कभी-कभी वह सोचने लगता है—यह पत्र वह बिना पढ़े ही रख देता तो कैसा रहता? जिसकी इतनी उत्कंठा से वह प्रतीक्षा कर रहा था, उसी की मीठी-मीठी कल्पना में थोड़ी देर और भूला रहता।

पत्र पढ़कर भी तो उसे पूरा संतोष नहीं हो पाता।

सीढ़ियों पर उसके थके पाँवों की गति कम नहीं होती। उसे लगता है, आज उसकी चिट्ठी हर हालत में वहाँ होनी चाहिए। हो सकता है, सुबह नौ बजे की डाक से आई हो। या एक से भी आ सकती है। नहीं तो शाम को पाँच वाली डाक से तो हर हालत में आनी चाहिए।

उसका उद्विग्न मन आज इससे अधिक कुछ भी सुनने को तैयार नहीं है।

किन्तु दरवाज़े की दरार पर कोई भी काग़ज़ का टुकड़ा नहीं दीखता तो उसका जी न जाने कैसा-कैसा हो आता है। उससे आज आसानी से दरवाज़े भी नहीं खुल पाते। क्षणभर अधखुले दरवाज़े के आगे हाथ में ताला पकड़े वह मूर्तिवत खड़ा रहता है। फिर चुपचाप आगे बढ़कर चारपाई पर पसर जाता है।

बार-बार उझककर दरार की ओर वह देखता रहता है। उसकी पथराई आँखें दरवाज़े के आसपास फ़र्श पर कुछ टटोलती चली जाती हैं—अनायास।

वह पत्र न भेजे यह कैसे हो सकता है! कौन जाने डाक विभाग की लापरवाही के कारण इधर-उधर हो गया हो! डाकिया भूल से कहीं और डाल बैठा हो! पिछली बार चार सौ पचपन की डाक तीन सौ पचपन पर—उसके क्वार्टर में आ गई थी। पते के अंत में वह कभी जोन नम्बर भी नहीं लिखती। दिल्ली इतना बड़ा शहर है। नगर ही नगर हैं यहाँ। यह भी असंभव नहीं कि वह पत्र किसी और नगर के चक्कर काट रहा हो!

हो सकता है, उसकी अनुपस्थिति में आसपास के नटखट बच्चे ही निकालकर उठा ले गए हों और उनके माँ-बाप ने गलती से खोल लिया हो और फिर उसे लौटाने का साहस न जुटा पाए हों। वैसे नैतिकता तो कहती है कि खुले पत्र को भी क्षमा-याचना के साथ उन्हें लौटा देना चाहिए था। पर आज के ज़माने में नैतिकता....? वह अज़ीब-सा

मुँह बनाकर मुस्कराने का असफ़ल प्रयास करता है। फिर चुपचाप बाहर निकलकर छत पर चला जाता है।

आसमान में लाल-लाल अंगारों की तरह रेडियो-ट्रांसमीटर के ऊँचे-ऊँचे खंभों की चोटी पर टँगे बल्ब धधक रहे हैं। सारा आकाश जल चुका है। कलकत्ता की तरफ़ से आने वाले कुछ विशालकाय विमान पालम के हवाई अड्डे की ओर पंख पसारे मँडरा रहे है। दूर आसमान पर एक-दो चीलें गोलाई में घूम रही हैं।

छत की मुँडेर पर वह बैठ जाता है।

अपने तीन अक्टूबर, नहीं, नहीं, बीस सितंबर के पिछले किसी पत्र में उसने लिखा था—इधर नये मकान में आ गई हूँ। बहुत छोटा-सा घर है—छोटे-छोटे दो कमरे। कभी आकर देखना कितने अच्छे हैं! सारी की सारी छत अपनी है। शाम को कॉलेज से लौटकर छत के एकांत में बैठना कितना अच्छा लगता है! यहाँ बैठी-बैठी तुमसे अकसर बातें कर लिया करती हूँ। याद है, एक बार तुमने लिखा था, तुम्हें कमल के फूल अच्छे लगते हैं। इसी पिछले रविवार को मन न जाने क्यों इतना प्रसन्न था! शायद शनिवार को तुम्हारा पत्र पहुँचने के कारण। सारा दिन अच्छा बीता। संध्या को कॉलेज का माली आया। यों ही मैंने उससे कुछ फूल दे जाने के लिए कहा तो सुबह-सुबह वह दे गया। शायद तुम सच न मानो वे सब कमल के ही फूल थे। मुरझाने के बाद भी न जाने कितने दिनों तक वे फूलदान पर यों ही लटके रहे। उन्हें उठाकर फेंकने को मन ही नहीं होता था। क्यों होता है ऐसा? क्या तुम्हारे साथ भी होता है....शाम को किसी छत पर उड़ती पतंग कितनी अच्छी लगती है। सोचती हूँ, डोरा कुछ लम्बा होता, कुछ और लम्बा, तो यह शायद उस आकाश तक पहुँच जाती, जो तुम्हारा अपना है....पता नहीं पागलों की तरह सारा दिन मैं क्या-क्या सोचती रहती हूँ। मकानों की दूर तक फैली सीढ़ीनुमा ऊँची-नीची पंक्तियाँ! बिजली के तार के पास नीम के पेड़ों का झुरमुट। मेरा पागल मन बिना पाँव, बिना पंखों के खुले आकाश में न जाने कहाँ-कहाँ भटकने लगता है!....तुमने लिखा था—इधर अकेले ही रहते हो। मैं सोच रही थी, साथ होते हुए भी हम सब अकेले-अकेले ही तो रहते हैं न। साथ रहकर भी कितने लोग ऐसे हैं जो साथ जी लेते हैं....।

छत से वह नीचे उतर आता है।

इधर बहुत दिनों से कमरा अस्त-व्यस्त-गंदा-सा रहने लगा है। किताबें काग़ज़ और समाचार-पत्र सब मरी हुई चील के पंखों की तरह इधर-उधर फैले रहते हैं। वह रोज़ सोचता है—कल सारे कमरे की सफ़ाई करेगा। सारी वस्तुएँ सहेजकर करीने से लगाएगा, लेकिन वह कल अब तक तो आया नहीं, शायद कभी भी आ पाएगा—नहीं।

लकीर–सी परछाईं

सुजाता की टाइपराइटर पर लड़खड़ाती उँगलियाँ सहसा रुक गईं। ख़याल आया—माँ के सिरहाने पर दवा रखना तो आज भूल ही गई डॉक्टर ने कल कहा था कि तबीयत अधिक भारी होने पर दवा का बदला जाना लाज़मी होगा। इसलिए वह दूसरी दवा की शीशी भी साथ दे दी थी।

आज तक ऐसा कभी भी हुआ न था। जब भी वह ऑफिस के लिए रवाना होती, उससे पहले माँ को सारी हिदायतें गिन-गिन के दे डालती—"तीन-तीन घंटे बाद दवा फिर लेनी होगी।....प्यास लगे तो यह गरम पानी का लोटा सिरहाने रख दिया है, कटोरे से ढककर। ठंडा पानी न पी लेना कहीं भूलकर। नहीं तो दवा के असर में अन्तर आ जाएगा।....ये गोलियाँ मुँह में धरे रखना। प्यास कम लगेगी।....मैं शाम को जल्दी लौट आने की कोशिश करूँगी। और हाँ, डॉक्टर घोषाल ने कहा था कि....।" वह चलती-चलती फिर ठिठक पड़ती, "खैर, अभी रहने दो। फिर देखा जाएगा....।" माँ के तपते माथे पर हाथ फेरती और फिर एक गहरी साँस भरती हुई बाहर की ओर झाँकती। एक आँख घड़ी की तेज़ी से खिसकती हुई सुई पर होती और दूसरी सामने की सर्पाकार कतार पर, जिस पर गुँथकर बस की अनन्त प्रतीक्षा करनी होगी अभी।

"बिटिया, ठीक समय पर क्यों नहीं आ जाती ऑफिस से?" माँ की दरवाज़े पर टिकी धुँधली आँखें उसे साफ़ दिखाई देतीं। माँ के बँधे कच्छ की क्षीण पुकार साफ़ सुनाई देती—"सबके ऑफिस तो सुना पाँच-छः बजे तक बंद हो जाते हैं, लेकिन तुम नौ-दस से पहले शायद ही कभी लौटती हो! भले घर की लड़कियों को इत्ती रात गए लौटना क्या अच्छा लगता है बिट्टो!"....माँ की आवाज़ में दबा आक्रोश, दबी वेदना, दबी बेबसी झलके बिना न रहती।

"अम्मा, ऑफिस तो अपना भी उसी समय बन्द होता है।" कुछ सोचती हुई कहती, "लेकिन, अभी नई-नई कच्ची नौकरी है न! फिर थोड़ा-सा पार्ट-टाइम भी काम कर लेती

हूँ। तनख़्वाह के थोड़े-से गिने-गिनाए पैसों से खर्चा कैसे चल सकता है!"....इसके अलावा और वह माँ से कह ही क्या सकती थी।

"कितनी तनखा है तेरी?"....माँ फिर कुरेदती।

"बस, यही कोई तीन-सवा तीन सौ रुपये समझ लो।"

"पार-टाइम से कितना मिलता है?"

सुजाता के गले में कुछ अटक-सा आता इस बार। क्या कहे सूझता न था। "यही कोई अस्सी रुपये तक।" बिना सोचे ही कह डालती।

"तो इसके लिए ही क्यों परेशान होती हो। रहने दो। कम पर गुज़ारा कर लेंगे। हाथ खींचकर ख़र्चा करें तो क्या इत्ते पर ही निबाह नहीं हो सकता? कोई रुपये के लिए अपना ख़ून सुखाना तो नहीं।" अपने पपड़ी-लगे सूखे होंठों को भींचती हुई माथे की उभरी सलवटों पर उँगलियाँ फेरती हुई फिर सन्नाटा भंग करती चिन्तित स्वर में कहती-"सुना, लोग कहते हैं बिट्टो! टाइप ज़्यादा करने से फेफड़े पर काफ़ी असर होता है। क्यों....?"

सुजाता निरुत्तर माँ के मुँह की ओर ताक़ती।

"तेरी तन्दुरुस्ती भी तो इधर दिन पर दिन गिर रही है मुई। हर घड़ी जब देखो ग़मगीन नज़र आती हो। चेहरा उतरा-उतरा-सा, आँखों के कोर भीगे-भीगे-से। तुझे ऐसा क्या दुख है बिट्टो?" बूढ़ी माँ का गला रुँध आता। आवाज़ लड़खड़ा जाती। सुजाता फिर सामने खड़ी रह न पाती। मुँह फेर के एक ओर टल जाती। लेकिन....लेकिन....।

तभी टी....ई....ई....! मैनेजर के कमरे से बुलावे की घंटी बजी। सुजाता की तन्द्रा टूटी। अचकचाती हुई इधर-उधर देखने लगी, जैसे सपने से जागी हो।

पास के कमरे का दरवाज़ा हलके से खोलकर सिमटी-सी खड़ी हो गई। "सर, आपने बुलाया था?"

"हाँ, वह लेटर टाइप हो गया?"

"कौन-सा-एक्सप्रेस?"

"नहीं, नहीं। वह फारेन-फर्म वाला।"

"वही, वही कर रही हूँ। बस, दो मिनट में हुआ जाता है....!" डरते-डरते सहमे स्वर में सुजाता बोली।

"इतनी देर से अभी तक एक लेटर टाइप नहीं हो सका!" अपने भूरे प्लास्टिक-से चिकने-चमकते खल्वाट सिर पर साहब ने हाथ फेरा। एक बार घूरकर सामने देखा और फिर मुस्कराते हुए फाइलों पर निगाहें गड़ा लीं।

सुजाता चुपचाप चली गई। बाहर आकर दम में कुछ दम आया। एक लम्बी साँस भरकर फिर टिक्....टिक्....टप्...टप्...टप्...टप्...उसकी रक्तविहीन पीली अंगुलियाँ टाइप के बटनों पर निर्दयता से टकराने लगीं।

हमेशा से अभ्यस्त हाथ अपना काम करते रहे। आँखें अपना काम करती रहीं और बोझिल मन अपनी उधेड़बुन में लगा रहा–

....माँ को दवा नहीं मिली तो क्या होगा? खाल से ढँके हड्डी के ढाँचे में प्राण भला कब तक अटके रहेंगे? कैसे रहेंगे? कहीं वह चल बसी? सच ही चल बसी तो क्या होगा? नहीं! नहीं! सुजाता का सारा शरीर भावी आशंका से काँप उठा। हाथ फिर थम गए। उँगलियाँ खुली की खुली रह गईं, जैसे एकाएक लकवा मार गया हो। जैसे तेज़ी से चलती मशीन में से मशीन को चलाने वाली करेंट छूट गई और यंत्र का सारा ढाँचा जड़वत् मुँह फाड़े खड़ा हो गया हो।

तो मैनेजर से छुट्टी लेकर क्यों न चली जाए? एक विचार आया। पर, छुट्टी कौन देगा? तो नौकरी छोड़कर क्यों न चली जाए? पर, डॉक्टर का पुराना सौ–डेढ़ सौ रुपये का बिल कौन चुकाएगा? किराया पिछले दो महीने का कौन देगा? राशन–पानी का खर्च कैसे चलेगा? लाख सिर टकराने के बाद भी नौकरी ताक पर धरी कहाँ मिलेगी? फिर कल से कहाँ–कहाँ अन्धी माँ का हाथ थामे दर–दर भटकेगी भीख माँगेगी? नहीं....नहीं....! उसका सिर चकराने लगा। टाइपराइटर पर ही सिर झुकाए, आँखें मूंदे बैठ गई।

'टी....ई....ई....! टी....ई....ई....! टी....ई....ई!' लगातार फिर घंटियाँ बजनी शुरू हुईं। सुजाता चौंककर खड़ी हो गई। दो क़दम बढ़े साहब के कमरे की ओर, लेकिन फिर खिंच आए। गड़े खूँटे की तरह पल–भर रही। फिर न जाने क्या सोचती हुई कमरे में दाख़िल हो ही गई। घंटी 'टीं....ई....टी....ई....ई....' लगातार अभी तक भी बज रही थी।

सलवार–दुपट्टा ठीक कर अपराधिन की तरह पलकें झुकाए द्वार पर ठिठक गई।

"मुँह क्या देख रही हो! लेटर टाइप हो गया?" उत्तेजित, असंतुलित स्वर में साहब ने कहा इस बार।

सुजाता चुप देखती रही।

"बोलती क्यों नहीं हो? आई से–हुआ या नहीं? डू यू नो, तीन बजे ऑफिस की लास्ट डाक जाती है।" उन्होंने घड़ी की ओर देखा–"तीन बजने में कुल पाँच–सात मिनट बाक़ी है।"

"दो लाइनें और है सर! बस हो चुका....!" सुजाता के अधरों से भिनभिनाती आवाज़ फूटी।

"तो जल्दी करो! जल्दी करो।" गोल–गोल भयावनी आँखें नचाते हुए साहब ने इस बार इतनी ऊँची आवाज़ में कहा कि सारा कमरा गूँज उठा। जैसे सहसा कहीं विस्फोट हो पड़ा हो।

सुजाता सिर नीचा किए चली गई।

टाइपराइटर पर हाथ रखा ही था कि तभी हाँफते हुए किसी 'भद्र' पुरुष के पास आकर पूछने का स्वर सुनाई दिया, "नू इंडिया ऐकसपोरट यही है जी?"

उसने झुँझलाकर उत्तर दिया–"हाँ!"

"यहाँ हैंगे....हैंगे मिनीजर साहबऽऽ...."

वैसे ही लापरवाही से उसने सामने दरवाज़े की ओर इशारा कर दिया।

रोज़ ही ऐसे सिरचढ़े मिलने-जुलने वाले घोड़े पर सवार होकर आते रहते हैं, जिन्हें सही बोलने की भी तहज़ीब नहीं। फिर कोई इन्क्वायरी ऑफिस तो नहीं, जो हरेक की हर बात का उत्तर दिया ही जाए!

चिट्ठी का अन्तिम शब्द वह टाइप कर ही रही थी कि देखा, मैनेजर साहब स्वयं तशरीफ़ ले आए हैं। हाथ बाँधे चुप सामने खड़े हैं। चेहरे पर दुविधामिश्रित परेशानी की रेखाएँ साफ़ झलक रही हैं।

उनके सम्मान में वह कुर्सी पर यों ही थोड़ा-सा उठ खड़ी हुई।

"बैठो! बैठो!!" बड़े आत्मीय स्वर में साहब ने कहा।

"बस, अब खतम हो ही गया सर....!" खिसियाती हुई सुजाता बोली।

"ल्यैट इट! रहने भी दो...." मैनेजर साहब ने झिड़ककर कहा। इस झिड़की में कुछ आत्मीयता थी। अपनापन था। पर, इस आकस्मिक परिवर्तन का कारण सुजाता समझ न पाई।

साहब कमरे में चले गए। तभी घंटी की फिर वही कर्ण-कटु पुकार।

वह लपककर अन्दर भागी। "सर! हो गया है। बस, डाक-रजिस्टर में नोट कर रही हूँ।"

"रहने भी दो न! बैठ जाओ।" कुर्सी की ओर उन्होंने इशारा किया।

सुजाता भीगी-सी बैठ गई।

"कुछ वरीड मालूम होती हो आज। क्या बात है?"

"कुछ नहीं!" सुजाता के मुरझाए अधर यों ही अनायास खुल गए।

"सिरदर्द तो नहीं....?"

"थोड़ा-थोड़ाऽऽ....कोई ख़ास नहीं।"

"चाय पी लो न! ठीक हो जाएगा।"

सुजाता चाहकर भी विरोध न कर सकी। पर चाय पीने से कुछ राहत मिली।

"घर में कौन-कौन हैं तुम्हारे?" बड़े आत्मीय स्वर में मैनेजर साहब ने पूछा, चाय का अन्तिम घूँट निगलते हुए।

"माँ है।"

"और?"

"और कोई नहीं।"

"क्या ऐज होगी?"

यह सारा सवाल-जवाब सुजाता को भला न लगा। फिर भी न चाहते हुए जवाब देना ही पड़ा—"कोई सिक्सटी।"

"तो घर का काम-काज वही करती हैं?"

"करती थीं कभी। अब तो इधर दो-एक साल से बीमार हैं।" सुजाता की आकृति उदास हो आई।

ख़र्चा चल जाता है?"

सुजाता बोल कुछ भी न पाई। केवल सिर हिला दिया।

"कुछ पैसे हम बढ़ा देंगे....तीन इन्क्रीमेण्ट्स।"

यह आत्मीयता सुजाता को ज़रूरत से ज़्यादा लगी। साहब का मूड अब ठीक है। वह छुट्टी के लिए कहना ही चाहती थी कि साहब ने हमेशा की तरह मुस्कराते हुए, हमेशा का भरत-वाक्य दुहराया—"तो....कौन से 'कॉफ़ी बार' चलोगी आज मिस सुजाता....!"

हत्प्रभ-सी क्षण-भर देखती रही सुजाता। कहना कुछ चाहती थी, पर कह न पाई। उसे माँ की बातें याद आईं।

"मैंने दो सीटें 'रॉइना' में आज ही अभी-अभी, मॉर्निंग में रिजर्व करवाई हैं।" साहब ने सन्नाटा भंग किया।

"मैनेजर साहब...!"

"नो-नो आज स्पेशल प्रोग्राम है मिस सुजाता!"

"मैनेजर साहब....!"

"अरी, दो-चार ही तो ऐसे चांस आते हैं। कितनी मुश्किल से सीट्स मिलीं। यू डौण्ट नो।"

पचपन-साठ से ऊपर की अवस्था। सिर कॉरपोरेशन की सड़क की तरह साफ़। एक भी खूँटा लैस लगा के ढूँढ़े नहीं मिलेगा। दाँत एक भी ठिकाने नहीं। सारे के सारे नकली, बनावटी। भौंह के बाल तक सफ़ेद। सुजाता ने एक बार सामने की ओर देखा। फिर पलकें अनायास झुका लीं।

"मैनेजर साहबऽऽऽ!" अन्तिम बार कहते-कहते सुजाता का गला भर आया।

"बावली हो! भला मातम मनाने के लिए क्या यह ज़िन्दगी है!" साहब बड़े भोंड़े ढंग से हँसे, "अरी, रोने का ट्रीटमेण्ट रोना नहीं, हँसना है! समझी! आज तुम्हें ज़्यादा वरीज

हैं न! इसलिए ज़्यादा हँसो! ज़्यादा हँसो!!" वह फिर स्वयं ठहाका मारकर हँस पड़े। सारा सूना कमरा गूँज उठा।

सुजाता का माथा सुन्न रह गया। सारा कमरा, सारी धरती जैसे तेज़ी से घूमती-सी लगी। कुछ भी फिर सोचने-समझने की सामर्थ्य न रही।

साहब ने कार का दरवाज़ा खोला। कहा–"बैठ जाओ।"

वह चुपचाप बैठ गई।

कार 'रॉइना' के आगे रुकी। साहब ने कहा–"उतर जाओ!"

वह उतर गई।

साहब उसे निकट बिठाए, उसकी कमर में बाँहें डाले एक अँधेरी-सी कोठरी में से सामने हो रहे अर्द्धनग्न सह-नृत्य का आनन्द लेते रहे। चाय पर चाय, कॉफ़ी पर कॉफ़ी–पता नहीं रम, व्हिस्की क्या-क्या मँगाते रहे!

कब रात के आठ बजे, कब दस, कब बारह साहब को कुछ भी पता नहीं। पश्चिमी नृत्य चलता रहा। वायुमंडल में पश्चिमी उन्मादक संगीत गूँजता रहा। हवा में पश्चिमी शराब की-सी गंध अबाध गति से बहती रही। वे भी उसी के साथ-साथ बहते चले गए।

घड़ी ने टन् एक बजाया। साहब को जैसे होश आए। नशा कुछ कम हुआ। "मिस सुजाता! सुजाता!!" उन्होंने झकझोरा।

पर सुजाता पत्थर की तरह बैठी थी। अविचल। आँखें फाड़े सामने की ओर टकटकी बाँधे घूर रही थी।

"क्या हो गया?" साहब ने नशे में झूमते हुए कहा।

"कुछ भीड़ भी नहीं...." सुजाता ने एक ठण्डी साँस भरते हुए उत्तर दिया और वैसे ही सामने देखती रही।

"घर नहीं जाना?"

सुजाता ने कुछ भी नहीं कहा। जैसे सुना ही न हो।

"तुम्हारी मदर की कन्डीशन सीरियस थी...!"

सुजाता कुछ न बोली।

"तीन बजे के क़रीब एक आदमी आया था। कहता था....! कहता था....! कहता था कि तुम्हारी....माँ....मर गई...."

सुजाता वैसी ही अविचल बैठी रही। न रोई। न बोली। चुप!

"घर नहीं जाना है....?"

"....!"

"जाओ न, चली जाओ!"

सुजाता हौले से उठ खड़ी हुई वैसे ही। उसी तरह। सामने की ओर बढ़ी।

"कैसे जाओगी इस आधी रात में....?"

"....!"

"कहाँ जाओगी?"

"....!"

"सुजाता....! सुजाता....!"

सुजाता जैसे बहरी हो गई। गूँगी हो गई। जड़-पत्थर हो गई। जैसे उसने कुछ भी सुना न हो। समझा न हो। वैसे ही डगमग-डगमग बहके क़दम रखती हुई एक स्याह लकीर-सी परछाई बाहर की ओर बढ़ी और उस अँधियारे सागर में न जाने कहाँ विलीन हो गई!

इस बार फिर बर्फ़ गिरी तो!

इस बार फिर बर्फ़ गिरी तो फिर जीना दूभर हो आया। चारों ओर जहाँ तक दृष्टि जाती–बर्फ़ ही बर्फ़!

पेड़ों-पोंधों पर बर्फ़। खेतों-खलिहानों पर बर्फ़। सामने का वह सारा पहाड़ जैसे एक ही रात में सारा-का-सारा सफ़ेद हो आया हो–सफ़ेद चादर की तरह।

नदी के, किनारे जम गए हैं।

बीच में केवल एक धारा है–काई लगे पत्थरों से टकराती। छलछलाती। कलकलाती।

जाड़ों में धूप निकलने पर कभी-कभी यहाँ से धुआँ-सा उभरता है–आकाश की ओर, जिसे कुहासा भी कहा जा सकता है।

यही कुहासा वर्षों से उसकी आँखों पर छा गया है। इसलिए उसे सब धुँधला-धुँधला दीखता है। हर तरफ़ सफ़ेद झीनी चादर-सी। कभी-कभी जो पारदर्शी भी हो आती है, प्रकाश जब कुछ अधिक होता है।

उसे लगता है, अब प्रकाश भी कहीं धुँधला-सा गया है। दिन में भी उसे, दिन का जैसा अहसास नहीं होता। रातें भी रात जैसी नहीं लगतीं। एक धुँधला-सा सैलाब है–सैलाब ही सैलाब–उसमें उसकी क्षीण काया डूबती-उतराती-बहती चली जा रही है!

उसने परिस्थितियों के साथ जूझना अब छोड़ दिया है। अपने हाथ-पाँव शिथिल छोड़ दिए हैं। विवश भाव से वह नदी की तरह बह रही हैं–बहती चली आ रही है। किधर? कहाँ? उसे कुछ भी अब अहसास नहीं।

"इजा, कुछ खाओगी....?" कभी बाहर का कोई स्वर टकराता है तो उसके हाथ-पाँव किंचित् हिलते हैं।

"हूँ ऊँ ऊँ....।" माँ केवल इतना ही कह पाती है–दो-तीन बार पुकारे जाने के बाद।

मुँह के ऊपर से रजाई हटाकर कोई अपना मुँह उसके और निकट ले जाकर फिर चिल्लाने के जैसे स्वर में पूछता है, "कैसा महसूस कर रही है इजा...."

"हूँ....ठीक तो हूँ....बेटा!" वह हाँफने-सी लगती है। उसका दम जैसे उखड़ रहा हो।

वह अँधेरे में हाथ-पाँव हिलाती है—छटपटाती हुई।

इस बार फिर बर्फ़ गिरी तो!

"कुछ खाया तुमने?"

"नहीं–!"

"ऐसे कैसे जियोगी....?"

"अब बचकर क्या करना है बेटा....ये पापी परान निकाले निकलते भी तो नहीं....अब और क्या देखना शेष रह गया है....!" वह रुआँसी हो आती है।

उसके स्वर की गहरी निराशा उसे कहीं कुछ परेशान कर डालती है। अम्मा ऐसा कहे उसके लिए सब असह्य हो आता है।

"ऐसा न कहो अम्मा! इतना भरा-पूरा परिवार है। बच्चे हैं। बहू है—सब-कुछ तो है, फिर....फिर....।"

वह कहता है तो चारों ओर सहसा सन्नाटा-सा छा जाता है। अम्मा भी कुछ कह नहीं पाती! वह भी गूँगा-सा देखता रहता है।

तभी पत्नी गरम चाय का गिलास लाती है, कटोरी से ढँककर।

"इजा, चा पियोगी?" वह पूछता है।

"हँ....।" इससे अधिक वह कुछ बोल नहीं पाती।

सोई हुई माँ को वह बँधी गठरी की तरह उठाता है। दीवार के सहारे कमर टिकाकर बिठाता है—फटे तकिये के सहारे। फिर गरम चाय को कटोरी में डालकर, माँ के होंठों के पास ले जाता है।

चाय बहुत गरम है, जिससे कटोरी भी गरम हो गई है। सूखे होंठों पर गरम चाय के छूते ही अम्मा झटके के साथ किंचित् पीछे हटती है।

"कित्ती गरम चा उठा लाई, खौलती डेगची से–!" वह झुँझलाकर कहता है तो पत्नी कुछ कसरा-सी आती है।

"इन्हें ऐसी ही गरम-गरम चा चाहिए....ठंडी तो पीती ही नहीं....।" पत्नी अभी कुछ कह ही रही थी कि वह बरस पड़ता है, "अरी भागवान, इजा गरम चा पीती है, यह ठीक है, पर उबलता हुआ तो नहीं न! इत्ती उमर है! मुँह में छाले उभर आए और अम्मा को कहीं कुछ हो गया तो, हम क्या करेंगे?....कहीं के भी नहीं रहेंगे....।"

कुछ और भी कहना चाहता था, वह बहाव में, परंतु कहता-कहता अटक आता है।

अम्मा को मालूम है—एक अर्से के अंतराल के बाद हमेशा ऐसा ही होता रहता है। बेटा बार-बार हाल-चाल पूछता है। अपनी ममता जतलाता है। पत्नी को झिड़कता है। बच्चों को डाँटता है कि वे अम्मा का ख़याल नहीं रखते।

अम्मा तब घबरा जाती है। अपने दोनों हाथ जोड़ती है, काँपती हुई कहती हैं—"रेखा बेटे, ऐसा न कह। बच्चे कितना ध्यान रखते हैं मेरा, तुझे क्या पता? तू तो बाहर ही रहता है सारा दिन।"

वह जानता है, माँ उसका मन रखने के लिए ही कह रही है।

माँ चुपचाप चाय पीती चली जाती है—सुड़-सुड़ करती। न जाने कित्ते अर्से बाद पी रही है!

एक तरह की आकुलता है, जल्दी-जल्दी सब सुड़क जाने की।

माँ को चाय बहुत पसंद है। खाना न मिले, कोई बात नहीं, पर गरम पानी कभी-कभी मिलता रहे, तो बूढ़ी साँस सुगम गति से चलती रहती है।

एक-एक बूँद चाय के लिए कभी-कभी वह तरस जाती है। किससे कहे कोई सुनता नहीं, सब सुनी की अनसुनी कर देते हैं। बार-बार ज़ोर से बोलने की शक्ति नहीं। बोलने का प्रयास भी करती है तो साँस उखड़ आती है।

बहू को बाल-बच्चों गाय-बछिया और खेतों से ही समय कहाँ?

पहले जब शरीर में कुछ शक्ति थी, मरती-जीती काम पर जुटी रहती थी। परंतु जब से गठिया-वात का प्रकोप हुआ, अब हाथ-पाँव भी चल नहीं पाते! चाहने के बावजूद कुछ कर पाने में समर्थ नहीं हो पाती।

तब एक तरह की विवशता का भाव घिर आता है—एक तरह की गहरी निराशा का। तब देह में रही-सही ताक़त भी जाती रहती है। वह अपने को और भी अधिक शक्तिहीन अनुभव करने लगती है और भी असहाय।

"इजा, कैसा अनुभव कर रही हो?" वह अम्मा से पूछता है।

"ठी-क....हूँ....अब चला-चली की बेला है बेटा....क्या मानना....क्या खाना रह गया है....?" वह कराहती हुई कहती है तो उसका दम भी बैठने लगता है।

"ऐसा न कहो अम्मा! तुझे अभी बहुत जीना है....।"

वह इस तरह से, विवश भाव से कहता है, जैसे कहना चाह रहा हो, 'हमें अभी बहुत-जीना है!'

वह माँ के पास बैठा है। सामने पत्नी खड़ी है। बच्चे खड़े हैं। सबकी निगाहें वृद्धा पर टिकी है।

क्षण-भर सन्नाटा रहता है।

वह पल बाद, कुछ सोचता हुआ, बड़ी मुश्किल से कह पाता है–"अम्मा, चम्पावत तक जा पाओगी....?"

माँ सुनकर भी जैसे सुन नहीं पा रही है।

चाय की जूठी कटोरी पास ही रखती हुई कहती है, "कोशिश करूँगी बेटे! जाऊँगी क्यों नहीं....?" वह चुप हो जाती है। फिर जैसे सहसा नींद से जगी हो। पूछती है, "क्या कहा च–म–पा–व–त!"

"हाँ, इजा, हाँ....तहसील में....।" वह बड़े सहज उत्साह से समझाता है, "समय हो गया है न। बाद में जाने पर नुकसान होगा....।"

"वहाँ क्यों जाना है, क्यों जाना है बेटे....?" वह जैसे स्वयं से पूछ रही हो।

"अरे, अम्मा, इस तेरह गते को पूरे तीन महीने हो गए....बाबू की पेंशन नहीं लानी?"

"हाँ, बेटे, हाँ! मेरी तो मति ही मारी गई है। अक्ल पर ही पत्थर पड़ गया है। मैं तो भूल ही गई थी कि तेरे बाबू के नाम की पेनशन भी लानी है! कोशिश करूँगी। क्यों नहीं जाऊँगी भला....।"

बेटे का चेहरा खिल आता है।

पत्नी का भी।

उन्हें लगता है, इस उपेक्षिता का भी कोई अस्तित्व है, जिसे उन्होंने मात्र पोटली या साँस लेती गठरी मान लिया था। उसकी भी उपयोगिता है।

इसी गठरी या पोटली को एक दिन उठाकर वे चम्पावत की तहसील में ले जाते हैं और उसी तरह लाकर, उसी अंधियारे कोने में धर देते हैं ताकि बाद में कभी फिर उठाकर ले जाने में कठिनाई न रहे।

एक–दो दिन तक देख–रेख अच्छी होती है, परंतु बाद में फिर वही सिलसिला!

एक दिन वृद्धा तंद्रा की–सी स्थिति में जागती है। अभी–अभी जो कुछ देखा, सच नहीं लग रहा है उसे।

बेटा बहू को डाँट रहा है। बहू रो रही है। बच्चे भी रो रहे हैं। सब रो रहे हैं।

वृद्धा देखती है, वह मर गई है। उसे सफ़ेद कपड़े से ढककर आँगन में लिटाया है। चारों ओर लोग घेरे खड़े हैं, उदास–से चेहरे लिए।

रेवा का सिर उस्तरे से घुटा है। वह कुश–तिल लिए माँ का गोदान कर रहा है। गाय खड़ी है।

बेटे की ऐसी उदास आकृति उससे देखी नहीं जाती। जो कुछ आँखों के सामने घटित हो रहा होता है, उसे सहा नहीं जाता। वह छटपटाती हुई चीखती है।

बेटा दौड़ा–दौड़ा आता है।

बच्चे भी।

"क्या हुआ अम्मा? कोई बुरा सपना देखा क्या?" वे पूछते हैं तो वह मात्र पसीना पोंछने लगती है। उसकी साँस धौंकनी की तरह चल रही है। वह सूखे पत्ते की तरह थर-थर काँप रही है।

रेवा कहता है–"मैं तो घबरा गया था। कहीं अम्मा को कुछ हो तो नहीं गया? तू मर गई तो माँ....।"

अम्मा कुछ सोचती हुई कहती है, "रेवा, इधर आ बेटे! मैं तो उसी दिन मर गई थी, जब तुम्हारे बाबू गुज़रे थे।.... अब तक इसीलिए यह साँस चलाए रही कि तुम्हारे बच्चों का क्या होगा?....पर वे अब दूध के भात हो गए हैं। अब अपने पाँवों पर खड़े होने में समर्थ हो जाएँगे शायद....मैं अब चली भी जाऊँ तो दुख नहीं बेटे....।"

"अम्मा, यह क्या कह रही हो....।"

अम्मा की गरदन लुढ़क आती है....

वे भागकर वैद्य को बुलाते हैं।

वैद्य नाड़ी देखता है। जाँचता-परखता है।

कहता है–"बुढ़िया को मरे तो अर्सा हो गया। देख नहीं रहे हो, इसकी देह बर्फ़ की तरह ठंडी है....!'

शेष प्रश्न

सुबह का समाचार-पत्र अभी खोला ही था कि सामने रखे फोन की घण्टी घनघनाती है, "मैं बोल रहा हूँ दद्दा!" बुझा-बुझा-सा स्वर है।

"हाँ-हाँ, कहो रमा! कैसे हो....?" मैं तनिक जिज्ञासा से पूछता हूँ।

"कुछ बहुत ज़रूरी काम है। कहें तो अभी आ जाऊँ?....!" मुझे अभी किसी आवश्यक कार्य से बाहर जाना है, पर रमा जिस तरह कहता है, मैं मना नहीं कर पाता।

जब से घर में यह फोन लगा है, मेरे लिए जीना कठिन हो गया है। अपने पर तनिक झुँझलाहट होती है, कुछ झुँझलाहट परिस्थितियों पर भी, किन्तु फिर भी स्वयं को संयत कर अधूरी ख़बरें पूरी करने लगता हूँ।

अभी पन्ना ही पलटा था कि रमा सशरीर सामने उपस्थित दीखता है।

उसके चेहरे पर हवाइयाँ उड़ रही हैं। रंग एकदम काला। सिर के रूखे बाल बिखरे हुए। खादी का कुर्ता-पाजामा एकदम गंदे हो गए हैं, सिलवटें पड़े-जैसे दो-तीन दिन से बदले ही न गए हों। चेहरा भी मैला। दाँत पीले। आँखों के कोरी पर राई भर मैल की काली गाँठें-सी जमी हैं। नाक के नीचे की ओर से झाँकते दो-तीन बाल बहुत ही भद्दे लग रहे हैं।

"क्या हुलिया बना रखा है....?" मैं कह ही रहा था कि वह बोल पड़ता है, "हमारा परवीन कल सुबह से घर नहीं लौटा....सारी दिल्ली छान मारी है-कहीं कोई अता-पता नहीं....।"

लगता है, रमा भीतर ही नहीं बाहर से भी बुरी तरह टूट गया है। आवाज़ में भी अज़ीब-सा उखड़ा-उखड़ापन है। आँखों में दैन्य ही नहीं घोर विवशता और निराशा का भाव भी है। एक विचित्र-सी थकान-लगता है-जैसे दिनों से बोझिल पलकें मुँदी ही नहीं!

"कब से?" मेरा मुँह खुल आता है।

"कल सुबह से। तैरना सीखने के लिए 'स्टेडियम' गया था....दस-ग्यारह बजे तक हर हालत में लौट आया करता था, पर कल....।"

"तुम स्टेडियम गए थे? स्वीमिंग-पूल देख लिया?" मैं आतुरता से पूछता हूँ।

"सारा स्वीमिंग-मूल छान लिया। अंकल गए दो बार, मैं स्वयं भी वहाँ हो आया। उसका क्लासफैलो 'लकी' मिला था, कह रहा था, तैरना सीखने के बाद, मेन रोड तक दोनों साथ-साथ आए थे....'लकी' को कहीं और जाना था, इसलिए परवीन अकेला ही घर की ओर आ रहा था....।" रमा का स्वर लड़खड़ा आया है। लगता है, जैसे अब वह कुछ भी और बोला तो उसका दम उखड़ जाएगा। बोलते-बोलते वह हाँफने-सा लगता है।

श्रीमतीजी रसोईघर से हमारी बातें शायद सुन रही थीं। वह भी उत्सुकता जतलाती हुई पास आ जाती हैं, "अपनी बुआ के यहाँ तो नहीं चला गया?" वह अपनी सूझ का परिचय देती है।

"नहीं, नहीं, बुआ तो आजकल शिमला गई हुई हैं। उनके घर में कोई नहीं है....।" रमा बात काटता हुआ कहता है।

"पुलिस में रिपोर्ट दर्ज कराई?" मैं पूछता हूँ।

"हाँ, वह तो तभी करा दी थी....।"

"क्या कहते हैं वे लोग?"

"कुछ नहीं," रमा उत्तर देता है, "वे निश्चित भाव से कह रहे थे–ऐसी वारदातें आए दिन होती रहती हैं। इसमें चिन्ता करने की कौन-सी बात है....? अतुल मामा का स्कूटर अब सात महीने हो गए हैं....कुछ भी अता-पता नहीं चला....।"

"तुम्हारे किसी दोस्त के भाई डी० एस० पी० थे....।" मेरी बात अभी पूरी भी न हो पाई कि रमा बोला, "उनसे तीन-चार बार बात की है। कल दोपहर को उनके ऑफिस भी गया था। मेरे सामने ही 'स्टेशन-इंचार्ज' को उन्होंने फोन मिलाया। कह रहे थे–शाम को डिनर पर मिस्टर बत्रा से मिलेंगे तो और भी डिटेल से पूछेंगे....।"

"हाँ, अस्पतालों में तो हो आए होंगे! कोई एक्सीडेण्ट-वैक्सीडेण्ट....!" मुझे सहसा जैसे कुछ याद हो जाता है। नवीन की लड़की भी पिछले साल ऐसे ही खो गई थी। बाद में विलिंग्डन अस्पताल के इमरजेन्सी वार्ड में मिली थी।

"हाँ, वहाँ भी खोज़ आया। मैं ख़ुद गया था। सफदरजंग, मेडिकल पन्त....सारे हॉस्पिटल देख लिए हैं।"

"घर में कुछ झगड़ा-वगड़ा तो नहीं हुआ?" श्रीमती जी का स्वर है।

"नहीं, नहीं। सुबह जाते समय अपनी मम्मी से कह रहा था, शाम को मौसी के यहाँ लाजपतनगर चलेंगे।....चण्डीगढ़ वाले भाई साहब के बच्चे छुट्टियों में यहाँ आए हुए हैं न!" रमा खोया-खोया-सा कहता है।

"ऐग्जाम्स में तो पास हो गया था न?"

"हाँ, हाँ, सिक्स्टी सेवन पर्सेण्ट से ज़्यादा मार्क्स लाया है। घर की तरफ़ से ऐसी कोई बात नहीं....।"

"तो फिर....?"

कमरे में एकाएक सन्नाटा छा जाता है।

"रमा।" सन्नाटा तोड़ता हुआ मैं कहता हूँ, "मकान-मालिक से कोर्ट में तुम्हारा केस चल रहा था न....?"

"हाँ, अगली सेकण्ड को डेट है।" वह इतने सहज भाव से कहता है कि मुझे लगता है शायद वह मेरा आशय समझा नहीं।

"कहीं उसी का शक....!"

"नहीं, नहीं, ऐसा तो नहीं लगता। ऐसी नीचता वह नहीं कर सकता।" रमा तुनककर कहता है।

"आप तो बड़े भोले हैं भाई साहब! हर किसी को अपनी तरह शरीफ़ मान लेते हैं, किन्तु दुनिया सचमुच में ऐसी नहीं।" श्रीमतीजी कह उठती हैं।

"नहीं, नहीं भाभी जी!" मात्र इतना कहकर रमा चुप हो जाता है।

सहसा उठकर फोन के पास खड़ा हो जाता है। जेब में से लाल रंग की छोटी-सी डायरी निकालकर कोई नम्बर खोजने लगता है।

"मैं रमाकान्त बोल रहा हूँ। एस० एच० ओ० साहब है–?"

"....।"

"कब तक आएँगे–?"

"....।"

"कल बच्चे के खो जाने की रपट दर्ज कराई थी। उसमें कुछ प्रोग्रेस....!"

दूसरी ओर से देर तक कोई कुछ बोलता रहता है। आवाज़ सुनाई नहीं देती। अन्त में रिसीवर खटाक् से रखता हुआ रमा कह उठता है, "ढंग से बोलना भी नहीं जानते, बच्चे को तो क्या ढूँढ़ेंगे? कहीं नाराज़ हो गए तो कोई और बखेड़ा खड़ा करवा देंगे....।"

रमा की आकृति रोनी-सी हो जाती है। माथे पर हाथ रखता हुआ वह सोफे पर धँस पड़ता है, "मुझे तो कुछ सूझता नहीं अब। निर्मला ने तब से पानी तक नहीं पिया। अम्मा ठाकुरजी की मूरत के आगे कल से माथा पटक-पटककर रो रही हैं। लगता है–ऐसा ही क्रम कुछ देर और चले तो सचमुच पागल हो जाएँगी। कहीं अख़बार-वखबार में कुछ निकलवा सको तो शायद पुलिस के काम में कुछ गति आए। सब जगह ऐसा हिसाब है कि बस्स कुछ न पूछो।"

मैं किंकर्तव्यविमूढ़-सा बैठा हूँ। सूझ नहीं रहा है कि क्या कहूँ? क्या करूँ?

"कहीं कुछ कहला सकते हैं–डैडी कह रहे थे....!" उसका कातर स्वर लड़खड़ा आता है। "जैसे भी हो ज़िन्दा–मरे का कुछ तो पता चले!" इतना बड़ा होने के बावजूद सचमुच वह बच्चों की तरह रो पड़ता है।

मैं उसे तरह–तरह से धीरज बँधाता हूँ। आश्वासन देता हूँ। आई० जी० को किसी से फोन करवाने की बात भी कहता हूँ।

"मुन्ना शाम को ज़रूर लौट आएगा भाई साहब! कहीं दोस्तों के घर उलझ गया होगा....!" श्रीमती अपनी ओर से कहती हैं–यह जानते हुए भी कि इस बात का कहीं कोई आधार नहीं है। कोई भी बच्चा दो दिन तक अपने दोस्तों के घर नहीं उलझ सकता।

वह आगे खोजने की प्रक्रिया के सम्बन्ध में बातें करके चला जाता है तो श्रीमती कहती हैं, "कहीं एक्सीडेंट–वैक्सीडेंट न हो गया हो!"

"होता तो पता नहीं चलता!" मैं खीझकर कहता हूँ।

"आजकल तो गुण्डे भी बच्चों को पकड़कर ले जाते हैं। उस दिन प्रमोद कह रही थी कि हाथ–पाँव तुड़वाकर भीख भी मँगवाते हैं।"

मैं चुप रहता हूँ।

"सुना है, लोग बच्चों को पकड़कर फिरौती में रुपये भी वसूल करते हैं। अभी पिछले ही साल रिंकू के स्कूल के बच्चे को कुछ लोग, छुट्टी के बाद घर लौटते समय टैक्सी में उठा ले गए थे। यह तो भगवान का शुकर है कि बच्चा उनके चंगुल से दूसरे दिन जीता–जी निकल आया।"

"....।"

"किसी बड़े आदमी का बेटा ऐसे खो जाता तो धरती–आसमान अब तक एक हो जाते!"

"....।"

"कुछ दिन पहले ऐसे ही एक बच्चे को उठा ले गए थे–अख़बार में आया था, बाद में सातवें दिन बच्चे की लाश मिली थी–जंगल में–सिर धरती पर गाड़ रखा था–पाँव आसमान की ओर....!"

मुझे लगता है जैसे किसी ने मुझे हवा में उछालकर ठोस धरती पर पटक दिया हो।

"बस्स, बस्स!" कहता हुआ मैं श्रीमती के मुँह पर हाथ रख देता हूँ और बेचैनी से अख़बार के शेष पन्ने पलटने लगता हूँ।

कुत्ता

वह परेशान होकर, इस गंभीरता से छत पर खड़ा हो गया जैसे 'आत्महत्या' करने वाला हो। दूर किसी पॉटरी मिल की धुआँ उगलती, काली चिमनियों की ओर देखता हुआ सोचने लगा कि अब क्या किया जाए?

नीचे पत्नी रो रही थी। उसने कल रात से खाना नहीं खाया था और आज फिर सत्याग्रह कर बैठी थी। कुत्ता बासी रूखी रोटियाँ चबाने के बाद आँगन में पेड़ के नीचे पाँव पसारे, आँखें मूंदे निश्चिंत लेटा था। कभी-कभी अपनी पूँछ से भिनभिनाती सफ़ेद मक्खियाँ उड़ा लेता था, फिर टाट के चिथड़े की तरह निर्जीव-सा पड़ा रहता।

कल भी इसी तरह झगड़ा हुआ था—कुत्ते को लेकर। वह सीढ़ियों से नीचे उतर भी न पाया था कि पत्नी कपड़े धोने वाले मुग्दर को नचाती हुई कुत्ते पर पिल पड़ी थी। इस अप्रत्याशित 'आक्रमण' से कुत्ता घबरा उठा था। पहले तो उसे सूझा ही नहीं कि किधर भागे, फिर एकाएक वह पिछले दोनों पाँवों के बीच पूँछ सिकोड़े कैं-कैं करता हुआ मंदिर वाली गली की ओर निकल भागा था।

इस 'दुर्घटना' के पश्चात् घंटा भी न बीता होगा कि उसने देखा—बच्चे कुत्ते को मफलर से बाँधकर फिर घर में घसीट लाए है और माँ की आँखें बचाकर, सीढ़ियों के नीचे गलियारे में हलवा खिला रहे हैं।

केसु उसके ऊपर घोड़े की तरह बैठा है। इना ज़ोर-ज़ोर से उसके कान खींच रही है। पर वह गरदन झुकाए, आँखें मूँदे प्रश्नचिह्न की तरह पड़ा है।

और पास ही किवाड़ के सहारे खड़ी दो-तीन पड़ोसिनें अपने तेवर चढ़ाती हुई परस्पर कह रही है, "देख्या, मुँहजलेनूँ एनाँने सिर ते चढ़ा रख्या है। सारी रात भौंकदा रैनदा है। ताँ सौन भी नहीं दैन्दा। जदनों ए कुत्ता आया है, मुहल्ले बिच सब दी नींद हराम हो गई ए! मरदा भी नहीं ए सिर-सड़या...."

कुत्ते के प्रश्न पर पत्नी का सारी पड़ोसिनों से हज़ार बार झगड़ा हो चुका है। हर बार वह साफ़-साफ़ कह चुकी है कि यह कुत्ता उनका पालतू नहीं सड़क का है—फिरवा। वे चाहें तो इसे ख़ूब मारे-पीटें, गोली से उड़ा दें या कुएँ में धकेल दें।

परंतु इसके विपरीत पड़ोसिनें अब तक इस निर्णय पर पहुँच चुकी हैं कि कुत्ते को मुँह लगाने की ज़िम्मेदार वही है। उसके बच्चे रोटी ही नहीं देते सुबह-शाम अपने हिस्से का दूध भी पिलाते हैं। सफ़ाई करने वाली महिला प्रायः रोज़ देखती है....

यद्यपि इस छोटे से 'प्रश्न' पर वह किसी से उलझना नहीं चाहता (जैसा कि अब उसका स्वभाव बन चुका है) तथापि एक-दो बार दूर-दूर से उसने ऊँची आवाज़ में परोक्ष रूप से कहा भी है कि रात-भर कुत्ते के भौंकने से पड़ोसियों की ही नहीं, ख़ुद उसकी और उसके बच्चों की नींद भी ख़राब होती है। पर, क्या किया जाए! कुत्ते को चाहे जितनी दूर भगाएँ, वह फिर-फिर लौट आता है।

गत सप्ताह कुत्ते को साइकिल के कैरियर पर बिठाकर वह नौरोजी नगर तक छोड़ आया था, पर जब वह घर लौटा तो पत्नी ने बतलाया कि कुत्ता उसके घर पहुँचने से पहले ही ज़मीन सूँघता हुआ, आँगन में खड़ा पूँछ हिला रहा था।

इसके बाद वह उसे बोरे में लपेटकर चाणक्यपुरी की ओर ले गया था, बहुत-से टेढ़े-मेले रास्तों से घुमाता-फिराता। पर इस भूल-भुलैया को भी वह सहजता से पार कर आया था। रात को ज्यों ही उसकी आँखें मुँदने लगीं, त्यों ही बीच चौराहे पर खड़े होकर कुत्ते ने मुँह फाड़कर भौंकना शुरू कर दिया था। देखते ही देखते मुहल्ले में फिर शोर-गुल शुरू हो गया।

आवेश में भरकर कुछ बलिष्ठ लोगों ने उसे डण्डे से मार-मारकर घसीटा, पर ढीठ कुत्ता इतनी हील-हुज्जत के बावजूद केवल कुछ गज ही सरका। उसने और अधिक कर्ण-कटु स्वर में चीत्कार करते हुए उन शेष लोगों को भी जगा दिया था जो अब तक आराम की नींद सो रहे थे।

'कमेटीवालों' को वह बहुत बार लिख चुका है। किंतु जब भी 'पिंजड़ेवाली' गाड़ी आती है, कुत्ता न जाने कहाँ ग़ायब हो जाता है! दो-तीन बार रीते हाथ लौटने के बाद 'कमेटीवालों' ने अब इधर ध्यान देना ही छोड़ दिया है।

वह छत से नीचे सड़क पर चलते साइकिल-सवारों को गिनने लगता है। तभी उसके मस्तिष्क में एक विचार कौंधता है। वह कलाई-घड़ी की ओर देखता हुआ जल्दी-जल्दी नीचे उतर जाता है।

स्टोर-रूम से रस्सी निकालकर वह कुत्ते के गले में कसकर बाँधता है और साइकिल के पीछे बिठाकर सरोजनी नगर वाली मेन रोड की ओर चला जाता है।

आज उसने प्रतिज्ञा कर ली है कि वह रोज़-रोज़ की इस 'मुसीबत' से छुटकारा पाकर ही रहेगा....

घंटे-भर बाद वह लौटता है और शुभ सूचना देता है कि कुत्ते को वह किशनगंज जाने वाली ट्रेन में बिठा आया है।

पत्नी आग की तरह यह समाचार सारे मुहल्ले में फैला देती है। पति के पराक्रम की 'गाथा' को वह भी बढ़ा-चढ़ाकर सुनाती है—"कुत्ता तो पायदान के ऊपर पाँव धरने को तैयार न था। बड़ी मुश्किल से 'उन्होंने' खींचकर ऊपर चढ़ाया। डिब्बे में यों ही छोड़ने पर, वह किसी भी समय नीचे कूद सकता था। इसलिए उसे ग़ुसलख़ाने के भीतर डालकर बाहर से कुण्डा लगा दिया था...."

जो कोई भी शाम को ऑफिस से घर लौटता उसे सबसे पहला समाचार बच्चों से यही सुनने को मिलता कि इना के पापा कुत्ते को आज रेल में चढ़ा आए हैं।

सबने चैन की साँस ली—चलो रोज़-रोज़ की झंझट से मुक्ति मिली।

हाँ, आज रात नीरवता रही। इतनी नीरवता कि वह भी अखरने लगी। कहीं एक तिनका तक न हिला। सब चैन से सोए। बहुत दिनों बाद, गहरी नींद।

परंतु, प्रातः पौ फटने से पूर्व सारा मुहल्ला सहसा फिर जाग उठा। बाथरूम में जाने के लिए अँधियारे में आँखें मलता हुआ वह जागा ही था कि लगा उसके पाँवों के नीचे की धरती धँस गई है। आँखें खुली की खुली रह गईं—कमरे की सारी चीज़ें नदारद। टाइमपीस, ऊनी कपड़ों का बक्स, जेवर—कुछ भी न था।

देखते-देखते बहुत-से लोग एकत्र हो गए। पिछले तीन-चार महीने में यह पहली चोरी थी....।

जब से कुत्ता आया था, एक भी चोरी नहीं हुई थी। वह पत्नी को सारा दोष देता है कि यदि वह 'असहयोग आंदोलन' शुरू न करती तो वह कुत्ते को रेल पर छोड़ने नहीं जाता। शहरों में शोरगुल कहाँ नहीं होता।

पत्नी मुहल्लेवालों पर बरसती है। कहती है कि मुहल्लेवालों के तानों से परेशान होकर वह झगड़ा किया करती थी। क्या बुरा था! बच्चे खेल लेते थे। रूखी रोटी के बचे-खुचे टुकड़े दे देते थे। किसी की गाँठ से क्या जाता था! परंतु अब....गहनों की याद आते ही वह रुआँसी हो आती है।

रपट दर्ज कराने वह पुलिस स्टेशन गया। वहाँ पुलिस इंस्पेक्टर उलटा उसी पर बरस पड़ा कि वह इतनी गहरी नींद क्यों सोया था! कमरे में आदमी के होते हुए इतना सामान उठाकर कोई ले जा सकता है। फिर ऐसी चोरियाँ आए दिन होती रहती हैं—इतना बड़ा शहर है चालीस लाख आबादी का।

इस 'व्यर्थ' की जिरह और काग़ज़ी कार्यवाही से वह बुरी तरह थक गया था। हारे हुए जुआरी की तरह वह दोपहर को घर लौटा तो देखा कि वही कुत्ता कीचड़ से सना हुआ न जाने कब से आँगन में बैठा है और टुकुर-टुकुर उसकी ओर देख रहा है!

गंधर्व–गाथा

एक रीती-सी आवाज़ सन्नाटे में डूब गई।

कुछ कह न सकी रत्नम। चुपचाप चली गई। सड़क के उस पार पहुँचकर उसने एक बार मुड़कर फिर देखा। फिर फुटपाथ के किनारे खड़ी हो गई। उसकी निगाहें फिर पीछे मुड़ी। काठ के खम्भे की तरह अखिलन अभी भी खड़ा है। उसके मन में एक अज़ीब-सी हलचल मची। लगा, जैसे कोई गिलगिली-सी चीज़ सनसनाती हुई सीने पर से निकल गई है।

उसने सोचा, लौट जाए। उस पार्क में खड़े खम्भे को झकझोरती हुई पूछे–'सच-सच बताओ, तुम क्या हो? मुझे क्यों चाहते हो? आख़िर क्यों?'

पर उसके पाँव मुड़े नहीं, धरती में धँस पड़े। एक अनबूझ पहेली गीले धागों के ढेर में उलझ पड़ी।

ओणम के त्योहार के दिन, उसने पहली बार देखा था उसे, जो गहरा भूरा सूट पहने था। किसी मिनिस्ट्री में असिस्टेण्ट था। बड़ी शालीनता से बातें करता और बीच-बीच में बड़े मोहक ढंग से मुस्कराता था। बहुत ख़ूबसूरत नाम था उसका–अखिलन। फिर एक दिन गुरुद्वारा रोड के बस-स्टॉप पर। डब्ल्यू० जी० होस्टल के सामने। मद्रास कैफे की तंग सीढ़ियों पर। रीगल के पोर्च पर, मलयालम की 'नीलक्कुयिल' पिक्चर में। और फिर एक दिन राजम् की पार्टी में वरियर की बहन देवम्मा ने परिचय कराते हुए कहा था–"आप अखिलन और आप रत्नम, यहीं जी० आई० ट्रेड कॉरपोरेशन में स्टेनों। इनके जीजा चन्द्रन को तो आप जानते होंगे, फूड मिनिस्ट्री में काम करते हैं। बड़े जाली हैं।"

तब दोनों ने हाथ जोड़ते हुए दुहराया था कि एक-दूसरे से मिलकर उन्हें बड़ी प्रसन्नता हुई। दोनों 'ट्रिवेनड्राम' के रहने वाले हैं–यह और भी ख़ुशी की बात है।

फिर एक दिन जाने कैसे बातों का सिलसिला शुरू हुआ। बातें बढ़ती गई। परिचय बढ़ता गया। लोहे की दीवारें मोम की तरह पिघल गईं, पर एक शीशे की पारदर्शी तह रह गई। हमेशा-हमेशा के लिए।

'अखिलन है ही ऐसा।' उसने सोचा-'कितना विचित्र है गन्धर्वों की कहानी की तरह, जिसे समझा नहीं जा सकता। हवा की तरह देखा नहीं जा सकता। हाँ, छुआ जा सकता है। पर नहीं, नहीं, उसने झटके से सिर हिलाया, 'छुआ भी नहीं जा सकता। केवल अनुभव किया जा सकता है कि किसी के साथ-साथ वह चल रही है। कोई उससे बातें कर रहा है। लेकिन बातें भी ठण्डी। एकदम बर्फ़ की तरह ठण्डी-जमी हुई।'

इतने वर्षों के परिचय के बाद भी!

उसका मन डूब-डूब-सा गया। उसे स्वयं पर झुँझलाहट हुई। पछतावा हुआ-उस दिन अँधियारे में घड़ी देखने के बहाने उसने उसका हाथ क्यों पकड़ा क्यों सहलाया! छिः, कायर! छूते ही हाथ झटक दिया। दूसरा कोई होता तो....!

वह चली गई।

कमरे में जाकर निढाल बिछौने पर गिर पड़ी।

इस उखड़ी हुई ज़िन्दगी से शायद वह ऊब चुकी है। इस दलदल से निकलकर वह कहीं दूर भागना चाहती है। कितनी बार उसने पंख फड़फड़ाए। कितनी बार लम्बी-लम्बी उड़ानें भरीं, पर जहाज़ के पंछी की तरह....। इस मनहूस 'वर्किंग गर्ल्स होस्टल' की पीली उदास दीवारें उसे भींच-भींच लेती हैं। तब उसका दम घुटने लगता है। साँस रुकने लगती है और वह तड़प उठती है।

अकसर इस तड़प से बचने के लिए कभी वह छटपटाने लगती। छटपटाकर जब थक जाती तो दूर बादलों में देखने लगती। ठहरे पानी पर रंगीन बादलों का प्रतिबिम्ब! एक छोटा-सा घर, उजली पुती दीवारें, वह चौके में भोजन बनाए किसी की प्रतीक्षा में बैठी है। किसी के कपड़ों में बटन टाँक रही है। जूते के फीते खोल रही है। टाई पर गाँठ बाँध रही है। कोई मुग्ध भाव से उसकी ओर देख रहा है। उसकी ठोढ़ी पर अँगुली टिकाए कह रहा हैं-'तुम कितनी सुन्दर हो!' उसका चेहरा सिन्दूर में डूब जाता है। शरमाकर वह आँचल से मुँह ढक लेती है-'आप बड़े 'वो' हैं!'

उसे झटका-सा लगता है। जैसे सहारे की डोर मझधार में डूब गई। वह अचकचाकर आँखें खोलती है। कोई भी तो नहीं। पर आवाज़ अभी तक गूँज रही है-'तुम कितनी सुन्दर हो!'

वह कानों पर हाथ रख लेती है।

रंगीन बादल न जाने कहाँ खो गए! उसे अहसास होता है सामने अखिलन खड़ा है।

अखिलन चुप है। पत्थर की तरह चुप।

अखिलन के बारे में सोचते-सोचते वह न मालूम क्यों इतनी परेशान हो उठती है। अखिलन आदमी नहीं है। पर उसे (रत्नम को) आदमी की चाह है—जो अलग-अलग न रहे। इतना भला न हो। कभी उससे झगड़े। उसे आवेश में झकझोरे। उससे भला-बुरा कहे। जब वह रूठकर दूर चली जाए, तो वह पास आकर उसे मनाए, पुचकारे, प्यार करे और तब वह उसके सीने पर सिर टिकाकर ख़ूब रोए। ख़ूब रोए। ख़ूब!

उससे कहे कि ज़िन्दगी में कभी भी उससे किसी ने प्यार नहीं किया। उसे हर किसी ने धोखा दिया। हर किसी ने छला। हर किसी ने लूटा। वह मरीचिका की तरह अब अधिक नहीं भटक सकती। वह सहारे के बिना ज़िन्दा नहीं रह सकती।

पर अखिलन!

वह आँखें मूँद लेती है। पलकें गीली हो जाती है। तकिये को दोनों हाथों से कसकर थामे आँखें ज़ोर से मीचती है। आँखों से पानी टप्-टप् गालों पर ढुलक पड़ता है।

वह अचेत-सी लुढ़क जाती है।

उस दिन वह न मालूम क्यों ख़ूब बन-ठनकर निकली थी। उसने गहरे लाल रंग की साड़ी पहनी थी। लिपस्टिक के साथ-साथ गालों पर रूज भी फिरा लिया था। बादल आसमान में घुमड़ रहे थे। उसका मन उड़ा-उड़ा जा रहा था। क्यों उसमें इतना उन्माद घिर आया था?

अखिलन जब मिला तो उसने आज दूसरी ही दृष्टि से उसकी ओर देखा जैसे निगल जाना चाहती हो। वह रास्ते-भर उससे बड़ी रंगीन बातें करती रही, पर प्रत्युत्तर में वह केवल माथा हिलाकर 'हाँ', 'हूँ' करता रहा। चलते-चलते वे एक बेंच पर बैठ गए।

रत्नम उससे सटकर बैठ गई। बोली, "यह ब्लाउज का कपड़ा बड़ा 'श्रिंक' करता है। पहनने में भी तकलीफ़ होती है।" उसने साड़ी का पल्ला सरका दिया, पर अखिलन ने देखा नहीं।

इस तरह वह बड़ी देर तक बकवास करती रही। "अखिलन, तुम्हारे होंठ आज....!" उसने अखिलन के होंठों पर अपनी अंगुलियाँ रख दीं, पर अखिलन के होंठ उस पर झुके नहीं तो वह बिजली की तरह तड़प उठी। आवेश में एक चाँटा उसके गाल पर लगा दिया और भाग खड़ी हुई।

उसने सोचा, अब अखिलन कभी भी उससे बोलेगा नहीं। बात ख़तम हुई।

पर उसी के पाँचवें दिन—दूर कहीं रेल की सीटी सुनाई देती है। कितनी उमस है! कितना शोरगुल! गाड़ी में तिनका धरने को भी ठौर नहीं। वह आँचल से पसीना पोंछती खिड़की पर खड़ी हो जाती है। बाहर भीड़ है। आदमी ही आदमी!

नीलम्मा है, मिस मारिश, मिसेज नायर, राजम थमाई और किंटी!

गार्ड की सीटी बजती है। बहुत-से हाथ हिलते हैं। वह सूनी निगाहों से कुछ ढूँढ़ रही है, देखती है—भागता हुआ कोई आ रहा है—दूर धुँधलके में खड़ा जैसा।

लपककर वह खिड़की से जा लगता है—"रत्नम, यह मेरे घर दे देना।" एक बादामी काग़ज़ का थैला आगे बढ़ाता है—"और यह पैकेट!"

खट्-खट् पहिये घूमते हैं।

वह फिर तेज़ी से एक लिफ़ाफ़ा जेब से निकालता है—"इसमें मेरे घर का पता है। खोलकर पढ़ लेना। भूलना नहीं।"

पहिये तेज़ी से घूमते हैं। वह गाड़ी के साथ-साथ आगे बढ़ता है। गाड़ी प्लेटफॉर्म से आगे निकल जाती है।

"रत्नम, यह....।" अधूरी आवाज़ भीड़ में बिखर जाती है।

ठगी-सी रत्नम दरवाज़े पर आकर ठहर गई है।

न मालूम कितनी देर तक खड़ी रहती है। फिर हाथ में थमा लिफ़ाफ़ा खोलती है। शायद करमना के आसपास का पता होगा। लिखा था :

रत्नम,

तुम न मालूम कितने लम्बे अर्से के बाद घर जा रही हो! इन सालों में तुमने क्या बचाया होगा! तनख़्वाह के गिने-चुने पैसे। दिल्ली की ख़र्चीली ज़िन्दगी। उस पर घर का बोझ। पता भी नहीं घर से सैकड़ों मील दूर आकर तुम कैसे अपना गुज़ारा करती हो! यह साड़ी तुम रख लेना। और ये काग़ज़ के चन्द टुकड़े शायद ज़रूरत पर कहीं काम आ जाएँ!

—अखिलन

रत्नम की आँखों में कुहासा-सा घिरता है।

वह करवट लेती है। फिर बिछौने से उठ खड़ी होती है।

बाहर कर्जन रोड पर अब कुछ-कुछ अँधियारा छाने लगा है। आसपास के बन्द कमरों में रोशनी जल रही है। आहट आ रही है खिलखिलाकर हँसने की।

वह दरवाज़े का पर्दा हटा देती है। फिर मायूस-सी बेंत की कुर्सी पर बैठ जाती है। मेज़ पर कितना गर्द-गुबार जमा हो गया है। वेंटीलेटर से सारी धूल कमरे में समा जाती है। वेंटीलेटर कितना डिफेक्टिव है! बन्द नहीं होता। कितनी बार रिपोर्ट दर्ज करवाई पर कौन सुने!

वह फटे टुकड़े को भिगोकर मेज़ पर फेरती है और फिर सूखने के लिए सामने खूँटी पर लटका देती है।

उस टुकड़े की धारियाँ उसे अज़गर की पीठ की तरह लग रही हैं, जिनमें गहरे भूरे रंग की चित्तियाँ पड़ी है।

उसे ख़याल आता है—यह शायद उसी साड़ी का किनारा है, जो उसकी जीजी के घर से मिली थी।

उसका जी मिचलाने लगता है। न जाने क्यों वह समय के अथाह सागर में डूब जाती है।

जब उसने त्रिवेन्द्रम से हाई स्कूल किया था और घर पर बैठे छह महीने गुज़र गए तो एक दिन देखा—द्वार पर एक रिक्शा खड़ा हो गया है।

एक अजनबी दम्पति ने उतरकर रत्नम की माँ के हाथ में एक चिट्ठी दी।

चिट्ठी पढ़कर रत्नम की माँ कुछ क्षण खड़ी रही। फिर उन्हें आदर से बिठलाकर कुछ सोचती हुई बोली—"रत्नम आगे पढ़ने को कहती है, पर अब सिलाई का काम सीखने पर राज़ी हो गई है। फिर उस परदेश में जाकर क्या करेगी? घर में भी तो सहारे के लिए कोई चाहिए। बच्चे छोटे-छोटे हैं।"

वे चले गए तो अम्मा ने बतलाया—दिल्ली से उसकी जीजी ने कहला भेजा है कि रत्नम को यहाँ भेज दें। यहीं टाइप सीख लेने पर कहीं-न-कहीं काम मिल जाएगा। फिर आजकल उसकी भी तबीयत ख़राब रहती है। रत्नम घर का काम-काज भी देख नेगी। जीजा को टूर पर रहना पड़ता है।

तब वह न गई, पर महीने-भर बाद कोवलम की रहने वाली, जीजी की कोई सहेली आई और अपने साथ लिवा ले गई।

जीजी ने घर का काम-काज ही उसे नहीं सौंपा, बल्कि बदले में अपनी साड़ी दी, ब्लाउज दिया। कभी-कभी इस्तेमाल के लिए अपनी अच्छी चप्पलें भी दीं, ताकि टाइप सीखने वह बाज़ार जाए तो कोई उसे देखकर हँसे नहीं।

जीजा से बचाकर जीजी जब-तब दो-चार आने भी दे डालती।

पर एक दिन उसने देखा—जीजी से बचाकर जीजा जी उसके हाथ में दस रुपये का नोट थमा रहे है। जीजा जी एक नारंगी रंग की, काली किनारी वाली मैसूरी साड़ी लाए हैं। जीजी जब बर्तन माँजने गई तो कहने लगे—"रत्नम, तुम इसे पहनकर तो अपनी जीजी से भी ख़ूबसूरत लगती हो," फिर अकारण ही हो-हो-हो हँसने लगे।

एक दिन उसने देखा—सीढ़ियों के मोड़ पर दिन-दोपहर उससे वे टकरा पड़ते हैं—"ओह, लगी तो नहीं?"

वह परे हट जाती है।

एक दिन उसकी चूड़ियों की तारीफ़ करते हुए हाथ थाम लेते हैं।

एक दिन उसे रोककर पूछते हैं–"तुम इतनी उदास क्यों रहती हो? अभी तक नौकरी नहीं मिली तो इसमें परेशानी की क्या बात है?"

कुछ और आगे बढ़ते हैं–"मैं तो यह चाहता हूँ तुम नौकरी न करो, लेकिन क्या किया जाए!" वह उसके होंठों पर होंठ टिका देते हैं।

रत्नम झटके से पीछे हट जाती है और अपने को छुड़ाकर भाग जाती है।

लगभग पन्द्रह-बीस दिन बाद फिर ऐसी ही सहानुभूति जतलाते हैं तो रत्नम फिर भाग जाती है।

पर अब सवा साल बेकारी का गुज़र गया है। उसके जीजा जी उससे बराबर सहानुभूति जतलाते हैं। यदा-कदा माँ को भी दस-पाँच रुपये भेज देते हैं, अतः अब रहकर भी पीछे हटने का साहस नहीं जुटा पाती।

वह सोचती है, ज्योंही नौकरी मिलेगी, वह यह घर छोड़कर कहीं और रहने लगेगी। अकेली।

तभी एक दिन देखती हैं–नौकरी के अप्वॉइंटमेंट लेटर के साथ कांजीवरम् की आसमानी साड़ी बग़ल में दबाए जीजा जी खड़े हैं। पान चबाते हुए अपने गन्दे दाँतों को दिखलाते हुए हँस रहे हैं।

ये चिथड़े उसी साड़ी के हैं, जिसे फटे-फटाए एक अर्सा गुज़र गया।

वह कमरे से उठकर बालकनी में आती है। सड़क पर मर्करी बत्तियाँ झिलमिला रही हैं। वह फटी आँखों से देख रही है–ज्यों-ज्यों अँधियारा घिरता है, इस सड़क की चहल-पहल भी बढ़ जाती है। लगता है दिन-भर की सोई संजीदगी अब अंगड़ाई लेकर जाग रही है। हर नीम के पेड़ की ओट में खड़ी दो लम्बी छाया दीखती हैं। पहले जब वह नयी-नयी आई थी तो समझ में कुछ न आ पाता। अब धीरे-धीरे सब समझती है। यहाँ पर अकसर लोगों में ज़रूरी बातें हुआ करती हैं। फिल्मी प्रेम के झूठे डायलॉग दुहराए जाते हैं। क़समें खाई जाती हैं। एक अनोखा प्रपंच-भरा थोथा नाटक खेला जाता है। लोग भी क्या है? और फिर वह माथे पर हाथ लगाती–और यहाँ रहने वाली लड़कियाँ इतनी कम तनख़्वाह के बावजूद हर रोज़ स्कूटर में आती-जाती हैं। बोला, गेलार्ड में कॉफ़ी पीती हैं। हर छुट्टी के दिन पिक्चर जाती हैं। तीन-तीन चार-चार सौ की साड़ियाँ बदलती है। अधिकांश को क्या मिलता है?

रत्नम डूब-डूब जाती है। बालकनी की दीवार के सहारे खड़ी हो जाती है। कितनी कारें, स्कूटर! कितने रोमियो-जूलियट! गेट में मिट्टी का माधो चौकीदार खड़ा है। जैसे वह भी इस बेहया की बाढ़ में डूब गया।

वह सोचती रहती है–ये सब ऑफिसों में काम करने वाली सम्भ्रांत लड़कियाँ हैं न! जो भौतिकता की दौड़ में आगे निकलने के लिए जान की बाजी लगा रही हैं। इन सबको

अल्ट्रा मॉडर्न बनना है। अकसर जो शोभियाने कपड़े पहनती है, सज-संवरकर शालीनता से बाहर निकलती हैं। अपने होने वाले आइडियल पति की बढ़-चढ़कर बातें करती हैं (वस्तुतः जो कभी नहीं हो पाता)। एकान्त में सीढ़ियों की धूप में बाल सुखातीं, लम्बे-लम्बे पत्र पढ़ती हैं। फिर आपस में भद्दे-भद्दे मजाक किया करती हैं।

वह मिस बिन्दा रोज़ रात को ग्यारह-बारह बजे न जाने कहाँ से लड़खड़ाती आती है। नशे में इतनी डूबी रहती है कि कार का ड्राइवर बाँह पकड़कर गेट तक धकेल जाता है। मिसेज पाल! कुमारी लुम्बा! चक्रवर्ती और....ओ....ओल्सन!

वह झटके से मुँह फेरती है। कमरे में आती है। फिर बाहर जाती है।

उसे दूर सड़क से एक जोड़ा जाता हुआ दिखलाई देता है। कुछ-कुछ अखिलन जैसा। वह स्वयं पर हँसती है। अखिलन और ऐसे? वह बेचारा न जाने कब का चला गया होगा। काश, अखिलन आदमी होता!

चलते-चलते उसे ख़याल आता है—'अखिलन उससे शादी करना चाहता है। हुँ!' वह अकारण हँस पड़ती हैं—'कितना भोला है! एकदम नासमझ! कहते हैं मर्द की जात मूरख की जात होती है।' बड़े व्यंग्य भाव से उसके लिपस्टिक लगे अधर हिलते हैं।

शायद उसे पता नहीं होगा। शायद वह नहीं जानता होगा। तभी तो! नहीं तो भला जानबूझकर मक्खी कोई क्यों निगलने लगा!

यदि उसे पता चल जाए कि विश्वनाथन का उससे रोमांस रहा। विश्वनाथन ने बहकाकर, धोखा देकर, शादी का प्रलोभन देकर उसे कई रातों तक ग़ायब रखा। यदि उसे पता चल जाए कि उसके ऑफिस इंचार्ज मिस्टर भल्ला उसे अपने स्कूटर में महीनों तक घुमाते रहे। बेहिसाब पैसा और पेट्रोल फूँकते रहे। यदि उसे पता चल जाए कि चेरियन ने उससे ब्याह का प्रस्ताव क्यों रद्द कर दिया! पिछले तीन सालों से इतने प्रयास करने पर भी अब तक शादी क्यों नहीं हुई!

उसे पता ही न चला कब, कैसे टहलती-टहलती वह इण्डिया गेट तक चली आई। कर्जन रोड की भीड़-भाड़ वाली सड़क कैसे पार की।

वह थक-सी गई है। धम्म से एक सूनी बेंच पर बैठ जाती है।

उसे लगता है, वह कभी भी अब ब्याह न करेगी। भला उससे ब्याह करने भी कौन लगा। जैसे मिस ओल्सन पचास तक पहुँच गई, वैसे ही एक दिन वह भी पहुँच जाएगी। सिनेमा के झूठे डायलॉग बोलते-बोलते उसकी भी उम्र ढल जाएगी। ओह! ब्याह! वह सिहर-सिहर जाती है।

उसे याद आता है वह ख़त, जो उसने अखिलन को कुछ समय पहले लिखा था, पर जो आज तक न भेजा गया। शायद अब कभी भी भेजा न जाएगा।

'मैंने अब शादी का ख़याल छोड़ दिया है अखिलन! जब कभी मैं एकान्त में होती हूँ और निष्पक्ष हृदय से सोचती हूँ तो बार-बार अन्त:करण से यही आवाज़ आती महसूस होती है कि मैं तुम्हारे साथ कहीं कुछ गलत तो नहीं कर रही हूँ। ब्याह के बाद भी शायद इसीलिए तुमसे निभा न पाऊँगी। मैं सचमुच तुम्हारा भला चाहती हूँ और जानती हूँ कि तुम्हारा भला इसी में है कि तुम मुझ जैसी लड़की से मैरेज न करो, नहीं तो तबाह हो जाओगे। फिर मुझे अपनी बुढ़िया माँ और अनाथ भाई-बहनों का भी भार उठाना है। शादी के बाद इसका भी अधिकार अपने पास न रहेगा। अत: मैंने अब हमेशा के लिए यह विचार छोड़ दिया है।'

उसके क़दम फिर होस्टल की ओर मुड़ने लगते हैं।

वह फिर चल पड़ती है—खोई-खोई-सी।

तभी पास से कोई छाया-सी सरकती दिखलाई देती है। कोई आदमी आता दिखलाई देता है।

"अरे, अखिलन!" वह अचरज से ठिठक पड़ती है।

अखिलन भी सहसा रुक जाता है।

दोनों में कोई विशेष बात नहीं होती। दोनों चुपचाप चलने लगते हैं।

उसकी ओर देखती हुई रत्नम बहकी-बहकी-सी कुछ कहती है, अखिलन जिसे सुन नहीं पाता।

"तुमने मेरी बात का जवाब नहीं दिया?" अखिलन के अधर हिलते हैं।

जैसे उसे कुछ याद हो आता है।

"जवाब!" बड़ी मुश्किल से वह कह पाती हैं—"छोड़ो भी ये बातें।"

रत्नम रुक जाती है। देखती है—चारों ओर अँधियारा-हीं-अँधियारा! केवल कुछ टिमटिमाती बत्तियाँ! तेज़ी से भागती इक्की-दुक्की कारें!

"मैंने तुम्हें एक चिट्ठी लिखी, पर भेजी नहीं।"

"कौन-सी?"

"जिसमें मैंने लिखा था कि मैं शादी नहीं कर सकती।"

सहज भाव से अखिलन कहता है, "वह तो मुझे मिल भी गई।"

"कब? कैसे?" आश्चर्य से रत्नम के होंठ खुल पड़ते हैं।

"परसों 'गुड-अर्थ' ले गया था न! उसके अन्दर दबी थी।"

देर तक सन्नाटा रहता है।

"तो अब भी तुम शादी की बात सोचते हो?" रत्नम न जाने क्या सोचती है।

"हाँ।" मात्र उत्तर देकर अखिलन चुप हो जाता है।

"पर अब मैं नहीं कर सकती।" उसकी साँसें तेज़ी से चलने लगती हैं।

"क्यों? क्यों?"

"नहीं।" वह झटके से सिर हिलाती है–"नहीं, बस! हर प्रश्न का उत्तर देना क्या ज़रूरी है? नहीं, नहीं!" रत्नम काँपने लगती है। धौंकनी की तरह भटकते सीने को थामती दूर चली जाती है और ओझल हो जाती है, "नहीं! नहीं!"

•••